Jacques Berndorf

Eifel-Feuer

Kriminalroman

grafit

Der Autor

Jacques Berndorf (Pseudonym des Journalisten Michael Preute) wurde 1936 in Duisburg geboren und wohnt – wie sollte es anders sein – in der Eifel. Berndorf kann ohne Katzen und Garten nicht gut leben und weigert sich, über Menschen und Dinge zu schreiben, die er nicht kennt oder nicht gesehen hat. Ist unglücklich, wenn er nicht jeden Tag im Wald herumstreifen kann, und wird selten auf ausgefahrenen Wegen gesehen.

Von Berndorf sind bisher im Grafit Verlag folgende Baumeister-Krimis erschienen: *Eifel-Blues* (1989), *Eifel-Gold* (1993), *Eifel-Filz* (1995), *Eifel-Schnee* (1996), *Eifel-Rallye* (1997) und *Eifel-Jagd* (1998). *Eifel-Feuer* ist nach Motiven des vergriffenen Romans *Der General und das Mädchen*, vom selben Autor, entstanden.

Der Mensch kommt unter allen Tieren der Welt dem Affen am nächsten.

Georg Christoph Lichtenberg, Sudelbücher,
wahrscheinlich 1768

In memoriam Andreas von Ferenczy.

Für das Team von Alfred Bauer und
Klaus Schäfer in Daun.

ERSTES KAPITEL

Der Sommer war sehr heiß, die Tage begannen träge, ein wenig wirkte es so, als sei die Sonne frühmorgens schon müde. Besonders an den Steilhängen war das Gras schon verbrannt, und die Eifler beklagten sich, daß in dieser verdammten Welt aber auch gar nichts mehr seine Richtigkeit habe. Wo kommen wir denn hin, wenn die Toskana Erdrutsche und Überschwemmungen meldet, Südspanien von Schlammlawinen heimgesucht wird, im Tessin grober Hagel die kostbaren Autos zerdeppert und die Behörden in der Eifel verbieten müssen, die Gärten zu gießen und Autos zu waschen? Das ist doch nicht normal, ist das, da kriegt man doch seine Zweifel. Gut, daß die Regierung in Bonn meist so wirkt, als gebe es sie gar nicht, daran ist man ja gewöhnt, aber wenn morgen irgendeiner dieser ungeheuer schnell plappernden TV-Journalisten behaupten würde, die Regierung sei auch für das Wetter verantwortlich, würde das keinen Eifler wundern. Seit wann haben denn Regierende bei uns je etwas richtig gemacht?

Es war frühmorgens kurz nach sechs, als ich im Garten hockte und träge blinzelnd herauszufinden versuchte, welche Form der Teich haben müsse, den ich in diesem Jahr bauen wollte. Da ist viel zu bedenken, vor allem das Spiel von Sonne und Schatten, um tödliche Aufheizungen des Wassers zu vermeiden. Eines war sicher: An die Längsachse müßte ich eine buschige Birke pflanzen, sonst könnte ich meine Frühstückseier im Gartenteich kochen.

»Ich werde Posthornschnecken in Maria Laach besorgen«, erklärte ich meinem Kater Paul, der seiner Lieblingsbeschäftigung auf eine gelinde ausgedrückt dämliche Weise nachging. Er versuchte Schmetterlinge zu fangen, mochte sich aber nicht sonderlich bewegen, was die Schmetterlinge sicherlich mit tiefer Dankbarkeit erfüllte.

Paul zwinkerte in den makellos blauen Himmel und hatte nicht einmal einen Blick für mich übrig. Er war sauer auf mich, weil ich seinen Kumpel Momo verjagt hatte, der am Vorabend mit beharrlicher Pfotenarbeit den Eisschrank geöffnet, eine offene Dose Hering in Tomatensoße erbeutet und sie auf dem frisch erstandenen Berber im Arbeitszimmer geleert hatte. Dort hatte er anschließend auch seinen Magen entleert. Ich kann Leute nicht leiden, die bewundernd behaupten, Katzen seien feinfühlig, zurückhaltend, diskret und weiß der Himmel was noch alles. Jedenfalls hatte ich in einem Anfall unkontrollierter Wut versucht, Momo zu fassen, um ihn irgendwie zu bestrafen. Das hatte dazu geführt, daß ich mit dem Kopf gegen die leicht geöffnete Kellertür stieß, was meinem linken Auge eine recht merkwürdige Färbung gab. Ungeachtet der sehr intensiven Schmerzen hatte ich zu einer List gegriffen, die bisher immer gewirkt hatte: Ich hatte das Haus scheinbar ruhig auf normalem Weg verlassen, um dann hinter dem Haus an der Katzenklappe auf Momo zu warten. Er erschien auch, vorsichtig spähend, sah mich harmlos im Gras hocken, dachte etwas völlig Falsches und wollte an mir vorbeiwischen. Normalerweise funktionierte der Trick immer, aber diesmal kam die lange Harke dazwischen, die ich tagsüber benutzt und dann liegengelassen hatte. Ich landete mit der rechten Schulter auf den Zinken, jubelte kurz und innig der Schöpfung zu, rollte mich in eine fötale Haltung und jammerte lauthals weiter, bis Dinah um die Ecke kam und erklärte: »Du lernst es nie!« Trotzdem schmierte sie mir Hamamelissalbe um das Auge und auf die Schulter. Wie auch immer, ich hatte Momo voodoomäßig verflucht und ihn vom Grundstück gejagt. Er war beleidigt weggeblieben, nicht mehr aufgetaucht, und im Kopfschmerztraum hatte ich ihn höhnen hören: »Du selten blöder Mensch, du!«

»Du willst sicher, daß ich Momo suche, oder?« fragte ich Paul.

Er sah ganz kurz zu mir hinüber und gähnte unverschämt breitmäulig und arrogant. Dann streckte er mühsam die rechte Vorderpfote nach einem über ihm gaukelnden Tagpfauenauge, das nicht einmal den Bruchteil

einer Sekunde in Gefahr geriet. Paul lag in der Krüm-
mung der Lavendelbüsche, die voll in Blüte standen und
zusammen mit dem Sommerflieder wahre Heerscharen
von Schmetterlingen anlockten.

Ich weiß nicht mehr recht, in welcher zeitlichen Reihenfolge Schmetterlinge aus den Raupen schlüpfen, aber
der Betrieb in meinem Garten war geradezu bombastisch
zu nennen. Da war zum Beispiel der kleine rostfarbene
Dickkopffalter, der mit einer unheimlichen Schlagge-
schwindigkeit in die Blüten tauchte. Den kleinen Mal-
vendickkopf gab es auch, dessen Raupen an Himbeer-
sträuchern leben, an Erdbeerpflanzen und Kriechendem
Fingerkraut. Die Lavendelbüsche und Dolden des Som-
merflieders sahen aus wie die Behälter für Kostbarkeiten,
wenn der Große und Kleine Kohlweißling, der Aurora-
falter, der Zitronenfalter, der Hauhechel-Bläuling, der
Admiral, der Große und Kleine Fuchs und das Tagpfauenauge zum Festmahl anflogen. Das Tagpfauenauge war
nicht selten mit etwa dreißig Tieren vertreten, und ein
paar ließen sich regelmäßig auf meinen Jeans nieder:
Blau paßt gut zu ihnen. Und zuweilen kam sogar ein
Schwefelvögelchen, obwohl irgendeine Studienrätin in
Daun seit Jahren behauptete, die seien in der Eifel ausge-
storben. Aber vielleicht kam die Gute selten an die frische Luft.

Paul hatte sich also auf den Rücken gelegt, und in seiner Reichweite bewegten sich ständig etwa zehn Falter.
Von Zeit zu Zeit langte er müde nach einem, rührte sich
aber nicht, als sich ein Ochsenauge munter oberhalb seines linken Auges plazierte. Paul, so sagte ich mir seuf-
zend, ist eben vollkommen denaturiert, und daß an Katzen gut zu beobachten sei, daß sie einstens zur Familie
der Raubtiere gehörten, halte ich für ein Gerücht. Paul
zumindest hätte in so einer Familie nicht einen Tag
überlebt. Während ich mich solch melancholischen
Überlegungen hingab, streckte mein Kater seine Tatze
matt nach einem Feurigen Perlmutterfalter, der im Auftrag seiner Sippe vorbeigekommen war, um zu erkun-
den, was es bei Baumeister so gab.

Da schlenderte Dinah heran, und sie hatte diese unnachahmlich flunschige Miene aufgesetzt, die grundsätzlich andeutet, daß irgend etwas in ihrem Leben höchst quer gelaufen ist. Sie ging auch nicht, sie schob sich vielmehr durch das Gras, als sei es unmöglich, die Beine zu heben. Sie grüßte mit einem nicht sehr hanseatisch wirkenden »Moin, Moin« und hockte sich mühsam mir gegenüber. »Wann bist du denn aufgestanden?«

»So gegen fünf«, sagte ich. »Du hast leicht geschnarcht.«

»Tut dein Gesicht weh?«

»Sagen wir mal, ich spüre leicht, daß es irgendwie aus der Fasson geraten ist. Du hast einen Kummer, nicht wahr? Soll ich einen Kaffee machen?«

»Ich will keinen Kaffee, ich will einen Tee. Ich habe keinen Kummer. Was machst du heute?«

»Ich werde vermutlich über Eifler Wasserquellen schreiben und darüber, daß unsere Obrigkeit uns ständig einreden will, wir hätten hier ein kristallklares Naß von besonders hoher Qualität. Haben wir nicht. Ochs, Esel und Katholiken saufen ein saumäßiges Chemiegebräu, ein pures Industrieprodukt. Wir haben den sauren Regen, wir haben die Nitrate, die langsam tiefer und tiefer sickern.«

»Aber wen interessiert das?« unterbrach sie mich roh.

»Das weiß ich nicht«, gab ich vorsichtig zu. »Was ist denn dein Kummer?«

»Ich habe keinen. Nun rede mir doch nicht ein, daß ich Kummer habe, ich habe keinen.«

»Schon gut, ich bestehe nicht darauf.«

Wir schwiegen uns eine Weile an, dann murmelte sie: »Ich muß mal mit dir reden, ich habe kaum richtig geschlafen.« Sie bewegte unruhig die Hände auf der hölzernen Tischplatte, zwischen ihren Augenbrauen erschien ein scharf ausgeprägtes V, und sie schloß für eine Sekunde die Augen. Dann sah sie mich an, sagte aber nichts.

»Du schläfst schon seit vielen Tagen nicht richtig«, murmelte ich. Ich roch die Gefahr, sie meinte es ernst.

10

Plötzlich hatte ich das ekelhafte Gefühl vollkommener Hilflosigkeit. »Laß es raus.«

»Es ist so, daß ich ... Ich glaube, ich muß mal eine Weile weg von hier.«

Paulchen kippte in der Längsachse zur Seite, stellte sich langsam wie ein alter Mann auf die Beine und hüpfte dann erstaunlich elastisch auf ihren Schoß. Er drehte sich ein paarmal und ließ sich nieder, um genußvoll die Augen zu schließen.

»Was meinst du mit eine Weile?«

»Das weiß ich nicht«, entgegnete sie und schubste Paul von ihrem Schoß. »Das weiß ich eben wirklich nicht. Das muß ich ausprobieren.«

»Und wo willst du hin?«

»Das weiß ich auch nicht. Jedenfalls jetzt noch nicht.«

»Seit wann denkst du drüber nach?«

»Seit vorgestern. Ich dachte: Das geht vorbei. Aber es geht nicht vorbei. Ich hocke in einem Loch und komme nicht heraus. Scheiße!«

»Unsere Geschichte ist also vorbei?« Das war eine schwere Frage, eigentlich war es eine unmögliche Frage, aber wahrscheinlich wirkte ich trotzdem sehr ruhig.

»Nein, nein, nein. So meine ich das nicht. Ich will überlegen.«

»Was willst du denn überlegen?«

»Was ich aus meinem Leben mache. Ich meine, ich muß irgend etwas tun, um auf die Hufe zu kommen. Ach, Scheiße, Baumeister. Ich lebe hier mit dir, von deinem Geld. Und wenn ich einen Auftrag kriege, kriege ich den, weil du das vorher geregelt hast. So kann ich nicht mehr leben, Baumeister, so nicht.«

Es tat irgendwo in meinem Bauch weh, und ich konnte nicht einmal behaupten, daß ich vorher ahnungslos gewesen war. Es schwelte seit langem in ihr, ich hatte es gewußt. »Du willst also weg, um Eigenständigkeit zu erlangen?«

»Ja.«

»Wann?«

»Ich weiß es nicht. In den nächsten Tagen.«

»Und du weißt nicht, wohin?«

»Ich habe gedacht, ich fahre mal nach Ossiland. Irgendeine Redaktion in irgendeinem Kaff wird mich schon nehmen.«

»Du bist verrückt. Freie Jobs gibt es auch da nicht.« Ich hatte einen Kloß im Hals und wußte, daß alle Argumente nichts nutzen würden. »Das kommt etwas ... das kommt etwas plötzlich.«

»Ich muß es aber tun, Baumeister«, sagte sie klar und kräftig.

»Und wann soll das stattfinden? Ich meine, es würde mich quälen ... also ich denke ...«

»Ich kann heute schon abhauen. Das ist dir lieber, nicht?«

»Du lieber Gott«, brüllte ich. »Hau ab! Nun hau schon ab.«

Sie hatte ganz weite, erschreckte Augen und starrte mich entsetzt an. Sie stand auf und ging durch das viel zu lange Gras davon. Sie murmelte etwas wie: »Ich bin schon weg«, ehe sie um die Ecke bog und verschwand.

Eine Stunde später knatterte ihr Käfer, und sie fuhr vom Hof. Sie hatte sogar ihre Seite des Bettes abgezogen, und sie hatte einen Brief an mich auf den Wohnzimmertisch gelegt.

Sie mußte ihn Tage vorher geschrieben haben, denn er war sehr lang, sehr logisch und vollkommen verrückt. Sie schrieb, daß sie mich noch immer liebe, aber sehr große Furcht davor habe, in Unselbständigkeit zu versacken. *Und es war immer mein höchster Wunsch, Baumeister, eine sehr selbständige Person zu werden. Und das will ich wenigstens versucht haben. Du behauptest immer, ich hätte unzweideutig Talent. Ich gehe den Beweis suchen.* Sie schrieb, die Zeit mit mir sei die schönste ihres Lebens gewesen, aber um sie zu retten, müsse sie diese Zeit unterbrechen. Und ich solle beruhigt sein. *Ich weiß, Baumeister, daß dir das sehr weh tut und daß du unter Deinen Phantasien leiden wirst. Aber es steckt kein anderer Mann dahinter. Wünsch mir Glück, Baumeister. Ich wünsche mir, daß ich bald wieder in der Eifel bin.*

»Heilige Scheiße!« schrie ich. »Das darf doch nicht wahr sein, sie hat ja nicht mal genügend Geld, um sich ein Brot zu kaufen!«

Paul hockte in Dinahs Sessel und starrte mich an, als wollte er sagen: »Was regst du dich auf? Sie hat so entschieden, und also müssen wir damit leben.«

»Die ist doch bescheuert«, schrie ich weiter. »Die ist vollkommen abgedreht! Die meint, sie kann irgendwann wieder auftauchen, und alles ist in Butter. Nichts wird jemals wieder in Butter sein, verdammt noch mal. Oh Gott!«

Ich wanderte durch das Haus, treppauf, treppab, schaltete die CD-Anlage ein, und der saublöde Louis Armstrong röhrte zum Klavier des Oscar Peterson »What a wonderful world!« Ich warf mit der Fernbedienung nach der Anlage, aber Armstrong ließ sich nicht stören und wurde dann von der bieder-hausfraulich wirkenden Phoebe Snow abgelöst, die sehr aufmüpfig »Teach me tonight« und »Love makes a woman« in den Äther schickte.

Ich stand im Keller und starrte auf den Haufen Feuerholz, ohne zu wissen, wie ich dorthin gekommen war. Ich stand auf dem Dachboden und blickte in das Chaos unserer Geschichte, die seltsam klar und heiter verlaufen war. Ich sah den Staub in den Sonnenstrahlen tanzen, die wie Messer durch die Ritzen zwischen den Dachpfannen stachen.

Irgendwann hörte das Fieber auf, und irgendwann spürte ich erschrocken, daß ich weinte. »Diese blöden Beziehungskisten«, sagte ich in die Stille, und meine Stimme kam mir sehr fest vor.

Gegen Mittag beschloß ich, den General zu besuchen. Er war ein freundlicher, fairer Mann, er hatte keine Ahnung von Dinahs Existenz, und ich würde nicht in Versuchung kommen, ihm irgend etwas vorzujammern. Der General war nichts anderes als ein Eifelfreak wie ich, die Eifel war das Band zwischen uns, und niemals würde ich ihn interviewen, weil zuviel Geschwätz in meiner Branche unweigerlich zu Beliebigkeit und Lieblosigkeit führt.

13

Aber dann fühlte ich mich so elend, daß ich fürchtete, dem General durch beharrliches Schweigen auf die Nerven zu fallen. Ich konnte ihn buchstäblich fragen hören: »Sagen Sie mal, weshalb sind Sie eigentlich rübergekommen, wenn Sie ohnehin kein Wort sagen wollen?« Er konnte so wunderschön scharfkantig ironisch sein. Also war die Idee nicht gut. Aber welche Idee war gut? Ich dachte an Rodenstock an der Mosel und daran, daß er seit mindestens sechs Wochen abgetaucht war und nichts von sich hören ließ. Natürlich würde er nach Dinah fragen, weil sie so etwas wie seine Ziehtochter war, aber ich könnte mit irgendwelchen Belanglosigkeiten kontern. Zum Beispiel behaupten, sie sei zu ihren Eltern gefahren. Ich rief ihn also an, aber niemand hob ab, weder der olle Rodenstock noch seine höchst überraschende Freundin Emma aus Holland, die in s'Hertogenbosch stellvertretende Polizeipräsidentin war. »Sie sind wahrscheinlich in ihrer Wohnung in Holland«, sagte ich laut und rief dort an. Aber auch dort meldete sich niemand. Da hockte ich mich an den Küchentisch und las die Zeitungen der letzten drei Tage. Das tue ich immer, wenn ich absolut nicht weiß, wie es weitergehen wird.

In Belgien machte der Skandal um die Kinderschänder gewaltigen Lärm, und ganz Europa schien auf das kleine Land zu starren, als berge es hinter bigotter Harmlosigkeit gewaltige Gefahren, halte seltene Monster mit blutigen Zähnen bereit, sei irgendwie letztlich schuld an dieser moralisch-ethischen Sauerei. Meine Kolleginnen und Kollegen fanden vor Abscheu triefende Sätze, als sei Belgien das Zentrum dieser Welt für sexuell pervertierte Erwachsenencliquen und Pornofilmer mit kleinen Mädchen als Hauptdarstellerinnen. Vielleicht sollte das Familienministerium etlichen Redaktionen ein paar Betriebsausflüge nach Manila oder Bombay spendieren, um die Praxis aufzufrischen und anschließend im eigenen Land genauer hinsehen zu können.

Ich spürte, wie ich langsamer zu atmen begann und allmählich in ruhigeres Fahrwasser geriet. Ich sagte zu Paul, der auf der Fensterbank lag: »Sie wird wiederkommen, weißt du. Sie wird spätestens morgen vor der Tür stehen und in die Küche gehen und einen mexikanischen Apfelkuchen backen. Und natürlich kriegt ihr eine Sonderration Rinderleber, richtig schön blutig.« Im gleichen Augenblick wußte ich, daß genau das nicht geschehen würde, aber es tat gut, gegen die atemlose Stille in mir anzureden, und plötzlich mochte ich mein Haus nicht mehr und dachte erneut an den General Otmar Ravenstein, atmete wieder hastig und hatte nur den einen Wunsch, möglichst schnell aus diesem Haus und diesem Dorf zu verschwinden. Dann dachte ich, daß Dinah vielleicht irgendeine Panne mit ihrem alten Auto haben könnte und mich zu erreichen versuchte. Also blieb ich und las weiter Zeitungen, bis das Telefon schrillte und ich in Panik auf den Küchenfliesen ausrutschte.

»Baumeister hier.«

»Hier ist Maria Hermes aus Jünkerath. Sagen Sie mal, Sie sind doch Journalist. Und wir hier haben in Jünkerath die Hauptstraße, Sie wissen schon, die Straße, die seit Jahren eine Baustelle ist. Und da wollte ich mal fragen, ob Sie nicht darüber schreiben können. Und ich habe dazu was zu sagen, weil ich bin nämlich Anlieger.«

»Das geht jetzt nicht«, sagte ich freundlich. »Können Sie mich in den nächsten Tagen noch einmal anrufen?«

»Das mache ich gerne«, erwiderte sie kriegerisch. »Ich bin nämlich Anlieger, und mein Mann sagt schon lange, er hätte die Schnauze voll, also er würde das nicht mehr mitmachen, würde er das. Und ich soll auch noch fragen, was das denn kostet.«

»Was was kostet?« fragte ich verblüfft.

»Na ja«, krähte sie fröhlich. »Wir müssen doch wissen, was das kostet, wenn Sie drüber schreiben.«

»Das kostet nichts«, hauchte ich. »Bis die Tage denn.«

Ehe ich ins Badezimmer ging, um mir mannhaft ein menschliches Aussehen zu geben, las ich noch in der *Süddeutschen* den Bericht über Ewald Herterichs Tod. Ich wußte schon alles darüber, denn er war einer der wenigen Politiker, die ich gemocht habe. Er hatte eine sehr verständnisvolle Art gehabt, mir die Schliche und Schleifen der Politik in Bonn und anderswo zu erklären, bis ihn vor ein paar Monaten die Europäische Union zusammen mit der NATO zum Verwalter einer Stadt im ehemaligen Jugoslawien gemacht hatte. Er sollte die Infrastruktur aufbauen, sollte den Frieden bewahren, sollte die Menschen friedlicher stimmen, sollte ihnen zeigen, daß Frieden sich lohnt. Er war mit den Worten abgeflogen: »Ich werde versuchen, das Beste daraus zu machen.«

Sein Start war furios gewesen, seine Unerschrockenheit sehr schnell Legende. Vor vier Wochen hatten sie ihn am hellichten Tag mitsamt seinem Chauffeur in die Luft gejagt, als er gerade eine neue Brücke einweihen wollte. Ich erinnerte mich, wie ich entsetzt und bleich vor dem Fernseher gesessen hatte, wie Dinah mich ansah und erschrocken fragte: »Was ist denn mit dir?« – »Ich kannte den gut«, erklärte ich tonlos. »Aus irgendeinem Grund kommen die Besten immer vorzeitig um. Er war erst lächerliche fünfundvierzig.«

Seiner Frau hatte ich geschrieben und eigentlich nicht gewußt, was man in solchen Ausweglosigkeiten schreibt. Es gab nicht einmal ein Foto seiner Leiche, jemand im Fernsehen hatte kühl gesagt: »Es hat ihn zerrissen, es zerriß ihn im Bruchteil einer Sekunde.« Das offizielle Bonn sonderte Offizielles ab, der unvermeidliche Satz vom Mann, der sich ums Vaterland verdient gemacht hat, wurde stark strapaziert. Ich erinnerte mich, wie wir durch die Rheinauen spaziert waren, um in Godesberg Kaffee zu trinken. Ich erinnerte mich, ihn gefragt zu haben: »Was wünscht sich der Abgeordnete Herterich von seinen Wählern?« Er konnte grinsen wie ein übermütiger Gassenjunge. »Nichts«, hatte er gesagt. »Nichts, außer der Fähigkeit, nicht alles zu glauben, was ich ihnen erzähle.« Dann war er plötzlich tot, dann hatte es ihn zerrissen, und er war für ein paar Tage zum Star meiner Branche avanciert. »So eine Scheiße«, sagte ich laut. Endlich ging ich mich rasieren, denn nun wußte ich, daß Dinah nicht zurückkehren würde, nicht so schnell jedenfalls.

Ich stellte den Katzen genügend Wasser und Trockenfutter vor die Kellertür, damit sie notfalls für ein paar

Tage versorgt waren. Paul machte einen deprimierten Eindruck, weil er selbstverständlich wußte, daß er bis zu Momos Rückkehr allein sein würde. Das gefiel ihm nicht. Ich streichelte ihn noch einmal und sagte einigermaßen mutig: »Da müssen wir jetzt durch, mein Lieber.« Dann fuhr ich.

Normalerweise nehme ich zum General die direkte Strecke über Nohn und Adenau zur Hohen Acht. Da aber die Möglichkeit bestand, daß er ein Mittagsschläfchen machte oder so etwas wie eine Siesta einlegte, beschloß ich, einen Schlenker durch das Ahrtal zu machen, um dann gutbürgerlich zum Nachmittagskaffee bei ihm aufzutauchen, obwohl ich zu wissen glaubte, daß er gar nicht gutbürgerlich war. Ich fuhr also über Kerpen nach Niederehe, nach Nohn und weiter in Richtung Ahütte im Ahrtal. Dann ging es nach rechts an der Ahr entlang bis Müsch, schließlich auf Schuld und Insul zu. Hier oben ist der Fluß noch klar und besitzt die liebenswerte Unordentlichkeit eines in vielen Mäandern durch das Tal ziehenden Wasserlaufs, von dem nicht genau zu sagen ist, ob sein Bett im nächsten Jahr noch dasselbe sein wird. Es war heiß, und die Hänge detonierten in Gelb, der Ginster blühte. Vor Fuchshofen rechnete ich mir aus, daß ich zu früh beim General sein würde, und hielt an. Ich ging durch die Wiesen rechter Hand und hockte mich an die Ahr, die in jedem Jahr um diese Zeit ein kleines Wunder parat hält. Es heißt großartig Hydrochorus Morsus Ranae, aber man kann es auch den Gemeinen Froschbiß nennen. Ein weißes Blütenmeer schwimmt auf dem Wasser, wundersame große schwankende Teppiche.

Ich stopfte mir eine Pfeife und paffte vor mich hin, ehe ich weiterfuhr und die Steilhänge bei Fuchshofen erreichte. Schiefernasen im Gestein sind hier die Standorte der Steingewächse, deren Farben von leuchtend hellem Grün bis zu tiefem Violett reichen. Das Altrosa der blühenden Wiesengräser hob sich klar von den unendlich vielen Grüntönen der Wälder ab. In der Eifel begreift man schnell, woher die Schneider dieser Welt ihre Farben haben. In Dümpelfeld zog ich links Richtung Al-

tenahr weiter und war ein paar Kilometer lang von wild-
gewordenen Bikern umgeben, die in der Nähe des Nür-
burgrings grundsätzlich so tun, als bestehe nicht die geringste Möglichkeit, eine Geschwindigkeit unterhalb der
130er-Marke zu wählen. Dazu gesellten sich ein paar mit
dem Gaspedal spielende Jungmechaniker, die unbedingt
den Bikern zeigen wollten, daß sie auch ganz schön
schnell sein konnten. Diesen Teil der Strecke muß man
mit Demut nehmen. Augen weit auf, behutsam durch
und jeden Wutanfall im Keim ersticken. In Ahrbrück
verließ ich die Arena der motorisierten Idioten und nahm
den Weg über Kesseling, Weidenbach, Herschbach und
Kaltenborn. Ich kam gewissermaßen durch die Hintertür
zum General, und es war Punkt 15 Uhr, als ich auf Hochacht zurollte und nach links unter die gewaltigen Buchen
einbog.

Natürlich habe ich mich später gefragt, ob ich geahnt
hatte, welch blutige Katastrophe mich erwartete. Ich habe
es nicht geahnt. Es war ein heißer makelloser Sommer-
tag. Dinah war gegangen, und ich flüchtete jetzt vor mir
selbst. Ich war beileibe nicht gutgelaunt und hatte allen
Grund, die Welt zu verfluchen. Ahnungen hatte ich
schon deshalb nicht, weil meine Realität ziemlich beschissen war und die Aussicht auf Besserung gleich Null.
Es gibt eben Tage, da bin ich ein Magnet für Unglück.
Dies war so ein Tag.

Hier, oberhalb Adenaus, hatte der General Otmar Ravenstein seine Jagdhütte in den Dom achtzigjähriger
Buchen gesetzt. Es war ein kaum glaublicher Ort, einer,
der selbst Atheisten ganz stumm machte.

Das Haus war ein zwölf Meter langer und acht Meter
breiter Bau, mit dem Giebel zur Straße hingesetzt, vollkommen aus Holz. Die Leute in der Gegend erzählten
voll Hochachtung, der General habe unnachgiebig darauf
bestanden, wegen des Baus keinen einzigen Baum zu
fällen, was ihm mit zwei Ausnahmen auch gelungen
war. Die beiden Buchen hatten weichen müssen, damit
ein kleiner Baukran seine Arbeit aufnehmen konnte. Das
Ergebnis war ein unaufdringliches Haus mit einem ganz

eigenen Charakter. Es wirkte so, als sei es direkt aus dem Boden gewachsen. Sein Garten war der Wald, und wenn ich je eine Idylle beschreiben müßte, würde es dieses Haus sein.

Die Sonne tanzte auf dem Waldboden, formte große, goldene Teiche. Die hohen Bäume rauschten sanft, sonst war es unwirklich still. Zwischen großen Moospolstern waren Frauenfarn und Adlerfarn hochgeschossen und bildeten hellgrüne Zungen gegen das leicht dämmrige Licht. Hohe Halme des Nickenden Perlgrases wiegten sich sanft. Hinter der Haustür, die grundsätzlich offenstand, wenn der General im Haus war, gelangte man in eine Art Windfang, der gleichzeitig als Garderobe diente. Das Haus bestand aus zwei sehr großen Räumen, einer im Erdgeschoß, einer im Dachgeschoß. Unten waren vom Wohnraum zwei kleine Gelasse abgetrennt: eine Küche, ein Bad. Erdgeschoß und Dachgeschoß waren mit einer Wendeltreppe verbunden, deren Stufen aus fünf Zentimeter dicken Ulmenbohlen geschnitten waren.

»Hallo«, rief ich.

Keine Antwort. Ich stand im Windfang, wollte nicht so einfach weiter in das Haus hineingehen. Ich dachte an die kleine Terrasse auf der gegenüberliegenden Seite des Hauses, machte kehrt und ging vorne um den Bau herum. Die drei großen doppelflügeligen Türfenster des Wohnraums standen weit offen, davor auf der kleinen Terrasse aus Vulkanasche befand sich ein schöner Holztisch, darauf eine Flasche Rotwein, daneben ein gebrauchtes Glas.

»Wo sind Sie?«

Wieder keine Antwort. Ich ging zur ersten Fenstertür und sah als erstes seine Beine. Er trug dunkelblaue Trainingshosen und weiße Laufschuhe an den nackten Füßen.

»Ist Ihnen schlecht?« rief ich sehr laut und machte den nächsten Schritt in die Tür. Dann glaubte ich: Er ist es gar nicht!, und eine warme kleine Welle der Erleichterung durchströmte mich. Das dauerte nur den Bruchteil einer Sekunde. Natürlich war es der General, aber ein brutaler

Tod hatte ihn vollkommen fremd gemacht. Das ganze Gesicht war blutverschmiert, und mitten in dieser Fläche der Gewalt lag kaum erkennbar, schräg verzogen der Mund. Und in diesem Mund gab es einen hellen Punkt – zwei Zähne im Oberkiefer. Das wirkte aufdringlich obszön. Voller Entsetzen begriff ich, daß der ganze Mann blutverschmiert war, in einem See aus Blut schwamm, und kurioserweise dachte ich flüchtig: Es ist unmöglich, daß soviel Blut in einem menschlichen Körper ist.

Ich drehte mich ab und stolperte quer über die kleine Terrasse, um mich zu übergeben.

Es war immer noch still unter den hohen Bäumen, als ich mich ein wenig beruhigt hatte. Das Bild war immer noch das gleiche – sonnengoldene Lichtflecken in einem Dom aus hochragenden Buchen. Aber alles hatte sich verändert, alles war härter, sogar das Licht. Ich ging ganz langsam zu der Leiche des Generals zurück. Jetzt war ich in der Lage, einigermaßen nüchtern hinzuschauen, um herauszufinden, was geschehen sein könnte. Mein ganzes Leben lang habe ich in Krisen und Krieg so reagiert. Erst wie das Sensibelchen, das ich nun einmal bin, und dann durchaus fähig, bis zu einer an Zynismus erinnernden Grenzlinie Fakten zu sammeln.

»General«, sagte ich, »du machst mir Sorgen.« Und dann, an Dinahs Adresse: »Verdammt noch mal, wie konntest du so dämlich sein, ausgerechnet heute zu verschwinden?«

Er lag neben dem großen Eßtisch lang ausgestreckt auf dem Rücken, seine Augen waren offen und tot. Wahrscheinlich hatte er im Fallen instinktiv die Hände vor das Gesicht geschlagen. Und weil diese Hände voller Blut gewesen waren, sah er aus wie ein sehr schlecht geschminkter Clown. Blut vom Gesicht bis zu den Oberschenkeln, unglaubliche Mengen an Blut. Unter seinem Rücken war eine Menge Blut auf die Tannenbretter des Fußbodens gelaufen und hatte sich in zwei Lachen unter den Achselhöhlen gesammelt. Es glänzte wie ein Spiegel, war kräftig rot und sah sehr frisch aus. Viel Blut hatte auch der hellbeige Wollteppich aufgesogen, der unter den Möbeln der Eßecke lag. Der General Otmar Ravenstein lag da wie ein Gekreuzigter.

Ganz automatisch kam mir in den Sinn, daß er wahrscheinlich noch leben würde, hätte ich nicht den umständlichen Umweg hierher gemacht und wäre strikt über Nohn nach Adenau gefahren. Aber möglicherweise, sagte eine andere Überlegung, lägen dann hier nicht nur eine Leiche, sondern zwei.

Der Handel mit Konjunktiven birgt immer Betrug.

Ich machte einen Schritt rückwärts, und der Absatz meines Schuhs verursachte einen scharfen Laut. Plötzlich dachte ich: Wenn es noch nicht lange her ist – vielleicht bin ich mit dem General nicht allein? Wie in Sekundenfieber war ich von Panik erfüllt und sagte mehrere Male: »Hallo?« Aber ich glaube nicht, daß ich es einfach sagte, es war wohl eher ein Krächzen und der Versuch, gegen diese unendliche Stille anzukommen.

Ich schlüpfte aus den Schuhen und schaute schnell in den Windfang, die Küche, das Bad, die Wendeltreppe hinauf in den zweiten Raum. Ich bückte mich sogar, um unter das große Messingbett gucken zu können. Nichts, ich war allein mit diesem Toten.

Das Telefon stand auf einem kleinen Tisch mit einer Kupferplatte, seitlich von dem großen Kamin. Drei schwere Ledersessel waren dort aufgebaut, wie Männer sie wohl mögen. Ich ging nicht über den Notruf, sondern über die normale Nummer des Polizeireviers in Adenau: »Hier ist Siggi Baumeister im Haus des Generals Otmar Ravenstein zwischen Kaltenborn und Hochacht. Sind Sie hier zuständig?«

Die Stimme des Beamten war jung. »Sind wir. Was kann ich für Sie tun?«

»Der General ist erschossen worden.«

Eine lange Weile war es still, der Polizist atmete sofort hastiger.

»Unfall, oder?«

»Kein Unfall. Erschossen.«

»Woher wollen Sie das wissen? Oder sind Sie ein Kollege? Wer, sagten Sie, sind Sie?«

»Siggi Baumeister. Journalist.«

»Wo sind Sie denn jetzt. Und was machen Sie da?« Die Stimme kam so zögernd, als neige der Beamte zu schwerem Stottern. Wahrscheinlich hatte er den Telefonhörer zwischen Kinn und Schulter eingeklemmt und ruderte mit beiden Armen, um die Kollegen darauf aufmerksam zu machen, daß er in Not war.

»Ich bin hierher gekommen, um mit dem General zu klönen, guten Tag zu sagen. Einfach so.«

»Sie sind also in seinem Haus?« Er versuchte, auf eine recht dümmliche Art Zeit zu schinden.

»Hören Sie zu, junger Mann. Heben Sie Ihren gottverdammten Arsch hoch, und kommen Sie her. Der General Ravenstein liegt vor mir. Erschossen!«

Er versuchte es erneut. »Damit wir uns nicht mißverstehen, Herr ... Wie heißen Sie doch noch mal?«

»Sie sollten eigentlich von jeder Karriere befreit werden«, sagte ich wütend und hängte einfach ein.

Ich ging hinaus zum Wagen und holte mir das Diktiergerät. Als ich zurückkam, klingelte das Telefon einmal kurz und war dann wieder stumm. Ab jetzt wurde also dieser Anschluß abgehört, und es war ein durchaus normales Vorgehen, wenngleich der Normalverbraucher immer in dem Glauben gehalten wird, ein Telefon abzuhören setze einen richterlichen Beschluß voraus. Wahrscheinlich würden sie sich auf den magischen Begriff »Gefahr im Verzuge« berufen. Gefahr im Verzuge bedeutet, daß im Grunde jeder tun kann, was er für notwendig hält, Gefahr im Verzuge war immer schon eine brillante Entschuldigung mit eingebautem Freispruch.

Während ich auf den Toten starrte, begann ich zu diktieren: »Siggi Baumeister nach dem Tod des Generals Otmar Ravenstein in dessen sogenanntem Jagdhaus. Ich habe bisher an folgenden Stellen Fingerabdruckspuren hinterlassen: an den Klinken aller Türen beidseitig, am Messingbett des Toten im Obergeschoß, am Telefon und vermutlich auf den Lehnen der schwarzen Sessel vor dem Kamin. Ich bin jetzt zwanzig Minuten hier, muß also gegen exakt 15 Uhr hier eingetroffen sein.«

Ich ging von Raum zu Raum und diktierte weiter. »Die Szenerie ist durchaus wie immer, wenn der General hier ist. Hinter dem Haus stehen sein schwarzer Porsche Carrera und sein kleiner Suzuki-Jeep. In beiden Fahrzeugen steckt der Zündschlüssel. Alle Außentüren des Hauses standen auf, was bei Ravenstein vollkommen normal war.« Ich kam auf dem Rückweg an der Leiche vorbei und kniete mich neben sie. »Wahrscheinlich habe ich den oder die Mörder nur um Minuten verfehlt, denn das Blut an der Leiche wirkt sehr frisch. Wenn ich den Zeigefinger in die Lachen beiderseits des Oberkörpers stecke, tropft das Blut vollkommen normal, die Gerinnung an der Oberfläche ist nur den Bruchteil eines Millimeters dick. Ich bücke mich jetzt, um festzustellen, durch wieviel Schüsse der General getötet wurde. Das ist selbstverständlich Aufgabe der Fachleute der Mordkommission, ich tue es trotzdem aus beruflichem Interesse, aber auch, um mögliche Veränderungen durch lange Liegezeiten der Leiche zu dokumentieren. Ich war um etwa 15 Uhr an der Leiche, das Blut wirkte frisch und war kaum geronnen. Es kann also durchaus sein, daß der Tod erst nach 14 Uhr eingetreten ist. Ich habe dann sowohl das T-Shirt wie die Turnhose des Toten hinauf- bzw. heruntergeschoben. Der Mann ist von mindestens zwanzig Geschossen eines großen Kalibers (neun Millimeter?) getroffen worden, davon liegen zwölf in einer Naht oberhalb der Taille, so daß der Körper nahezu durchtrennt wurde. Eine zweite Gruppe Geschosse traf den Brustkorb bis hinauf zum Halsansatz und hat die Figur eines Kreises. Ich vermute eine vollautomatische Waffe, aus der zwei Salven geschossen worden sind.

Der Zustand des Badezimmers läßt folgendes vermuten: Wahrscheinlich hat der General den Morgen über Holz gehackt. An dem Schnürband seines rechten Schuhes hängt ein frischer Holzspan. Er ist dann wohl in das Badezimmer gegangen, um sich zu rasieren. Das kann ich wegen des Blutes im Gesicht nicht genau feststellen, aber der Rasierpinsel im Bad ist naß, und auf dem Waschbecken ist die übliche Versammlung frischer Was-

serspritzer zu sehen. Weiter hat er sich eindeutig Bade-
wasser eingelassen. Das Wasser steht etwa zehn Zentimeter hoch in der zugestöpselten Wanne und ist blau,
was auf einen Badezusatz schließen läßt. Und es ist jetzt
um 15.35 Uhr noch immer warm, zumindest wärmer als
das Badezimmer selbst. Es sieht so aus, als sei der General aus dem Badezimmer gekommen und als haben ihn
die beiden Geschoßsalven auf dem Weg quer durch den
Wohnraum von vorne getroffen. Aber es kann auch sein,
daß alle Geschosse in den Rücken trafen und daß die von
mir festgestellten Wunden Ausschüsse sind und nicht
etwa Einschüsse. Ich fand keine Geschoßhülsen und auch
keinerlei Einschüsse an den Möbeln, Wänden etc.«

Das Blut des Generals wurde immer dunkler, zuse-
hends fester, ein Panzer für seine tote Haut. Ich ging noch
einmal hinauf in das Obergeschoß, sah mich um und
entdeckte zunächst nichts Besonderes. Die Schreibtisch-
platte war sauber und leer, nichts wies auf irgendeine
Tätigkeit hin. Dann sah ich den hohen Babystuhl in einer
Ecke neben dem Messingbett. Er war aus hellem Holz,
offensichtlich liebevoll selbstgefertigt. Hatte der General
ein Kind gezeugt? Wartete er auf ein Kind? Hatte er vor,
ein Kind zu haben? Und dann die Frage Nummer eins,
die mir erst jetzt einfiel: Wie alt war der Mann eigentlich?

Irgendwas zwischen fünfzig und sechzig Jahren entschied ich. Ich war betroffen, als ich feststellen mußte,
daß ich im Grunde nichts über diesen Mann wußte. Was
für eine Sorte General war er gewesen? Einer für die
Luftwaffe, für die Infanterie, für Panzer? Er hatte einmal
beiläufig die NATO erwähnt, aber ich erinnerte mich
nicht mehr daran, in welchem Zusammenhang das geschah. Ich wußte wirklich nichts über diesen Mann.

Ich wußte nicht einmal, ob er so etwas wie eine Familie
hatte und wo er zu Hause war. Dieses Jagdhaus war nur
sein Zweitwohnsitz, das hatte er erzählt.

Ich hockte mich auf die oberste Stufe der Wendeltreppe und starrte auf ihn hinunter. Die Erkenntnis traf mich
wie ein Schock: Alle Welt, von Adenau bis Bonn, von Bad
Münstereifel bis Remagen redete wie selbstverständlich

von diesem General und seinem tollen Jagdhaus in der Eifel, aber in diesem Haus gab es keine einzige Langwaffe, nicht einmal ein Kleinkalibergewehr, geschweige denn eine doppelläufige Schrotflinte oder ähnliches. Ich hatte nicht einmal eine Jagdtrophäe entdeckt, auch keine Schachtel mit Munition, keine Zeitschrift für Jäger und keine typischen grünen Röcke oder Pullover oder Hosen. Dann erinnerte ich mich an eine Szene: Wir waren oberhalb seines Hauses in einem Windbruch unterwegs, als er mit leichtem Grinsen feststellte: »Je älter ich werde, umso mehr traue ich mich, die herkömmlichen Bahnen dieser fragwürdigen Gesellschaft zu verlassen. Ich esse zum Beispiel seit zehn Jahren kein Fleisch mehr, ich bin totaler Vegetarier. Und das bekommt mir ausnehmend gut.« Wie konnte so ein Mann ein Jäger sein?

Ich wünschte plötzlich, wenigstens mein Kater Paul wäre hier. Wahrscheinlich würde ich mit seiner Hilfe gelassener bleiben.

Endlich erschienen sie, und es lief alles sehr schnell und generalstabsmäßig ab. Vier Streifenwagen kamen dicht hintereinander mit Blaulicht, aber ohne Sirene auf der schmalen Straße vom jenseitigen Hang hinab. Der General hatte sich einen bogenförmig verlaufenden Waldweg an seinem Haus vorbeilegen lassen. Der erste Streifenwagen blockierte die Einfahrt des Weges, der zweite die Ausfahrt. Der dritte kam mit einem langgezogenen Seufzen der Bremsen ganz knapp hinter meinem Wagen zum Stehen, der vierte zog direkt hinter das Haus. Es war wie aus dem Lehrbuch der Polizeiakademie: So etwas nennt man eine schnelle, gekonnte Objektsicherung. Die Beamten stiegen aus, aber nur zwei kamen zu mir an die Fenstertüren des Wohnraumes. Beide hatten ihre Waffen gezogen.

Der Mann war jung und trug einen dunklen martialischen Schnäuzer. Die Frau neben ihm war hübsch, rothaarig und offensichtlich sehr nervös.

»Bewegen Sie sich nicht!« befahl sie.

»Der Tote liegt da hinter mir«, murmelte ich. »Soll ich jetzt etwa die Hände hochhalten?«

»Durchaus«, sagte der mit dem Schnäuzer scharf. »Und drehen Sie sich um.«

Ich gehorchte, und er war sofort bei mir und tastete mich ab.

»Negativ«, meldete er ohne Betonung. Er glitt drei Schritte zur Seite. »Sie können sich wieder umdrehen.«

»Sie sind also ein Bekannter des Generals?« fragte die Frau triefend vor Mißtrauen.

»Ja, kein intimer Bekannter, aber immerhin. Ich habe ihn etwa achtmal getroffen, abwechselnd hier oder bei mir daheim.«

»Und Sie wohnen seit kurzem in Dreis-Brück«, stellte sie fest. »Nördlich von Daun.«

»Richtig. Und ich bin harmlos.«

»Harmlos nun wieder auch nicht«, meinte der mit dem Schnäuzer.

»Was meinen Sie denn damit?« fragte ich zurück.

Es war klar, sie hatten im Computer überprüft, wer ich war, und wahrscheinlich hatte die Datei ihnen geflüstert, ich sei ein scharfer Hund oder etwas in der Art.

»Wir wissen es eben«, sagte die Frau. »Wieso fragen Sie?«

»Weil ich eine Vorverurteilung rieche. Und weil Sie als Polizeibeamtin eigentlich eine solche Bemerkung nicht machen dürften. Und das wissen Sie genau.«

»Sieh einer an«, der mit dem Schnäuzer tat erheitert, war es aber nicht. »Da sind wir ja auf einen richtigen Profi gestoßen.«

»Das stimmt«, nickte ich unbescheiden. »Könnten Sie vielleicht in Güte erwägen, diese Scheiß-Schießprügel in den Etuis zu versenken? Wenn Sie jetzt plötzlich Kreislaufschwierigkeiten bekommen, könnte ich darüber zur Leiche werden. Das hat man Ihnen auf der Polizeischule doch sicher gesagt.«

»Ich finde Sie arrogant«, sagte die Frau.

»Und ich Sie höchst unsicher«, entgegnete ich. »Aber niemand ist perfekt, gelle? Also, was ist? Ihre Waffen machen mich nervös.«

Der mit dem Schnäuzer sagte etwas dumpf: »Kommen

Sie erst mal von diesem Raum weg. Wir stellen uns vor das Haus.«

»Was soll denn das?« fragte ich verwirrt.

Der Schnäuzer lächelte seine Kollegin freudlos an. »Nun tun Sie doch nicht harmloser als Sie sind«, seufzte er. »Wir sind bloß Bullen, wir sind nicht die Kripo und schon gar nicht die Mordkommission. Wir haben Anweisung, den Tatort abzusichern und nicht zu betreten. Bloß absichern, nichts tun und abwarten.«

»Und normalerweise müßten wir Sie vorbeugend verhaften«, ergänzte die Frau bitter.

Ich war bestürzt. »Mich verhaften? Wieso?«

Der Schnäuzer sagte: »Das versteht der brave Zivilist nicht. Wir sollen eben jeden verhaften, den wir hier antreffen. Also auch den, der uns verständigt hat.«

Nun starrte er auf den toten General. »Das ist einfach irre«, flüsterte er.

»Sehen Sie da die Wunden im Bauch? Sind das Einschüsse oder Ausschüsse?« nutzte ich sein Entsetzen.

Die Frau kam heran und steckte dabei die Waffe weg. »Einschüsse«, sagte sie sicher.

»Dann muß der Rücken eine einzige Wunde sein«, meinte ich.

»Das kannste annehmen«, sagte sie. Sie sprach einen einwandfreien Eifeldialekt, ich tippte auf die Gegend von Mayen. Sie sang ein bißchen.

»Mayen?« fragte ich.

Sie errötete sanft, nickte, erwiderte aber nichts. Ihr Kumpel grinste. »Raten Sie mal, woher ich komme?«

Da er so klang, als sei er frisch aus Dortmund eingewandert, sagte ich: »Schätze mal Dortmund.«

Die Frau lachte unterdrückt, und der Schnäuzer strahlte. »Nicht ganz: Herdecke.«

»Können wir jetzt vor das Haus gehen?« fragte die Frau freundlich. »Mir ist es nicht recht, wenn wir hier rumstehen, obwohl wir hier nicht rumstehen sollen.«

»Na klar«, nickte ich. »Wer kommt denn noch?«

»Wissen wir nicht«, sagte der Schnäuzer und ging vor mir her. »Wir haben wirklich keine Ahnung.«

Die Frau hinter mir murmelte: »Wer macht denn so eine Sauerei und sägt den Mann mit einer Maschinenpistole durch?«

»War es denn eine Maschinenpistole?«

Wir blieben vor dem Haus stehen und sahen die drei Besatzungen der anderen Streifenwagen gänzlich unbeteiligt herumlungern. Es war wie bei Dreharbeiten zu *Derrick*, sogar die Polizisten sahen aus wie aus Pappe.

»Also ich wette, es war eine Uzi oder so was Ähnliches«, sagte die Beamtin. »In Münster haben sie mal mit so einem Ding auf Schweinefleisch geschossen, um uns die verschiedenen Handschriften der Waffen zu demonstrieren.« Sie nickte überlegend. »Ja, ich würde sagen eine israelische Uzi, nicht die aus der ehemaligen Tschechoslowakei. Aber es ist ja auch egal, er ist jedenfalls gründlich tot. Was war er für ein Mann?«

»Kurz bevor Sie kamen, stellte ich gerade fest, daß ich eigentlich wenig von ihm weiß. Ich habe ihn vor zwei Jahren kennengelernt. Genauer gesagt in der Kneipe *Periferia* am Buttermarkt in Adenau. Ich schätze mal, das muß im März gewesen sein.«

Die Rothaarige schüttelte heftig den Kopf. »Es war vor zwei Jahren, aber es war nicht März, es war Anfang Mai. Wenn Sie es genau wissen wollen, es war der 6. Mai.«

»Woher wissen Sie das?«

Der Schnäuzer grinste. »Wir haben Unterlagen über den General. Da steht das drin.«

»Und wer sagt Ihnen so was?«

»Die Leute vom Personenschutz«, erklärte die Frau. »Die kommen bei uns vorbei und sagen uns, was wir wissen sollten.«

»Aber hier war kein Personenschützer«, sagte ich heftig. »Hier war niemand.«

Die Frau nickte nachdenklich. »Er war ein Verrückter, dieser General. Wenn er Urlaub hatte und hier im Wald lebte, schickte er die Schützer nach Hause, obwohl das gegen die Regel verstößt. Er brüllte dann immer, er brauche keinen Schutz und könne sich allein windeln.« Sie grinste wie ein Junge. »Also sind wir alle zwei, drei Tage hier vorbeigefahren und haben kurz guten Tag gesagt.«

»Was war der eigentlich für eine Sorte General?« fragte ich weiter.

»Soweit ich weiß, Logistik-Spezialist«, sagte der Schnäuzer und zündete sich eine Zigarette an. »Einer von den Typen, die in sechs Tagen fünfhunderttausend amerikanische Soldaten an jeden Punkt der Erde bringen können, einer von denen, die fünfhundert Großraumflugzeuge in fünf Minuten startklar kriegen.«

»Er saß bei der NATO in Brüssel«, setzte die Frau hinzu.

»Dann hat er dort auch seinen Erstwohnsitz?«

»Nein«, sagte sie. »Den hat er in Meckenheim-Merl, direkt neben Bonn.«

»Hat er so was wie Familie?«

»Hatte«, erzählte der Schnäuzer. »Eine alte Ehefrau und zwei erwachsene Kinder. Aber die sind in Amerika, jedenfalls waren die noch nie hier. Jetzt werden sie kommen, jetzt erben sie.«

»Wieso erben? War er reich?«

»Das wissen wir nicht genau«, sagte die Frau vorsichtig. »Aber es heißt, er stammt aus einer sehr reichen Familie und hat außer seinem bestimmt nicht geringen Gehalt auch noch jede Menge Grundstücke, Häuser und Fabriken.«

Ich wollte das Thema General zumindest vorübergehend verlassen, um meine Fragerei nicht zu aufdringlich wirken zu lassen. Ich murmelte: »Ich bin gern höflich. Wie heißen Sie eigentlich?«

»Mein Name ist Gerlach«, sagte der Schnäuzer. »Meine Kollegin ist die Frau Schmitz, Heike mit Vornamen. Nun habe ich mal eine Frage.«

Jeder Journalist kennt das: Jemand, der sich ausgefragt fühlt, dreht den Spieß plötzlich herum und beginnt selbst zu fragen, eine gerechte Umverteilung der Gewichte.

»Wir kommt man eigentlich dazu, in die Eifel zu ziehen und dann auch noch allein hier zu leben?«

»Das interessiert mich auch«, sagte die Schmitz hell. Sie war vielleicht 25 Jahre alt.

Dann wissen sie noch nichts von Dinah, dachte ich automatisch.

»Mich interessiert das deshalb, weil ja der General auch so ein alleinlebender Typ gewesen ist«, setzte der Polizeibeamte namens Gerlach hinzu.

»Bei mir ist das ganz einfach«, erklärte ich. »Ich mache sogenannte Langzeitrecherchen. Das heißt, ich untersuche komplizierte Fälle mit komplizierten Zusammenhängen. Das geht niemals von heute auf morgen, das geht niemals in einer Woche, das dauert meistens Monate. Und um in Ruhe auszuwerten, was ich erfahre, brauche ich eine bestimmte Sorte Einsamkeit. Und genau die finde ich hier. Und vom General weiß ich, daß er die Einsamkeit brauchte, um sich zu erholen und um bestimmte berufliche Problemstellungen zu lösen. Das hat er mir selbst gesagt, aber er sagte natürlich nicht, um welche Probleme es sich handelte.«

»Haben Sie ihn mal interviewt?« fragte die Schmitz.

»Nie«, ich schüttelte den Kopf. »Erstens habe ich mit NATO und Bundeswehr nicht viel am Hut, und zweitens war er ein entfernter Freund. Die sind tabu. Mir ist aufgefallen, daß ich ihn zwar seit zwei Jahren kannte, aber nichts von ihm weiß. Wir haben über so Fragen geredet, ob es noch Hornissen oder Feuersalamander in der Eifel gibt, wie man die verdammten Monokulturen der Wälder auflösen kann, oder was man gegen die blöden Touristen unternehmen kann, die auf irgendeiner Waldlichtung ein Feuerchen anzünden oder ihren Hausmüll in unsere Wälder schmeißen. Was glauben Sie: Wer brachte ihn um?«

»Ich denke mal, das war eine private Sache«, sagte Gerlach betulich. »Da ist soviel Aggression und Haß zu spüren. Zwanzig Schuß aus einer Maschinenpistole, das muß man sich mal reintun, das ist doch Wahnsinn.«

Eine Weile war es still.

»Kann aber sein«, murmelte Heike Schmitz, »daß es nur darauf ankam, ihn todsicher zu töten, kein Risiko einzugehen. Kann also sein, daß es ein Profi war, der den Anschein erwecken wollte, es sei aus Haß geschehen.«

»Meine liebe Frau«, flüsterte Gerlach anerkennend. »Du bist wirklich auf Zack.«

»Danke«, erwiderte sie trocken.

»Welche Mordkommission ist eigentlich zuständig?«

»Die aus Bonn«, erklärte der Schnäuzer. »Aber wenn Sie mich fragen, ist das in diesem Fall völlig unwichtig.«

Ich dachte darüber nach. »Mich interessiert das rein sachlich. Was passiert, wenn ich euch in der Wache anrufe und sage: General Ravenstein ist erschossen worden?«

»Ach du lieber Vater«, sagte Heike Schmitz leise und grinste. »Das ist aber eine schöne Frage.«

»Dann hätte ich gern eine schöne Antwort«, sagte ich und stopfte mir die Prato von Lorenzo.

Sie sahen sich schnell an, und Gerlachs Mund wurde ganz breit. Er wollte nicht antworten. Er sah zu, wie ich die Pfeife anzündete und murmelte: »Der Tabak riecht ja klasse. Wie heißt der?«

»Es ist eine private Mischung. Zu gleichen Teilen Plumcake von McBaren und die Nummern 27 und 45 von Charatan. Was ist mit einer schönen Antwort?«

»Er ist hartnäckig«, sagte Gerlach.

»Sehr«, nickte Heike Schmitz. »Wir haben bei diesen wichtigen Personen ganz genaue Vorschriften. Wir selbst dürfen überhaupt nichts unternehmen, wir sind nur Statisten, sozusagen Hilfssheriffs.« Das klang eindeutig frustriert. »Zuerst wird der Leiter der Wache informiert. Der hat im Safe eine Liste mit Telefonnummern, die im Fall Ravenstein angerufen werden müssen. Das sind in diesem Fall zehn.«

»Zehn? Das ist verrückt. Was sind das für Nummern?«

»Das dürfen wir nicht sagen, aber Sie können sich vorstellen, daß die NATO in Brüssel genauso dabei ist wie das Verteidigungsministerium.«

»... und sämtliche Geheimdienste«, ergänzte ich.

»Das kann angehen«, bestätigte sie. »Ganz zuletzt kommt die Mordkommission.«

Es war friedlich und still, sanft rauschte der Wind. Wenn man den General vergaß und nicht darauf bestand, um die Hausecke zu gehen, war es ein hübscher Tag.

»Wie wichtig war denn dieser General?« fragte ich. »Ich meine, daß die NATO Logistiker braucht, ist ja nicht eben eine Sensation, oder?«

»Er war sehr wichtig«, sagte Gerlach und zündete sich eine neue Zigarette an.

»Er war einer der zehn Leute, die die NATO-Geheimhaltungsstufe NATO-COSMIC haben.«

Ich hatte plötzlich tausend Wespen im Bauch. »Wenn das so ist, nutzte er irgendwelchen Leuten doch nur lebend.«

»Das ist ja das Komische«, bestätigte Gerlach vorsichtig. »Es sei denn, er hat vorher geredet und ist anschließend erschossen worden.«

ZWEITES KAPITEL

Plötzlich war da ferner, massiver Motorenlärm.

»Die kommen mit dem Hubschrauber«, murmelte Gerlach. »Tun Sie sich einen Gefallen, und halten Sie sich raus.«

»Wieso denn das?« fragte ich empört.

»Das sind ekelhaft unhöfliche Leute«, meinte die Schmitz lapidar.

Es waren drei ziemlich große Hubschrauber, vom Fabrikat habe ich keine Ahnung. Sie kamen in einer beeindruckenden V-Formation das Tal hinauf und waren nicht im geringsten unsicher, wo sie zu landen hatten. Gleichzeitig setzten sie jenseits der schmalen Straße in einer Wiese auf, und trotz der hellen Sonne wirkten ihre jeweils vier Scheinwerfer sehr grell. Die Motoren erstarben, und aus den Maschinen kletterten Männer.

Es waren sicherlich um die dreißig Personen, und sie waren allesamt vom gleichen Typ: Yuppies mit dem Hang zu dünnen Schlabberhosen, wie Jungmanager sie lieben, stark farbigen Jacketts, Seidenkrawatten der Stilrichtung ›Guck mal, wie mutig Papi ist‹ und Schuhen im englischen Lochmuster. Wie sich später herausstellen sollte, trugen drei oder vier immerhin Jeans, aber das

32

waren die Exemplare minderer Qualität, und die spielen in dieser Geschichte ohnehin nur bescheidene Nebenrollen.

Die Männer versammelten sich zu einem Pulk und wirkten so wie eine Versammlung konspirativer Unionspolitiker. Endlich zogen sie im Gänsemarsch durch das tiefe Grün der Wiese auf den Zaun zu, wobei sie plötzlich vor einem Problem standen: Wie gelangen wichtige und gestandene Männer aus dem regierenden Bonn über einen Stacheldrahtzaun in der Eifel?

Die Hinteren schubsten die Vorderen auf das Hindernis zu, und eine Weile geriet der Zug der Ameisen ins Stocken. Aber dann hatten zwei Nachwuchsleute die Idee ihres Lebens: Der eine drückte den obersten Draht hoch, der zweite den zweiten hinunter. Soweit wir das beobachten konnten, riß keine Hose und kein Jackett.

»Mich wundert«, sagte die Schmitz boshaft, »daß an der Spitze niemand mit einer Schalmei geht.«

»Schellenbaum wäre noch besser«, Gerlach grinste. »Und am Ende dann jemand mit einer Pikkoloflöte.«

Die Männer hatten jetzt die Straße überquert und kamen auf dem Waldweg heran. Sie erschienen irgendwie lächerlich, und Sekunden war mir nicht klar, warum. Dann merkte ich es: Sie gingen immer noch im Gänsemarsch und unter vollkommenem Schweigen. Aber allesamt machten sie den Eindruck, als wollten sie ständig sagen: Platz da, wir erledigen das ganz schnell! Und dazu spannten sie ihre versammelten Gesichtsmuskeln an und sahen ein bißchen wie ein Männergesangverein aus, dessen Mitglieder alle Fans von Clint Eastwood sind.

Ich rutschte auf den Hauseingang zu, während Gerlach und die Schmitz in Hab-acht-Stellung verfielen. Gerlach sagte etwas zu einem Mann, der mit Sicherheit keine Leitungsfunktion hatte. Dieser drehte sich um und sprach mit einer Gruppe von fünf Männern, die alle ein wenig älter zu sein schienen als der Durchschnitt der Truppe. Das hieß also, daß fünf bedeutende Institutionen versammelt waren.

Gerlach blinzelte mir zu und führte die fünf um die

Ecke zur Leiche des Generals – der ganze Schwanz folgte. Heike Schmitz machte eine gute Schlußfigur.

Ich wollte mich gewissermaßen im Windschatten an das Geschehen heranpirschen, als Gerlach zurückkehrte und laut und vernehmlich röhrte: »Herr Baumeister, die Herren lassen bitten!«

»Das ist aber nett.« Mir fiel nichts anderes ein.

Da standen sie säuberlich nebeneinander aufgereiht wie eine Kette aus falschen, schwarzen Perlen. Sie standen mit dem toten General im Rücken vor der Seitenfront des Hauses, und sie sahen mich so an, als erwarteten sie huldvoll ein Geständnis. Ich bin naiv, ich nahm an, jemand von ihnen würde etwas Freundliches sagen oder eine aufmunternde Frage stellen. Aber es kam gar nichts. Also begann ich: »Das war so.«

Ich erzählte kurz und bündig und ließ nichts aus. Ich endete mit dem seltenen Satz: »Das ist alles, was ich Ihnen sagen kann«, und wollte abdrehen, weil ich nicht erwartete, daß sie meinen Auftritt irgendwie kommentieren würden.

Einer der fünf Leitenden aber hatte inzwischen den Abscheu gewöhnlichen Bürgern gegenüber überwunden und sich zur Leutseligkeit entschlossen. Fast zierlich trat er einen Schritt vor. »Wir danken Ihnen sehr für Ihre Ausführungen, Herr Baumeister. Und nun wollen wir Sie nicht mehr aufhalten. Falls jemand aus unserer Mitte noch Fragen an Sie hat, was ich ganz allgemein für ausgeschlossen halte, so haben wir ja sicherlich Ihre Adresse. Im übrigen, mein Lieber: Totale Nachrichtensperre!« Er nickte mir fast freundlich zu, ein kleiner, kugeliger Mann um die Fünfzig, der seinen dünnen grauen Haarschopf sorgsam rund um den Schädel drapiert hatte. Das machte ihn so mild wie einen Nikolaus. Artig wiederholte er: »Wir wollen Sie jetzt wirklich nicht mehr aufhalten.« Dann klatschte er in die Hände, drehte sich zur Schar seiner Mitbrüder und gab laut und vernehmlich die Parole aus: »An die Arbeit, meine Herren.«

Normalerweise hätte ich jetzt irgend etwas Unartiges gesagt, beispielsweise nach dem Namen des Dicken gefragt. Aber ich schwieg, weil ich wußte, daß dies die hochkarätigste Versammlung von Geheimdienstleuten war, die ich jemals im Leben gesehen hatte. Ich schwieg, weil man bei diesen Leuten nur eine Chance hat, niemals eine zweite.

Im Verkehr mit Bürgern minderer Qualität nuscheln diese Leute gern, sie kämen »vom Ministerium«, sagen aber nie, von welchem. Leute vom Verfassungsschutz oder vom Bundesnachrichtendienst lassen gelegentlich leutselig fallen, sie stünden in irgendeiner Verbindung zum Innenministerium in Bonn, aber mehr sagen sie nie. Es hat sich eingebürgert zu behaupten: Ich bin vom Amt in Bonn, oder ähnliches. Nie nennen sie ihre Namen, zumindest nicht den richtigen. Und so ist es unmöglich, sie zu identifizieren oder gar anzurufen. Sie suhlen sich geradezu in ihrer Anonymität und sind für Psychiater ein fester, beständig wachsender Kundenstamm.

Ich ging um die Hausecke zurück zur Giebelseite hin. Sie sollten sehen, daß ich diskret und zuvorkommend sein kann.

Gerlach und Heike Schmitz hatten sich ebenfalls dorthin zurückgezogen.

Halblaut murmelte Gerlach: »Eigentlich müssen Sie jetzt abhauen, der Bundesnachrichtendienst will das so. Aber niemals lassen sich so kleine Beamte wie wir von ihren sehr strengen Vorschriften abbringen. Und eine dieser Vorschriften besagt: An einem Tatort darf nicht das Geringste verändert werden. Daher können Sie sich nicht in Ihr Auto setzen und einfach verschwinden. Hier darf nichts bewegt werden, bis die Mordkommission mit den Spurenspezialisten aufkreuzt.« Dabei lächelte er breit.

»Das macht mir gar nichts, eigentlich habe ich Zeit. Ich will nur neuen Tabak tanken und ein paar Pfeifen aus dem Wagen holen, wenn es recht ist.«

»Ist recht«, entschied die Schmitz.

Ich hockte mich in mein Auto und klinkte zunächst ein Superweitobjektiv in die Nikon und legte einen Kodak high speed ein. Dann legte ich ein neues Band in das

Aufnahmegerät und verstaute beides in den Westentaschen. Folgten ein paar Pfeifen und der Tabaksbeutel, und ich konnte darangehen, freiberuflich tätig zu werden. In diesem Fall bedeutete das, so zu tun, als täte ich nichts.

Ich schlenderte den Waldweg in Richtung Wiese im Tempo eines Touristen, der beliebig Zeit hat. Ich fotografierte die Hubschrauber aus der Hüfte, drehte mich und ging langsam zurück. Im Vorbeigehen nahm ich den Streifenwagen samt der Besatzung auf. Dann stopfte ich mir eine Pfeife und schmauchte gemütlich vor mich hin, wobei ich mich wieder der Heike Schmitz und dem Gerlach näherte.

»Das kann ja scheinbar unheimlich lange dauern«, sagte ich nebenbei.

»Wie immer bei so was«, nickte Gerlach.

Ich bummelte hinter das Haus und fotografierte die beiden Autos des Generals und die Nummernschilder. Dann erreichte ich die kleine Terrasse vor den Fenstertüren und setzte mich so auf einen der Gartenstühle, daß ich in das Haus hineinsehen konnte.

»An die Arbeit, meine Herren«, hatte der kleine kugelige Dicke gesagt.

Wenn sie das, was sie in dem Haus taten, als Arbeit bezeichneten, sollte ich schleunigst den Beruf wechseln. Es machte den Anschein, als sei ein Haufen mittelmäßig erfolgreicher Geschäftsleute zu einem Klassentreffen zusammengekommen. Die meisten schienen schlicht miteinander zu klatschen, zumindest vermittelten sie den Eindruck. Vielleicht erzählten sie auch vom letzten Kegelabend. Sie hatten sich zu dritt oder viert zusammengehockt und saßen auf sämtlichen verfügbaren Stühlen, Sesseln und auf der Wendeltreppe. Gelegentlich betrachteten sie mißbilligend die Leiche des Generals, als störe er wirklich.

Gerlach erschien neben mir und meinte: »Falls da auch nur Andeutungen von Spuren waren, so haben sie jetzt alles zertrampelt und verfälscht.«

»Was machen die da drin überhaupt?« fragte ich.

»Keine Ahnung, und ich glaube, ich will es auch gar nicht wissen.«

»Wann fangen denn diese verdammten Spurenleute endlich an?«

Er sah mich eine Sekunde lang verblüfft an. »Bis jetzt sind doch noch gar keine da. Die Bonner Mordkommission haben die sicherheitshalber erst gar nicht mitgebracht. Ich schätze, daß die da drin erst mal überlegen, ob sie die Mordkommission dranlassen.«

»Das gibt es doch gar nicht«, sagte ich etwas heiser.

Umständlich holte der Polizist eine Zigarettenschachtel aus der Brusttasche und zündete sich eine an. »Wenn es wirklich ein Profi war, finden die sowieso keine Spuren, das ist mal sicher.«

»Meinen Sie auch Spuren, die man nicht sieht?«

»Na sicher. Mikrospuren. Sie kennen das ja. Wenn der Täter zum Beispiel einen Türrahmen streift, können sie feststellen, aus welchem Tuch die Jacke ist, wer sie herstellte, wie sie aussah und wo sie gekauft wurde. Die da drin haben jetzt alles kaputtgemacht.«

»Aber das wissen die doch ...«

»Sicher wissen sie das. Und sie fühlen sich ganz toll dabei.«

»Wer ist denn eigentlich der Allerwichtigste?«

»Weiß ich nicht. Achtung, da kommt der Festredner.«

Der Dicke mit dem Haarkranz kam jugendlich beschwingt auf uns zu und meinte aufgeräumt: »Ich dachte, Sie seien längst verschwunden.«

»Darf ich nicht«, murmelte ich demütig.

»Das ist richtig«, schnarrte Gerlach stramm. »Wir haben unbedingte Anweisung, niemanden, wirklich niemanden vom Tatort wegzulassen. Außerdem ist das Fahrzeug von Herrn Baumeister noch nicht gecheckt. Die Staatsanwaltschaft wird Reifenspuren nehmen wollen.«

Der Dicke war sichtlich beeindruckt, kniff die Augen zusammen, nickte und zog sich wieder zurück.

Wir sahen ihm nach, wie er zum Eßtisch ging, an dem sich die fünf Leitenden zusammengesetzt hatten.

Gerlachs Stimme klang dumpf. »Meine Frau und ich

wollten heute abend ins Kino. Mission Impossible. Haben Sie den gesehen?«

»Nein. Wer ist der Mann, der in dem dunklen Anzug neben dem Festredner sitzt?«

»Das weiß ich nicht. Warum?«

»Weil er der Obermotze von dem ganzen Haufen ist.«

Der Mann war ein schwarzhaariger, schlanker Schönling, sicherlich einsneunzig groß. Er hatte sich auf den äußersten Stuhl der Eßecke gesetzt und sprach mit dem kugeligen Dicken, der merkwürdigerweise vor dem sitzenden Schönling stand und dabei den Kopf gesenkt hielt, als sei er der Kammerdiener. Der Schönling hatte eine merkwürdige Art zu reden: Er sah den kleinen Dicken nicht an, er machte auch keine normalen Mundbewegungen, er schien die Worte ohne Lippenbewegungen aus sich herauszupressen, als imitiere er einen Bauchredner. Vielleicht war er ein Bauchredner. Unter den anderen Männern, das war ganz eindeutig, gab es sehr viele, die von Zeit zu Zeit zu diesem seltsamen Paar hinblickten, was wahrscheinlich bedeutete, daß das Wohlwollen dieser beiden Könige karrierefördernd war.

»Die Wichtigsten sitzen am Tisch rechtsaußen«, vermutete ich.

»Dachte ich auch gerade. Meine Frau ist stinksauer, und ich weiß nicht, was ich ihr sagen soll. Ich erzähle zu Hause nur noch von Überstunden.«

»Bringen Sie ihr Drachenfutter, Pralinen, Blumen oder so was. Was passiert eigentlich, wenn ich jetzt dort hineingehe?«

»Wahrscheinlich gar nichts.« Sein Lachen kam glucksend. »Weil jeder auf den anderen wartet, und niemand damit anfangen will, Sie rauszuschmeißen. Aber fotografieren Sie um Gottes willen nicht.«

»Wieso?« tat ich erstaunt. »Sehen Sie hier irgendwo einen Fotoapparat?«

»Mich müssen Sie doch nicht bescheißen«, sagte Gerlach leicht empört und starrte auf meine Westentaschen.

Ich schlenderte rauchend und angestrengt nachdenklich aussehend auf die offenen Türen zu und machte eindeutig den Eindruck, als sei ich absolut nicht daran interessiert, das Haus zu betreten. Dann geriet die Leiche erneut in mein Blickfeld, und ich starrte sie eindringlich an, als könne sie meine Fragen beantworten. Ich registrierte genau, daß niemand auf mich achtete. So bewegte ich mich langsam auf die Sesselgruppe vor dem Kamin zu und hatte Glück.

In einem Sessel saß ein Mann mit dem Gesicht eines Catchers und fragte mit hoher Stimme: »Na, was sagt der Journalist zu diesem ekelhaften Fall?«

Ich drehte das Mikro in der Westentasche auf und antwortete bescheiden: »Der Journalist fühlt sich absolut hilflos. Ich finde es schrecklich brutal.«

»Und Sie wollten wirklich nichts Dienstliches von ihm?«

»Nein. Hier in der Eifel sind wir total privat.«

»Bei uns auf Sylt auch«, sagte ein zweiter Mann affektiert. Er trug zwei gewaltige Hauer im Oberkiefer, die Bonner Version von Bugs Bunny.

Ich fing an zu arbeiten, wobei ich glaube, das erläutern zu müssen. Es gibt Männerrunden, die ein gut arbeitender Journalist gern im Foto sehen möchte. Nicht etwa, um das Foto zu veröffentlichen, sondern um beweisen zu können, daß XY und AZ auch da waren. Ich war es mir also schuldig. Während das Tonband lief und alles aufnahm, was um mich her geredet wurde, zog ich die Kamera aus der Westentasche und legte sie auf den Tisch. Bugs Bunny hauchte entsetzt: »Um Gottes willen, keine Fotos!«

Nun hatte ich aber schon sucherlos fotografiert, als ich die Kamera aus der Tasche nahm.

»Ich kann mich mit dem Ding in der Taille aber nicht hinsetzen«, sagte ich und hockte mich auf eine freie Sessellehne, nahm die Kamera vom Tisch herunter, fotografierte auf dem Weg zur Westentasche und erlebte, was ich immer erlebe: Sie lächelten gutmütig.

»Was glauben Sie, wie lange das noch dauert? Ich kann nämlich nicht weg, solange die Spurenleute nicht da waren.« Ich zündete meine Pfeife wieder an.

Der, der wie ein Catcher aussah, kannte sich aus. »Wir werden gleich eine Besprechung machen und entscheiden. Dann wird auch die Staatsanwaltschaft eingetrudelt sein und die Bude versiegeln. Ein, zwei Stunden, hoffe ich. Ich wollte noch zur Weinprobe in Kröv.«

Vier oder fünf sagten jetzt der Reihe nach auf, was sie eigentlich am Abend vorhatten, und ich stand während des netten Geplauders auf und schlenderte in die Raummitte. Dabei fotografierte ich die Leiche im Kreis edler Agenten.

Als ich mich gemächlich an ein paar auf der Wendeltreppe hockenden Figuren vorbeigequetscht hatte und das Obergeschoss inspizierte, in dem selbstverständlich ebenfalls Grüppchen von diesen Spezialisten herumstanden und herumhockten, fotografierte ich die Männer, die auf des Generals Bett hockten. Es war ein sehr hübsches Motiv, und ich gab mir besondere Mühe, indem ich meine Pfeife fallen ließ, die numerierte Chacom aus St. Claude, die so stabil ist, daß sie fast alles mitmacht. Sie klackerte auf die Fußbodendielen, und alle sahen zu mir hin und wirkten wie die Mitglieder eines Betriebsausfluges. Einer, ein kurzatmiger, rotgesichtiger Zweizentnermann, sagte sofort mitfühlend: »Hoffentlich ist sie heil geblieben.«

Ich lächelte ihm zu, dankbar für soviel Anteilnahme. Anschließend wandte er sich wieder der Unterhaltung zu und führte aus: »Du findest heutzutage nirgendwo mehr richtiges, schön pappiges Graubrot. Nix als frustrierendes Vollkorn, Sechskorn, Vierkorn, Achtkorn, was weiß ich.«

Ein schmaler Grauhaariger, der magenkrank aussah, pflichtete ihm bei: »Richtig ordinäres Weißbrot gibt's auch nicht mehr.«

Nun hatte ich sie zwar alle, wie man so schön sagt, auf die Platte gebannt, aber niemand hatte eine berufliche Bemerkung über diesen toten General gemacht, niemand hatte gesagt, er finde diesen Mord grauenhaft, eigentlich schrecklich. Kein Wort über das Ereignis, wegen dessen sie hier eingefallen waren.

Ich suchte mir einen besonders nach Milchbart aussehenden Vertreter des Gewerbes aus, der wie alle Anfänger einen äußerst konzentrierten Eindruck machte und keiner Clique anzugehören schien. Er hockte auf einem Schaffell neben dem Schreibtisch und schaute auf irgendeinen Punkt zwischen seinen Beinen. Ich ließ mich neben ihm nieder, weil es einfach gut ist, Vertrauen zu vertiefen, indem man sich auf die gleiche Stufe stellt. »Hallo«, sagte ich freundlich.

Er war dankbar und lächelte erleichtert, er war vielleicht achtundzwanzig Jahre alt. »Hallo«, sagte er. »Sie sind also ein Freund des Generals?«

»Na ja«, meinte ich. »Ich mochte ihn als Type, falls Sie wissen, was ich meine. Was zum Teufel sollen jetzt eigentlich eure fünf Chefs da unten auswürfeln? Ich möchte nämlich nach Hause, und das kann ich erst, wenn die Mordkommission da ist.«

Er war scheinbar froh, über sein trauriges Los berichten zu können. »Die Mordkommission ist unterwegs, aber das hier ist eigentlich nichts für die Mordkommission, das hier ist ein Politikum, so wie ich das einschätze.«

»Also müssen die Chefs entscheiden, welcher Dienst es macht? Ob der Militärische Abschirmdienst, der Bundesnachrichtendienst, der Verfassungsschutz, der ich weiß nicht was ...«

Müde ergänzte er: »... oder meine Leute von der CIA, die vom Geheimdienst der NATO, die von der Dachgruppe der NSA in Washington. Aus dem Kanzleramt ist auch wer da und vom Innenministerium auch. Das sind acht Parteien. Die würfeln jetzt, wer genügend Leute hat, um die Sache hier federführend aufzuklären.«

»Sieh mal an, Sie sind von der CIA? Aber Sie sind doch Deutscher, oder?«

»Da bin ich auch stolz drauf. Die CIA hat in Deutschland ein paar Deutsche auf der payroll – schon wegen der Sprache. Genug Leute hat nur der BND, und im Grunde ist das auch jedem klar. Aber sie machen immer dieses Spielchen, damit es nach Demokratie und freier Mehrheitsentscheidung aussieht. Ich nenne das immer Demokratur.«

»Das muß ich mir merken, das ist ja irre treffend. Kann ich das zitieren?«

»Klar können Sie das, solange Sie es nicht von mir haben.« Der junge CIA-Mann grinste schwach.

»Der BND wird es also machen, weil er fürs Ausland zuständig ist und der General in Brüssel stationiert war?«

»So isses«, entgegnete er melancholisch. »Aber ganz klar werden wir alle versuchen mitzumischen. Das ist so üblich, auch wenn es keiner wahrhaben will. Sie kennen das vermutlich ja.«

»Das kenne ich«, stimmte ich zu. »Was sagen Sie als Fachmann? Hat die Sache einen privaten Hintergrund, oder ist sie beruflich bedingt?«

»Ich schließe aus zwanzig Schuß neun Millimeter Maschinenpistole irgendeinen privaten Krieg. So geht doch kein Profi vor, oder?«

»Sehr richtig«, nickte ich. »Dieser kleine Dicke mit dem schütteren Haarkranz, ist der vom BND?«

»Ja. Mein Gott, das muß doch frustrierend für Sie sein, kein Wort veröffentlichen zu dürfen.«

»Das ist es«, seufzte ich zustimmend. »Sind Sie irgendwo erreichbar?«

Er lachte mich an und schüttelte den Kopf. »Bin ich nicht. Ich bin noch in der Ausbildung, und zur Zeit werde ich in Zielfahndung trainiert.«

Natürlich wollte ich fragen, was denn Zielfahndung sei, aber ich ließ es sein, denn etwas mußte offenbleiben, für den Fall, daß ich ihn erneut traf.

»Danke für die Hilfe, Kumpel«, sagte ich und stand auf. Ich kämpfte mich über die Wendeltreppe nach unten.

Der kleine Dicke schoß auf mich zu. »Sie werden sich doch an die Nachrichtensperre halten, mein Lieber? Sie werden kein Wort über die Angelegenheit verlieren?«

»Sie bitten mich, zu verschweigen, daß ich hier die Leiche des Generals gefunden habe?«

»Genau das«, sagte er dankbar.

»Das haben wir aber nicht so gerne«, murmelte ich.

»Es ist mir auch nicht angenehm, mein Lieber. Aber ich verlasse mich darauf.«

»Bitte, nennen Sie mich nicht immer ›mein Lieber‹. Ich bin kein Mitglied in Ihrem Verein.«

Er sah mich an, und seine wässerig blauen Augen strahlten unentwegt. »Mein Lieber, wenn Sie Ihre Schnauze nicht halten, reiße ich Ihnen persönlich die Eier ab.« Dann drehte er sich um und ging zur Konferenz der Leitenden zurück.

Ich stand da in diesem Haufen vollkommen wildfremder Männer und kam mir sekundenlang sehr verloren vor. Es ist eben nicht alltäglich, von einer solch freundlich vorgebrachten Drohung getroffen zu werden. Deshalb sagte ich aus vollem Herzen leise, aber vernehmlich: »Arschloch!«

Dicht neben mir begann ein hagerer älticher Mann zu kichern. Seine Augen waren schmal und geschwungen wie die einer Echse und wirkten so hart wie Stein. Sein Mund war ein gerader, blutleerer Strich.

»Sehr schön!« lobte er mich. »Wirklich treffend formuliert. Er kriecht dauernd irgendwelchen Leuten bis zum Anschlag in den Hintern, und wir müssen ihn suchen.«

Merkwürdig war, daß er dabei nicht lachte, nicht einmal bissig-fröhlich war. Er legte den Kopf schief, sah mich aus seinen Steinaugen an und setzte hinzu: »Das, was mein Chef ist, wird auch Zuckerstückchen genannt.«

»Wie schön für ihn«, gab ich zurück. Er war also auch vom BND. Und da ich sichergehen wollte und nicht genau wußte, ob ich später nicht einmal Zeugen brauchte, schlängelte ich mich zwei Meter weiter, drehte mich und fotografierte den älteren Mann aus der Hüfte. Zuweilen ist es wirklich so, wie Versicherungen behaupten: Vorsorge ist die schönste Sorge.

Ich kehrte auf die kleine Terrasse zurück. Gerlach hatte seine Frontstellung verlassen, war entschwunden. An seiner Stelle stand dort Heike Schmitz und rauchte eine Zigarette. Sie fragte: »Haben Sie was erfahren?«

»Eigentlich nicht, jedenfalls nichts Wichtiges. Sie haben alle die Themen guter Hausfrauen drauf. Kinder, Schule, Parties und so. Kann ich Ihre Adresse haben?«

Sie lächelte. »Aus dienstlichen Gründen sollte ich Ihnen

nicht sagen, daß ich in Adenau in der Kirchgasse 28 ein Appartement habe.« Dann bekam sie plötzlich schmale Augen. »Sie steigen in die Geschichte ein, nicht wahr?«

»Ich bin schon drin. Seit 15 Uhr bin ich drin.«

In diesem Augenblick war von irgendwoher eine vulgäre, rauchige Frauenstimme zu hören: »Wo ist die Party, Jungs?« Dann: »Wo ist denn der alte Krieger, verdammt noch mal?«

Es wurde still. Die Köpfe aller Männer im Haus fuhren zu uns herum. Da bog sie um die Ecke. Sie sah bunt und sehr zerbrechlich aus wie ein kleiner Clown. Ich spürte, daß Heike Schmitz explodieren wollte, und zischte: »Ihre Kollegen haben die extra durchgelassen.«

Sie starrte mich ohne Verständnis an, begriff dann aber und nickte.

»Was ist denn das für eine triste Party hier? Und wo ist mein alter Haudegen?« Der kleine Clown röhrte klar und laut. Etwas leiser und ein wenig erstaunt fügte die Frau an: »Ihr habt ja nicht mal Musik hier.« Sie erinnerte sich an was, wahrscheinlich an die vielen Polizeifahrzeuge, an die Hubschrauber in der Wiese. Sie fuhr herum, als drohe ihr Gefahr von hinten. Aber da war nichts. Sie wandte sich wieder nach vorn und bog sich leicht durch, als müsse sie sich wappnen für das, was jetzt kommen würde. Ihr Übermut war verschwunden.

»Wer sind Sie denn, wenn ich fragen darf«, sagte Heike Schmitz und ging ruhig auf sie zu. Die vielen Männer im Wohnzimmer verharrten still wie eine Rotte Schaufensterpuppen, für die im Moment kein Bedarf ist. Wahrscheinlich hofften sie, der Clown würde sie nicht entdekken.

Der Clown sagte sehr konzentriert: »Ich bin die Germaine, Schwester.«

»Germaine?« fragte die Schmitz dagegen. »Germaine was?«

»Germaine Suchmann«, vervollständigte sie. Ihr Gesicht war angespannt, fast verzerrt. Aber sie konnte aus ihrer Position die Leiche nicht sehen. »Wo ist mein General, wo ist Otmar?«

44

»Moment, Moment«, sagte Heike Schmitz gelassen. »Hier ist im Moment eine wichtige Konferenz. Bleiben Sie bitte hier stehen.« Sie ließ den Clown einfach nicht durch.

Am Eßtisch war eine abrupte Bewegung. Der kleine Dicke stapfte mit kurzen Schritten heran. Sauer bellte er: »Frau Schmitz, wie kann denn so etwas passieren?«

Germaine Suchmann war verwirrt. Die Polizistin drehte sich nicht zu dem Dicken um. Sie mochte ihn einfach nicht. Klar und fest erwiderte sie: »In unseren allgemeinen Anordnungen haben unsere Lehrer klugerweise festgelegt, daß jemand, der unbedingt zu einem Tatort will, auch durchgelassen werden sollte. Damit wir wenigstens Gelegenheit bekommen, ihn zu fragen, weshalb er denn gekommen ist.«

Jetzt war die Stille eisig. Heike Schmitz war sicher eine gute Polizeibeamtin, aber ob sie mit dieser Art jemals eine faire Chance, Karriere zu machen, bekommen würde, war höchst zweifelhaft.

Der Dicke lief rot an, schaltete aber zurück und sagte gepreßt: »Na sicher.« Dann machte er einen Schritt vorwärts: »Meine Dame, was kann ich für Sie tun?«

Diese Suchmann kicherte plötzlich. »Sie sehen nicht so aus, als könnten Sie etwas für mich tun, mein Lieber. Ich wollte zu Otmar Ravenstein, und dies ist sein Haus.«

»Wer sind Sie denn?«

»Eine Freundin. Aber ich bin der Meinung, daß Sie das nichts angeht. Wir waren verabredet ... nein, das geht Sie wirklich nichts an.«

»Wollen Sie sagen, er hat Sie herbestellt?«

»Haben Sie eine schlimme Phantasie?« fragte sie heiter. Sie wollte einfach um Heike Schmitz und den BND-Mächtigen herumgehen. Sie führten ein lautloses Ballett auf. Germaine Suchmann machte zwei Schritte nach links, drei nach rechts, wieder einen nach links, und immer tanzten die Polizistin und der Dicke vor ihr her.

»Das ist doch lächerlich«, sagte ich laut. »Der General ist tot. Er wurde erschossen.«

Das Ballett war zu Ende, Heike Schmitz sah mich erleichtert an.

»Eben«, sagte sie.

»Vollkommen richtig«, bestätigte der Dicke. »Das müssen wir Ihnen leider sagen.«

Der Clown blieb stehen und starrte vor sich auf den Boden. Sie war sicher nicht größer als einen Meter fünfundfünfzig. Ihr Gesicht war schmal und scharf geschnitten mit großen dunklen Augen. Sie hatte lange, tiefbraune Haare, die sie mit einem feuerroten Tuch bändigte, wie wir es als Kinder beim Seeräuber Errol Flynn gesehen hatten. Sie war nicht eigentlich hübsch, aber auf eine eigene Weise schön. Vielleicht mochte sie diese Schönheit nicht, denn sie trug einen sackähnlichen dünnen Pullover in wild fließenden Farbstreifen, grau, grün, rötlich. Dazu einen aus gelbbraunen Streifen zusammengesetzten Rock. Sie hatte wirklich alles getan, um sich möglichst unvorteilhaft zu kleiden.

Als sie mit großem, breiten Mund: »Das ist doch unmöglich!« hauchte, sahen wir alle die Zahnlücke in ihrem Oberkiefer. Es fehlten zwei Schneidezähne, und die Wunden sahen dunkel und frisch aus. Jetzt war auch klar, daß ihre Oberlippe aufgeschwollen war, und mit Sicherheit mußte sie Schmerzen haben. Sie wirkte verletzlich wie ein Kind.

Die Stimme der Heike Schmitz kam zärtlich. »Es stimmt aber bedauerlicherweise.« Im Wohnraum bewegte sich noch immer niemand, das Wachsfigurenkabinett war perfekt.

»Ich will ihn sehen«, sagte die Suchmann fest.

Der Dicke musterte sie mit dem kalten Interesse des Käfersammlers, nickte betulich und sagte dann: »Kommen Sie.«

Sie machte ein paar Schritte nach vorn, und die Schmitz hielt sich an ihrer Seite. Vielleicht war Germaine Suchmann dreißig Jahre alt, vielleicht vierzig, das leichte Dämmerlicht unter den Bäumen zeichnete ihr Gesicht ganz weich. Auf dem Rücken trug sie einen kleinen Stoffrucksack, er war vollgepackt. Die Männer im Wohnraum kamen jetzt an die Türen und gingen hinaus. Der Dicke, Schmitz und die Frau gingen hinein. Niemand sagte ein Wort, und niemand außer der Frau hob den Blick. Sie stand da und sah wie hypnotisiert auf den toten General hinunter. Sie flüsterte: »Das ist ja schrecklich.«

»Ja.« Der Dicke wirkte tatsächlich betrübt.

»Wann ist er ... wie ist denn das passiert?«

»Wir nehmen an, zwischen 14 und 15 Uhr. Wir wissen es nicht genau, werden das aber feststellen. Wann sollten Sie hier sein?«

»Wir haben keine feste Zeit ausgemacht. Das machten wir nie.«

»In welchem Verhältnis ... Ich meine, was sind Sie für den General?«

»Oh.« Sie drehte sich herum und starrte auf den Boden. »Wir sind Freunde. Ich bin eine Freundin von Otmar.«

»Freundin?« fragte der Dicke sehr interessiert. »Was heißt das, bitte?«

»Was das heißt? Ja, was heißt das? Eine Freundschaft. Viele, viele Jahre alt. Ach so, Sie wollen sicher Eindeutiges hören, nicht wahr? Sie sehen jedenfalls so aus. Ja, wir haben auch miteinander geschlafen. Oft. Wir mochten uns, wenn Sie wissen, was das ist.«

»Aha.« Der Dicke war irritiert. »Und wann und wo haben Sie mit ihm geschlafen?«

Sie hörte ihm eigentlich nicht mehr zu, dachte über etwas nach, antwortete abwesend: »In München, in Washington, in Berlin, in Bonn, in Brüssel, ja, und dann noch auf Hawaii, glaube ich. Aber meistens in München und Washington. Nein, halt, auch in New York.«

Plötzlich versteifte sich ihr Rücken, seine Worte waren wohl in ihr Bewußtsein gedrungen. Sie sah ihn wütend an. »Glauben Sie, daß Sie das etwas angeht? Es geht Sie einen feuchten Kehricht an, mein Lieber. Sagen Sie mal, wer sind Sie eigentlich und wie heißen Sie?«

»Mein Name ist Meier«, erklärte der Dicke. »Und seit wann haben Sie mit General Ravenstein ge... eine so enge Beziehung?«

»Seit ich ihn entdeckte. Aber das geht Sie auch nichts an, nicht wahr? Sie heißen also Meier?«

»Ich heiße Meier«, nickte der Dicke. Es war klar, daß er

47

sie für eine Lügnerin hielt. »Und in seinem Haus in Mekkenheim? Waren Sie auch dort?«

»Ach ja, das habe ich vergessen. Dort war ich auch, aber ich mag das Haus in Meckenheim nicht. Das ist so hoffnungslos provinziell.«

»Haben Sie heute mit ihm telefoniert?«

»Habe ich. Gegen zehn Uhr heute morgen.«

»War irgend etwas Besonderes? An seiner Stimme, an seinem Benehmen?«

»Nicht das Geringste, er war guter Dinge«, lächelte sie. »Er war gutgelaunt, er hackte Holz und fragte mich, ob ich nicht kommen wolle. Ich wollte.«

»Und warum kommen Sie erst jetzt? Warum nicht zum Mittagessen, oder so?«

»Ich habe mich verspätet«, sagte sie vollkommen desinteressiert.

»Eine letzte Frage«, meinte der Dicke, der sich Meier nannte. »Wann haben Sie ihn zuletzt gesehen?«

»Ungefähr vor sechs Monaten.«

»Seitdem telefoniert?«

»Nein, bis heute nicht. Das ging auch nicht, weil ich in Washington bei meinem Mann war.«

»Aha«, meinte der dicke Meier, als sei das alles völlig normal. »Ihr Mann? In Washington? Was macht der da?«

»Deutsche Botschaft«, entgegnete sie.

»Aha. Und wo können wir Sie erreichen? Ich meine, falls wir Sie erreichen müssen.«

»Ich habe eine Standadresse im Hotel PLAZA in Köln. Die wissen, wo ich bin. Meistens jedenfalls.«

»Und wenn sie es nicht wissen?«

»Dann müssen Sie sich gedulden, mein lieber Meier.« Sie ließ ihn einfach stehen, ging an den Gartentisch, setzte sich, holte eine Packung Tabak aus den Falten ihres Rockes und drehte sich eine Zigarette. »Haben Sie mal Feuer?« fragte sie mich.

Ich ging zu ihr hin und gab ihr Feuer. Ich sah, daß sie die Zähne frisch verloren haben mußte, und sie war eher dreißig als vierzig Jahre alt.

»Wer sind Sie? Auch so ein Wichtiger?«

»Nein. Baumeister, Siggi Baumeister. Ich habe ihn gefunden.«

»Wer sind denn diese ganzen Kerle? Ein paar sind ja widerlich. Und dieser Dicke hat den Charme eines Nilpferds.«

»Sie sind von allen wichtigen Geheimdiensten der Welt. Wer hat Ihnen die Zähne ausgeschlagen?«

Sie hob den Kopf und grinste mich mager an. »Verstehen Sie was davon? Das war einer, der mich auf der Autobahn mitgenommen hat. Kaum saß ich in seinem Auto, sollte ich die Fahrkarte in Naturalien bezahlen; er ist mir auf einem Rastplatz an die Wäsche gegangen. Ihm fehlen jetzt bestimmt drei, vier Zähne.«

»Sind Sie darauf spezialisiert?«

»Das würde ich nicht sagen. Ich habe einfach einen Schuh genommen. Stellen Sie sich das vor: Der Kerl war auch noch sauer!«

»Wissen Sie etwas von den Feinden des Generals?«

»Nein. Aber er hatte sicher sehr viele.«

»Warum?«

»Na ja, weil er eben der General war. Das kann man nicht erklären.«

»Aha.«

Die Männer hatten erneut Grüppchen gebildet und wanderten wie Strafgefangene endlos um das Haus. Jedesmal, wenn sie uns passierten, starrten sie Germaine Suchmann an. In ihren Augen stand keinesfalls die Frage, ob sie vielleicht den General getötet hatte, da waren andere Fragen zu erkennen, wie auf dem Viehmarkt.

Etwa gegen 17.30 Uhr tauchten vier Traktoren auf, besetzt mit Bauern und ihren Frauen. Wahrscheinlich wollten sie einfach wissen, was da beim General los war. Sie fuhren extrem langsam, verrenkten sich die Hälse und waren sicherlich enttäuscht, weil sie natürlich nichts erkennen konnten. Es folgten zwei Mercedes-Limousinen, die zielsicher an den Streifenwagen vorbeirauschten und dann hinter dem Haus hielten. Fünf Männer stiegen aus, die unternehmungslustig aussahen, mit Elan die Szene betraten und leicht verwirrt auf das Bataillon

der Agenten starrten, die immer noch das Haus umrun-
deten.

Ein hagerer, kleiner Glatzköpfiger sagte in eine unbe-
stimmte Richtung: »Kalenborn, Staatsanwaltschaft Bonn,
Vorausabteilung der Mordkommission. Neben mir
Doktor Faßbender, zuständiger Arzt, dann hinter mir die
Herren Breitscheid und Richter, beide Bundeskriminal-
amt, dann noch Doktor Klein, Bundesermittlungsrichter
Bonn. Faßbender, stellen Sie zunächst mal fest, wo die
Leiche positioniert ist, dann das Übliche.« Es war völlig
klar, er war der neue Platzhirsch, ihm gehörte alles Le-
bendige und Tote hier unter den Buchen.

»Du lieber Himmel«, seufzte die Suchmann. »Der General würde sich jetzt kaputtlachen.«

Der dicke Meier rührte sich, um den Staatsanwalt zur
Strecke zu bringen, aber der winkte angewidert ab und
sagte scharf: »Später, später, zuerst das Opfer.«

Dr. Faßbender war ein junger, korpulenter Mann mit
höchst ungesunder Gesichtsfarbe. Er stellte seine um-
fangreiche Aktentasche neben die Leiche und faßte sie
äußerst vorsichtig an der Nasenspitze. Er beugte sich
weit über den Toten und fragte dann in die Runde: »Ungefähre Anhaltspunkte, die Tatzeit betreffend?«

»Etwa gegen 14 Uhr«, half ich aus. Der wichtige Meier
sah mich strafend an, als habe ich verbotenerweise einem
Mitschüler vorgesagt.

»Kann hinkommen«, nickte Dr. Faßbender. »Nehmen
wir ihn mit?«

»Selbstverständlich«, sagte der Staatsanwalt. »Aber
später.«

»Wohl kaum«, widersprach der dicke Meier milde.

Der Schönling neben ihm setzte hinzu: »Unmöglich.
Wir brauchen ihn.« Eindeutig, er war Amerikaner.

»Eigenwillige Auffassung«, sagte der Staatsanwalt mit
Ironie.

»Ich will Ihnen das die ganze Zeit erklären«, murmelte
der dicke Meier. »Kommen Sie mal einen Schritt beiseite.« Sie gingen ein paar Schritte unter die Bäume und
sprachen eine Weile miteinander.

Der Staatsanwalt sagte dann leise und sichtlich verbittert: »Faßbender, füllen Sie die üblichen Unterlagen aus. Vermutliche Tatzeit und vermutliche Todesursache und so weiter. Legen Sie mir die Sache morgen früh auf den Schreibtisch. Wir gehen wieder.« Er sah den Dicken an, als habe er die Hoffnung, vielleicht noch etwas zu retten. »Und die Zeugen?«

Der Dicke senkte artig den Blick und schüttelte behutsam den Kopf.

»Geht uns also alles nix an«, seufzte der Staatsanwalt mit grauem Gesicht. »Wir gehen wieder.«

»Wie Sie meinen.« Auch Faßbender war verwirrt, kramte aber sehr behende eine Polaroidkamera aus der Aktentasche und fotografierte das Gesicht des Otmar Ravenstein.

»Sammy«, befahl der Schönling in einem Ton, als habe er es mit einem Haufen Irrer zu tun.

Sammy war ein hünenhafter Farbiger mit schnellen, weichen Bewegungen. Er glitt zu dem Arzt und nahm ihm das Foto weg, das gerade surrend aus der Kamera kam. »Sorry«, sagte er und zerriß es. Faßbender starrte seinen Vorgesetzten hilfesuchend an, aber der half nicht.

»Bundeskriminalamt und Ermittlungsrichter können bleiben«, sagte der dicke Meier huldvoll.

Der Staatsanwalt, Faßbender im Gefolge, bewegte sich von der Szene. Bevor er um die Hausecke verschwand, rief er mühsam gefaßt über die Schulter zurück: »Einen schönen Abend, die Herren.« Nahezu alle antworteten im Chor: »Schönen Abend!«

Ganz wie der Chef eines dörflichen Gesangvereins, drehte sich der dicke Meier mit der Behendigkeit des Unternehmungslustigen einmal um sich selbst und tönte: »Meine Herren, wir sehen uns zur Abschlußbesprechung im oberen Raum. Sie, Frau Suchmann, und Sie, Herr Baumeister, warten bitte noch auf meine Weisungen.«

Die kleine Frau reagierte fassungslos: »Das hältst du im Kopf nicht aus – falls du einen hast.«

Die Männer trampelten alle wieder in das Haus, an der Leiche vorbei die Wendeltreppe hinauf. Und da sie die

Treppe streng nach Hierarchie nehmen wollten, kam es vorübergehend zu Stauungen.

»Hat Otmar erwähnt, ob seine Kinder in der letzten Zeit hier waren?« erkundigte sich die Suchmann bei mir.

»Nein. Wir sprachen nie über Privates. Ich wußte gar nicht, daß er Kinder hat.«

»Hat er, zwei erwachsene. Johannes besucht in Hamburg die Bundeswehr-Akademie. Die Tochter lebt in Washington, sie heißt Trude. Sie ist da verheiratet.«

»Wenn ich Sie frage, ob der General aus privaten oder beruflichen Gründen erschossen wurde, was antworten Sie?«

Sie starrte mich aus weit offenen Augen an. »Das interessiert mich einen Dreck. Er ist tot, und das ist schlimm.«

»Sie schummeln«, sagte ich freundlich. »Natürlich haben Sie darüber nachgedacht.«

Sie betrachtete die Wipfel der Bäume. »Ja, habe ich. Komisch, ich habe zuerst gedacht: Jetzt haben die Kinder endlich, wonach sie gieren.«

»Sagten Sie gieren?«

»Ja. Diese Kinder sind geldgeil, und der General mochte sie nicht. Er hat mich einmal gefragt, wo denn geschrieben steht, daß ein Vater unbedingt seine Kinder lieben muß.« Sie lächelte leicht. »Er hat mich geliebt.«

Heike Schmitz und Gerlach gesellten sich zu uns, und Gerlach fragte: »Wird hier schon das Fell versoffen?«

»Darf ich die Toilette benutzen?« fragte Germaine Suchmann.

»Dürfen Sie«, nickte Heike Schmitz. »Die Spuren sind sowieso alle im Eimer.«

Die kleine Frau stand auf und ging langsam auf den Wohnraum zu. Es schien, als wolle sie an der Leiche vorbeigehen, ohne irgendeine Regung zu zeigen. Plötzlich wandte sie sich ruckhaft zwei Schritte nach rechts und kniete neben dem toten General. Ihr Kopf senkte sich nach vorn, und ihre Schultern begannen heftig zu zukken. Sie legte die rechte Hand in das blutige Feld auf der Brust des Toten und verharrte in dieser Stellung, bis das Zittern aufhörte. Endlich stand sie wieder auf und drehte sich zu uns herum. Sie schaute auf ihre blutige Handfläche und strich sich damit durch das Gesicht. Es wirkte so, als wolle sie das Blut des Generals prüfen. Sie sah jetzt aus wie eine schlecht geschminkte Schauspielerin. Dann querte sie den Wohnraum und verschwand hinter der Badezimmertür.

»Die Frau leidet echt«, meinte Gerlach.

Die Schmitz nickte. »Das sehe ich auch so. Aber irgend etwas stört mich an ihr, wirkt nicht echt. Ich kann nicht sagen, was es ist. Noch nicht.«

»Vielleicht ist das weibliche Konkurrenz?« fragte Gerlach leicht bösartig.

Seine Kollegin blieb sachlich. »Das ist es nicht.« Sie zündete sich eine Zigarette an. »Irgendwie paßt diese Frau nicht zu diesem General.«

»Ich bin gespannt, was diese Männer da entscheiden«, sagte ich. »Glauben Sie, daß die mit den Ermittlungen loslegen?«

»Das tun sie sicher«, sagte Gerlach. »Aber es bleibt die Frage, was sie dann mit ihren Erkenntnissen anfangen. Ermitteln müssen sie, schon damit ihnen niemand einen Vorwurf machen kann.«

»Wie meinen Sie das?«

»Ganz einfach«, antwortete Heike Schmitz. »Er meint, wenn die ermitteln und den Mörder einkreisen, bleibt immer noch die große Frage, ob sie diesen Mörder festnehmen und verhören. Wenn zum Beispiel damit verbunden ist, daß geheime Zustände oder Projekte gefährdet sind, wird niemand wegen dieses Mordes vor Gericht stehen.«

»Bedeutet das etwa, daß diese Sache intern geregelt wird?« fragte ich.

»Durchaus«, seufzte Gerlach. »Erinnern Sie sich an den Fall Barschel? Da sind eine ganze Menge Dinge intern geregelt worden. Und zwar mit der Begründung, man wolle die Öffentlichkeit schonen und mit Details nicht verunsichern.«

Germaine Suchmann kam aus dem Bad zurück, ging aber nicht direkt auf uns zu, sondern verschwand im

Windfang und lief um das Haus herum. »Ich bin auf einmal todmüde«, sagte sie.

»Gleich ist Schluß«, beruhigte die Schmitz.

»Meinen Sie, daß ich hier schlafen kann?« fragte die Suchmann.

Gerlach hielt spürbar die Luft an. »Das wird nicht gehen«, murmelte er. »Wir werden das Haus versiegeln.« In seinen Augen stand die Frage, wie naiv denn diese Frau sei.

»Sie können mit zu mir kommen«, sagte ich. »Kein Problem.«

»Das ist aber nett«, antwortete sie.

Die Versammlung der ganz Geheimen und Mächtigen polterte die Treppe hinunter. Gerlach und Heike Schmitz standen auf und stellten sich in einer Andeutung von Hab-acht-Stellung an den Rand der kleinen Terrasse.

»Hat der General irgendwann angedeutet, daß es einen Menschen gibt, der ihn haßt?« fragte ich die Suchmann.

Sie schüttelte energisch den Kopf. »Niemals. Daran würde ich mich erinnern. Er war ziemlich wichtig für mich, bei ihm hörte ich immer genau zu. Nie hat er eine solche Person erwähnt.«

»Da ist noch etwas, das mich beschäftigt. Oben in seinem Schlaf- und Arbeitsraum steht ein Kinderstuhl. Offensichtlich selbst gemacht.« Ich versuchte es so vorsichtig wie möglich. »Ist das Baby noch unterwegs oder schon geboren?«

Sie sah mich sehr schnell an. »Halten Sie den Mund?«

»Sicher tue ich das.«

»Dieser Kinderstuhl ist die Erinnerung an einen permanenten Beschiß. Vor sechs Monaten stand der auch schon da, vor zwölf Monaten auch. Es fiel ihm immer schwer, darüber zu reden.«

»Lassen Sie es raus«, forderte ich.

»Das ist eine miese Kiste. Seine Kinder heißen Johannes und Trude, sagte ich das schon? Diese Tochter hat einen amerikanischen Schauspieler geheiratet, einen gänzlich erfolglosen. Und sie wollte immer, daß Papi ihr ein standesgemäßes Häuschen schenkt, am besten in der

Gegend vom Sunset Boulevard. Aber der General wollte nicht, wollte das partout nicht. Dann kam Trude mit der Nachricht rüber, sie sei schwanger. Das muß jetzt ungefähr anderthalb Jahre her sein. Jedenfalls wollte der General dem Kind den Lebensweg etwas erleichtern und kaufte seiner Tochter dann doch ein Haus in einem Canyon bei Hollywood. Das Schlimme war, daß dieses Baby nicht existierte, niemals unterwegs war.«

»Oh Gott. Und er bastelte den Stuhl?«

»Er bastelte den Stuhl«, nickte sie. »Ich habe ihm gesagt, er soll das Ding doch einfach verbrennen. Aber er hielt dagegen, daß er sich an diese miese Geschichte erinnern wolle. Er dürfe sie nicht vergessen, sagte er immer wieder. – Können wir nicht einfach abhauen? Das ist so ... das ist so schlimm hier.«

»Geht nicht. Der dicke Meier schielt schon zu uns rüber. Er will eine Abschiedsrede halten.«

Der Dicke kam auf uns zu und sagte strahlend, als habe er soeben kraft seines Gehirnes den Fall gelöst: »Wir haben uns dazu entschlossen, den Tod des Generals der Öffentlichkeit mitzuteilen. Wir werden über die Agenturen eine Meldung herausgeben, daß der General bei einem Unglück starb. Er säuberte eines seiner Gewehre, und – plopp – passierte es.«

»So ein Wahnsinn!« schimpfte die Suchmann. »Er besaß doch gar kein Gewehr.«

»Das ist richtig«, nickte Meier kühl. »Sie wissen das, aber die Öffentlichkeit weiß es nicht. Und wir bekommen die Zeit, den Fall aufzuklären.«

»Wollen Sie wirklich aufklären?« fragte ich.

»Was soll die Frage?« Er war sofort verärgert. »Es geht um die Sicherheitsbelange der Bundesrepublik Deutschland, und da klären wir ohne Rücksicht auf Ämter und Personen auf.«

»Sie sollten an einem so schönen Tag nicht lügen«, murmelte ich.

»Sie gehen mir auf den Sack«, schnarrte er vulgär. »Recherchieren Sie nicht, und schreiben Sie nicht, sonst werde ich Sie für den Rest Ihres Lebens heimsuchen.«

»Und jetzt droht er auch noch«, stellte Germaine Suchmann sachlich fest. Dann drehte sie den Kopf in seine Richtung: »Sie sind ein Arschloch. Und Sie haben die Hosen voll. Aber weil Sie verliebt sind in sich selbst, können Sie das nicht zugeben.«

Sein Gesicht wurde erst bleich und verharrte dann in einem haferbreiähnlichen Grauton. »Ich kann Sie anzeigen«, drohte er. »Und ich werde Sie anzeigen, wenn Sie nicht den Mund halten.«

»Leute wie Sie machen mir niemals Angst«, sagte die Suchmann verächtlich.

»Also«, er bemühte sich um Fassung, »Herr Baumeister wird unter keinen Umständen recherchieren, und Sie, gnädige Frau, werden mit niemandem über diese Angelegenheit sprechen.« Er drehte sich um und rief: »Meine Herren, dann wollen wir mal!«

Sie marschierten ab, wie sie gekommen waren. Schweigend und im Gänsemarsch. Die Hubschrauber ließen die Rotoren peitschen, und eine Weile herrschte ein höllischer Lärm.

»Jetzt haben Sie einen Freund fürs Leben«, sagte ich.

»Er ist wirklich ein Arschloch«, meinte sie.

Gerlach kreuzte auf und lächelte: »Ihr könnt verschwinden.«

»Das tun wir auch. Wo wird die Leiche hingebracht?«

»Besondere Sicherheitsstufe: ins Bundeswehrkrankenhaus nach Koblenz. Aber die Auskunft haben Sie nicht von mir.«

»Ich habe euch nie gesehen«, nickte ich. »Das Haus wird versiegelt?«

»Ja. Komisch, der Mann wird mir richtig fehlen.«

»Ich möchte weg«, sagte die Suchmann und erschauerte. Sie fror.

Wir verabschiedeten uns, und sie starrte zurück auf das Haus. »Er war dort sehr glücklich.« Sie machte eine weitausholende Geste mit beiden Händen. »So etwas kann sehr schnell zu Ende sein. Ich möchte wissen, ob er seinen Mörder gekannt hat.«

»Es können zwei gewesen sein, es können drei gewesen sein, wir wissen nichts«, mahnte ich. »Es sieht so aus, als wäre er aus dem Bad gekommen, weil jemand nach ihm rief. Für ihn war es wahrscheinlich ein unbekannter Besucher, denn Badezimmertür und der Platz, an dem er zusammenbrach, sind eine gerade Linie. Wahrscheinlich sagte er: Was kann ich für Sie tun? Und da erwischten ihn schon die Kugeln.« Ich fummelte fahrig in den Tonbändern herum und wählte dann Haydn-Streichquartette aus. Schon das erste glitt sofort in Moll, und ich drückte das Band wieder aus dem Apparat. Hermann van Veen, der auch nicht gerade zur Erheiterung beitrug, dann Jan Gabarek mit einem Stück, das sehr an ein Gebet erinnerte. Ich entfernte auch den Gabarek, auch rein musikalisch war das nicht mein Tag. Statt dessen gab ich Gas, als könne Geschwindigkeit helfen, während die Suchmann neben mir saß und eine Zigarette paffte, als habe sie noch nie im Leben geraucht.

Plötzlich beugte sie sich weit nach vorn und keuchte: »Halt mal an. Halt die verdammte Karre an!«

Ich hatte den Weg über die Hohe Acht zur B 412 genommen und war auf der Höhe Barweiler, wo sie B 258 heißt. Ich stieg voll in die Bremse und fuhr rechts ran. Sie sagte nichts mehr, hatte nur ein schneeweißes Gesicht. Sie öffnete die Tür und übergab sich. Das dauerte quälend lange, und ich konnte nichts für sie tun, als ihr von Zeit zu Zeit ein Papiertaschentuch anzureichen.

»Mein Gott, ich habe ihn so liebgehabt.«

»Du hast ihn noch immer lieb, und das ist gut so«, sagte ich, nur um etwas zu sagen.

»Du kannst weiterfahren.« Sie knallte die Tür zu.

»Jetzt ein Heringstopf beim Markus Schröder in Niederehe«, schlug ich vor.

»Heringe in der Eifel?«

»Und wie!« grinste ich. »Wir sind sehr fortschrittlich hier, was Heringe angeht.«

»Ich komme mir vor wie amputiert. Er war ein fester Bestandteil meines Lebens. Daß ich sterben muß, weiß ich. Von ihm habe ich das nie denken können.« Sie kramte in ihrem Rucksack herum, fischte einen Streifen

Kaugummi heraus, sagte: »Ekelhaft!« und begann heftig den Gummi zu bearbeiten.

In Kirmutscheid bog ich links ab auf Nohn zu und zog den Berg hinauf. Ich fuhr immer noch so schnell, als ginge es um eine Geschwindigkeitsprämie. Doch als die Abendsonne mich voll von vorne erwischte, wurde ich langsamer und konnte die Farben des Sommers wieder sehen.

»Glaubst du, daß es einen Menschen gibt, der genau weiß, was der General in den letzten Tagen getan hat?«

»Natürlich«, sagte sie. »Sein Adjutant. Jeder General hat so was. Aber den kenne ich, der ist so was von perfekt, daß er den Vornamen seines Chefs für geheim erklären würde.«

»Und wer noch?«

»Dann ist da noch Seepferdchen. Das ist seine alte Sekretärin. Die hatte er schon in Washington und vorher in München, und die müßte jetzt in Brüssel sitzen. Nein, halt, er hat mir heute morgen erzählt, sie sei nach Berlin gefahren. Sie hat da ein Haus und mußte sich mal drum kümmern.«

»Hast du ihre Telefonnummer?«

»Habe ich.«

»Könntest du vielleicht genau versuchen, zu rekonstruieren, was heute morgen zwischen euch alles besprochen wurde. Jede Kleinigkeit, bitte.«

»Ich versuche es. Also, wir sagten erst mal hallo und so, und wir fragten einander, wie es uns so geht. Er antwortete ganz fröhlich, es gehe ihm sehr gut. Er wirkte richtig aufgeräumt. Wenn er in diesem Holzhaus war, ging es ihm immer ausgezeichnet. Dann fragte er mich, wie es mir gehe, und ich sagte, so lala. Ich fragte, was er grad mache, und er sagte, er hätte Buchenholz gespalten, würde das bis mittags fortsetzen. Ich erkundigte mich dann, ob er Urlaub macht, und er sagte nein. Er wolle sich nur ein paar Tage einem beruflichen Problem widmen, und dabei könnte er den Bienenstock der NATO in Brüssel nicht ertragen, und – ach ja – er sagte auch, er hätte morgen den wichtigsten Termin des Jahres ...«

»Sagte er, wo?«

»Nein. Aber es kann ja nur in der Eifel gewesen sein, denn er sagte, ich solle doch vorbeikommen, es würde ihm Freude machen, mit mir zu klönen.«

»Also, du hast auch nicht gefragt?«

»Doch, doch, habe ich schon. Ich fragte, was denn das sei: der Termin des Jahres? Er sagte, er könne mir das leider nicht erzählen. Ich nehme mal an, es fällt unter Geheimhaltung.«

»Gut. Also er hatte morgen den wichtigsten Termin des Jahres. Morgens oder nachmittags? Ein Besucher? Mehrere? Eine ganze Gruppe? Ausländer? Deutsche? Aus Brüssel? Aus Bonn?«

»Mein Gott, Baumeister. Das weiß ich nicht, ich habe nicht weiter gefragt. Aber er war ganz ohne Zweifel sehr gut drauf. Er meinte sogar, er würde Schampus kaltstellen, damit wir nicht verdursten.«

»Ist er mit seinem Porsche in die Eifel gefahren?«

»Nein. Er ist von einem Fahrer hingebracht worden, und ein zweiter Fahrer hat den Porsche gefahren. Nicht daß du jetzt denkst, der General hätte in Saus und Braus gelebt. Er hatte soviel zu tun, daß er solche Strecken dazu benutzte, Akten aufzuarbeiten und auf Tonbänder zu diktieren. Deshalb.«

»Zusammengefaßt: Nichts deutete auf etwas Außerordentliches hin?«

»Richtig. Gar nichts. Dazu mußt du noch wissen: Wenn es ihm mies ging, erzählte er es mir.«

»Also scheint es ausgeschlossen, daß er irgendwelche Vorahnungen hatte?«

»Meiner Meinung nach, ja.« Sie schluchzte ein paarmal. »Er hätte doch nichts anderes tun müssen, als sich dreißig, vierzig Meter vom Haus zu entfernen und hinter einen dicken Baum zu stellen. Niemand hätte ihn gefunden, oder?«

»Das ist richtig«, gab ich zu.

Ich rauschte an der Abbiegung zum Nohner Wasserfall vorbei, und mein Tacho zitterte schon wieder um die 160. Ich bremste den Wagen ab und ging in die ekelhafte

Links-rechts-Kombination unten am Bach. »Wo hatte er denn Gegner?«

»Am meisten wohl in der Bundeswehr. Er machte schon damals diese Hochrüstung nicht mit, er hat ja das Gutachten angefertigt, das ihm beinahe irgendeine Sache wegen Landesverrat eingebracht hätte.«

»Wie bitte?«

»Weißt du nichts davon?«

»Keine Ahnung«, sagte ich. »Erzähl mal.«

»Ich weiß nicht, ob ich das noch zusammenkriege. Damals in Washington hat er mir das erklärt. Also, da gibt es doch immer die Lage beim Kanzler. Das ist die Konferenz, wo die wichtigsten Sachen besprochen werden. Daran nimmt auch immer der Bundesnachrichtendienst teil und gibt seine Erkenntnisse weiter. Als der Ostblock noch bestand, kriegte der BND beispielsweise heraus, daß die DDR in Dresden zweitausend Panzer stationiert hatte. Ich erzähle jetzt ein Beispiel ohne Rücksicht darauf, wie das wirklich war. Also: Wenn die DDR im Raum Dresden zweitausend Panzer hatte, mußte die Bundeswehr im entsprechenden Grenzbereich auch zweitausend Panzer haben. Sie hatte aber nur tausend. Also mußten schnell tausend Panzer gekauft werden, damit wir auch zweitausend hatten. So lief das, das war echt verrückt. Otmar fluchte immer, wenn er so etwas hörte, und ich wußte nie, was er meinte. Deshalb habe ich mir das erklären lassen. Eines Tages fing er dann an, mir ein Gutachten zu diktieren. Da stand drin, daß die Russen, meinetwegen in Dresden, tatsächlich zweitausend Panzer hätten, daß aber von diesen zweitausend Panzern weniger als die Hälfte überhaupt startbereit wären. Mit anderen Worten: Die meisten Panzer waren Schrotthaufen. Das Gutachten war siebzig oder achtzig Seiten stark. Und ich gab es Seepferdchen, und sie schrieb es ab. Otmar schickte es an alle möglichen Stellen: Verteidigungsministerium, Bundeskanzler, Bundeskanzleramt, Bundespräsident, Fraktionen und so weiter. Und dann war die Hölle los. Das Schriftstück wurde eingezogen und für geheim erklärt, und alle, die es besaßen, mußten es sofort wieder rausrücken. Otmar hat nie mehr darüber gesprochen. So ein General war er.«

»Querdenker?«

»Oh ja, sehr quer.«

Ich bog rechts zum Kloster Niederehe ein und hielt dann bei Markus Schröder. »Du kannst auch Forelle essen oder ein Steak oder einen Speckpfannekuchen.«

»Jetzt habe ich mich geistig auf Hering eingestellt, jetzt will ich auch Hering. Sag mal, kennst du hier einen Zahnarzt? Ich muß etwas für mein Aussehen tun. Ich sehe aus wie Pippi Langstrumpf.«

»Ich werde dich anmelden, du kannst das morgen früh erledigen.«

»Dann noch etwas, Baumeister. Ich ... ich ...«

»Ich zahle alles«, sagte ich schnell. »Du bist mein Gast.«

»Das ist lieb. Aber ich hätte gern etwas Geld.«

»Wieviel?«

»Ein paar Hunderter?«

Ich dachte an Heike Schmitz, die gesagt hatte, irgend etwas stimme mit dieser Frau nicht. Vielleicht war es das. »Geht klar, kein Problem.«

»Ich lasse mir morgen per Fax Geld anweisen, du brauchst keine Angst zu haben.«

»Ich habe niemals Angst«, sagte ich.

Vorne im Thekenraum war kein Platz mehr, weil die Freiwillige Feuerwehr dort tagte und höchstvergnügt der Aufgabe frönte, möglich schnell möglichst viel Bier zu konsumieren. Einer der fröhlichen Zecher versuchte in höchster Tonlage »Schenkt man sich Rosen in Tiroooohl ...« zu schmettern, und der Rest der Mannschaft hielt sich unter Lachen die Ohren zu.

Wir hockten uns in den großen Restaurantraum und kamen mit Markus überein, zuerst eine Markklößchensuppe zu schlürfen, um dann die Heringe mit Bratkartoffeln in Angriff zu nehmen.

»Was wird deine Frau sagen, wenn du mich anschleifst?«

»Nichts«, beschied ich sie. »Sie ist heute morgen für ein paar Tage zu ihren Eltern gefahren. Aber sie darf wissen, daß du mein Gast bist. Wie lange war denn der General Teil deines Lebens?«

»Verdammt lange«, sagte sie. »Soll ich davon erzählen? Das wirst du wissen wollen.«

»Richtig, das will ich wissen.«

»Der General war der Mann, der als erster so ein bißchen gerade Linie in mein chaotisches Leben brachte. Mein Leben war bis dahin eigentlich eine Folge von Katastrophen. Dazu mußt du wissen, daß mein Vater ein evangelischer Pfarrer in Berlin war, er war mein Halleluja-Mann, ich habe ihn anfangs vergöttert. 1960 bin ich geboren worden, und zu diesem Zeitpunkt war die Ehe meiner Eltern längst kaputt, denn meine Mutter hatte sich irgendwann entschlossen, nicht so fromm zu leben wie mein Halleluja-Mann. Sie stammte zwar auch aus einem Pfarrhaus, hatte aber entdeckt, daß es außer dem lieben Gott durchaus noch andere Dinge gab. Mein Vater lebte unentwegt mit himmlischen Heerscharen, jubilierenden Engeln und der gewaltigen Streitmacht Gottes. Genauso predigte er, und er war bei den Damen sehr beliebt. Die Ehe muß jedenfalls furchtbar gewesen sein, Mami trainierte mich regelrecht auf das Zitronenwort. Wenn wir beide rumalberten, pflegte sie zu sagen: Kind! Beißen wir schnell in eine Zitrone, damit Papi nicht merkt, wie gut wir gelaunt sind. Sie hatten sich irgendwie auseinanderentwickelt. Papi wurde immer himmlischer, und Mami entdeckte immer mehr weltliche Genüsse, zum Beispiel den eigenen Körper, zum Beispiel den Hochgenuß eines Orgasmus, was weiß ich. Papi bekam dann Krebs am Magen und am Darm. Er starb einen elenden, entsetzlich langen Tod. Ich war gerade zwanzig, hatte mein Abitur in der Tasche ...«

»Entschuldige, wenn ich dich unterbreche. Aber du erzählst deine Geschichte, nicht die des Generals.«

Sie lächelte und nickte. »Der kommt gleich, der kommt gleich. Ich war also in jeder Beziehung eine Jungfrau und guckte ziemlich entsetzt zu, wie Mami mit einer Wahnsinnsgeschwindigkeit ein ganzes Bataillon von Liebhabern verschliß, die allesamt fünfzehn bis zwanzig Jahre jünger waren als sie. Auf gut deutsch nannte man sie eine ganz unerschrockene Feministin, in Wirklichkeit benutzte sie ihre Freiheit, erst einmal hemmungslos zu vögeln. Angeekelt war ich natürlich auch. Ich zog nach Schwabing, um zu studieren. Ich wählte Medizin, mein Notendurchschnitt war gut. Ich lebte in einer Wohngemeinschaft in Schwabing, und schon bald war keine Rede mehr von Studium. Mich interessierte zum Beispiel maßlos der Kaloriengehalt von männlichem Samen und ähnliche Blödsinnigkeiten.« Ihre Stimme wurde leiser und sanfter, als überlege sie, ob die Germaine von damals wohl eine gute Germaine war. »Und dann kam der General.« Sie unterbrach sich und lächelte in der Erinnerung.

»Laß mich ganz schnell eine Zwischenfrage stellen, die ich sonst vergesse. Der General hat also aus Ärger über die jahrzehntelange Wettrüstung ein Gutachten geschrieben, das eigentlich eine massive Ohrfeige für das Verteidigungsministerium und das Bundeskanzleramt war. Das wurde für geheim erklärt und aus dem Verkehr gezogen. Mit anderen Worten: Der General Otmar Ravenstein konnte keinen Furz lassen, ohne daß der sehr sorgfältig registriert wurde. Er konnte sich nicht räuspern, ohne daß der Militärische Abschirmdienst eine Akte anlegte. Er muß doch dazu etwas gesagt haben. War er verärgert? War er zornig? Wollte er kündigen? Ich muß das jetzt wissen, sonst wird mein Bild unvollständig bleiben. Bitte, konzentriere dich.«

Die Getränke kamen, Germaine schlürfte von ihrem Wein, ich nippte an meinem Kaffee, aus dem Schankraum kam freundlich der Lärm der übermütigen Feuerwehr.

»Klar hat Otmar reagiert. Daß er die Bundeswehr verlassen würde, hat er nie geplant. Er sagte immer: Wenn man etwas ändern will, dann darf man nicht verschwinden. Sicher war er verärgert, aber er meinte auch: Diese Geheimdienstleute sind alle irgendwie paranoid! Er tat es ab, er nahm es hin. Und er wollte aufmüpfig bleiben. Er schimpfte einmal, er werde eines Tages den ganzen Irrsinn aufschreiben.«

»Gut, das reicht mir. Er war also ziemlich gefährlich für die Krieger dieser Welt, und er wußte das.«

»Ja, das wußte er. – Soll ich weitermachen mit München? Also, wir hockten eines Nachts in Schwabing in einem Schuppen, der sich Bar nennt. Und da trafen wir ihn. Er saß mutterseelenallein an einem Tisch, trank unentwegt Champagner und lachte vor sich hin. Im Grunde war die Bar ein Nuttenbunker, und ein paar der Frauen probten aus Spaß Striptease. Sie konnten es nicht und machten daraus Slapsticks. Immer, wenn der BH fallen sollte, schrien sie: ›Wieso geht dieser Scheißhaken nicht auf?‹ Otmar Ravenstein saß da und amüsierte sich königlich. Wir waren zu acht da, die ganze Clique aus meiner Wohngemeinschaft. Wir starrten auf diesen miesen Kapitalisten, von dem wir nichts wußten und der pausenlos Champagner anrollen ließ. Auch Uli war mit, der es sowieso niemals ertragen konnte, wenn ein älterer Mann sich amüsierte oder seine Überlegenheit ausspielte. Wahrscheinlich hatte er einen mächtigen Vater, was weiß ich. Uli ging also an den Tisch des Generals und fragte ihn, ob er seine Schwester kaufen wolle. Sie sei jung und willig, knappe vierzehn und sehr, sehr raffiniert. Also, ich sage dir, es wurde die Hölle. Bis jetzt hatte Otmar sich und den Mädchen den Champagner kübelweise bezahlt, plötzlich war er irgendwie nüchtern, strohnüchtern. Er starrte Uli an und sagte laut, er solle doch fröhliche Leute nicht mit seinen Abartigkeiten stören. Und falls er es wolle, würde er, Otmar Ravenstein, auch Ulis Rechnung übernehmen. Schließlich sagte er: ›Du bist ein mieses Schwein, Kleiner, und du wirst dein Leben lang darunter leiden. Geh mit deinen Zwanghaftigkeiten zu einem Psychiater!‹«

»Glorifizierst du ihn nicht, den Ravenstein?«

»Nein, es lief so ab. Uli wollte sich auf den General stürzen, und der rührte sich nicht einmal. Jedenfalls haben wir nichts gesehen. Sie rangelten sich, dann schrie Uli plötzlich wie am Spieß, und Otmar warf ihn auf die Tanzfläche.« Germaine schwieg einen Augenblick. »Uli hatte beide Arme gebrochen. Der General sagte: ›So ist

64

das Leben manchmal, ungerecht.‹ Dann ließ er einen Notarzt und einen Krankenwagen kommen. Als der Arzt kam, fragte er Uli, wie er sich denn beide Unterarme brechen konnte. Uli starrte den General an und antwortete, er sei gestürzt. So war das, und ich habe damals gedacht, das ist ein Fingerzeig, meine Liebe! Im Grunde waren wir doch eine kleine miese, traurige, depressive Partei, die auf Kosten der Eltern durch das Leben tanzte und eigentlich wußte, daß sie zu feige war, richtig zu leben. Ich wollte jedenfalls diesen Mann näher kennenlernen und mit ihm sprechen. Das gelang auch. Vier Tage später zog ich aus der Wohngemeinschaft aus und ...«

»Kannst du mir einen Gefallen tun?«

»Was denn?«

»Erzähl mir jetzt nicht, daß der General dein Geliebter wurde und überall auf der Welt beglückt die Betten mit dir teilte.«

Es war erhebend zu beobachten, wie sie errötete. Die Röte kroch vom Hals über ihr ganzes Gesicht. »Hat der General dir etwas von mir erzählt?«

»Kein Wort. Aber du hast dem Meier erzählt, du hättest mit dem General in aller Herren Länder im Bett gelegen. Und ein wenig kenne ich den General auch: Das hätte er nie getan.«

»Das ist richtig«, murmelte sie mit gesenktem Kopf. »Doch ich habe das diesem widerlichen Macho nur erzählt, um ihn zu schocken. Und das ist mir doch gelungen, oder?«

»Sehr sogar«, nickte ich. »Weiter. Du zogst also aus der WG aus.«

»Richtig, vier Tage später. Er hatte eine Wohnung für mich gefunden, klein, aber sehr schön. In Bogenhausen. Klar wollte ich mit ihm ins Bett. Irgendwie sollte er der nächste Quickie auf meinem Mehrzwecksofa werden. Er sagte mir, das ginge nicht, das würde nie gehen, er ginge schließlich nicht mit seiner Tochter ins Bett.« Sie seufzte. »So war das. Er richtete die Wohnung ein und bezahlte sie auch, er kümmerte sich um meine Schulden, und zu jedem Monatsersten kam Geld auf mein Konto ...«

»Ein paradiesischer Zustand also.«

Sie schüttelte den Kopf. »Nein, eben nicht. Ich studierte mittlerweile Philosophie, diesmal ernsthaft. Ich kam nicht damit zurecht, daß der General alles finanzierte. Ich kam so lange nicht damit zurecht, bis ich begriff, daß er mich wirklich liebte und in mir etwas sah, was er sonst nicht hatte: eine wirkliche Tochter. Es war wie ein Schock, verstehst du? Das war in der Oper. Er sagte, er weiß genau, daß ich selbständig sein will. Und ich sollte es auch sein, und er mischt sich nicht ein. Er sagte, er liebt mich und ich solle mir gefälligst keine Gedanken machen wegen des blöden Geldes. Er hätte soviel davon, daß er es in seinem Leben nicht ausgeben könne. Es war schon verrückt zu erleben, daß der Mann aus dem Nuttenbunker ein leibhaftiger General in leibhaftiger Uniform an der Bundeswehrhochschule in München war. Aber daß er auch noch privat über Millionen verfügte, war an Trivialität nicht zu überbieten. Das war so romantisch-kitschig, daß nicht einmal *RTL* das gedreht hätte.« Sie kicherte. »Ich hatte jedenfalls plötzlich wieder einen Halleluja-Mann, diesmal einen echten.«

»Führte er dich in seine Familie ein?«

Sie schüttelte den Kopf. »Nein, er hat es nicht einmal versucht. Diese Familie war kaputt. Ich lernte sie später in Washington kennen, das sind grauenhaft arrogante Leute, die unentwegt so tun, als habe der liebe Gott ihnen diesen Planeten zum Spielen geschenkt.«

»Wie lange dauerte dieser Zustand in München?«

»1980 lernten wir uns kennen, 1982 wurde er nach Washington versetzt und Chef der deutschen Truppen, die in Kanada und den USA ausgebildet wurden, Panzerfahrer und Piloten. Wenig später kam ich nach.«

»Zufall?«

Sie schüttelte wieder den Kopf. »An einen Zufall glaube ich nicht.«

Markus kam mit den Bratkartoffeln, den Heringstöpfen und den Salaten.

»Wenn es nicht reicht, sagt einfach Bescheid.« Er streifte Germaine mit einem Blick.

»Schöne Grüße von Dinah«, sagte ich. »Sie ist zu ihren Eltern gefahren.«

»Muß auch mal sein«, grinste er. »Hoffentlich überlebt sie das.«

Wir luden uns die Teller voll und begannen zu essen.

»Wenn du im Leben des Generals so wichtig warst, wirst du bei allen Geheimdiensten bekannt sein«, sagte ich vorsichtig.

»Das weiß ich.« Sie nickte, und offensichtlich störte der Gedanke sie nicht. »Weißt du, praktisch gehören alle Familien der Diplomaten im Ausland irgendwie zu den Geheimnisträgern, weil es unvermeidbar ist, daß du von allen möglichen Dingen Kenntnis erhältst. Du kannst diese Geheimdienstfritzen nicht immer ernst nehmen.«

Sie hatte noch immer nicht begriffen. »Das stimmt doch so nicht«, wandte ich vorsichtig ein. »Er hat dir das Gutachten mit dem Wettlauf in der Rüstung diktiert. Du hast es Seepferdchen gegeben. Die hat es abgeschrieben und verschickt. Also ist nicht nur er vernommen worden, sondern auch Seepferdchen. Und die hat gesagt: ›Ja, das Manuskript hatte ich von Germaine Suchmann.‹ Seitdem wissen sie von dir. Wenn sie jetzt in ihren Unterlagen nachsehen, werden sie feststellen, daß du für den General ein enorm wichtiger Mensch warst und absolut nicht so harmlos, wie du vorgibst zu sein. Klar?«

Sie wurde etwas blaß um die Nase. »Heißt das, daß ...«

Ich nickte. »Das heißt, sie werden wiederkommen, nach dir suchen und dich garantiert scharfen Verhören unterziehen und, falls zu viele Dinge unklar bleiben, auch vorläufig festsetzen. Das versuche ich dir klarzumachen.«

»Und was kann ich dagegen tun?«

»Das weiß ich noch nicht. Erzähle erst einmal die Geschichte zu Ende. Ravenstein wurde also 1982 nach Washington versetzt. Und plötzlich kamst du auch dorthin. Wieso das?«

»Weil ich heiratete.«

»Hast du denn irgendein Studium abgeschlossen?«

»Ja, natürlich. Philosophie schloß ich ab, eigentlich bin ich Frau Dr. Germaine Suchmann. Aber deshalb bekom-

me ich trotzdem keinen Job, wer braucht schon Philosophie?«

»Das kenne ich. Was ist passiert?«

»Da passierte ein Mensch namens Homer. Homer studierte in München Wirtschaftswissenschaften und trieb
sich immer am Rande meines Blickfeldes herum. Ich
habe ihn nie beachtet, bis er eines Tages mit der Frage
rausrückte, ob wir nicht zweckmäßigerweise heiraten
sollten. Das würde vieles vereinfachen, sagte er. Also
Fakt war, er hatte sich in mich verliebt, er wollte in den
diplomatischen Dienst. Das Auswärtige Amt hatte ihn
bereits akzeptiert, und Fakt war ebenfalls, daß er die
ersten drei Jahre nach Washington gehen würde ...«

»Du hast ihn also geheiratet, diesen Homer.«

»Nicht sofort. Erst habe ich ... ich habe ihn gewissermaßen getestet. Na ja, wir haben uns angefreundet und
dann miteinander geschlafen und dann Pläne geschmie-
det. Er sah gut aus, er hatte von Haus aus wirtschaftliche
Sicherheiten. Ich glaubte, ich liebte ihn. Und dann habe
ich Otmar angerufen und gesagt: Ich komme! Er hat mich
gewarnt, hat gesagt, daß dieser Homer möglicherweise
nicht mein Märchenprinz ist. Das stimmte, Homer war es
nicht. Homer war im Grunde stinklangweilig, egal, wo er
sich aufhielt. Ich war Homers Vorzeigestück, wenn du
verstehst, was ich meine. Ich durfte auf dämlichen Parties
rumstehen und mein Glas mit einem Käsebrot balancie-
ren. Glücklicherweise bekam ich keine Kinder, weil Homers Sperma irgendwie nicht in Ordnung ist. Und weil
Homer sich letztlich nach seinen Vorgesetzten richtete
und weil diese Vorgesetzten ihren Ehefrauen erlaubten,
einen Halbtagsjob anzunehmen, wenn die Kinder aus
dem Gröbsten heraussind, durfte ich das auch. Ich deko-
rierte in Georgetown die Schaufenster der Boutiquen,
hatte dort ein kleines Appartement und fing an zu malen.
Ich konnte nicht malen, aber immerhin machte es Spaß.
Und ich war dauernd mit Otmar Ravenstein zusammen.
Die besten Ideen hatte er immer auf meinem Sofa.«

»Das klingt nicht gut«, sagte ich. »Ich gehe jede Wette
ein, daß die amerikanischen Geheimdienste diese Ver-

bindung genau kannten. Und der deutsche BND auch. Und der MAD auch und so weiter und so fort.«

»Ja und?« Sie wurde ärgerlich. »Es war doch sauber.«

»Erzähl das mal den Geheimdiensten«, sagte ich leise. »Du hast dich also scheiden lassen.«

»Ja, nach einer Schamfrist von vier Jahren ließen wir uns sang- und klanglos scheiden. Seitdem zahlt Homer brav.« Sie grinste leicht. »Und ich bin dauernd pleite, weil ich nirgends zu Hause bin und dauernd um den Globus zockle und Freundinnen besuche.«

»Was ist mit deiner Mutter?«

»Wir leben auf Kriegsfuß. Sie bumst noch immer in Berlin herum und trauert ihren verlorenen Jahren nach, und ich hasse das.«

»Du bist also auch heute zum General gekommen, um dir Geld zu besorgen?«

Sie schwieg eine Weile, dann begann sie sanft zu schluchzen. »Ja. Aber das Geld war nicht so wichtig, ich wollte ihn sehen.«

»Du weigerst dich, erwachsen zu werden«, sagte ich grob. »Laß uns bezahlen und gehen. Ich bin hundemüde.«

Ich kutschierte uns über Heyroth nach Hause. Als sie vor dem Haus stand, sagte sie: »Das ist ja hier am Arsch der Welt.«

»Das ist richtig«, stimmte ich zu. »Aber zweifellos ist es einer der schönsten Ärsche der Welt.«

»Kann ich baden?«

»Jede Menge«, sagte ich. »Komm, ich zeige dir alles.«

Ich wies sie ein, machte ihr Bett im Gästezimmer und zog mich zurück, um endlich den Anrufbeantworter abzuhören. Aber Dinah hatte sich nicht gemeldet, Dinah blieb verschollen. Ich hörte, wie Germaine im Badezimmer vor sich hinsummte, und legte eine CD von Jan Gabarek ein. Ich hoffte, es würde mich beruhigen, aber es war wirkungslos: Immer tauchte dieser General vor mir auf, wie er in seinem Blut lag, hoffnungslos tot. Wer, um Gottes willen, hatte so etwas tun können? Plötzlich wußte ich, daß nur eine Frage wirklich wichtig war:

Wollte ich in diesem Fall recherchieren, oder nicht? Wollte ich in einem Fall recherchieren, in dem alle Geheimdienste mitmischten, die etwas auf sich hielten? Sobald ich begann, irgend etwas herauszufinden, würde dieser dicke Meier mir die Hölle bereiten. Meine Chancen waren gleich Null. Es sei denn, ich würde etwas erfahren, was selbst die Geheimdienste nicht wußten und was sie von mir erfahren wollten.

Ich starrte aus dem Fenster in die Nacht hinaus, hörte mit halbem Ohr, wie Germaine das Bad verließ und hinaufging in ihr Zimmer. Meine Kater Paul und Momo stürmten in den Raum, sahen mich und sprangen auf das Sofa neben mich.

»Nein, ich weiß nicht, wo Dinah ist. Und es hat auch keinen Zweck, sie zu suchen. Sie ist nicht im Haus.«

Ich ging mit ihnen hinüber in die Küche und füllte ihre Näpfe auf, aber sie fraßen lustlos und waren nervös. Sie waren wie Kinder, die alles merken und von denen Idioten immer behaupten, sie seien zu jung, also ahnungslos.

Ich wechselte in Dinahs Zimmer, das sie ihr Musikzimmer nannte, weil dort ihre Anlage mit den Platten und CDs stand. Ich legte George Moustaki auf und hörte all die alten Nummern, die ihn großgemacht hatten. Zum erstenmal, seit sie gegangen war, konnte ich einfach nur traurig sein. Alter Mann, dachte ich, mach es ihr nicht so schwer – sie sucht nur sich selbst. Und wenn du mir einen Gefallen tun willst, dann laß ihr Zündkabel brechen oder irgend so etwas. Dann muß sie hier anrufen, weil sie kein Geld hat.

Es klopfte leise, und Germaine stand in der Tür. Sie trug meinen Morgenrock und sah darin ziemlich hübsch aus.

»Mir ist noch etwas eingefallen«, erklärte sie. »Ich denke, ich sage es dir, bevor ich schlafen gehe. Soweit ich weiß, werde ich eine Million bekommen, nach Otmars Tod.«

»Du hattest also einen Grund, ihn zu erschießen?«

»Irgendwie schon, aber in Wahrheit natürlich nicht.«

»Wenn die Geheimdienste das herausfinden, wirst du alt aussehen.«

»Das ist richtig«, nickte sie. »Deshalb erzähle ich es dir. Gute Nacht.« Sie ging hinaus und machte die Tür so behutsam zu, als sei ich krank und dürfe nicht gestört werden.

DRITTES KAPITEL

Ich schlief schlecht in dieser Nacht, und als um sieben Uhr der Wecker schrillte, fluchte ich erst einmal ausgiebig. Ich schlurfte in die Küche hinunter, um meinem Gast einen Kaffee zu machen, und fand sie am Küchentisch. Germaine hatte schon Kaffee vor sich stehen.

»Ich habe gar nicht geschlafen«, murmelte sie.

»Also keinen Termin beim Zahnarzt?«

»Doch, doch«, sagte sie hastig. »Hast du geschlafen?«

»Nicht sehr gut und nicht sehr viel. Ich bestelle dir einen Wagen. Du kannst zu Dr. Knauf nach Jünkerath fahren. Ich gebe dir die Hausschlüssel von hier ...«

»Und was treibst du?«

»Das weiß ich noch nicht«, log ich und ging zum Telefon, um zu erledigen, was zu erledigen war. Wir sprachen kein Wort über den General.

Um acht Uhr kam das Taxi, und Germaine war fort. Ich steckte ein paar Pfeifen und die Tabaktasche ein. Dann rief ich Paul. »Du kannst mit«, sagte ich.

Wenn ich heute gefragt würde, weshalb ich den Kater mitnahm, wüßte ich nur einen Grund zu nennen: Das Haus lag sehr einsam und barg ein Geheimnis. Da ist ein Kater heilsam und beugt Phantasien vor. Paul war erstaunt, sprang aber auf den Nebensitz, eroberte den Platz zwischen Lenkrad und Frontscheibe, und ich gab Gas.

Ich brachte den Weg zügig hinter mich und parkte ganz normal vor dem Haus des Generals. Das Haus wirkte abweisend, alle Fenster und Türen waren verschlossen, auf den Schlüssellöchern klebte ein Siegel, auf dem *Staatsanwalt* zu lesen war. Paul hielt sich eng an mir, lief mir dauernd zwischen die Beine, und ich mußte achtgeben, daß ich ihn nicht trat. An den hohen Türflügeln zur Terrasse hin wurde er unruhig, er roch das Blut.

Hinter dem Haus parkte ein Streifenwagen der Polizei. Heike Schmitz stand dort in ziviler Kleidung, in Jeans und Männerhemd, und hielt an einer kurzen Leine einen sehr großen Schäferhund.

Paul machte augenblicklich einen Buckel, sträubte das Fell, zischte hoch und bösartig.

»Der Hund ist ein Bulle!« zischte ich.

Heike Schmitz lachte. »Nein, ist er nicht. Es ist mein Hund. Er wird die Katze nicht beißen.«

»Oh, davor hatte ich keine Angst. Was machen Sie hier? Ich dachte, Sie könnten endlich im Bett liegen und schlafen.«

»Das dachte ich auch«, nickte sie. »Aber der Wagen, der die Leiche holte, kam erst heute morgen gegen drei Uhr. Solange hat man uns hier warten lassen. Ich habe noch keine Minute geschlafen. Und was wollen Sie hier?«

»Ehrlich gestanden, weiß ich das nicht. Ich wollte einfach herkommen, um noch einmal diesen Platz zu sehen, um darüber nachzudenken, was gestern hier eigentlich abgelaufen ist.«

»Und Ihr Schlafgast?«

»Sie hat auch kein Auge zugetan. Jetzt hockt sie bei einer Zahnärztin und kriegt irgendein Provisorium verpaßt.«

»Ich stecke den Bello mal ins Auto«, meinte sie.

»Das ist gut. Paul könnte sonst Lust bekommen, ihm an die Augen zu gehen.«

Sie bugsierte also den offensichtlich gutmütigen Bello in das Polizeifahrzeug und fragte dann: »Sie müssen doch noch einen weiteren Grund haben, hier erneut aufzutauchen.«

»Gut beobachtet. Habe ich auch. Der Fall erinnert mich an Barschel. Bei Barschel war es damals genauso: Man hatte sich darauf geeinigt, daß er sich selbst das Leben genommen hat. Also wurden andere Möglichkeiten gar nicht erst untersucht und ...«

»Das denke ich auch. Aber in das Haus können Sie nicht mehr.«

»Ich will eigentlich auch nicht in das Haus. Es ist sehr unwahrscheinlich, daß der Mörder von der Straße her kam. Es ist viel wahrscheinlicher, daß er hier durch den Wald an die Rückfront des Hauses kam. Irgendwo hat er geparkt, wo andere Leute, beispielsweise Wanderer, Spaziergänger, Jogger und so weiter, auch geparkt haben. Da sich die Herren aus Bonn einen Scheißdreck darum gekehrt haben, will ich mich wenigstens umsehen. Haben Sie die Möglichkeit, herauszufinden, was der General in den letzten Tagen getrieben hat? Und seit wieviel Tagen ist er eigentlich hier?«

»Er ist seit vier Tagen hier gewesen. Aber was er tat, weiß ich absolut nicht.«

»Dann sage ich Ihnen, daß er für morgen, nein heute, einen Termin eingeplant hatte. Er hielt den Termin für den wichtigsten dieses Jahres. Wenn Sie also die Möglichkeit haben, herauszufinden, wen er hier erwartete, kommen wir mit Sicherheit weiter.«

»Hat Ihnen das Frau Suchmann berichtet?«

»Hat sie«, nickte ich.

Die Schmitz wirkte sehr nachdenklich. »Ich habe doch gesagt, daß irgend etwas mit Frau Suchmann nicht stimmt. Ich weiß jetzt, was nicht stimmt. Als wir gestern nachmittag um die Leiche herumstanden, tauchte sie plötzlich auf. Tatsächlich war sie schon um elf Uhr morgens hier. Sie hat oben im Restaurant an der Hohen Acht einen Happen gegessen. Um etwa dreizehn Uhr, genau ist das nicht mehr zu rekonstruieren, tauchte sie in einer Kneipe in Kaltenborn auf. Um fünfzehn Uhr war sie wieder im Berghotel auf der Hohen Acht. In Kaltenborn aß sie ein Käseschnittchen, im Berghotel Kaffee und Kuchen. Das heißt, als sie hier überraschend auftauchte und so tat, als sei sie gerade erst angekommen, war sie mindestens schon seit sechs Stunden hier in der Gegend. Und der Abzug einer Maschinenpistole läßt sich leicht bewegen. Tut mir leid, Baumeister.«

»Das muß Ihnen nicht leid tun, und mich schockiert

das nicht. Sie erbt übrigens wahrscheinlich eine Million vom General, und sie hat niemals mit ihm geschlafen ...«

»Das kaufe ich«, meinte die Polizistin hell. »Genau an dem Punkt wurde ich mißtrauisch. Der General war nämlich nicht der Typ, der sich über Jahre eine wesentlich jüngere Geliebte anschafft. Wenn sie also erbt und seit sechs Stunden hier war, hat sie ein Motiv und die Gelegenheit gehabt.«

»Ein phantastisches Motiv«, sagte ich. »Sie ist zudem auch noch pleite und heimatlos.«

»Warum sagen Sie mir das alles?«

»Weil ich vollkommen ratlos bin. Ich glaube nämlich nicht, daß sie es war. Ich kann das nicht begründen. Von der Logik her ergibt es keinen Sinn, den General zu erschießen, um dann hier aufzutauchen und den General begrüßen zu wollen.«

Sie dachte darüber nach. »Das ist richtig. Sie hätte einfach abhauen können, und nie wäre ein Verdacht auf sie gefallen.«

»Vielleicht will sie, daß ein Verdacht auf sie fällt. Es wäre ein klassischer Hilferuf, weil es ihr beschissen geht.«

»Auch das ist möglich.«

»Sagen Sie mal, würden Sie einer Untersuchungskommission das alles anvertrauen, was ich Ihnen jetzt gesagt habe?«

Sie schüttelte sofort den Kopf. »Nein, diese Leute sind mir zu arrogant. Sie haben auf alle Fragen dieser Welt die Antworten schon parat. Nein, meine Solidarität haben die nicht. Und Sie? Steigen Sie ein?«

»Ich weiß es immer noch nicht. Gegen einen Haufen Geheimdienste zu recherchieren dürfte der Versuch sein, eine Handgranate in der Faust explodieren zu lassen, ohne verletzt zu werden. Ich bin nicht der Meinung, sehr kostbar zu sein, aber leben möchte ich schon noch eine Weile.«

»Also gehen Sie jetzt spazieren?«

»Also gehe ich mit Paul jetzt spazieren.«

»Nehmen Sie mich mit?«

»Mit Vergnügen«, sagte ich und meinte es so.

Wir stapften langsam zwischen den großen Buchen den Hang hinauf. Paul lief mal rechts, mal links von uns, hatte den Schwanz aufgeplustert und hielt ihn steif wie das Sehrohr eines U-Bootes in die Luft. Wenn er unsicher wurde, rückte er auf einen Meter an uns heran oder rieb sich an meinen Beinen.

»Das ist die erste Katze, die ich erlebe, die einen Spaziergang mitmacht«, staunte Heike Schmitz. »Ist das Dressur?«

»Nicht die Spur«, erklärte ich. »Mein zweiter Kater, der Momo, käme niemals auf die Idee, freiwillig im Auto mitzufahren. Und wenn er mal aus irgendeinem Grund mitfahren muß, ist er dermaßen hysterisch, daß er reif ist für eine Fernsehrolle. Und Momo würde auch nicht mit mir spazierengehen. Paul macht Autofahren und Spazierengehen ausgesprochen Spaß. Er macht es freiwillig. Wenn er keine Lust mehr hat, schlägt er sich in die Büsche und wartet, bis ich zurückkomme. Das hat zur Folge, daß ich nie einen Bogen gehen kann, ich muß immer auf dem gleichen Weg zurück, den ich hergekommen bin.«

»Wann darf er mit, und wann muß er zu Hause bleiben?«

»Das entscheidet er selbst. Manchmal macht er den Eindruck, als wolle er sagen, die Decke fällt mir auf den Kopf. Dann wird es Zeit für einen Ausflug.«

In einer Sonnenlichtinsel rechts von uns grub eine Amsel in altem Laub herum. Paul schlich sich an und peitschte dermaßen aufgeregt mit dem Schwanz, als wolle er sie unbedingt warnen. Sie bemerkte ihn und begann mächtig zu schimpfen, aber sie rührte sich nicht vom Fleck, wahrscheinlich war sie ein sehr erfahrener Vogel. Als Paul dann wie vom Bogen geschnellt losschoß, machte sie einen Satz in die Senkrechte, und mein Kater schoß unter ihr durch.

Wir hatten einen Augenblick die Vision, daß die Amsel geckernd lachte, ehe sie verschwand. Paul hockte auf den Hinterläufen und leckte sich die rechte Vorderpfote.

Dann rannte er pfeilschnell in einen Ginster und war verschwunden.

Der Hochwald endete an einem alten, überwachsenen Weg. Der wand sich in einer sanften Rechtskurve durch einen Birkenwaldstreifen mit viel blühendem Ginster. Es war heiß, die Sonne stach grell, und das Summen der Insekten war intensiv.

Heike Schmitz wischte sich mit einem Taschentuch über das Gesicht. »Sind Sie eigentlich verheiratet?«

»Nein, bin ich nicht. Und Sie?«

»Auch nicht«, sagte sie. »Eigentlich bin ich Polizistin, weil ich nicht heiraten wollte.«

»Wie geht das?« Ich beobachtete, wie Paul quer über eine nasse Brache lief. Zur Linken stießen in einem spitzen Winkel Birkenwald und Hochwald zusammen, dazwischen war der Ausläufer einer sauren Wiese mit vielen Binseninseln. Die Wiese stieg sehr steil an, und in der Mitte der Steigung trat eine Quelle aus; das Wasser hatte eine dunkle Spur gezogen. Dort wuchs auch wilde Minze, ich konnte sie riechen.

»Das war schon verrückt«, erzählte sie. »Meine Eltern hatten mich einem jungen Mann versprochen, der aus der Nachbarschaft stammt. Er war ein Freund aus dem Kindergarten, wir mochten uns, aber zum Heiraten reichte es wirklich nicht. Der einzig Vernünftige war mein Vater. Er sah ein, daß das nicht funktionieren würde. Wir überlegten, daß ich eine Weile von zu Hause fortgehen mußte, damit der Schorsch eine Frau fand und ich meine Ruhe hatte. Eigentlich hatte ich mit Polizei nie was am Hut. Aber ich habe alle möglichen Jobs durchgecheckt. Es mußte was sein, was mich aus Mayen herausbrachte, mir eine billige Wohnung verschaffte und eine Existenz sicherte. So bin ich ein Bulle geworden, eine Bullin ...«

»Und es macht Spaß?«

»Es macht Spaß«, nickte sie.

»Und hat der Schorsch jetzt eine Frau?«

»Hat er. Ich könnte wieder heimgehen. Aber jetzt will ich nicht mehr, jetzt will ich Zusatzkurse machen, Schule besuchen und dann zur Kripo.«

»Hört sich gut an. Wie sind denn die Chancen für Bul-
linnen?«

»Das hängt allein von der Bullin ab.« Sie lachte.

Der Weg teilte sich. Nach links ging es in einen lichten
Bestand aus jungen Kiefern und Eichen, nach rechts in
einen jener fürchterlichen Streichholzwälder, die kaum
erträglich sind: Weißtannen in Reih und Glied im immer
gleichen Abstand, um möglichst schnell Rendite abzu-
werfen. Geradeaus begann eine große Brache, in der sich
Schwertlilien breitgemacht hatten.

Plötzlich war Paul wieder da und rieb sich an meinen
Beinen. Er sah zu mir hoch und miaute, was eindeutig
besagte, daß er meine Hilfe wollte. Dann trottete er ein
paar Schritte abseits, hob den Buckel und ließ den
Schwanz peitschen.

»Er hat was gefunden«, sagte die Schmitz trocken.

»Also gut, du hast etwas gefunden, Paul. Mach jetzt
keinen Lärm, und zeig es mir.«

Er lief den Weg nach links, verließ ihn nach einigen
Metern und schlug sich dann in die Büsche. Ich keuchte
hinter ihm her und schwor mir zum siebenhundertsieb-
zigsten Mal, etwas für meine Kondition zu tun. Als ich
den Kater endlich einholte, stand er vor einem Motorradhelm, unischwarz, Marke UVEX. Daneben lag ein
Fernglas.

»Reg dich nicht auf, Paul. Das ist von irgendeinem
Touristen, der ein Sonnenbad nimmt oder so. Wahrscheinlich kriegt er einen Infarkt, wenn du auftauchst.«

Hinter mir erschien die Schmitz. »Mir schwant Übles«,
sagte sie sachlich. »Schauen Sie sich Ihre Katze an.«

Paul war einige Meter weitergelaufen, stellte sich quer,
miaute und lief wieder einige Meter. Wir folgten ihm
also. Paul lief in einem weiten Linksbogen auf die steile
Wiese mit der Quelle zu. Er war etwa vierzig Meter vor
uns und starrte irgend etwas an, das ihm Angst machte.
Er hielt den Kopf extrem tief und weit vorgeschoben.

Der Mann lag unmittelbar hinter einem Streifen blü-
hender Ginsterbüsche auf dem Rücken, und er wirkte
extrem klein, vielleicht einen Meter sechzig groß. Er trug

77

eine abgewetzte dunkelblaue Cordhose, dazu ein dunkelbraunes altes Jackett über einem blaukarierten Holzfällerhemd. Er hatte einen spärlichen Kranz ganz kurzer grauer Haare um den Kopf und war vielleicht sechzig oder siebzig Jahre alt, das war nicht mehr zu erkennen. Seine Oberlippe war im Tod bis unter die Nase hochgezogen und machte ihn abgrundtief häßlich. Das Zahnfleisch war schneeweiß, das Gesicht eine verkrampfte Maske. Die Kugel hatte ihn in die Stirn getroffen.

Heike Schmitz ging an mir vorbei und kniete neben ihm nieder. Dann atmete sie laut mit schräggelegtem Kopf und machte: »Puh!«

Der Mann hatte die abgearbeiteten Hände eines Bauern oder eines Waldarbeiters mit breiten, schmutzigen, ungepflegten Fingernägeln. Seltsamerweise trug er knöchelhohe blitzblank geputzte schwarze Arbeitsstiefel.

»Heilige Scheiße!« sagte ich laut.

»Verdammt, verdammt, verdammt.« Die Schmitz schien von ähnlichen Gefühlen beseelt. »Ich hasse diese Bürohengste aus Bonn, ich hasse sie aufrichtig. Spielen sich auf wie der liebe Gott. Aber den Tatort weiträumig absuchen können sie nicht. Das wäre ja auch Arbeit gewesen. Ich muß zum Wagen runter, ich muß das sofort melden. Die Zeit könnte hinkommen: Totenstarre eingetreten, leichter Verwesungsbeginn.«

»Kennen Sie ihn?«

»Nein.« Sie schüttelte den Kopf. »Ich renne mal los.«

Sie lief hinunter in den Wald. Sie bewegte sich mühelos und elegant.

»Paul, wie konntest du mir das antun?«

Paul mochte nicht an die Leiche herangehen. Ich ging zu ihm und streichelte ihn.

»Du bist wirklich gut«, lobte ich. Da schnurrte er.

Der Mörder war also tatsächlich durch den Wald zum Haus des Generals hinuntergegangen. Dieser alte Mann hatte ihn gesehen und deshalb sterben müssen. So hatte es sich wahrscheinlich abgespielt.

Es war beinahe unwirklich still, Bienen summten, eine Erdwespe kroch über meinen rechten Schuh, und etwa

78

vierzig Zentimeter davon entfernt torkelte ein Mistkäfer durch das Gras.

Aus den Augenwinkeln sah ich, daß Paul erneut angerannt kam. Er preßte sich zwischen meinen Beinen hindurch und maunzte dabei.

»Wiederhole dich nicht!« warnte ich ihn.

Aber er schien nur begierig, mir noch einmal den Helm und das Fernglas zu zeigen, zumindest lief er in die Richtung. Doch er ließ Helm und Fernglas links liegen und verschwand hinter einem Birkengestrüpp. Es war eine Wildnis aus Ginster, Eiche, Birke, eine Landschaft für Verliebte: sonnendurchflutet, abseits, verschwiegen, viel Moos, viel Farn.

Da war das Motorrad, eine jener alten BMWs, die ich so mag, weil sie an Reisen auf schmalen baumbestandenen Alleen erinnern. Sie lehnte an einem Birkenstamm, das Hinterrad wies in meine Richtung, und dicht daneben blühte blaßviolett eine wilde Malve.

Paul spielte wohl an diesem Tag ein wenig Pippi Langstrumpf als Sachensucher. Er kam erneut von der Seite und drehte sich buchstäblich in meine Beine. Seine grünen Augen schillerten. Es ging an der Maschine vorbei ungefähr zwanzig Meter weiter hinter eine Barriere aus blühendem Ginster.

Er lag auf dem Rücken wie der alte Mann. Er war sehr jung, höchstens zwanzig Jahre alt. Er hatte den Versuch gemacht, sich einen Bart wachsen zu lassen, aber es war nur dunkler Flaum geworden. Es hatte ihn über dem rechten Auge erwischt. Auf der Wunde saßen dicke, grünschillernde Fliegen, die ich verscheuchte und die sofort wieder anflogen. Der Junge trug schwarz-weiße adidas zu Jeans, sein T-Shirt war dunkelblau, und auf der Brust stand in grellem Weiß *Be happy*.

Ich sagte nichts, weil es nichts zu sagen gab. Ich machte zehn Schritte rückwärts und setzte mich ins Gras. Sofort näherte sich Paul, kletterte auf meinen Schoß und begann zu schnurren.

Rechts von mir taumelte ein Kohlweißling, und ein Tagpfauenauge kam hinzu und ließ sich auf einer Malve nieder. Die trockenen Halme in dem Gras unter mir knisterten.

Mir erschien es wie eine Ewigkeit, bis Heike Schmitz von irgendwoher »Hallo, Baumeister!« schrie.

Ich antwortete, und sie lief langsam heran und sagte erstickt beim Anblick der zweiten Leiche: »Carlo! Wieso Carlo?«

»Wer ist denn der alte Mann?« fragte ich.

»Die Kollegen haben mich informiert. Der alte Mann kann nur der Küster Mattes aus Kaltenborn sein. Er wurde seit gestern morgen vermißt, aber an der richtigen Stelle gefunden. Er war entweder auf dem Weg zum General, oder er kam vom General. Aber Carlo? Ehrlich gestanden verwirrt mich das.«

»Wer ist denn Carlo?«

»Tja, die Antwort ist schwierig. Carlo lebte in den Wäldern hier, genauer gesagt, in einem alten aufgelassenen Munitionsdepot der Bundeswehr, schlicht Hochacht genannt.«

Zuweilen, so denke ich in jedem Sommer, wäre es gut, irgendwo in der Eifel ein Zelt aufzuschlagen und zwei, drei Monate draußen zu leben. Aber ich tue das nie, wahrscheinlich bin ich verwöhnt und möchte auf mein warmes Wasser nicht verzichten. Dieser Junge hatte also in den Wäldern gelebt.

»Hat er keine Eltern?«

»Doch«, murmelte die Beamtin. »Sogar sehr wohlhabende. Der Vater ist ein Rechtsaußen, Metzgermeister in Godesberg. Carlo heißt natürlich Karl. Soweit wir wissen, nicht vorbestraft. Irgendwie ein Rächer der Enterbten, völlig abgedreht.«

»Kannte er den General?«

»Es ist eigentlich unmöglich, daß sie sich nicht kannten. Denn der General fuhr in seinem kleinen Jeep rum und Carlo mit der BMW. Und vom Haus des Generals bis zum Munitionsdepot sind es nicht mehr als tausend Meter. Sie sollten jetzt aber wirklich verschwinden. Eine zweite Leiche ginge ja noch, aber Leiche Nummer zwei und drei ist etwas zuviel. Die Heiligen Arroganzen werden erneut aus Bonn einfallen, erneut alle Spuren ausradieren und sich nicht einmal die Mühe machen, zehn Meter weiter nachzugucken, ob dort vielleicht Leiche Nummer vier liegt. Sie sollten wirklich verschwinden, denn Sie haben doch Recherchierverbot.«

»Ich brauche noch Informationen«, sagte ich.

»Die gebe ich Ihnen. Lassen Sie uns gehen.«

Wir machten uns also auf den Weg zu den Autos am Haus des Generals, und wir gingen langsam, denn Heike Schmitz hatte noch eine Menge zu erzählen.

»Der alte Mattes war Küster. Sagte ich das schon? Er ist so ein alter Mann ohne Familie. Kind einer Magd, die niemals heiratete. Mattes wurde vom Dorf mitgezogen, lebte mal hier, mal da auf einem Hof, bekam sein Essen und schuftete viel. Er war ein sehr williger Arbeiter und ausgesprochen gutmütig. Irgendwann wurde er Küster, arbeitete aber zusätzlich immer voll auf einem Hof mit Milchviehhaltung. Er ist seit gestern morgen abgängig. Gestern war Mittwoch. Mittwoch ist der Tag, an dem er den General besucht, wenn der hier in der Eifel ist. Er macht sich fein und kommt über den Berg zum Jagdhaus. Er redet mit dem General und kriegt einen Zettel, was er alles einkaufen soll. Nahrungsmittel und so, Bier, Wein, Wasser. Er kriegt immer eine feine Zigarre, die er niemals raucht, sondern in der Brusttasche seines Jacketts nach Hause trägt. Tja, er ist also dem Mörder über den Weg gelaufen.«

»Und Carlo?«

»Das gleiche, vermute ich.« Sie wirkte sehr erschöpft, aber ganz kühl.

»Was ist mit diesem Munitionsdepot?« fragte ich.

»Wir laufen hier über heiligen militärischen Grund«, erklärte sie leichthin. »Während des Zweiten Weltkrieges war auf der Hohen Acht die deutsche Luftwaffe stationiert, die hier Funkeinrichtungen laufen ließ. Hier wurden übrigens auch die Karnickel gezüchtet, aus deren Fell man das Futter der ledernen Bomberjacken der Piloten machte. Nach dem Weltkrieg kam die Bundeswehr und machte aus der Einrichtung ein Munitionsdepot. In den

81

sechziger Jahren gab man das auf. Rund dreißig Gebäude auf einem Riesengelände mitten im Wald. Irgendwie wirkt das pervers. Jedenfalls hat Carlo dort gelebt.«

»War er so etwas wie ein Ausgestoßener?«

»Eigentlich nicht. Er wollte so leben. Uns ist er nur aufgefallen, weil Godesberg eine junge Frau als vermißt meldete. Ein Kneipier hatte angegeben, seine Bedienung sei spurlos verschwunden. Also guckten wir rein routinemäßig im Depot nach, und da stand die Verschwundene splitterfasernackt vor Carlo und ließ sich malen. Sie wartete übrigens darauf, daß Carlo sie lieben würde. Aber Carlo wollte nicht, er wollte sie nur malen. Die Frau ist übrigens Nutte, eine berufsmäßige. Hübsch ist sie, und Carlo konnte phantastisch malen.«

»Und im Winter?«

»Auch im Winter lebte er hier, unterhielt ein Feuer und machte sich einen schönen Lenz.«

»War er klug, konnte man sich mit ihm unterhalten?«

»Oh ja. Und er haßte seine Eltern. Wir haben überlegt, ob wir ihn verscheuchen sollten, aber er war so friedlich, daß man nicht auf die Idee kam, er habe etwas mit Gewalt zu tun. Das war wohl unser Fehler. Scheiße, so ein Mist!«

Den Rest des Weges schwiegen wir, und Paul schnürte dicht neben uns her und sah mich von Zeit zu Zeit an, als warte er auf etwas Besonderes.

»Eine Frage noch«, sagte ich, als ich neben meinem Auto stand. »Wie lange lebte Carlo schon hier?«

»Zwei Jahre.« Die Polizistin nahm das Mikro aus dem Wagen. »Buchfink sechs hier.« Sie verzichtete auf jeden Code. »Alle verfügbaren Leute zum Haus des Generals. Ich habe zwei weitere Leichen gefunden, den alten Mattes und Carlo. Es wird Arbeit und Streß geben, Leute. Sicherheitshalber sollten wir gleich zwei Busse Bereitschaftspolizei anfordern. Das Gelände hier muß weiträumig durchkämmt und abgesperrt werden. Jemand muß Bonn informieren. Wie gehabt.«

Sie zündete sich eine Zigarette an, lehnte sich an den Streifenwagen und schloß die Augen. Sie sagte: »Ich muß aber erwähnen, daß Sie hier waren. Das kann ich nicht verschweigen.«

»Ist recht. Machen Sie es gut.«

»Was soll ich gut machen? Zwei Leichen?« Sie lächelte matt und hob die Hand zum Gruß, als ich wegfuhr.

Ich hatte alle Fenster und das Glasdach geöffnet, es war unerträglich heiß geworden, nicht die Spur von frischer Luft. Ich fuhr nach Hillesheim, um im *Teller* bei Andrea und Ben erst einen Kaffee zu trinken, dann zu essen. Ich mußte irgend etwas tun, brauchte Menschen um mich, um die Bilder in meinem Kopf zu verscheuchen. Und außer einer bekannten Tatsache gab es keinerlei Begründung für die drei Leichen. Daß der General ein Querdenker war, konnte nicht der alleinige Grund für die Morde sein. Dann dachte ich: Warum denn nicht? Vielleicht hatte jemand panische Angst vor seiner Querdenkerei. Doch ich fand diesen Gedanken zu simpel, viel zu simpel.

»Hast du von dem General gehört, der sich selbst mit seiner Jagdflinte umgelegt hat?« Ben stand am Computer und tippte etwas ein.

»Habe ich. Wer hat es gemeldet?«

»*Radio RPR*, aber im *Trierischen Volksfreund* steht es auch. Man sollte doch meinen, daß ein General, der Jäger ist, mit einem Gewehr umgehen kann. Könnte es Selbstmord gewesen sein?«

»Vielleicht war es Selbstmord«, nickte ich.

»Dann werden wir es nie erfahren«, murmelte er und tippte weiter.

Andrea kam mit den drei Kindern herein und sagte: »Hallo.« Sie lächelte. »Wir wollen alle ein Rieseneis.«

»Kriegt ihr«, versprach Ben.

Ich aß lustlos, wenngleich es wie immer sehr gut schmeckte. Dann ließ ich mir das Telefon geben und rief die Redaktion in Hamburg an. Ich wollte Sibelius, der den feinsten Riecher für Geschichten hat und der an diesem Tag auch sofort erreichbar war.

»Wo sind Sie?« fragte er schnell und laut.

»Ich bin im *Teller*, einer Edelfreßkneipe. Warum?«

»Wir suchen Sie seit Stunden. Dringend. Geben Sie mir bitte die Telefonnummer, und bleiben Sie dort, bis ich angerufen habe.«

»Aber was ist denn?«

»Ich habe jetzt keine Zeit, das zu erklären. Es hängt mit diesem General zusammen, der sich angeblich gestern mit seinem Jagdgewehr selbst umlegte. Bis gleich.«

»Moment mal ...« Aber er hatte schon eingehängt, die Leitung war tot. Warum konnte er nicht sagen, was er wollte? Was war daran so kompliziert? Und wieso erst in fünf Minuten? Redaktionen sind merkwürdige Gebilde mit merkwürdigen Ritualen. Und zweifellos war die *Spiegel*-Redaktion äußerst merkwürdig – seit fünfzig Jahren. Es gab dort elitären Journalismus, zweifelsfrei. Aber auch eine Menge elitären Unsinn und nicht immer zu durchschauende, monströse Eitelkeiten.

Zu allem Überfluß kam Andrea an meinen Tisch und fragte: »Wie geht es Dinah?«

»Na prima«, sagte ich. »Sie ist für ein paar Tage zu ihren Eltern.« Mit diesen Worten stürzte ich mich erneut auf mein Steak mit grünem Pfeffer und tat so, als hätte ich ernsthaft Hunger.

Natürlich rief Sibelius nach fünf Minuten nicht erneut an, sondern ließ mich brav eine Dreiviertelstunde lang warten. Er wirkte aufgeräumt: »Schneller konnte ich mich nicht melden.«

»Das ist mir aber ein Trost!« sagte ich giftig. »In drei Minuten wäre ich weg gewesen.«

»Und hätten einen Aufmacher versaut«, erwiderte er trocken. »Wieso sind Sie knatschig?«

»Weil ihr elitären staubtrockenen Sesselfurzer immer glaubt, von euch hänge die Welt ab. Ich bin nicht Teil dieser Welt. Also, sagen Sie schon, was los ist und was Sie wollen.«

»Das ist sehr heikel«, seufzte er. »Sie müssen zunächst einmal zusichern, daß Sie die Sache absolut vertraulich behandeln.«

»Das kann doch nicht Ihr Ernst sein. Mit wem soll ich denn drüber reden?«

»Das ist eine Exklusivgeschichte«, belehrte er mich.
»Ich brauche Ihre Zusage der Verschwiegenheit und daß
Sie in dieser Geschichte exklusiv für uns arbeiten.«

»Was soll das? Jede Geschichte für euch war eine Exklusivgeschichte. Was soll diese Feierlichkeit?«

»Das werden Sie gleich erleben«, versprach er. »Dieser
General hat sich nämlich nicht versehentlich mit der eigenen Schrotflinte erschossen. Was sagen Sie jetzt?«

»Das ist ja unglaublich!« meinte ich bewundernd.
»Woher haben Sie diese Meldung?«

»Querverbindung zum Bundesnachrichtendienst«,
schnurrte er wonnevoll, und wahrscheinlich erwartete er,
ich würde ihn jetzt für einen Orden vorschlagen.

»Sie sind ein Arsch, Sibelius«, sagte ich matt. »Ich war
es, der den General fand.«

»Wie bitte?«

»Ich sagte, ich habe den General gefunden. Gestern
mittag. Er ist mit einer Maschinenpistole durchgesägt
worden.«

»Wiederholen Sie das, bitte.«

»Sibelius!« meinte ich vorwurfsvoll. »Ich habe keine
Zeit mehr, also machen Sie es kurz. Das wollte ich Ihnen
nämlich erzählen, deshalb rief ich Sie vor einer Stunde
an.«

»Ach so«, sagte er distanziert. »Also, arbeiten Sie exklusiv für uns?«

»Ja, ja. Und nun erzählen Sie mir mal, was Sie mir eigentlich erzählen wollten. Also, er ist gekillt worden. Ich
habe übrigens Exklusiv-Fotos seines Hauses und der
Leiche und der meisten Geheimdienstleute, die an dem
Fall arbeiten.«

»Verarschen Sie mich auch nicht?«

»Warum sollte ich? Ich verlange das Dreifache des
sonst Üblichen. Würden Sie jetzt die unendliche Güte
haben, mir zu verklickern, was Sie zu verklickern haben?
Es reicht ja wohl nicht, daß er umgelegt wurde, oder?«

»Nein«, gab er zu.

»Also?«

»Nun ja, der General hatte für heute einen Termin mit

dem Kollegen Langmuth aus Düsseldorf. Er wollte Langmuth eine Geschichte geben. Und zwar würde nach seinen Worten diese Geschichte die Regierung angraben.«

»Und jetzt ist er tot, und ihr wißt nichts von der Geschichte?«

»So ist es«, sagte er beschämt. »Machen Sie weiter?«

»Ja. Hat Langmuth noch irgendwelche Einzelheiten?«

»Keine. Er hat nicht einen Schimmer, um was es geht. Der General hat nicht einmal eine Andeutung gemacht.«

»Wie schön«, sagte ich. »Also, ich starte, verlange das Dreifache und möchte, daß Sie mir das per Fax bestätigen.« Damit kappte ich die Verbindung.

Lieber Himmel, wenn der General das Treffen mit dem Redakteur Langmuth als den Termin des Jahres bezeichnet hatte, mußte es sich um einen überdimensionalen Skandal handeln. Und wir waren allesamt ahnungslos, konnten nur raten und versanken in Hilflosigkeiten.

Ich zahlte schnell und fuhr weiter. Vorher gab ich Paul noch einen Streifen Rindfleisch, den ich von meinem Teller geklaut hatte. Ich fuhr erneut einen Umweg, nahm die Strecke Kerpen, Niederehe, Nohn und dann über Bongard nach Brück. Ich weiß, daß man einem Ortskundigen diese Route nicht offerieren sollte, weil er an meinem Verstand zweifeln könnte, und die Strecke hatte auch nicht das Geringste mit dem zu tun, was Menschen Zweckmäßigkeit nennen. Aber die Strecke von Nohn über Bongard nach Brück ist zweifelsfrei eine der schönsten in der ganzen Eifel. Man gleitet ununterbrochen durch dichte Wälder und an großen Lichtungen vorbei. Hier hatte ich einmal eine grünweiße Orchidee gefunden, die man den Blassen Jüngling nennt.

Mittlerweile ärgerte ich mich, daß ich Germaine ein Quartier angeboten hatte, denn im wesentlichen hatte sie sich mit einer faustdicken Lüge revanchiert, die ich zunächst einmal abklären und anschließend vergessen mußte. Eine mehr als schwierige Partnerin.

Ich kam zu Hause an und fand sie auf der Liegedecke im äußersten Zipfel des Gartens, da wo die Naturstein-

mauer den scharfen Knick macht. Sie trug die Andeutung eines Bikinis. Die Stoffstücke waren zu klein, um
daraus die Farbe bestimmen zu können.

»Hallo«, sagte ich und hockte mich auf einen Stuhl.

»Oh, hallo«, sagte sie erfreut. »Ich habe dir einen Kaffee gemacht. Und dann habe ich dir ein paar Stücke Kuchen mitgebracht. Die Zahnärztin ist klasse. Sieh mal,
wie hübsch Plastik sein kann.« Sie fletschte die Zähne,
wie bei einer Miß-Wahl, und tatsächlich war die Verletz-
lichkeit des Gesichtes verschwunden, es war irgendwie
schon zu perfekt.

Ich ging also ins Haus und machte ein Tablett zurecht
mit dem Kuchen und dem Kaffee. So bewaffnet marschierte ich wieder in meinen Garten. »Du bist etwa gegen fünf Uhr gestern nachmittag in der Eifel angekommen. Stimmt das?«

»Das weiß ich nicht genau. Kann sein. Warum?«

»Wo kamst du her?«

»Aus Bonn. Ich war dort bei einer Freundin, die früher
in der Botschaft in Washington und jetzt im Auswärtigen
Amt arbeitet.«

»Und wie bist du in die Eifel gekommen?«

»Per Anhalter. Das sagte ich doch, oder?« Ihr Ton war
jetzt leicht ungehalten. »Warum fragst du das alles?«

»Weil ich sauer bin, daß du mich beschissen hast. Ich
gebe niemandem ein Bett, der mich übers Ohr haut. Du
bist seit mindestens morgens elf Uhr in der Eifel gewesen.«

»Stimmt nicht!« behauptete sie scharf.

»Stimmt«, sagte ich. »Und ich möchte, daß du mir eine
Erklärung lieferst. Und zwar jetzt.«

»Aber ...«

»Germaine, sei vernünftig. Erklär das.«

Der Sommerflieder hing voller Schmetterlinge. Es war
unwirklich schön. Paul schnürte heran und legte sich
neben Momo, der sich eng an den Rücken der Bikini-
schönheit gepreßt hatte. Die Sonne stand steil und sen-
gend, und ich rückte einen Sonnenschirm so, daß ich
nicht in der grellen Sonne sitzen mußte.

»Wie sollen wir versuchen, diese Sache aufzuklären, wenn du die Arbeit mit einer Mogelei beginnst?«

Sie antwortete nicht, sie wandte den Kopf ab und starrte in den Efeu hinter sich. Dann begannen ihre Schultern zu zucken, sie fing an zu weinen, und ich war augenblicklich zornig, weil sie sich wahrscheinlich darauf verließ, daß ihre Tränen mich beeindruckten.

»Hör auf zu heulen. Das macht die Sache nicht leichter.«

»Ach, Scheiße«, schluchzte sie. »Wieso ist denn das überhaupt wichtig?«

»Weil ich denke, daß du den General erstens vielleicht noch lebend gesehen hast, zweitens aber garantiert vor mir.«

Sie reagierte erstaunlich sachlich. »Das ist nicht der Fall. Ich habe ihn gestern erst gesehen, als ich zum Haus kam und die ganze Versammlung auf mich starrte. Ich war vorher nicht am Haus. Soviel Theaterspielen beherrsche ich nicht, Baumeister. Ja, ich war seit ungefähr halb elf in der Gegend um das Jagdhaus.«

Ich hockte da, aß Kuchen und trank Kaffee und wartete.

Sie zündete sich eine Zigarette an und stierte weiter in den Efeu, als könne sie dort das Schicksal aus der Hand lesen.

»Du warst in drei Restaurants«, erklärte ich.

»Woher weißt du das?«

»Das spielt keine Rolle, es war so.«

Sie schwieg wieder und druckste an etwas herum. Sie weinte nicht mehr. »Ich habe mich geschämt«, sagte sie schließlich tonlos.

»Das mußt du mir erklären.«

»Da ist nicht viel zu erklären«, meinte sie leise. »Ich bin sechsunddreißig und immer noch nicht erwachsen. Und wenn ich pleite bin, ist Otmar Ravenstein der Mann, an den ich sofort denke und der mich auch immer aus jeder Schwierigkeit herausholt, weil er so etwas wie ein gütiger Vater ist. Und ich hasse mich, daß ich nichts allein schaffe und nicht in der Lage bin, eine Arbeit zu finden, die

88

mich ernährt. Ich bin eine Versagerin. Und ich bin dauernd um sein Haus herumgeschlichen und traute mich nicht hinein. O Gott, Baumeister, mach es mir nicht so schwer.« Sie weinte wieder.

»Ich glaube dir«, sagte ich. »Und wo hast du nun wirklich die Zähne verloren?«

»Bei dem Mann, der mich von Neuenahr aus mitnahm. Er fuhr in Dernau auf einen Parkplatz und wollte mir an die Wäsche, er war einfach widerlich geil.« Sie zuckte mit den Achseln. »Ich habe seine Autonummer, du kannst sie haben.«

»Ich will sie nicht. Jetzt laß dir erzählen, was der General zum wichtigsten Termin des Jahres erklärte. Ach, vorher noch etwas: Kennst du aus der Umgebung des Hauses einen alten Mann namens Mattes, den Küster aus Kaltenborn? Und einen jungen Mann, den man Carlo nennt?«

»Ja klar«, sagte Germaine erleichtert. »Der alte Mattes hat immer für Otmar eingekauft. Und der Junge war ziemlich oft da. Sie mochten sich, der General und der Junge. Er malt übrigens fantastisch.«

»Mattes und Carlo sind tot. Wahrscheinlich sind sie dem Mörder über den Weg gelaufen, und der wollte nicht riskieren, identifiziert zu werden.«

Sie kommentierte das nicht, ihr Gesicht wurde weiß. »Und was war mit diesem wichtigsten Termin des Jahres?«

Ich erzählte es ihr, und langsam lebte sie wieder auf.

»Was machen wir jetzt?«

»Wir müssen erst einmal verschwinden«, erklärte ich. »Sie werden dich sofort festnehmen, wenn sie dich erwischen können. Und sie werden mich festnehmen, weil ich selbstverständlich recherchiere.«

»Aber wo sollen wir hin?«

»Wir gehen zelten«, sagte ich.

»Wir gehen was?«

»Zelten. Nur echt mit dem großen Z.«

»Lieber Himmel«, sagte sie leichthin. »Hier am Arsch der Welt ist echt was los.«

»Also jeder nicht mehr als ein Gepäckstück«, bestimmte ich.

Eine Stunde später brachte ich meinen Hausschlüssel
rüber zu Dorothee Froom, und wie erwartet fragte sie
nicht viel, sondern sagte nur, sie werde sich um das Haus
kümmern.

»Es wäre auch ganz schön, wenn du hin und wieder
neugierig bist und dich dafür interessierst, wer uns so
besucht.«

Dorothee grinste jungenhaft: »So was habe ich immer
schon mal mitmachen wollen. Wie geht es Dinah?«

»Sie ist bei ihren Eltern«, erklärte ich zum dritten Mal,
und es ging mir auf die Nerven. »Ach so, ja. Hör bitte
mal von Zeit zu Zeit das Bandgerät im Telefon ab.«

»Mache ich«, versprach sie.

Wir fuhren ab, und schon nach dreihundert Metern
wußte ich, daß wir zu lange gezögert hatten. Hinter uns
tauchte ein Siebener BMW mit stark getönten Scheiben
und einem Bonner Kennzeichen auf.

»Du mußt jetzt halbwegs gute Nerven haben«, sagte
ich. »Hinter uns ist entweder jemand vom BND oder
jemand von der Bonner Staatsanwaltschaft. Er hat ein
Auto, das doppelt so schnell ist wie diese kleine Gurke
hier. Und ich muß ihn abhängen.«

»Wie willst du das machen?« Ihre Stimme war hoch
vor Aufregung.

Ich fuhr im Zockeltrab nach Bongard, dann nach Bo-
denbach und von dort nach Borler, und der Siebener
folgte mir brav. Von Borler aus erreichte ich die Straße
nach Nohn und wandte mich erneut nach rechts. Es
konnte sein, daß er jetzt mißtrauisch werden würde, aber
offensichtlich hatte er nicht begriffen, daß wir eine große
Schleife gezogen hatten und die Ursprungsstraße wieder
erreichten.

»Kannst du Auto fahren?«

»Na, sicher«, sagte sie gepreßt.

»Ich biege da vorn links in einen Waldweg ab. Dann
steige ich aus und benehme mich so, als ginge ich pinkeln. Du setzt dich hinter das Steuer, gibst Vollgas und

bretterst den Waldweg entlang. Ich laufe parallel zu dir. Wenn wir Schwein haben, fällt er darauf rein.«

»Und was passiert?«

»Er liegt sehr tief, er wird sein blaues Wunder erleben.« Ich wurde langsamer und schaltete ordentlich den linken Blinker ein. Ich fuhr nach links in den Waldweg und stoppte nach ungefähr vierzig Metern. Ich wartete, bis ich im Rückspiegel beobachten konnte, wie der Siebener langsam an der Wegmündung ausrollte. Ich ließ den Wagen laufen, öffnete gemächlich die Tür und sagte: »Sobald ich ungefähr zwanzig Meter zwischen den Kiefern bin, gibst du Vollgas. Okay?«

»Zu Befehl«, sagte sie. Ihre Stimme zitterte etwas.

Ich stieg also aus und machte die typische Handbewegung zum Hosenschlitz hin, die Männer auf der ganzen Welt benutzen, um zu signalisieren, daß die Blase zu voll ist. Dann erreichte ich die Kiefern, begann augenblicklich zu rennen und hörte hinter mir den Motor meines Autos aufheulen. Sie gab wirklich Vollgas.

Ich lief jetzt parallel zum Waldweg, und Germaine zog sehr schnell an mir vorbei und wirbelte mächtig Staub auf. Ich sah, wie mein malträtiertes Auto in den Uraltpfützen tanzte und hochgeschleudert wurde. Dann kamen die starken Bodenwellen, auf die ich gesetzt hatte.

Der Siebener BMW bot einen wirklich berauschenden Anblick, wie er mit Vollgas fast lautlos an mir vorbeihuschte und sicherlich mit mehr als hundertzwanzig Kilometern pro Stunde in die Bodenwellen geriet. Die erste schaffte er. Aber zwischen der zweiten und der dritten schlug er mit einem mächtigen Scheppern erst vorn, dann hinten auf und verlor rapide an Fahrt, als versuche der Fahrer eine Vollbremsung. Auf der vierten Welle saß der Wagen auf und hatte keine Chance mehr. Ich liebe die Eifel, und ich rannte, so schnell ich konnte.

Als ich keuchend mein Auto erreicht hatte, rief ich: »Fahr weiter. Das hast du richtig fein gemacht. Sie werden ihre Picknicksachen auspacken und eine längere Rast einlegen. Es lebe meine Ortskenntnis!«

Ich ließ Germaine über Kelberg zum Nürburgring fahren, dann an der Hohen Acht links abbiegen und auf Adenau zugleiten. In der scharfen Linkskurve fuhr sie geradeaus. Da war ein alter, verrosteter Zaun, mehr als mannshoch.

»Das wird unser Zeltplatz«, erklärte ich. »Hier hat Carlo gelebt. Von hier ist es zum Haus des Generals sicherlich nicht mehr als tausend Meter durch den Wald. Versprich mir nur eines: Unternimm niemals etwas auf eigene Faust.«

»Was mache ich, wenn ich Angst vor Ameisen und Schnecken habe?«

»Dann machst du die Augen zu«, sagte ich.

»Und wie lange haben wir vor, hier zu überleben?« Ihr Sarkasmus war deutlich wie eine Ohrfeige.

»Ich vermute, nicht mehr als ein paar Tage. Wenn wir mehr wissen als die Geheimdienstleute, können wir auftauchen. Dann werden sie keine Bedrohung mehr sein, dann werden sie uns Zucker in den Arsch blasen.«

VIERTES KAPITEL

Wir schlenderten gemächlich am Zaun entlang und kamen schnell zu einem großen Loch, wo der Zaun durchgerostet und dann abgebogen worden war. Hier gab es auch einen kleinen Mast und einen Verteilerkasten – wahrscheinlich eine der Stromzuleitungen.

»Was ist, wenn gleich fünfhundert Polizisten oder Bundesgrenzschützer anrücken, um hier nach weiteren Leichen zu suchen?« fragte Germaine. Zuweilen war sie erstaunlich abgebrüht.

»Das wird längst passiert sein«, sagte ich. »Der Leichenfund ist viele Stunden her.«

Sie stand neben mir und sah auf das, was von dem Munitionsdepot übriggeblieben war. »Das ist ein Platz, auf den ich mich, als ich zwölf war, sicher dauernd geflüchtet hätte. Ich hätte mir im Traum ein paar Pferde gekauft – nein – geklaut und hätte hier mit ihnen gehaust. Mit Sicherheit hätte mich hier ein junger Prinz

besucht, und mit Sicherheit hätte er so ausgesehen wie
mein Nachbar. Ich, die Eifel-Prinzessin Andromeda. Ich
wollte unbedingt Andromeda heißen. Damals in Berlin.«

Am Himmel war kein Wölkchen, die Sonne stach, und
es war ruhig. Es roch nach Heu, und ein kleiner, roter
Falter, den die Leute Blutströpfchen nennen, landete auf
meiner rechten Schuhspitze.

»Hast du noch viele solcher Träume gehabt?«

Sie schüttelte den Kopf. »Nicht viele. Mein Vater sagte
immer, der schönste Traum sei der vom liebenden Jesus,
und ich fühlte mich schuldig, wenn ich etwas ganz anderes träumte. Tut mir leid, Baumeister, aber ich müßte mir
dringend Klamotten kaufen. Jeans und Hemden und so.«

»Du kannst nach Adenau reinfahren. Gesucht werden
wir überall, aber vermutlich nicht hier.« Ich fummelte
Geld aus meiner Tasche und reichte es ihr. »Bring mir
eine Quittung, es ist schließlich Berufskleidung für die
Recherche. Das Finanzamt in Daun hält mich ohnehin für
einen Papagei, der sich hierher verflogen hat. Wenn du
dich beeilst, kannst du es noch schaffen. Und fahr den
Wagen bitte dorthin, wo er jetzt steht. Ich muß später
einen Platz dafür finden. Ich suche uns eine Bleibe.«

»Ich beeile mich.« Sie ging am Zaun entlang zurück
zum Auto.

Die Struktur des Munitionsdepots war ganz einfach:
Niedrige Steingebäude waren von großen Erdwällen
umgeben. Mittlerweile fehlten Fenster und Türen, waren
durchgefault oder einfach ausgehängt und gestohlen. Ein
Teil der achtundzwanzig Gebäude hatte kein Dach mehr,
anderen fehlten ganze Wände, wieder andere schienen
noch vollkommen intakt. Es war unmöglich zu schätzen,
seit wieviel Jahren dieses Lager von Mama Natur zurückerobert wurde, aber geduldig, wie diese Dame nun einmal ist, griff sie auf breiter Front das sehr fragwürdige
Menschenwerk an.

Ganze Waldungen von Hornklee waren hochgeschossen, und in schattigen Winkeln streckte der Buchenklee
seine hellgrünen Pfeile in den immer noch heißen Som-
merhimmel. Es gab viele Glockenblumen, Dickichte der

93

Sichelluzerne, die blauen Kissen der Wegwarte hatten besonders die Wege zwischen den Gebäuden erobert und die schmalen Asphaltbahnen buchstäblich gesprengt. Dazwischen die eindringlichen Standarten des Roten Fingerhutes. Felder von Waldweidenröschen wiegten sich sanft in einem lauen Wind. Der Lärm der Bienen und Hummeln war sehr eindringlich. Germaine hatte recht, es war ein Traumplatz, und besonders tröstlich war die Tatsache, daß die Pflanzen langsam, aber sicher Asphalt und Betondecken aufplatzen ließen, sie zerbrökkelten. Holunder war es mühelos gelungen, zentimeterbreite Risse in die Wände der Häuser zu sprengen, durch Dächer zu kriechen und sie hochzustemmen, als hätten sie nicht das geringste Gewicht. Im Haus mit der Nummer 14 hatte sich in der alten Dachrinne eine Birke festgesetzt. Sie war etwa anderthalb Meter groß und schien zu triumphieren.

Wo in diesem scheinbaren Chaos hatte Carlo gehaust?

Ich wanderte von Haus zu Haus, kletterte über die Erdwälle, suchte ausgetretene Pfade und fand keine. Ich stellte mir vor, daß Carlo das alte Lager niemals durch das Loch am Zaun betreten hatte, das wir benutzt hatten. Es wäre wahrscheinlich viel zu riskant gewesen, vom Haupteingang her zu kommen, denn am Haupteingang herrschte zu reger Verkehr von und nach Adenau, zu viele Wanderer und Spaziergänger, Jogger und Eifelfreaks. Nein, er hatte mit Sicherheit einen anderen Zugang gefunden, einen, der es auch ermöglichte, das alte Motorrad unterzubringen und vor Neugierigen zu verbergen.

Ich brauchte nahezu eine Stunde, um das Versteck des Jungen zu finden. Der Himmel begann, sich im Westen rot einzufärben, im Südosten türmten sich Gewitterwolken hoch.

Im hintersten Winkel des Munitionslagers gab es ein Gebäude, das erkennbar eine andere Struktur hatte. Die Häuser waren normalerweise kaum durch Zwischenwände unterteilt, dieses Gebäude aber wies viele Zwischenwände auf und schien so etwas wie ein Verwaltungsgebäude gewesen zu sein. Vor dem Eingang war ein großes betoniertes Feld gewesen, das jetzt ebenfalls von Pflanzen zurückerobert wurde. Aber es war noch deutlich zu erkennen, daß auf diesem Platz Hubschrauber gelandet und gestartet waren. Die Reste des großen in weißer Farbe aufgemalten Hs waren noch zu lesen. Und selbstverständlich waren die Ermittlungsbeamten schon hier gewesen und hatten wahrscheinlich weggeschleppt, was sie für bemerkenswert hielten.

Carlo hatte sich zwei Räume hergerichtet, die beide keine Fenster hatten, einen Tages- oder Arbeitsraum und einen Schlafraum. Für beide hatte er sehr viel Mühe verwendet, beide hatte er liebevoll ausgestattet, und aus irgendeinem Grund hatten die Ermittler der Geheimdienste beide Räume in außerordentlich sauberem und aufgeräumtem Zustand zurückgelassen. Ich war darüber ein paar Minuten lang verblüfft, bis mir einfiel, daß Carlos Eltern mit Sicherheit hierherkommen würden, um zu sehen, wo denn ihr Sohn gelebt hatte. Und es war allemal freundlicher, ihnen eine nicht angetastete Unterkunft zu präsentieren, als sie mit dem rücksichtslosen Durcheinander einer Durchsuchung zu schocken.

Ich hasse Handies, aber zuweilen braucht man eines. Ich rief also die Polizistin Heike Schmitz an und erfuhr in der Wache, daß sie frei habe und wahrscheinlich zu Hause sei. Sie meldete sich etwas verschlafen.

»Baumeister hier. Wie ich sehe, hat man Carlos Schlupfloch entdeckt.«

»Das ist richtig. Uns war das ja bekannt, aber die Ermittler wußten nichts davon.«

»Ich bin jetzt dort. Was haben die denn mitgenommen?«

Sie lachte erheitert. »Eigentlich nichts. Sie haben nämlich nichts gefunden. Sie haben ein paar Bilder abgegriffen, die Carlo gemalt hat. Beide Räume haben sie buchstäblich umgepflügt, aber absolut nichts finden können. Sie vermuten jetzt, daß er mögliche wichtige Dinge zu Hause bei seinen Eltern in Godesberg aufbewahrt hat.«

»Und? Glauben Sie das auch?«

»Nicht die Spur. Ich kann mich daran erinnern, daß er mal geäußert hat, er würde die wirklich wichtigen Dinge niemals in dem Quartier lassen, denn die Gefahr, daß streunende Jugendliche, wilde Camper, Jogger oder Wanderer seine Behausung entdeckten, sei viel zu groß. Deshalb hatte er auch kein Vorhängeschloß vor der Zugangstür. Er meinte, und ich finde, er hatte recht, daß ein Schloß nur dazu reizte, es zu knacken. Aber in Godesberg bei seinen Eltern wird man auch nichts finden. Denn er mochte seine Eltern nicht, seinen Vater hat er regelrecht gehaßt. Vielleicht hatte er ja gar keine großen Geheimnisse, obwohl ich glaube, daß etwas sehr komisch ist: Es gibt von Carlo keine Papiere. Keine Ausweise, keinen Personalausweis, keinen Reisepaß, keinen Führerschein, einfach nichts. Und ich denke, er hat irgendwo ein Versteck für diese Dinge. Ihnen wird noch etwas auffallen: Irgend etwas muß Carlo ja gegessen haben, oder? Lebensmittel sind aber auch nicht zu entdecken. Nicht mal ein Brotrest oder die obligate Vierfruchtmarmelade.«

»Ich finde es vor allen Dingen verwunderlich, daß er niemals etwas aufgeschrieben hat«, sagte ich vorsichtig. »So ein Typ wie er ist doch vermutlich dauernd damit beschäftigt, aufzuschreiben, was er so denkt. Ich sehe hier nichts.«

»Sie meinen, so eine Art Tagebuch?«

»Ja, etwas in der Richtung.«

»Die Leute von den Geheimdiensten haben nichts Derartiges entdeckt, soviel ist sicher. Aber Carlo hat auch nie von einem Tagebuch gesprochen. Vielleicht führte er keines.«

»Wissen Sie, ob er Briefe schrieb?«

»Ja, er hat erzählt, er schreibe gern Briefe. Aber wie gesagt, es war nichts da.«

»Was vermuten Sie?«

Sie lachte. »Er war intelligent. Gerlach und ich glauben, daß wir irgendwann irgendwo im Depot auf eine Kiste stoßen werden, in der alles ist, was das Herz begehrt.«

»Haben Sie das auch gegenüber den Ermittlern geäußert?«

»Nein, natürlich nicht. Im Gegenteil. Dieser kleine Dikke, der Meier, hat gedroht, daß er jede Beförderung fünf Jahre lang blockiert, falls wir auch nur ein Wort an die Öffentlichkeit geraten lassen. Die Journalisten rennen uns hier die Bude ein, aber wir müssen schweigen.«

»Was hat man den Eltern von Carlo erzählt?«

Die Polizistin schien einen Moment zu überlegen, ob ich es wert sei, ein Dienstgeheimnis zu verletzen. »Sie werden sowieso recherchieren, nicht wahr?«

»Ja, unbedingt.«

»Also gut. Carlos Eltern ist berichtet worden, ihr Sohn sei mit dem Motorrad im Gelände unterwegs gewesen und dabei verunglückt. Er sei mit dem Kopf gegen einen Felsen geschlagen, weshalb es auch nicht möglich sei, ihn noch einmal zu sehen. Und um es glaubhaft wirken zu lassen, haben sie mit einem Vorschlaghammer auf die alte BMW eingedroschen. Dann haben sie heute am frühen Nachmittag dem Vater die Maschine nach Godesberg gebracht.«

»Sind denn neue Erkenntnisse aufgetaucht?«

»Soweit wir wissen, nein. Ideal wäre für sie jetzt der Fund irgendeiner alten Maschinenpistole. Und noch idealer wäre es, wenn nachweisbar wäre, daß Carlo etwas mit dieser Maschinenpistole zu tun hatte.«

»Aber warum das denn?« fragte ich verwirrt.

»Das habe ich so gehört, und das ist doch ganz einfach. Dann könnte man daraus einen richtigen Fall machen. In etwa so: Der Carlo erschießt aus irgendeinem Grund den General. Dann geht er zurück in den Wald und trifft den alten Küster Mattes. Den tötet er sicherheitshalber auch gleich. Er geht ein paar Schritte weiter und schießt sich selbst in den Kopf ...«

»Das ist doch völlig verrückt.« Ich brüllte beinahe.

»Oh nein, durchaus nicht«, widersprach sie kühl. »Was ich Ihnen hier sage, hat einen Hintergrund. Ungefähr da, wo Sie jetzt vermutlich stehen – Sie sind doch in diesem kleinen Wohnzimmer –, stand ich, nein, ich hockte auf dem Hocker und rauchte eine Zigarette. Neben mir unterhielt sich der dicke Meier mit dem amerikanischen

97

Schönling von der CIA. Die drehten den Fall hin und her, bis er ihnen paßte. Und sie lachten dabei. Sie sagten: Man müsse dann nur vorsichtig das Gerücht streuen, der General sei schwul gewesen und habe etwas mit Carlo gehabt. Dann sei Carlo hingegangen und habe eben bis zum Selbstmord aufgeräumt ...«

»Aber, verdammt noch mal, wo ist dann die Maschinenpistole?«

»Die hätte theoretisch neben Carlos Leiche gefunden werden müssen.«

»Und Carlos Eltern? Was hätte man denen gesagt?«

»Nichts. Nur das mit dem tragischen Unfall. Wozu hätte man so eine schrecklich fade Schwulengeschichte breittreten sollen.«

»Das ist doch widerlich«, murmelte ich.

»Das Leben ist eben manchmal widerlich«, erwiderte sie leise.

»Tauschen wir also aus«, sagte ich. »Sie müssen wissen, daß der General heute einen Termin mit einem Redakteur des *Spiegel* hatte. Für den General war das der wichtigste Termin des Jahres. Er wollte dem Redakteur eine Geschichte erzählen, aber die Redaktion weiß nicht, welche Geschichte mit welchem Thema. Wenn Sie also auf ein Gerücht stoßen, das den General betrifft, dann denken Sie bitte sofort an mich.«

»Mache ich.« Dann zögerte Heike Schmitz etwas. »Ich denke, Sie sind ein einigermaßen kluger Mensch. Dann werden Sie sich vorstellen können, daß man Sie sucht, oder? Und jetzt ist mir auch klar, weshalb man Sie so dringend haben will – und Germaine Suchmann übrigens auch. Die Geheimdienste müssen etwas haben läuten hören. Der dicke Meier ist nämlich der festen Ansicht, daß Sie der Journalist sind, den der General erwartete und daß Sie genau wissen, was Ihnen der General erzählen wollte. Also passen Sie auf und bewegen Sie sich wie die Eichhörnchen. Geben Sie mir die Nummer von Ihrem Handy. Aber denken Sie dran, daß dieses Handy todsicher unter Kontrolle steht, wenn die erst einmal herausgefunden haben, daß Sie eines besitzen. Wenn ich

Sie wäre, würde ich das Ding nicht mehr benutzen. Nein, geben Sie mir die Nummer nicht. Schmeißen Sie es weg, Baumeister, schmeißen Sie es sofort weg! Und lassen Sie mal etwas von sich hören.«

»Das mache ich«, versprach ich ihr. »Und vielen Dank!«

Ich ging aus dem Gebäude und querte den alten Hubschrauberlandeplatz. Gleich dahinter befand sich der Rest eines altdeutschen Zauns, einfach aus jungen Stämmen geformt. Hier fiel der dichte Eichenwald steil nach unten ab, ich stand dort wie auf einem überdimensionalen Balkon. Ich warf das Handy, so weit ich konnte, in die Baumkronen. Heike Schmitz hatte recht: Wer immer von dieser segensreichen Kommunikationseinrichtung erfuhr, würde versuchen, sie abzuhören. Und die dauernden Versicherungen der Hersteller, daß Handies eben nicht abgehört werden könnten, halte ich nach wie vor für ein bloßes Gerücht.

Ich schlenderte zurück in Carlos Domizil, weil es sein konnte, daß die Fahnder etwas übersehen hatten, obwohl ich wußte, daß die Fachleute der Geheimdienste in der Regel gründlich arbeiteten.

Carlo hatte zunächst einfach Rauhfasertapeten auf die Wände geklebt und dann diese Tapete als Unterlage für farbige Bilder benutzt, die zum Teil gesprayt und zum Teil mit dem Pinsel gemalt waren. Es war beeindruckend, hochkünstlerisch, diese Wände strotzten von vielen Botschaften, und ich konnte sie nicht lesen, denn ich hatte keine Ahnung von Carlos Leben. Aber eines war unzweideutig: Er hatte die Blumen, die in diesem alten Munitionsdepot wuchsen, in seine Bilder eingebracht. Waldweidenröschen, Wegwarten, Malven bis hin zu wilden Rosen – Carlo hatte die Pracht mit schier unglaublicher Genauigkeit in Linienführung und Farbe festgehalten und sich trotzdem die Freiheit genommen, die Farben verfließen zu lassen. Das Rot der Waldweidenröschen wanderte bis zu einem Lichtblau, und das Blau der Wegwarte reduzierte sich in einem Sonnenstrahl auf ein Jadegrün. Die Kombination von Genauigkeit und Verfremdung faszinierte mich. Wenn es stimmte, daß dieser Sohn eines Metzgers ganze zwanzig Jahre alt geworden war, dann hatte der Metzger so etwas wie ein Genie gezeugt, und die Götter hatten es sehr früh zu sich genommen. Hatte dieses Genie geahnt, daß es so bald sterben würde?

Ich konnte mich des Eindrucks nicht erwehren, daß diese Wände eine Botschaft enthielten. Es war so, als habe Carlo in Form eines Comics eine Geschichte erzählt, von der ich keine Ahnung hatte. Hatten die Fahnder das etwa übersehen? Hatten sie nicht auf die Wände geachtet, weil sie ohnehin unter Zeitdruck standen und nichts Besonderes an den Wänden zu finden glaubten? Aber es war etwas Besonderes, denn offensichtlich wollte der Maler, daß der Betrachter diese Geschichte begriff.

Es fing links, gleich neben der Tür, mit der Darstellung eines Mannes an, der ein Beil schwingt. Er schwingt es gegen den Kopf eines kleineren Mannes, dann kam ein harter, senkrechter dicker feuerwehrroter Strich. Es folgte merkwürdigerweise die Darstellung eines weiblichen Unterleibs, stark vergrößert. Daneben eine dunkelhaarige, schöne junge Frau, und schräg rechts über dieser Frau eine andere mit sehr harten Gesichtszügen, dick und mollig, autoritär wirkend. Dann, wieder abgetrennt durch einen feuerroten Balken, ein Mann, eine merkwürdig modische Figur, völlig harmlos in der Körperhaltung. Aber der Mann hat eine Waffe in der Hand, eine relativ kurzläufige Waffe von einem schwer bestimmbaren Typ. Zu Füßen dieses Mannes liegt eine Frau, wieder die schwarzhaarige Schönheit. Noch einmal die dickliche Frau, die der schönen Schwarzhaarigen Geld gibt, einen breiten Fächer Tausendmarkscheine. Schließlich wieder der Mann vom ersten Bild, der ein Beil geschwungen hatte. Diesmal in einer sehr aggressiven obszönen Position zusammen mit der Schwarzhaarigen. Am Ende der schmalen Querwand dann der Kopf dieses Beilmannes, sehr groß mit einem in Grau darüberliegenden Zielpunkt. Die Zwölf genau auf der Stirn.

Die Möbel hatte Carlo sich vermutlich vom Sperrmüll

100

geholt, oder es waren alte, aber gut erhaltene Möbel von seinen Eltern. Auf dem Boden lagen saubere Teppiche, zwei davon echte Kelims.

Ich stutzte, weil er sehr viele Lampen installiert hatte. Und alle diese kleinen Fluter und Elektrobirnen brannten, wenn man sie einschaltete. Wie war er an den Strom gekommen? Ich verfolgte die Leitung und entdeckte seinen kleinen Betrug. Er hatte an einem kleinen Masten die Leitung, die irgendwohin über den Berg führte, angezapft. Einen Wasseranschluß sah ich nicht, aber er brauchte Wasser, wenigstens um sich zu waschen. Die Lösung dieses kleinen Rätsels war einfach: Wenn man den Hubschrauberlandeplatz querte und etwa dreißig Meter den Steilhang hinunterturnte, gelangte man zu einer kleinen Quelle, die mit rohen Steinen ohne Zement gefaßt war.

Ich kletterte wieder hinauf und kam gerade recht, um Germaine rufen zu hören: »Wo bist du denn?«

Sie hatte sich wirklich beeilt, und sie hatte sich eine Quittung geben lassen.

»Wie ist die Welt da draußen?«

»Spannend«, sagte sie. »Alle reden vom Tod des Generals, wirklich alle. Und was hast du hier entdeckt?«

Ich gab ihr eine Zusammenfassung all dessen, was ich gefunden hatte. »Es muß irgendwo ein Versteck geben, in dem Carlo wichtige Dinge aufbewahrte. Ausweise zum Beispiel. Außerdem findet sich hier nicht die Spur von Nahrungsmitteln, und das ist höchst unlogisch. Aber jetzt bringe ich erst einmal das Auto in Sicherheit.«

Sie hatte etwas zu essen mitgebracht. Dunkles Brot, Butter, Käse und Gerolsteiner Wasser. Sie hatte sogar Pappteller, Pappbecher und sinnigerweise Papierservietten gekauft.

»Ist denn das nicht viel einfacher, wenn wir in Carlos Räumen schlafen?«

»Wir schlafen in dem kleinen Zelt«, beharrte ich. »Abseits. Es kann sein, daß jemand auf die Idee kommt, irgend etwas in Carlos Behausung zu suchen. Vielleicht ein Mitspieler, den wir noch gar nicht kennen. Das Risiko möchte ich nicht eingehen. Du solltest dir aber trotzdem mal seine Malereien ansehen. Der Junge hatte nicht nur Talent, er wollte uns auch eine Geschichte erzählen. Ich fürchte nur, wir können sie erst lesen, wenn wir gewissermaßen den Fall gelöst haben.«

Ich marschierte quer durch das Depot, setzte mich in den Wagen und orientierte mich an einer Karte. Ein Waldweg, der nach rechts abbog, mußte eigentlich die Lösung sein. Als ich an einem vorbeikam, untersuchte ich den Boden und fand die Spuren eines Motorrades. Es war deutlich, daß das Motorrad diesen Weg sehr oft genommen hatte. Als es geregnet hatte, war das Profil deutlich in den lehmigen Grund gepreßt worden. Der Weg führte in einem weiten Bogen an den Fuß des Steilhangs heran, auf dem ein Helikopter hatte landen können. Und ich fand auch die Stelle, an der Carlo die BMW immer aufgebockt hatte. Ich nahm den Beutel mit dem Zelt und begann den Aufstieg. Weil ich in einer körperlich miserablen Verfassung war, brauchte ich fast fünfzehn Minuten.

Ich baute das Zelt auf einem Grasplatz zwischen zwei Erdwällen auf, so daß wir sowohl nach hinten wie nach vorn entkommen konnten, falls denn irgendein Angriff blühte. Auch konnten wir den Eingang der Behausung von Carlo sehen. Germaine hatte ein Abendessen gerichtet, und wir kauten lustlos und schwiegen uns an. Es war noch immer hell und warm, als ich mich in meinen Schlafsack verkroch und so etwas Ähnliches wie »angenehme Nachtruhe« wünschte. Sie antwortete nicht einmal mehr, wahrscheinlich schlief sie schon.

Irgendwann in der Nacht wurden wir ruckartig wach und schossen erschreckt in die Höhe, weil sich ein Gewitter über unserer Campingromantik austobte und Blitz und Donner sich in scharfen Schlägen abwechselten. Es regnete wie aus Kübeln.

»Ich fürchte um mein junges Leben«, gähnte Germaine dicht neben mir, war aber wenige Sekunden später erneut eingeschlafen.

Nach ein paar Minuten beruhigte sich der Himmel, nur

der Regen trommelte noch gleichmäßig in einem ermü-
denden Geräusch auf das Zeltdach. Ich schlief wieder ein.

Als ich aufwachte, war es zehn Uhr. Soweit ich mich
erinnern konnte, hatte ich zwölf Stunden geschlafen. Der
Platz neben mir war leer, die Sonne stand in einem wol-
kenlosen Himmel, es war schon heiß. Germaine sah ich
nirgends, aber sie hatte mir eine Kanne Kaffee vor das
Zelt gestellt, damit konnte ich wenigstens einem neuen
Schlafanfall vorbeugen. Nach ein paar Minuten war ich
fähig, meiner Umwelt zu begegnen, und stieg zu der
kleinen Quelle hinab. Das Wasser war kalt und klar und
tat Wunder. Tief unter mir begann der Buchenhochwald
und bot einen wirklich märchenhaften Anblick.

»Ich habe etwas gefunden«, rief sie plötzlich hinter
mir. »Da sind drei Kisten aus Eisen oder so.«

»Carlo?« fragte ich.

»Ich weiß es nicht. Aber sie sind ziemlich raffiniert versteckt. Und sie haben richtige Vorhängeschlösser.«

»Du bist gut«, murmelte ich. »Ich bin gleich fertig. Seit
wann bist du wach?«

»Seit sieben. Ich habe kaum geschlafen, ich habe dauernd an Otmar denken müssen. Aber das macht nichts,
ich werde irgendwann auch wieder schlafen können.«
Sie trug neue Jeans zu einem rotkarierten Hemd und sah
unternehmungslustig aus. »Wie wollen wir eigentlich
vorgehen?«

»Gute Frage. Auf keinen Fall können wir irgendwo
auftauchen und den Fall offiziell recherchieren. Wir müssen uns darauf konzentrieren, uns zu verbergen und
möglicherweise durch die Hintertür aufzuklären. Es
kann sein, daß der irre kleine Dicke uns einfach festsetzen läßt, weil wir ihn stören. Du hast ein Motiv, ich darf
mich um den Fall nicht kümmern, also wäre er sogar im
Recht. Vielleicht sollten wir gleich noch einmal zum
Haus hinunterlaufen. Zuweilen hilft es, wenn man sich
genau ansieht, wo es geschah.«

Wir kletterten den Steilhang hoch, und Germaine
führte mich zu einem abseits liegenden Gebäude, das
besonders stark zerstört war. Zur Aufbewahrung von

Sprengstoffen oder Munition schien es nicht gedient zu haben. Es hatte eher den Anschein, als sei es so etwas wie eine Kantine gewesen. In einem Eckraum waren Teile der Wand eingedrückt, Kriechgünsel hatte sich breitgemacht und alles überwuchert.

»Unter der Pflanze da«, zeigte sie.

Carlo war wirklich raffiniert gewesen. Er hatte zwei flache pfannengroße Körbe mit Komposterde gefüllt und den Kriechgünsel hineingesetzt. Er mußte nur diese Körbe beiseite stellen, um ein Loch freizulegen, das er mit Stahlblech ausgekleidet hatte. Da standen drei Kisten, wie sie von der Infanterie zur Aufbewahrung von Munition verwendet werden.

»Kannst du das aufmachen?«

»Na sicher«, sagte ich. »Ich brauche nur so etwas wie ein Brechstange.«

»Und wenn sie es merken, werden wir erst recht verhaftet.«

»Die Geheimdienstfritzen haben den Fehler gemacht, nicht wir«, tat ich ihren Einwand ab. Ich kletterte zum Auto hinunter und holte einen schweren Schraubenzieher. Ich brach die Vorhängeschlösser auf, es war ganz einfach. Gleich in der ersten Kiste lag obenauf eine Parabellum Firequeen mit vollem Rahmen und sechs Schachteln Munition.

»Sieh einer an. Ich dachte, der Carlo sei vollkommen friedfertig gewesen. Neun Millimeter, eine richtige Zimmerflak.«

»Vielleicht ein Geschenk?« fragte Germaine, als müsse sie den Toten in Schutz nehmen.

»Schenkt man eine Zimmerflak? Sieh mal, das Ding ist eingeölt und fabrikneu. Und die Fabrikationsnummer und der Hersteller sind ausgefeilt. Wohlgemerkt: maschinell ausgefeilt. Und hier Hochgeschwindigkeitsgeschosse, die große Wunden reißen, vorne abgeplattet. Eine Bürste für den Lauf und Öllappen und ein Kännchen Waffenöl und ...«

»Was kostet so etwas?« wollte sie wissen.

»Das kommt darauf an, wo du es kaufst. Nehmen wir

an, du willst eine Luger, du willst sie illegal kaufen. Dann kannst du vielleicht viertausend hinblättern. Legal etwa dreitausend. Das BKA meint in einer Studie, daß in der Bundesrepublik Millionen illegaler Waffen zu finden sind, und die Jungens sind gründlich, sie müssen es wissen. Aber so etwas paßt nicht zu Carlo.« Ich roch an dem Lauf. »Ich würde sagen, aus dem Ding ist noch nie geschossen worden.«

»Und was machen wir damit?«

»Nichts«, sagte ich. »Wir brechen die zwei anderen Kisten auch auf, schauen rein, was drin ist, listen es auf, fotografieren es, und dann stellen wir die Kisten wieder dorthin, wo du sie gefunden hast. Kannst du bitte zum Auto gehen, die Kamera und ein Paket Filme holen?«

»Bis gleich«, sagte sie und verschwand.

Unsere Arbeit dauerte eine Stunde und förderte kaum Überraschendes zutage, abgesehen von Germaine Suchmanns Gekicher bei der Entdeckung, was die beiden anderen Kisten für ein Innenleben hatten: Sie waren voll von Gläsern und Dosen mit Leber-, Blut-, und Schinkenwurst *Aus Ihrer Lieblingsmetzgerei Mechernich in Godesberg – direkt an der B 9!* Außerdem gab es Unmengen von Spaghetti-Packungen mit Tomatensoße und mittendrin einen Zettel, auf dem stand: *Von Deiner Dich liebenden Mutter,* und ein Zusatz in nervöser krakeliger Schrift: *Nimm lieber lange Unterhosen mit, es ist doch immer so kalt in der Eifel.*

In der Kiste, in der wir die Waffe entdeckt hatten, fanden wir auch Carlos Ausweise. Er hätte in vier Tagen seinen 21. Geburtstag feiern können. Schließlich stießen wir auf zwei Hefte mit fotografierten Soft-Porno-Geschichten und einen Brief von Otmar Ravenstein an diesen Jungen, von dem wir Außergewöhnliches erwarteten, aber nicht geliefert bekamen.

Lieber Carlo, schrieb der General. *Ich denke, wir sollten die Reise ins Tessin im frühen September machen. Um diese Jahreszeit ist dort das schönste Wetter. Wir sollten sehen, daß wir nicht in Ascona selbst ein Hotel buchen, sondern eher etwas abseits im Maggia-Tal oder Centovalli. Es ist dort wie überall, die Orte am See sind absolut überlaufen, und zehn Kilometer im Innern finden wir gemütliche, sehr gute kleine Hotels mit einer guten Küche. Du solltest Dich nicht bemühen, Deinen Vater um das Geld zu bitten. Nimm einfach meine Einladung an, und sei mein Gast. Dein Vater würde die Gelegenheit benützen, Dir die Würde zu stehlen, und dafür lohnt sich nicht ein Wort. Grüße von Haus zu Haus. Otmar.*

»Das ist aber nichts Besonderes«, murmelte Germaine. »Sie wollten zusammen ein paar Tage ins Tessin.«

»Stimmt«, nickte ich. »Ich suche so etwas wie Aufzeichnungen, eine Adressenliste, irgendwelche Hinweise auf Zoff in Carlos Leben. Aber nichts, absolut nichts. Wir müssen an diese Eltern heran. Jetzt packen wir erst mal alles wieder in die Kisten, und dann muß ich irgendwie an ein Telefon kommen.«

»Ich auch«, meinte sie. »Ich will Seepferdchen anrufen. Sie muß etwas wissen, sie ist wahrscheinlich die einzige, die wirklich weiß, was Otmar in den letzten Tagen vorhatte und wen er traf.«

Es war zwölf Uhr, als wir in den Wagen stiegen und nach Adenau hineinfuhren. Gleich in Breidscheid gab es eine Telefonzelle, und ich ließ Germaine den Vortritt. Sie warf Kleingeld in den Automaten und begann zu wählen. Sie sagte etwas, wartete, sagte wieder etwas, unterbrach die Verbindung und wählte neu. Nachdenklich kehrte sie zum Auto zurück und berichtete: »Seepferdchen ist verstört. Sie kann es nicht fassen. Sie ist noch in Berlin, und sie meint, ich soll sofort kommen, weil sie eine Idee hat.«

»Sagte sie wörtlich Idee, oder weiß sie etwas?«

»Sie sagte wörtlich Idee. Aber vermutlich weiß sie etwas. Sie ist eine ruppige alte Dame, die den Otmar geliebt hat wie ihren eigenen Sohn. Jetzt ist sie wahrscheinlich allein auf der Welt und hat keine Ahnung, wie es weitergehen soll. Es geht mir ja auch so. Wir sollten vielleicht wirklich hinfliegen, Baumeister.«

»Sollten wir«, nickte ich. »Wir sollten aber auch dieses blöde Baumeister-Auto loswerden. Die haben die Nummer, den Typ und so weiter. Und sie werden uns irgendwann entdecken.«

»Ich könnte losgehen und eins leihen«, schlug Germaine vor. »Ich könnte mit MasterCard von Homer zahlen, aber der wird fragen, wieso ich in Adenau ein Auto pumpen muß ...«

»Mach so etwas nicht«, sagte ich schnell. »Und park meinen Wagen auf einem Parkplatz mit viel Betrieb. Du kannst mich hier wieder abholen. Es sollte ein kleines, schnelles Auto sein, unauffällig. Ich telefoniere jetzt, und du kannst mich später hier aufnehmen.«

Ich sah ihr nach, wie sie losfuhr, und ich fand, sie machte ihre Sache gut. Ich rief meine Nachbarin Dorothee Froom an, und sie sagte hell: »Gut, daß du dich meldest. Ich habe versucht, dein Handy zu erreichen, war aber nichts.«

»Das ist kaputt«, behauptete ich vorsichtig. »Hat Dinah sich gemeldet?«

»Nein. Aber da waren ein paar Männer, die dich sprechen wollten. Sehr höflich und so. Anzug und Krawatte. Ich soll dir ausrichten, du sollst dich umgehend bei einem gewissen Meier im Innenministerium melden. Kann das sein, habe ich das richtig aufgeschrieben?«

»Das hast du richtig aufgeschrieben. Wollten die noch einmal wiederkommen?«

»Nein. Sie haben nichts davon gesagt. Sie fuhren einen schweren BMW mit Bonner Kennzeichen. Es waren vier, und sie behaupteten, du hättest eigentlich einen Termin mit ihnen.«

»So kann man es ausdrücken. Ist noch was auf dem Telefonband?«

»Nein. Ich denke jedenfalls nichts Wichtiges. Eine gewisse Emma war noch drauf, du sollst sie, egal wann, einfach mal anrufen. In Holland.«

»Mache ich. Danke dir. Ich melde mich wieder. Wahrscheinlich melde ich mich jeden Tag. Mach es gut, grüß deinen Mann und knutsch die Kinder.«

Sie lachte und hängte ein.

Ich wählte die Nummer von Sibelius in Hamburg und fragte: »Habe ich den Auftrag jetzt, oder nicht?«

»Selbstverständlich haben Sie ihn. Ich weiß übrigens

genau, daß man bereits nach Ihnen sucht.«

»Ich bin auch ab sofort nicht mehr erreichbar. Ich brauche als Auftragsbestätigung sofort ein Fax an die Öffentliche Poststelle in Adenau. Ich brauche das jetzt, nicht morgen, nicht übermorgen.«

»Geht klar. Brauchen Sie einen Spesenvorschuß?«

»Auch das. Ich halte es für gefährlich, mein Plastikgeld zu benutzen. Das Geld auch hierher auf die Post. Dann noch eine Bitte an das Archiv. Können die feststellen, ob in den Unterlagen des Generals so etwas wie ein Feind auftaucht? Und: Haben Sie wenigstens eine Ahnung, um was es bei dem Termin mit dem General gehen sollte? Ich meine, er muß doch etwas angedeutet haben. Die Redaktion schickt doch zudem nicht irgendeinen Kollegen dorthin. Also, warum dieser Mann?«

»Unser Mann, das ist das einzige, was wir sicher wissen, ist ein Spezialist für Hierarchien. Er weiß ganz genau, wie Befehlsketten in Ministerien laufen, er weiß immer genau, wer wohinter steckt. Er ist also ein Kulissenspezialist. Und so einen Mann wollte der General haben. Aber um was es gehen sollte, wissen wir wirklich nicht.«

»Hat der General ein Honorar verlangt?«

»Natürlich nicht. Was ist denn Ihr größtes Problem?«

»Ich müßte wissen, was er in den letzten Tagen tat. Möglichst weit zurück. Am besten wäre ein Tagebuch der letzten vier Wochen.«

Sibelius lachte. »Okay, Sie können in einer halben Stunde zur Post gehen. Und melden Sie sich. Was haben Sie bisher an Fotos?«

Ich zählte sie ihm geduldig auf, und er kommentierte das mit väterlicher Güte. Eigentlich sei Baumeister tatsächlich ein guter Rechercheur, worauf ich beinahe danke gesagt hätte.

»Lassen Sie sich nicht erwischen!« mahnte er.

»Ich brauche noch etwas«, sagte ich. »Eine Nummer, unter der ich rechtlichen Beistand kriege, falls ich festgesetzt werde. Und ich werde festgesetzt, falls die mich erwischen.«

Er gab mir eine Nummer und verabschiedete sich dann.

Blieb Emma, die eindrucksvolle Emma, Gefährtin meines Freundes Rodenstock, Jüdin aus Überzeugung, Polizistin, stellvertretende Polizeipräsidentin im niederländischen s'Hertogenbosch. Wenn sie mich bat anzurufen, hatte sie einen triftigen Grund.

Ich rief das Präsidium an und bat, mich mit ihr zu verbinden. Es meldete sich ein Mann, der sich als Adjutant bezeichnete.

»Dringend die Emma«, sagte ich. »Hier ist Siggi aus Deutschland.«

»Endlich«, erwiderte der Vorzimmermensch und verband mich.

Emma atmete etwas hastig, dann räusperte sie sich. »Ich will dich nicht beunruhigen«, sagte sie.

»Laß es raus«, sagte ich.

»Rodenstock ist verschwunden.«

»Was heißt ›verschwunden‹?«

»Er ist weg. Richtig weg.«

»Und was vermutest du?«

»Ich weiß nicht, was ich vermuten soll. In diesen Fällen ist unsere Phantasie unser schlimmster Feind, nicht wahr? Bist du allein?«

»Ich bin allein. In einer Telefonzelle. Und du solltest dich beeilen, mein Kleingeld geht zur Neige.«

»Dann suche dir bitte ein Telefon ohne Kleingeld«, sagte sie sachlich. »Geht das?«

»In Ordnung«, sagte ich. »In ein paar Minuten.«

»Ruf mich wirklich an! Mir geht es nicht gut, weißt du.« Plötzlich weinte sie.

Ich hängte den Hörer ein und hatte ein merkwürdig hohles Gefühl im Bauch. Wütend dachte ich: Wenn du Scheiße baust, Rodenstock, kriegst du den Arsch versohlt! Dann verließ ich die Zelle, und die steil stehende Sonne wirkte wie ein körperlicher Schlag.

Ich ging langsam ein paar Schritte bis zur Aral-Tankstelle und bat, telefonieren zu dürfen. Der Mann an der Kasse murmelte: »Da draußen ist aber eine Zelle!«

»Das weiß ich, da komme ich her.«

Er stellte das Telefon neben das Zählbrett. »Hier ist es aber teurer«, beharrte er eigensinnig.

Ich reichte ihm einen Fünfzigmarkschein: »Den können Sie behalten, damit Sie Ihren Enkeln was zu erzählen haben.«

Er war sauer und schwieg.

Ich rief Emma erneut an. »Jetzt mal langsam und für den zweiten Bildungsweg: Wann hast du ihn zum letzten Mal gesehen?«

»Vor zwei Wochen.« Sie bemühte sich um Sachlichkeit, und ich konnte sie sehen, wie sie an ihrem zierlichen Schreibtisch hockte und mit einem Kugelschreiber herumspielte: Eine große, elegante, schlanke Frau mit hennarotem Haar, einem schlichten, aber teuren Kleid, wahrscheinlich mit einem Blumenmuster. Mit dezentem, wirklich teurem Schmuck, mit der gepflegten Haut der Elitären, mit der leichten Sonnenbräune der Sorglosen. All das täuschte, weil sie jemand war, der Menschen liebte. Und sie liebte Rodenstock.

»War er bei dir in Holland?«

»Ja. Das heißt, erst waren wir bei ihm an der Mosel. Dann fuhren wir hierher. Bist du allein?«

»Ich bin allein hier«, sagte ich und sah dem Mann an der Kasse in die Augen. »Red nur.«

»Er hat plötzlich angefangen, von Tod zu reden. Immer öfter. Erst waren es nur ironische Hinweise, dann wurde es auffällig. Er sagte so Sachen wie: Mein Krebs holt mich ein! Ich habe panische Angst gekriegt.«

»Warum hast du mich nicht angerufen?«

»Es ist unser Leben, wir können nicht bei jeder kleinen Krise eine Lebenshilfe holen, oder?« Sie wurde wütend.

»Das ist richtig«, gab ich zu. »Also, ihr seid in deiner Wohnung gewesen ...«

»Ja, wir waren bei mir. Drei Tage lang. Ich hatte hier einen Sittlichkeitsfall. Ein Vater hat sich an seiner kleinen Tochter vergangen. Rodenstock ... er hat mir geholfen, er hat mit dem Mann gesprochen. Du weißt ja, wie er in solchen Fällen sein kann. Der Mann hat gestanden. Ich wollte mich bei Rodenstock dafür bedanken, ich wollte ...«

»Du wolltest was?«

»Ich wollte mit ihm schlafen, Siggi. Wir hatten Schwierigkeiten in der Beziehung. Er war irgendwie unberührbar, wenn du verstehst, was ich meine. Na sicher, ich bin eine alte Frau, aber ...«

»Emma! Hör auf mit diesem Blödsinn. Was war los?«

»Es ist öfter passiert. Er war impotent, also er ...«

»Ich weiß, was das heißt. Impotenz kann jeden erwischen. Wann ist er verschwunden?«

»Vor vierzehn Tagen. Ich ging morgens aus dem Haus zum Dienst. Als ich zurückkam, war er fort. Sein Auto auch. Er ist nicht an der Mosel, er antwortet nicht. In der Wohnung ist er aber auch nicht. Ich habe den Hausmeister gebeten, aufzuschließen und nachzugucken. Er ist nicht da. Ich habe ... ich habe sogar zwei Fahnder von mir losgeschickt. Aber die konnten auch nichts feststellen, sie haben ihn nicht entdeckt. Ich ... ich bin wie eine Siebzehnjährige, die ihre erste Liebe vermißt.«

»Das ist gut«, meinte ich. »Das ist vollkommen richtig. Ich melde mich heute abend noch einmal.«

»Könnte Dinah nicht hierherkommen? Ich meine, wir könnten dann zusammen heulen, und es wäre ...« Sie versuchte zu lachen, aber es mißlang.

»Dinah ist nicht mehr bei mir«, sagte ich.

»Wie bitte?«

»Sie ist gegangen. Sie will selbständig werden. Vor allem beruflich. Sie hat gesagt, sie geht und bleibt eine Weile weg, um herauszufinden, was sie eigentlich kann und was sie eigentlich will. Es ist heute der dritte Tag.«

»Aber du weißt, wo sie ist?«

»Ich habe keine Ahnung«, sagte ich. »Ich muß warten, bis sie sich meldet.«

Sie schwieg eine Weile. »Soll ich dir Fahnder schicken?« fragte sie dann.

»Keine Fahnder!« sagte ich. »Du würdest das fertigbringen. Ich vermute, sie wird sich irgendwann melden, allerdings wird sie mich nicht erreichen. Ich muß mich ein wenig bedeckt halten, kann nicht von zu Hause aus operieren, wenn du verstehst, was ich meine. Ein ziemlich übler Fall.«

»Du steckst in Schwierigkeiten?«

»Du drückst das sehr vornehm aus.«

»Welcher Fall? Kenne ich den?«

»Wahrscheinlich. Der Fall des deutschen Generals Ravenstein.«

»Ach, du lieber Gott.«

»Ich habe ihn gefunden.«

»Du bist also doch nicht allein, wie ich glaube. Steckt etwas Schlimmes dahinter?«

»Etwas sehr Schlimmes. Aber zieh dir das nicht an. Ich werde dich wieder anrufen.«

»Wir sollten vielleicht eine Notgemeinschaft gründen«, murmelte Emma sarkastisch. »Ruf mich wirklich an, Siggi. Ich brauche das.« Dann hängte sie unvermittelt ein, weil sie wahrscheinlich nicht wollte, daß ich sie weinen hörte.

Der Mann an der Kasse sagte muffig: »Sie hätten doch gleich sagen können, daß Sie von der Polizei sind.«

»Das habe ich vergessen«, erwiderte ich heiter. »Was kostet das?«

»Nichts!« bellte er. »Das ist kostenlos.«

»Sie sind ein Schatz«, sagte ich und ging hinaus in die Sonne. Ich mußte noch eine halbe Stunde warten, ehe Germaine mit einem schwarzen, sehr neuen Ford Fiesta heranrollte.

»Wir werden in Streß geraten«, sagte ich. »Du mußt jetzt entscheiden, ob du weiter mitmachst oder nicht.«

»Das ist klar«, sagte sie. »Ich bleibe bei der Sache. Wieso Streß?«

»Wir haben den Tod des Generals zu untersuchen und werden gleichzeitig selbst gesucht. Wir müssen nach Berlin zu Seepferdchen, und Freunde von mir stecken in großen Schwierigkeiten. Wenn es möglich ist, muß ich ihnen helfen.«

»Das heißt, du mußt dich entscheiden? Entweder Otmar Ravenstein oder die Freunde?«

112

»Nein, das nicht. Ich muß beides tun. Deshalb Streß.«

»Aber dann müssen wir doch nur entscheiden, mit welchem Punkt wir anfangen.« Sie lächelte mich an.

»Richtig«, sagte ich. »So einfach ist das.« Dann erzählte ich ein wenig über mein Verhältnis zu Rodenstock und Emma, während sie uns zu unserem Campingplatz zurückfuhr. Sie sagte, sie habe meinen Wagen zwischen einer Apotheke und dem Adenauer Postamt geparkt und sie habe dem Apotheker gesagt, der Wagen sei defekt und werde abgeholt.

»Es geht schon los«, seufzte ich. »Ich habe das Postamt vergessen. Wir müssen zurück, wir brauchen Bares.«

Also fuhr Germaine uns zurück. Sibelius hatte Wort gehalten, das Fax mit der Auftragsbestätigung war da, das Geld, angewiesen durch die Postbank, auch. Ich teilte das Geld zwischen Germaine und mir auf. Erst wollte sie es nicht nehmen, bis ich wütend erklärte: »Es ist nur Geld, verdammt noch mal. Und es ist Spesengeld. Augstein weiß schon, was er tut. Wenigstens manchmal.« Da nahm sie es.

»Und womit fangen wir an? Suchen wir deinen Rodenstock, rasen wir zu Seepferdchen, besuchen wir Carlos Eltern?«

»Nichts von alledem. Ich würde gern in Ruhe zum Generalshaus schlendern. Einfach so.«

»Das wollte ich auch vorschlagen«, stimmte sie gelassen zu.

»Man nennt das ein Jagdhaus. Daß er kein Jäger war, wissen wir. Aber er hat doch die Jagd gepachtet, oder nicht?«

»Das hat er. Er hatte Verbindung zu dem Förster. Der lud von Zeit zu Zeit Jäger ein und kümmerte sich um die Hege und Pflege. Otmar mochte Jäger nicht besonders. Er sagte immer, sie hielten sich für elitär, obwohl sie durchaus dämliche Ansichten äußern.«

»Ist es möglich, daß ein Jäger auftauchte und ihn erschoß?«

»Alles kann sein«, sagte sie lapidar und parkte den Wagen hinter einer Buschbirke.

»Hatte er eigentlich Frauengeschichten?«

»Hatte er. Aber immer sehr diskret, er brach niemals in eine Ehe ein. Und er sprach nicht darüber.«

Wir gingen gemächlich den Hang durch den Hochwald hinunter, und das alte Laub raschelte laut unter unseren Füßen.

»Du hast Schwierigkeiten mit deiner ... mit deiner Lebensgefährtin, nicht wahr?«

»Wie kommst du darauf?«

»Da ist eine Spannung in dir, die mit dem General nichts zu tun hat.«

»Das ist richtig. Sie ist gegangen.« Ich erzählte ihr, was geschehen war, und sie sagte geradezu entzückt: »Das ist ja interessant. Ich würde die Frau gern kennenlernen. Ich hoffe, ich lerne sie kennen.«

»Das hängt von ihr ab.«

»Sie wird wiederkommen«, meinte sie sehr sicher.

Wir sahen das Haus nach ungefähr fünfzehn Minuten unter uns liegen, und es wirkte unbeschreiblich friedlich und einladend. Das Siegel der Staatsanwaltschaft auf dem hinteren Eingang war zerrissen, der dünne Draht aufgeplompt.

»Hat da etwa jemand eingebrochen?« fragte Germaine aufgeregt. »Ist da jemand drin?«

»Das glaube ich nicht.« Ich drückte die Klinke hinunter, die Tür war auf, das Schloß nicht beschädigt. »Vorsichtig«, sagte ich.

Wir nahmen uns die Zeit, unendliche zwei Minuten lang in das Haus hineinzuhorchen. Wir hörten nichts.

»Oh, verdammt noch mal!« hauchte sie.

Wir standen vor einem Chaos. Wer immer in das Haus vom General eingedrungen war: Er war sehr gründlich gewesen.

»Sie haben etwas gesucht«, stellte sie tonlos fest.

»Und wir werden nicht erfahren, ob sie es gefunden haben«, murmelte ich. »Wir müssen das fotografieren, sonst glaubt uns das kein Mensch.«

Ich ging hinaus und holte die Kamera. Als ich zurückkam, stand Germaine über der Stelle, an der er gelegen hatte. Sie war ganz bleich und starrte auf die mittlerweile schwarzen Flecken.

Sie hatten buchstäblich nichts ausgelassen. Sämtliche Buchregale waren einfach nach vorn gekippt worden, und die Bücher waren in den Raum hineingefallen. Sie hatten die Sitzflächen der Stühle in der Eßecke aufgeschlitzt, die Teppiche weggezogen und beiseite geworfen, das Holz neben dem Kamin durchfilzt, die Lesesessel aufgeschnitten. In der Küche lag ein großer Haufen zerdeppertes Geschirr auf dem Boden, darauf Töpfe und Pfannen. Zucker und Mehl waren verstreut, der ganze Inhalt der Schränke ausgeräumt. Zwei der kleineren Schränke waren von der Wand gerückt und nach vorn gekippt worden. Jemand hatte eine runde weiße Lichtkuppel aus der Wand gerissen, als könne sie Kostbares verbergen.

»Dschingis-Khans Horden«, sagte sie verwirrt. »Wer tut so etwas?«

»Ich weiß es nicht. Vermutlich eine Abordnung aus Bonn. Er ist tot, sie brauchen keine Rücksicht mehr zu nehmen.«

»Aber warum nicht? Die Familie wird doch kommen.« Sie wurde heftig und schluchzte.

Im Badezimmer war der Wasserkasten der Toilette ebenso aus der Wand gerissen worden wie der Spiegelschrank über dem Waschbecken. Sie hatten sogar die Verkleidung der Badewanne herausgestemmt.

Vom Obergeschoß her hatten sie ganze Bücherstapel einfach die Wendeltreppe hinuntergeworfen, wir mußten uns einen Weg bahnen. Auch die Matratzen auf dem Bett waren aufgeschnitten und der selbstgebastelte Babystuhl zertrümmert, weil wohl jemand vermutet hatte, die Hölzer seien innen hohl. Alle Bilder waren von den Wänden gerissen und zertreten worden, um nachzusehen, ob sie etwas verbargen.

»Sie haben Papiere gesucht, das ist ziemlich sicher. Und das, was sie gesucht haben, wurde nicht gefunden.«

»Wie kommst du darauf?« fragte sie verblüfft.

»Das ist ziemlich einfach. Sie haben zuerst die beiden

großen Räume durchsucht, dann wahrscheinlich das Bad und die Küche. Und die unwahrscheinlichsten Verstecke, wie zum Beispiel der Wasserkasten vom Lokus, liegen oben auf den Haufen, waren also zuletzt dran.« Dann fiel mir etwas ein. »Wo sind eigentlich seine Autos?«

»Warum fragst du mich das?«

»Entschuldige«, sagte ich. »Wie sieht das Haus in Mekkenheim-Merl aus?«

»Ein ekelhafter, mieser, spießbürgerlicher Kasten. Er mochte ihn nicht, aber er war praktisch, weil der General oft in Bonn zu tun hatte. Es ist so eine Art Reihenhaus. Natürlich, klar. Sie werden dort genauso gehaust haben.«

»Ich verstehe es trotzdem nicht«, sagte ich. »Sie sind in der Regel einfach vorsichtiger, nicht so offen brutal. Ich verstehe es nicht.«

»Wir können niemanden fragen«, murmelte sie. »Fahren wir nach Meckenheim?«

»Ja, natürlich. Aber vorsichtshalber erst gegen Abend. Ich würde gern noch mal telefonieren.«

»Also wieder Richtung Adenau?«

»Nein. Niemals eine Zelle zweimal. Wir suchen eine andere.«

Ich fuhr über Kaltenborn nach Herschbach, und wir zogen links an dem Höhenrücken vorbei, der den sinnigen Namen ›Auf der Wurst‹ führt, was die innige Verbindung der Eifler mit der Landwirtschaft betont. Wenig später, kurz vor Kesseling, kommt der Berg namens ›Auf dem Thron‹. Die Wurst neben dem Thron mag als tiefe Symbolik für das listige kleine Bergvolk durchgehen. Hier stand eine Telefonzelle, in der man sogar mit Münzen bezahlen konnte.

Die Polizistin Heike Schmitz war in der Wache. Sie meldete sich mit ihrer Packen-wir's-an-Stimme.

»Ich habe was für Sie«, sagte ich. »Ich habe drei Kisten von Carlo gefunden. Unter einem Kriechgewächs in dem Haus Nr. 12 in einem Winkel, in dem die Mauern fehlen. Was wissen Sie Neues?«

»Danke. Und für Sie ist alles, aber wirklich alles dicht. Zwei Wagen in Brück, einige andere auf den Bundesstra-

116

ßen 257 und 258, 410 und 421. Sie scheinen begehrter zu sein als seinerzeit Bonnie and Clyde. Bekomme ich ein Autogramm?« Sie lachte. »Und dann noch etwas: Alle diese Wagen sind schwarze Siebener BMWs. Habe ich läuten hören. Schöne Grüße von meinem Kollegen Gerlach.«

»Moment, ich habe noch ein Anliegen. Das Haus des Generals ist durchsucht worden. Mehr als gründlich. Wer immer das war, er hat nach etwas gesucht. Und ich wüßte gern, nach was.«

»Ich weiß es.«

»Sagen Sie es mir. Ich zahle jeden Preis«

»Das kann ich am Telefon nicht riskieren.«

»Gut. Wie komme ich an Sie heran?«

»Ich könnte gleich ein paar Kilometer Streife fahren. Wo sind Sie jetzt?«

»Das sage ich nicht.«

»Von jetzt an in etwa einer halben Stunde zwischen Kaltenborn und Jammelshofen. Okay?«

»Das ist okay. Ich fahre jetzt einen Ford Fiesta.«

»Deshalb also«, sagte sie befriedigt und hängte ein, ehe ich weiterfragen konnte.

Wir drehten sofort, und ich ließ wieder Germaine fahren.

»Das Mädchen riskiert doch Kopf und Kragen«, sagte sie.

»Sie ist einfach stinksauer, und das mit verdammt gutem Grund«, erwiderte ich. »Deutsche Polizisten werden beschissen bezahlt und noch viel beschissener eingesetzt.«

Nach zwanzig Minuten waren wir oben vor Jammelshofen und stoppten neben einer kleinen Waldinsel auf der rechten Seite kurz vor dem Ortsanfang.

Zehn Minuten später kam die Polizistin, stieg nicht einmal aus, sondern drehte nur das Fenster herunter. »Ihr müßt mächtig aufpassen«, rief sie gutgelaunt. »Die Hausdurchsuchung haben natürlich unsere Geheimdienstfreaks gemacht. Und zwar haben sie nach einer Unterlage des Amtes für Fernmeldewesen gesucht. Fragt mich nicht, was das für ein Amt ist, ich weiß es nicht. Und wieso der General etwas damit zu tun hatte, weiß ich auch nicht. Ebensowenig, was in der Unterlage stehen soll. Es müssen an die dreißig Blatt DIN A4 sein, und ...«

»... und sie haben sie nicht gefunden«, sagte Germaine.

»Nein«, bestätigte die Schmitz. »Haben sie nicht. Ich muß weiter, sonst komme ich in Schwierigkeiten.«

»Danke«, sagten wir zugleich und sahen ihr nach, wie sie mit Vollgas davonfuhr.

»Wieder zum Telefon«, sagte ich. »Und zwar verdammt schnell.«

Germaine machte es richtig, sie wendete nicht, sondern fuhr durch Jammelshofen auf die B 412 bis Kempenich.

»Du hast richtig Talent«, sagte ich, und sie freute sich darüber. Weil sie das aber nicht so einfach zugeben konnte, meinte sie aggressiv: »Ich will einfach einen Eisbecher mit Sahne, das ist alles.«

Wir fanden eine Kneipe, vor der Tische auf der Straße standen und Leute Eis löffelten. Also parkten wir und gingen in die Kneipe hinein. Es gab Eistee, und wir bestellten jeder gleich zwei, dann einen Erdbeerbecher mit Sahne und ein »anständiges gemischtes großes Eis«, wie Germaine sich zurückhaltend ausdrückte.

Als wir das Eis verspeist hatten, ließ ich mir das Telefon zeigen und rief Sibelius erneut an. »Wissen Sie, was das Amt für Fernmeldewesen ist und was es tut?«

»Jedenfalls nicht genau. Soweit ich weiß, ist es ein Bundesamt und zuständig für alles Fernmeldetechnische vom Telefon über alle Sorten Funkverkehr bis hin zu Morsegeräten. Ich kann das abklären, das müßte schnell zu machen sein. Wann brauchen Sie das und wohin?«

»Ich brauche nichts Schriftliches, kein Fax. Ich muß nur den Namen eines Kollegen haben, den ich in, sagen wir, zwei Stunden anrufen kann.«

»Eine Frau, lieber Baumeister, eine Frau. Karin Schwarz, die weiß auf diesem Sektor Bescheid. Soll sie sich auf irgendeinen Punkt konzentrieren?«

»Soll sie. Und zwar auf die Frage, was ein Mann wie der General mit diesem Amt für Fernmeldewesen zu tun gehabt haben könnte. Denn er hatte damit zu tun und ist wahrscheinlich deswegen umgebracht worden.«

»Ist das Ihr Ernst?«

»Ich habe für Scherze überhaupt keine Zeit.«

»Ist das eine Aufmachung, oder können wir eine Bauchbinde über den Titel legen?«

»Um Gottes willen noch nicht. Ich fange gerade an. Haben Sie schon Recherchen aus Brüssel? Ist zum Beispiel bekannt, ob er hier Urlaub machte oder einfach allein weiterarbeiten wollte? Gut, er wollte einen Redakteur treffen. Aber war das der einzige Zweck seiner Reise hierher?«

»Wahrscheinlich war das der einzige Zweck. Unser Büro in Brüssel war verdammt gut und hat sehr, sehr schnell reagiert. Der General hat seinen Schreibtisch aufgeräumt und hat sich von einem Fahrer in die Eifel bringen lassen ...«

»Ja, ja, das weiß ich schon. Und ein zweiter Fahrer hat seinen Porsche gefahren, richtig?«

»Richtig. Aber warten Sie doch ab, Baumeister, Sie sind mir zu hektisch. Ich sagte, der General hat seinen Schreibtisch aufgeräumt. Mit anderen Worten: Er brachte zwei große Pappkartons mit und leerte seinen Schreibtisch vollkommen aus. Er hat offensichtlich nicht damit gerechnet, jemals an diesen Schreibtisch in Brüssel zurückzukehren. Gekündigt hat er allerdings nicht. Weder im Verteidigungsministerium, noch im Kanzleramt, noch beim Chef der NATO. Wir nehmen an, daß er unserem Mann eine Geschichte erzählen wollte, die es ihm unmöglich machen würde, wieder an seinen Arbeitsplatz zurückzukehren.«

»Ach, du lieber Gott!«

»Ich stimme Ihnen zu. Können Sie grob andeuten, was Sie vorhaben?«

»Schlecht vorherzusagen. Nach Mitteilung eines Polizeiinformanten kann ich mich kaum mehr bewegen. Vier Bundesstraßen werden systematisch überwacht. Die Geheimdienste waren schon in meinem Haus, sie werden es überwachen.«

»Aber dann ist es doch nur eine Frage der Zeit, bis Sie erwischt werden.«

»Ganz so kraß sehe ich das nicht«, erwiderte ich. »Ich habe ja gegenüber den Geheimdienstleuten den Vorteil, hier zu Hause zu sein. Haben Sie schon einmal etwas von Wald- und Feldwegen gehört? Ich habe mal gewettet, von Hillesheim bis Adenau zu kommen, ohne ein einziges Mal eine Bundesstraße oder Landstraße zu benutzen.«

»Ich vermute, Sie haben die Wette gewonnen.«

»Habe ich«, sagte ich artig. »Und ich liebe es, wenn erwachsene Männer dumme Gesichter machen. Ab sofort bin ich das Phantom der Eifel.«

»Gott schütze meine Kinder«, meinte Sibelius fromm. »Haben Sie denn auch Zugang zu den Geschichten der Leichen Nummer zwei und drei?«

»Habe ich.«

»Wie passen die da rein?«

»Ganz einfach. Sie waren zur falschen Minute am falschen Ort.«

»Fotos?«

»Selbstverständlich.«

»Sie sind mein Zuckerstück!« sagte er.

»Keine Sauereien, bitte.«

»Und Sie telefonieren dauernd von Telefonzellen? Das ist ja durchaus nicht im Sinne des Erfinders. Haben Sie jemanden, der Ihnen eventuell ein Handy pumpen kann? Ich meine, dessen Nummer nicht mit Ihnen in Verbindung gebracht wird?«

»Ich denke drüber nach«, sagte ich, mir war schon klar, daß es sein mußte.

»Also denn, für Gott und Vaterland!« unterbrach er die Verbindung.

»Du mußt jetzt dieses Seepferdchen anrufen«, sagte ich zu Germaine. »Wir haben gar keine Zeit, nach Berlin zu fahren oder zu fliegen. Sie soll sich ein Ticket kaufen, nach Bonn fliegen. Dann ein Taxi nehmen und in die *Dorint*-Ferienanlage nach Daun fahren. Kostet ein Schweinegeld, aber sie kriegt jeden Pfennig zurück.« Dann berichtete ich, was Sibelius mir erzählt hatte.

Nach fünf Minuten konnten wir die Kneipe verlassen, die Frau namens Seepferdchen hatte versprochen, so schnell wie möglich zu kommen.

»Sie freut sich sogar«, sagte Germaine. »Sie meinte: ›Ach, Kinder, das ist aber schön, endlich ist was los.‹ Und jetzt?«

»Zu meinem Haus in Brück«, entschied ich.

»Das geht aber doch kaum«, protestierte sie.

»Das geht«, sagte ich. »Bist du jemals anhand von Meßtischblättern durch die Pampa gebrettert?«

»Nein, bin ich nicht.«

»Macht nichts«, sagte ich. »Dann wird das eine Premiere.«

FÜNFTES KAPITEL

Wenn man von Kempenich nach Dreis-Brück, Ortsteil Brück, fahren will, ohne wichtige Durchgangsstraßen zu benutzen und sie nur zu queren, muß man über Karten verfügen, die auch das Katasteramt benutzt. Auf denen ist jeder größere Acker eingetragen, jeder Höhenmeter, jeder Feldweg, jeder Waldweg. Es kann durchaus sein, daß man einen erstklassig gezogenen Waldweg entlangbrettert, der schlicht und ergreifend im Nirwana endet, weil die Hersteller der Karten nicht gewußt haben, daß dieser Weg schon vor fünf Jahren seine Bedeutung verloren hat, weil kein Bauer mehr existiert, der ihn benutzen könnte.

Aber das ist nahezu das einzige Risiko. Nach meinen Blättern mußten wir rund 11 Zentimeter Landkarte überwinden, was ungefähr einer Entfernung von 11.000 Metern entspricht. Der Straße folgend waren wir etwa vierzig Kilometer von Brück entfernt.

Luftlinie zu fahren bedeutete folgende Route: Kempenich, Hausten, Überquerung der Nette südöstlich der Netterhöfe, auf Arft zu, wobei unsicher war, ob man auf dem Hang des Raßberges mit 652 Meter Höhe überhaupt vorwärts kommen würde. Dann grobe Richtung Acht

und Oberbaar. Weiter Nitz, Krisbach, Brücktal, Bruch-
hausen. Wir würden die Rote Heck mit 640 Metern um-
fahren müssen, auf Zermüllen zu, Gelenberg und Bongard, schlußendlich am Radersberg mit 637 Metern vorbei nach Brück.

»Du kannst doch nicht einfach in dein Haus«, protestierte Germaine noch einmal. »Du bist doch einwandfrei
verrückt.«

»Ich bin aus der Eifel«, gab ich zu. »Maul nicht rum,
bleib am Steuer und fahr.«

»Ich? Ich soll fahren? Bist du vollkommen bescheuert?«

»Nein, ich bin aus der Eifel«, wiederholte ich.

Sie fuhr, und sie fuhr gut. Der einzige Tip, den ich ihr
gab, war, daß der Motor nicht mit zu hohen Drehzahlen
laufen sollte. Es klingt zwar besser, wenn die Maschine
röhrt und der Auspuff vor lauter PS nur noch blubbert,
aber es bringt die Helden nicht voran, weil sich die Reifen immer wieder in Mutter Erde fressen. Germaine hatte
den Bogen bald raus, der Wagen lief sanft und leise.

»Wir machen die Natur kaputt!« maulte sie.

»Das stimmt«, gab ich zu. »Aber sieh es mal als absolute Ausnahme an.«

»Und wenn uns ein Förster anhält? Oder mit dem Gewehr abschießt?«

»Ehe der sich vom Staunen erholt hat, sind wir längst
in Kenia.«

So war es denn auch. Wir passierten eine Gruppe von
Waldarbeitern, die mit den Köpfen hochruckten, als hätten sie eine Erscheinung. Und weil es bergab ging und
Germaine kein Gas gab, rutschten wir wie eine Gespen-
sterkarre an ihnen vorbei. Ich sah im Außenspiegel, daß
sie die Münder leicht geöffnet hielten und ungefähr so
intelligent aussahen wie ein Haufen orientierungsloser
Weihnachtskarpfen. Reisen in der Eifel ist ein Genuß.

Wir kamen am oberen Ende der Heyrother Straße in
zivilisierte Gegend, und ich ließ sie halten.

»Ich gehe zu Fuß ins Dorf, und du nimmst eine Landkarte und fährst nach Jünkerath. Fahr langsam und in
Schleifen, fahr unlogisch. Da gibt es einen Buchladen

namens Schäfer. Dort holst du den René Schäfer ans Licht und pumpst dir dessen Handy. Schreib die Nummer auf. Dann kommst du hierher zurück. Sollte jemand dich anhalten und blockieren, festnehmen und foltern, ruf mich zu Hause an. Aber da sie noch nicht zu wissen scheinen, daß wir einen Leihwagen haben, bist du noch einigermaßen sicher. Alles in allem um etwa 20 Uhr wieder hier. Dann fahren wir zum Haus des Generals nach Meckenheim.«

»Wie ist es mit Schlaf?« fragte sie.

»Du kannst auf dem Weg nach Meckenheim schlafen.«

»Und wie willst du in dein Haus kommen?«

»Zu Fuß wie jeder anständige Deutsche«, brummelte ich.

»Am Arsch der Welt ist aber viel los«, ihr Spott war eindeutig liebevoll.

Ich ging sozusagen in Serpentinen durch das Dorf hinunter und landete ziemlich exakt zwischen den Häusern der Brüder Udo und Günther Froom. Deren Mutter saß an einem großen Tisch vor dem Haus und schälte Kartoffeln.

»Die Doro ist in Ihrem Haus«, sagte sie. »Da ist eben eine Dame gekommen. Die wollte eigentlich zu Ihnen.«

»So etwas dachte ich mir«, nickte ich. »Kann ich an Ihr Telefon?«

»Na sicher. Sie wissen ja, wo es hängt.«

Ich rief mich selbst an, und Dorothee meldete sich: »Bei Baumeister.«

»Ich bin es. Und ich weiß, ich habe Besuch. Und ich weiß auch, es ist Emma aus Holland, eine höchst vornehme Dame. Kannst du mir den Gefallen tun und das hintere Kellerfenster für die Katzen öffnen.«

Eine Weile sagte sie nichts, dann schien sie zu lächeln. »Du bist nicht weit weg, nicht wahr?«

»So kann man es formulieren«, gab ich zu.

»Alles klar«, murmelte sie.

Ich ging hinaus: »Ich danke Ihnen«, und Dorothees Schwiegermutter erwiderte lapidar: »Man muß sich gegenseitig helfen, nicht wahr?«

Ich querte Udos und Günthers Terrain und kletterte den kleinen Abhang hoch, um hinter mein Haus zu kommen. Dann stieg ich in den Keller ein und stolperte über Dorothee, die, beide Arme in die Hüften gestützt, dieser merkwürdigen Gymnastik zusah.

»Du benimmst dich komisch«, stellte sie fest.

»Das finde ich auch«, gab ich zurück. »Kannst du im Wohnzimmer mal die Rolläden runterlassen?«

»Hast du wen umgebracht?«

»Eigentlich nicht. Wo stehen denn Autos?«

Sie strahlte. »Ich wußte doch, daß das was mit dir zu tun hat. Es sind zwei BMWs – einer Richtung Dreis, der andere Richtung Heyroth. Ich mache jetzt mal das Wohnzimmer dicht. Die Dame ist in eurem Schlafzimmer. Und Dinah hat sich auch gemeldet. Aber sie hat nur gemault. Sie sagt: Och, Baumeister, wieso bist du nicht zu Hause?«

»Und, wo ist sie?«

»Das hat sie nicht gesagt. Sie hat wieder eingehängt.«

»So ein Blödsinn«, murrte ich.

Ich ging ins Schlafzimmer.

Emma hatte sich auf Dinahs Bett gelegt, sie hatte offensichtlich geweint.

»Hast du Rodenstock gefunden?«

Sie schüttelte den Kopf. »Baumeister, hat er jemals von Selbstmord gesprochen?«

»Ja«, sagte ich. »Aber der Anlaß paßte. Das war, als seine Frau gestorben war. Da hat er wohl die ganze Hausapotheke leer gefressen. Warum sollte er sich umbringen? Er hat doch dich.«

»Ich reiche nicht«, sagte sie.

Ich widersprach nicht, weil sie recht hatte. »Hat er über Schmerzen geklagt? Oder über irgendwelche körperlichen Beschwerden?«

»Nein.« Sie schüttelte den Kopf. »Wieso bewegst du dich wie ein Dieb in der Nacht?«

Ich berichtete in groben Zügen, was mir widerfahren war, und konnte sie für einige Momente aus ihrer Erstarrung herausholen. Sie wurde energisch, straffte sich, stand auf. »Ich mache uns einen starken Tee.«

»Einen Augenblick. Erklär mir das bitte noch einmal. Ich meine, das mit Rodenstocks Impotenz.«

Sie seufzte tief. »Schließlich ist er eine lange Weile über Sechzig. Und Impotenz ist Impotenz. Und ich bin eine lange Weile über Fünfzig und manchmal eben auch so etwas wie impotent. Ich habe der Sache keine Bedeutung beigemessen. So etwas passiert, dann kann man lächeln und weiterleben. Aber er nahm es schrecklich ernst, weil er sein Leben lang wohl niemals impotent gewesen ist. Er sagte: Jetzt fange ich an zu versagen. Und wurde stumm. Das passierte, glaube ich, drei- oder viermal. Schließlich verschwand er. Werden wir ihn finden?«

»Ich glaube, ich finde ihn.«

»Und wenn er nicht mehr lebt?«

»Das will ich nicht denken.«

»Aber wir müssen das denken.«

»Ja, wir müssen«, gab ich zu. »Aber ich glaube trotzdem nicht, daß er so einfach geht. Laß mich etwas versuchen, denn ich vermute, daß er zutiefst verwirrt ist. Jemand wie er kann sämtliche menschliche Schwächen verstehen, begreifen und einkalkulieren. Eine eigene Schwäche nicht.«

»Und was willst du tun?«

»Laß es mich tun, dann sage ich dir, ob ich recht hatte.«

Sie nickte und ging an mir vorbei durch den Flur in die Küche. Im Vorbeigehen streichelte sie Dorothees Gesicht. »Sie sind lieb«, murmelte sie weich, und Dorothee war etwas verwirrt.

»Wo sind denn die Katzen?« fragte ich.

»In der Besenkammer«, erklärte sie. »Das Kellerfenster sollte doch für dich offen sein, oder?«

»Laß sie raus«, grinste ich und ging in das Wohnzimmer.

Es fiel mir schwer, mich zu konzentrieren. Zu aller Hektik kamen auch noch die Katzen angerannt und sprangen mir auf den Schoß, weil ich seit mindestens drei Ewigkeiten verschwunden war.

Rodenstock hatte Krebs. Alterskrebs, hatten die Ärzte gesagt. Sie hatten aber auch betont, damit könne er uralt

125

werden. Ich versuchte mich zu erinnern, in welchem Krankenhaus er behandelt worden war. Er hatte es erwähnt, aber ich hatte es vergessen. Ich wußte aber noch ziemlich genau, daß er sich in Trier hatte behandeln lassen, und also tippte ich auf das Brüder-Krankenhaus, eine höchst katholische, fachlich gute Einrichtung. Ich rief dort an und verlangte mit der bei Journalisten so beliebten Selbstverständlichkeit: »Kann ich bitte einen Oberarzt im Bereich der Krebsbehandlung sprechen?«

»Da haben wir mehrere«, sagte eine Dame in der Vermittlung hoheitsvoll.

»Ich brauche nur einen«, sagte ich. »Es geht um einen Patienten. Er heißt Rodenstock.«

»Sind Sie ein Verwandter?«

»Junge Frau«, tönte ich lieblich, »Herrn Rodenstock habe ich nicht verlangt. Ich habe auch nicht gefragt, was er hat. Ich habe auch nicht gefragt, ob er überhaupt noch lebt. Ich will einen Oberarzt der Abteilung sprechen. Und zwar jetzt und nicht erst nach einem Quiz mit Ihnen. Klar?«

»Du lieber Gott«, begann sie, um mir einen Vortrag zu halten.

»Ich weiß nicht, ob der sich eingeschaltet hat. Geben Sie mir die Abteilung, die Oberschwester. Oder den Arzt direkt.«

»Das geht aber nicht so einfach, wenn Sie kein Anverwandter sind.«

»Oh Gott«, murmelte ich, »ihr Deutschen seid wirklich furchtbar. Rodenstock ist ein Freund, hat kaum noch Verwandte, will sicher mit mir sprechen, und ich kann erst in ein paar Tagen kommen, und im übrigen ...«

»Also, ich gebe Ihnen die Abteilung«, säuselte sie honigsüß.

»Na, das ist doch schon was.«

Dann kam Musik. So etwas wie »Freude schöner Götterfunken ...«

»Kirsch hier.« Kirsch war ein Mann. »Was kann ich für Sie tun?«

»Wahrscheinlich gar nichts«, sagte ich. »Ich möchte mit

meinem Freund Rodenstock sprechen. Und sagen Sie
bitte nicht, daß der unters Datenschutzgesetz fällt. Er
wird Ihnen die Eier abreißen, wenn Sie mich nicht verbinden.«

»Wie bitte?« Kirsch war entsetzt.

»Tut mir leid. Kann ich mit Rodenstock sprechen? Wie
geht es ihm? Und noch etwas, damit Sie mir glauben:
Rodenstock ist ein älterer freundlicher Herr mit Brille
und weißen Resthaaren, nicht übergewichtig, aber mit
leichtem Bauch. Wirkt ungeheuer freundlich, ist auch
freundlich, kann aber messerscharf denken, was Ihnen
als Chirurg gefallen müßte – wenn Sie überhaupt ein
Chirurg sind. Er hat, das ist mal sicher, Hodenkrebs, der
als Alterskrebs bezeichnet wurde. Er ist Kriminalrat a. D.,
leitete die Mordkommission in Trier und vernachlässigt
sich sträflich.«

»Ich kann Ihnen nicht einmal sagen, ob wir einen derartigen Patienten haben.« Kirsch lachte leise. »Aber so
Patienten hätte ich gern, das gebe ich zu. Also: Was wollen Sie wirklich?«

»Ich suche ihn, ich suche ihn dringend. Da gibt es eine
Frau, die pausenlos heult. Und ich brauche ihn, weil ein
Mordfall ansteht und er mir helfen soll. Und ich denke,
er hat dem Personal bei euch den Befehl erteilt, so zu tun,
als sei er gar nicht vorhanden, und vor allem keine Besucher zuzulassen. Das läuft aber nicht. Der Mann wird
gebraucht. Ich vermute sowieso, daß er Ihnen Rätsel auf-
gibt. Denn wahrscheinlich steht sein Krebs, ist akut keine
Gefahr, nur der Mann ist vollkommen durcheinander,
melancholisch bis depressiv. Möglicherweise hat er erzählt, daß er mit einer Frau schlafen wollte und nicht
konnte und daß er deshalb glaubt, es gehe dem Ende zu.«

»Reden Sie immer soviel?«

»Nein. Außer, es geht um Rodenstock. Also: Ist er bei
Ihnen? Und ist er in Gefahr?«

»Ob er hier ist, weiß ich nicht, darf ich nicht wissen. In
Gefahr ist er nicht. Reicht das?«

»Das reicht. Danke schön. Liegt der Mann überhaupt,
oder spaziert er einfach nur herum?«

127

»Wir haben ihm ... Also, sagen wir mal so: Er ist, soweit ich das beurteilen könnte, wenn ich den Mann zu behandeln hätte, nach Ihren Schilderungen durchaus nicht bettlägerig zu nennen. Nun ist es aber gut.«

»Danke schön«, wiederholte ich und hängte ein. Ich lobte lautlos meine zuweilen jesuitische Denkweise und legte dann eine CD von Giora Feidmann ein. Er ist, soweit ich weiß, der einzige Jude auf der Welt, der in der Philharmonie zu Köln dem Publikum sagte, Musikstücke seien im Grunde wie Blumen und niemals führten sie Krieg – und dann das Deutschlandlied auf der Klarinette blies, leise, verhalten, mit ganz sanfter Begleitung, eben ein Quartett von Haydn. Ich stellte die Lautsprecher bis zum roten Strich auf, es klang pompös, und falls draußen die Herren Geheimdienste es hörten und sich wunderten, so war mir das scheißegal. Dann wählte ich das Ave Maria und ließ den Feidmann verhalten jubeln. Emma kam herein und fragte etwas streng: »Feierst du irgendwas?«

»Ich feiere«, nickte ich. »Rodenstock ist auferstanden, Mädchen, ich habe ihn erwischt.«

»Wo ist er?« fragte sie explosiv. Dann schloß sie die Augen und schüttelte den Kopf. »Will ich jetzt gar nicht wissen. Geht es ihm gut?«

»Es geht ihm gut.«

»Wo ist er denn?«

»Im Krankenhaus in Trier.«

»Was hat er?«

»Eigentlich nichts. Oder eigentlich viel. Das mit der Impotenz, weißt du, das hat ihn wahrscheinlich geschmissen. Ihr Frauen könnt das nicht nachvollziehen. Er hat wohl gelitten wie ein Tier ...«

»Baumeister, hör auf. Ich will mich ja bessern ...«

»Das mußt du nicht mir sagen. Sag es ihm.«

»Werde ich.« Sie hatte Tränen in den Augen. »Kennst du das Lied der Shoa, das, was sie in den Ghettos und Vernichtungslagern gesungen haben? Das von Jossel Rackover?«

Ich antwortete nicht, und sie neigte den Kopf. »Und das sind meine letzten Worte an dich, mein zorniger

128

Gott: Es wird dir nicht gelingen! Du hast alles getan, damit ich nicht an dich glaube, damit ich an dir verzweifle! Ich aber sterbe, genau wie ich gelebt habe, im felsenfesten Glauben an dich: Höre Israel, der Ewige ist unser Gott; der Ewige ist einig und einzig. – Hast du das jemals gehört, Baumeister?«

»Nein. Vor allem nicht von der stellvertretenden Polizeipräsidentin von s'Hertogenbosch. Es ist schön, es ist sehr schön aufmüpfig, und heute habe ich meinen jüdischen Abend.«

»Du wirst gleich wieder hinausgehen ins feindliche Leben, nicht wahr?«

»Ja, ich verschwinde gleich. Und du fährst morgen nach Trier ins Brüder-Krankenhaus. Da ist er. Der Oberarzt heißt Kirsch.«

»Ist er a Jud?«

»Das glaube ich weniger.«

»Was sage ich, wenn Dinah anruft?«

»Sag ihr, was los ist. Und sag Rodenstock, ich kann ihn verstehen, aber er soll gefälligst seinen feisten Arsch heben und zur Arbeit erscheinen.«

Weil sie sich nicht entscheiden konnte zwischen Lachen und Weinen, wurde es ein Zwischending und klang streckenweise wie Giora Feidmanns Klarinette.

Draußen ging langsam der Tag zur Neige, wenngleich das Licht noch hell und hart war. Ich packte mir Unterwäsche und anderen Kram ein, sagte auf Wiedersehen und kletterte zum Kellerfenster hinaus. Emma würde im Haus bleiben, und Germaine würde hoffentlich auf mich warten – samt Renés Handy. Und – so hoffte ich – bald würde Rodenstock kommen und einsteigen, sämtliche Bedenken beiseite fegen und – schwupp – den Mörder am Haken haben.

Es ist ein Kreuz mit mir: Niemals bin ich in der Lage, wirklich erwachsen zu denken, immer bin ich viel zu naiv, und tagaus, tagein glaube ich daran, daß alle Menschen ernsthaft eine Chance haben. Ja, und nicht zu vergessen: Irgendwann würde Dinah heimkommen und so tun, als sei sie niemals fort gewesen. So strickte ich mir meine eigene kleine Welt – ohne Träume läuft eben nichts.

Germaine war noch nicht da, aber ich brauchte nicht länger als zehn Minuten über das Tal auf das Dorf und Dreis zu gucken, bis sie heranrollte und mit dem Handy winkte, als sei es der Skalp unseres Feindes.

»Ich soll dich schön grüßen, und du sollst keinen Scheiß bauen, sagt René. Wie ist es dir ergangen?«

»Eigentlich gut. Rodenstock ist aufgetaucht. Aber jetzt gib mir das Handy. Ich muß die Dame vom *Spiegel* anrufen, ich will wissen, was das blöde Bundesamt für Fernmeldewesen für eine Aufgabe hat.«

»Jetzt? Der Tag ist doch längst zu Ende.«

»Nicht für das bekannte Magazin in Hamburg«, widersprach ich.

»Das Magazin aus München ist mir aber lieber«, murmelte sie süffisant grinsend.

»Für Leute, die Strichmännchen ohne jeden Hintergrund lieben, reicht das Ding auch«, entgegnete ich von oben herab. Dann rief ich die Redaktion in Hamburg an und verlangte Karin Schwarz.

Sie meldete sich mit »Gott sei Dank. Ich habe auf Ihren Anruf gewartet«.

»Ich konnte nicht eher. Ich arbeite etwas eng.«

»Halten wir uns also nicht auf. Haben Sie was zu schreiben? Kann ich loslegen?«

»Ich schreibe nichts auf. Legen Sie los.«

»Also, das Bundesamt für Fernmeldewesen ist eine nationale Behörde und zuständig für alles, was mit Fernmeldewesen eigentlich und uneigentlich zu tun hat. Walkie-talkies bei der Bundeswehr sind ebenso gemeint wie hochkomplizierte elektronische Sprechverbindungen des Auswärtigen Amtes zu den einzelnen Botschaften oder das gesamte Funksystem der Länderpolizeien oder des gesamten Technischen Hilfswerkes. Funk und Fernsehen fallen auch in die Zuständigkeit des Amtes, das auch Frequenzbereiche steuert und verteilt. Das geht hin bis zu ganz komplizierten Sende- und Empfangseinrichtungen aller Geheimdienste. Ich habe mich natürlich auf Berührungspunkte mit dem General konzentriert. Der Mann war meiner Kenntnis nach einer der höchsten Soldaten auf diesem Planeten überhaupt, zuständig für die Logistik der NATO. Meinen Unterlagen nach war er aber auch zuständig, zusammen mit einem Amerikaner, für den Geheimdienst der NATO. Und er war auch ein Verbindungsmann der NATO zum Nationalen Sicherheitsrat der Amerikaner – mit anderen Worten, er saß in dem Gremium, das die NSA steuert, den sozusagen obersten nationalen Geheimdienst, der alle wichtigen Daten auf der Welt sammelt und vor allem die eigenen angeschlossenen Dienste bedient: CIA, das FBI und so weiter und so fort. Sind Sie bis jetzt mitgekommen?«

»Alles klar, weiter.«

»Der General ist tot. Mir ist gesagt worden, daß irgendwelche Leute, die diesen Tod untersuchen, vor allem nach einem Papier gefahndet haben, das eben vom Bundesamt für Fernmeldewesen stammen soll. Ist das richtig, oder bin ich falsch informiert?«

»Die Information ist richtig. Der General soll ein Dokument, ungefähr dreißig DIN A4-Seiten lang, in Besitz gehabt haben. Was in dem Dokument steht oder stehen könnte, weiß ich nicht. Deshalb meine Anfrage an die Dokumentation: Wo liegt eine mögliche Schnittstelle?«

»Gute Frage«, antwortete Karin Schwarz mit etwas erschöpfter Stimme.

»Es gibt mehrere Schnittstellen, die denkbar sind. Ich erzähle jetzt von der wahrscheinlichsten, kann aber natürlich nicht sagen, ob die in unserem Fall wirklich zutrifft. Wenn Sie den Gegencheck gemacht haben und nicht weiterkommen, offeriere ich Ihnen andere Möglichkeiten. Ist das so recht?«

»Das ist sehr recht. Also los mit der Nummer eins!«

Statt irgendwelches Fachwissen rein sachlich zu referieren, fragte sie etwas hinterhältig: »Welche deutsche Einrichtung wußte 1968 lange vor jedem Spion der Amerikaner vom Einmarsch der Russen und der DDR-Truppen in die damalige Tschechoslowakei?«

»Ich mag keinen Quiz«, nörgelte ich.

Sie lachte. »Es war das Fernmeldebataillon der Bundeswehr, das in Daun in der Eifel stationiert ist. Passierte der Mord nicht auch in der Eifel?«

»Ist das Ihr Ernst?«

»Mein voller Ernst. Man nennt dieses Fernmeldebataillon auch die musikalischste Truppe in Deutschland. Das ist ein höchst elitärer Zirkel, und alle Angehörigen dieses Zirkels verfügen über das absolute Gehör.«

»Moment mal. Das mit der Tschechoslowakei 1968 ist ja sehr interessant, aber der Mann wurde vor drei Tagen getötet, nicht vor fast dreißig Jahren.«

Sie lachte wieder. »Haben Sie Geduld, der Kreis schließt sich gleich. Das Antennenfeld dieser Fernmeldeeinheit ist das mit Sicherheit modernste, was man in dieser Technik auf der Erde kaufen kann. Die wirklichen Kosten der sechs Masten sind nicht bekannt, sie wurden erst 1996 vollkommen erneuert, falls Sie das ...«

»Das weiß ich. Schließlich muß der ganze Landkreis Daun ständig daran vorbei. Die haben auch so dämliche Schilder überall aufgehängt. Der Standortälteste teilt mit, daß das ein militärischer Sicherheitsbereich ist, daß notfalls geschossen wird und daß kein Mensch fotografieren darf. Das hat zur Folge, daß besonders Pennäler die Schilder gern klauen und daß besonders viel fotografiert wird. Entschuldigung, ich wollte Sie nicht unterbrechen ...«

»Macht nix. Also, diese Einrichtung verbuchte 1968 für sich den Erfolg, als erste Abhöranlage des Westens den Einmarsch des Ostblocks in die Tschechoslowakei eindeutig zu verifizieren. Und derartige Erfolge setzten sich systematisch fort. Die Anlage war auch aktiv im Spiel, als die Amerikaner den Golfkrieg führten und die Logistik im wesentlichen aus Deutschland kam. Natürlich hat mich gereizt, festzustellen, warum man 1996 so viele Millionen in eine neue Antennenanlage investiert hat, obwohl weder das Verteidigungsministerium noch die Bundesregierung Geld haben. Eigentlich ist der Staat pleite, wieso also beim Fehlen des Lieblingsfeindes im Osten ein derartiges Verbuttern von Steuergeldern? Die

132

Antwort ist ganz einfach: Die Bundeswehr arbeitet in Daun, in eurer schönen Vulkaneifel, auch für andere Auftraggeber. Zum Beispiel für die NATO, zum Beispiel aber auch für den BND, also für diese Schlapphüte in Pullach. Und derartige Einsätze werden überwacht und gesteuert vom Bundesamt für Fernmeldewesen. Das ist natürlich an den Ergebnissen überhaupt nicht interessiert, sondern nimmt nur die Interessen beider Partner wahr. Ist das nachvollziehbar?«

»Ja, ist nachvollziehbar. Wie läuft so was ab?«

»Zunächst muß man wissen, was diese Anlage technisch leisten kann. Nehmen wir einfach einmal den Krieg in Ex-Jugoslawien. Die Anlage in Daun kann jedes Gespräch zwischen zwei Panzerkommandanten abhören, jedes Gespräch zwischen zwei Artillerieeinheiten, jedes Gespräch, das streckenweise drahtlos läuft – also auch alle Morsegespräche. Technisch ist das ein Höchstleistungszentrum.« Sie kicherte. »Selbstverständlich habt ihr in der Eifel keine Ahnung, was da auf dem Berg nördlich von Daun abläuft. Und das ist auch durchaus beabsichtigt.«

»Zwischenfrage. Dieses Amt für Fernmeldewesen ist also der Knotenpunkt? Das heißt, wenn der BND was wissen will, was nur die Dauner rausfinden können, schaltet er das Amt ein, und das gibt den Auftrag an die Bundeswehr in Daun?«

»Sie haben es begriffen. Wissen Sie etwas von den dienstlichen Aufträgen des Generals?«

»Nicht das Geringste. Er war ein guter Bekannter. Wir haben über die Eifel und über Glockenunken diskutiert, niemals über Dienstliches.«

Sie schwieg eine Weile. »Ich habe einen Informanten in der Bundeswehr. Auf der Hardthöhe in Bonn. Der erzählte mir, daß der General sehr oft in Daun war. Und zwar immer, wenn er sich in seinem Jagdhaus aufhielt. Das wußten Sie wohl nicht?«

»Das wußte ich nicht, das zu wissen war für mich auch gänzlich unwichtig. Wenn man im privaten Bereich des Generals herumschnüffelt und nach einer kleinen Akte des Bundesamtes für Fernmeldewesen sucht – was heißt das für die Fachfrau?«

»Gute Frage. Ich weiß es nicht. Würde ich es wissen, hätten wir wahrscheinlich die Lösung für die drei Morde. Fest steht nur: Der General wurde umgebracht. Zwei mögliche Zeugen wurden ebenfalls getötet. Dieselben Leute von den Geheimdiensten, die sich um Aufklärung des Falles bemühen, durchsuchen das Haus des Generals. Sie suchen nach einer Akte, die vom Bundesamt für Fernmeldewesen stammen soll. Das läßt den Schluß zu, daß der General etwas wußte, was er nicht wissen durfte, nicht wahr?«

»Warum sollte er etwas nicht wissen dürfen?«

»Weil er mit einem unserer Redakteure ein Date hatte und davon überzeugt war, nie mehr an seinen Schreibtisch in Brüssel zurückkehren zu können. Wenn es stimmt, daß diese DIN A4-Seiten ein Hammer sind, daß man deswegen nach ihnen sucht und daß man beim General nach ihnen sucht, dann kann man sich vorstellen, daß es eine Art Vorschlaghammer sein muß ...«

»Einspruch, Euer Ehren. Wenn diese Seiten ein Vorschlaghammer sind, existiert im Amt für Fernmeldewesen todsicher eine Kopie. Und bei der Bundeswehr in Daun auch. Oder?«

»Habe ich auch überlegt. Was ist, wenn die dreißig Seiten zwar in Kopie vorliegen, aber so brisant sind, daß sie zu den absoluten Geheimhaltungs-Akten gehören? Dann liegen sie in Panzerschränken, oder? Und niemand wird sie herausrücken beziehungsweise überhaupt erwähnen, daß es sie gibt. Die Leute bei der Bundeswehr und die Leute beim Bundesamt reden ja nie vom Auftraggeber Bundesnachrichtendienst. Sie sprechen immer nur von unserem Partner im Süden. Denken Sie daran, daß Geheimhaltungsspezialisten alle irgendwie paranoid sind. Was ist, wenn diese Akte etwas enthält, dessen Tragweite der Verwalter der Akten gar nicht ahnt, dessen Tragweite der General aber begriffen hat?«

»Ach, du lieber Gott«, murmelte ich. »Das kann sein, das könnte sein. Und er hatte sich entschlossen, das in

134

die Öffentlichkeit zu bringen, was bedeutet, daß die Schweinerei sehr groß ist.«

»Richtig.«

»Das Bundesamt für Fernmeldewesen gibt aber keinerlei Auskunft?«

»Keine. Wir müssen irgendwie herausfinden, wann der General zum letzten Mal in der Kaserne in Daun war und was sich dort abgespielt hat.«

»In Daun sind Spezialisten, die Stimmen erkennen und Morsesprache zuordnen können?«

»Genau das.«

»Wieso sprechen Sie eigentlich so nett über die Vulkaneifel?«

»Weil ich im vorigen Jahr dort war«, sagte sie. »Im Herbst. Es war traumhaft schön. Viel Glück. Und passen Sie auf sich auf.«

»Mache ich«, murmelte ich und trennte die Verbindung. Ich wählte sofort die private Nummer von Heike Schmitz und hatte Glück.

»Baumeister hier. Schreiben Sie sich die Nummer auf, bitte.« Ich diktierte sie ihr.

»Ich dachte, Sie seien schon verhaftet«, meinte sie. »Sie müssen aufpassen, Ihre Verfolger wissen jetzt, daß Sie in Ihrem Haus waren, und sie sind furchtbar angeschissen worden, daß Sie denen ständig durch die Lappen gehen.«

»Wo sind sie jetzt?«

»Weiß ich nicht genau. Sie müssen damit rechnen, daß mindestens sieben Autos hinter Ihnen her sind. Haben Sie irgend etwas Neues?«

»Ja. Eine Menge. Ich rufe Sie in der Nacht an.«

»Geht nicht mehr«, erwiderte sie. »Ich glaube nicht, daß mein Anschluß noch koscher ist. Gehen Sie raus. Ich finde schon einen Weg.« Es klickte.

»Laß mich fahren«, sagte ich, und erst jetzt fiel mir auf, daß Germaine sehr still war. Sie hockte hinter dem Lenkrad und schlief ganz fest. Sie wurde kaum wach, als ich sie anstieß, aber sie verstand sofort, daß ich ans Steuer wollte. Also rutschte sie auf den Nebensitz und war schon wieder eingeschlafen, als ich wendete und den

135

Weg am Waldrand entlang auf die Straße nach Bongard zurollte. Wenn es sieben Autos waren, hatte ich kaum eine Chance, und obwohl ich die Landkarte dieser Region im Kopf habe, blätterte ich den Atlas auf. Wie konnte ich mich nach Meckenheim-Merl durchschlagen, ohne geortet, ohne gesehen zu werden? Wahrscheinlich wußten sie inzwischen auch, daß wir einen schwarzen Ford Fiesta fuhren. Es sah sehr trübe aus, denn ich konnte auch nicht mehr einfach durch das Gelände fahren, weil es bald dunkel sein würde.

Ich bremste scharf, um nicht zu nahe an die Straße von Brück nach Bongard zu rutschen, und fuhr unter eine Kieferngruppe. Ich hatte gar keine Wahl, ich mußte mich mit dem dicken Meier in Verbindung setzen. Die Frage war nur: War dieser Fall wichtig genug für ihn, daß er jetzt am späten Abend noch im Amt war?

Der Fall war wichtig genug. »Baumeister!« jammerte er. »Sie machen mir Kummer, verdammt noch mal. Sie recherchieren.«

»Und Sie jagen mich wie einen alten Feldhasen. Gleich mit sieben BMWs. So was macht ein anständiger Mensch doch nicht. Und warum jagen Sie mich, warum denn nicht die anderen Kolleginnen und Kollegen, die auch recherchieren? Warum nicht die vom *Spiegel*? Warum nicht die vom *Focus*, von der *Süddeutschen*, von *Bild*. Warum mich?«

»Wir wissen ziemlich genau, was wir tun«, sagte er muffig.

»Genau die Fähigkeit ist Ihnen abhanden gekommen. Schon die Meldung, der General hätte sich versehentlich mit dem eigenen Jagdgewehr erschossen, war einfach hirnrissig. Warum jagen Sie ausgerechnet mich? Ich weiß, ich weiß, weil Sie ihre miese kleine Macht ausprobieren wollen. Sie wollen ein Exempel statuieren, Meier, sonst nichts. Ansonsten hocken Sie im Keller, halten die Augen geschlossen und hoffen, daß es bald vorbei sein wird. Warum, um Gottes willen, haben Sie das Jagdhaus so verwüstet? Ich weiß, ich weiß, Sie suchten die Akte vom Amt für Fernmeldewesen, aber warum suchten Sie

sie ausgerechnet dort? Der General paßte Ihnen nicht in den Kram, das ist klar. Aber deshalb müssen Sie ihn doch nicht gleich für dämlich halten ...«

»Woher wissen Sie das mit der Akte?« Er klang heiser.

»Ich recherchiere, Meier, ich recherchiere. Sie klingen wie eine Jungfrau, die keine mehr sein will. Sie klingen erbärmlich wie manchmal Nobbi Blüm.«

»Ich habe Sie was gefragt. Woher wissen Sie von der Akte?« Er brüllte fast.

»Aus Brüssel weiß ich das«, log ich. »Glauben Sie im Ernst, ich lasse Anrufe in Brüssel aus? Der General hat seinen Schreibtisch ausgeräumt, Meier, der General wollte gar nicht mehr an seinen Arbeitsplatz zurückkehren. Der General muß aus der Akte den Schluß gezogen haben, daß er gar nicht mehr nach Brüssel zurückkehren konnte. Und wenn man den Inhalt der Akte kennt, muß man zugeben, daß er absolut recht hatte. Sind wir uns da einig?«

»Was steht denn drin?« fragte er tonlos.

»Fragen Sie doch die Leute von der Bundeswehr im Fernmeldebataillon in Daun. Oder soll ich das für Sie erledigen?«

Er schwieg, schnaufte nur in seinen Hörer. »Ich möchte Sie treffen«, sagte er schließlich erschöpft.

»Dann pfeifen Sie Ihre Truppe zurück. Sagen Sie Ihren Jungs, sie sollen die Karren in die Garagen fahren. Ganz abgesehen davon, kriegen die mich sowieso nicht.«

»Gut. Wann können wir uns sehen?«

»Ich rufe Sie an. Und pfeifen Sie Ihre Jungens jetzt zurück. Nicht erst in einer Stunde oder so. Sie haben einfach die schlechteren Karten. Such is life.«

Ich machte das Handy aus, startete den Wagen und fuhr auf die Straße nach Bongard. Germaine schlief tief und fest.

Als ich durch die Senke rauschte, an der rechter Hand das Wildschweingehege liegt, aus dem die Kneipen mit Wild versehen werden, sah ich einen schwarzen BMW rechts mit der Schnauze zur Straße in einem Waldweg stehen. Ich wurde langsam und fuhr gemütlich daran vorbei, winkte den beiden Insassen zu. Man soll seine Feinde bei passender Gelegenheit trösten, auch wenn ihnen das gar nicht recht ist.

Langsam wurde es dunkel, und noch immer war es sehr warm. Die Kalenborner Höhe hinauf, hinter Altenahr, mußte ich kriechen, weil ich den LKW vor mir nicht überholen konnte.

Germaine war plötzlich wach. »Wo sind wir?«

»Gleich da.«

»Werden wir eigentlich nicht verfolgt?«

»Im Augenblick nicht.« Ich berichtete ihr, was sich getan hatte. »Ich hoffe nur, daß wir in das Haus des Generals reinkommen.«

»Sicher kommen wir rein«, murmelte sie. »Ich habe doch einen Schlüssel.«

Wir rauschten auf die Autobahn 565, und ich nahm die erste Abfahrt nach Merl. Germaine leitete mich nach links, dann gleich wieder nach rechts in das neue Bebauungsgebiet, das ungefähr so heimelig wirkt wie das Eisfach in meinem Eisschrank.

»Wieso hat er sich hier einquartiert?«

»Weil hier ausschließlich Leute aus den Bonner Ministerien hausen. Das garantierte ihm eine bestimmte Anonymität. Jetzt einmal rechts, dann zweimal links, dann kommt ein Parkplatz, da stellen wir uns ab.«

»Wie oft warst du hier?«

»Ich weiß es nicht, ich habe es nicht gezählt. Zehnmal, fünfzehnmal. Ich habe ihn hier nur einmal getroffen, aber ich habe mit Homer und auch allein oft hier geschlafen, wenn wir ins Auswärtige Amt mußten oder einfach in Deutschland waren.«

Wir stiegen aus und betraten einen schmalen Fußweg, der zwischen zwei Häusern entlang führte. Die Häuser wirkten allesamt wie aus Beton gegossene Würfel, phantasielos und fadenscheinig.

Im ersten Haus hockte eine große Runde um einen Tisch mit vielen Windlichtern. Sie machten erheblichen Krach und waren sehr ausgelassen. In den folgenden Häusern, es waren acht auf jeder Seite, war offensichtlich niemand, weder im Garten noch in den Häusern. Nirgendwo brannte Licht.

»Das ist aber komisch«, murmelte Germaine und steuerte das letzte Haus auf der linken Seite an.

»Das ist komisch«, nickte ich.

Wir liefen durch einen kleinen Vorgarten, der gänzlich mit einem Bodendecker überwuchert war.

»Er mochte nicht mal den Garten«, erklärte Germaine knapp. Sie schloß die Haustür auf.

Gleich rechts ging es in einen großen Wohnraum.

»Wie gehabt«, sagte ich und starrte auf die Verwüstung. »Nimm den Fotoapparat und fotografier das Ganze. Bitte, jeden Raum.«

»Mache ich doch«, sagte sie. »Scheiße, Scheiße! Die gottverdammten Männerspiele.«

Sie hatte recht, und ich sagte nichts.

Die Schnüffler hatten hier noch gründlicher gearbeitet als im Jagdhaus in der Eifel. Und offensichtlich waren sie auch gezwungen gewesen, leiser zu arbeiten. Sie hatten die Buchregale nicht einfach umgekippt, sondern umgelegt. Der Wasserkasten der Toilette im Bad war nicht einfach von der Wand gerissen, sondern abgeschraubt. Im Wohnraum unten und in zwei Zimmern oben hatten sie sogar an einigen Punkten das Parkett im Fußboden aufgebrochen.

»Die sind doch krank«, sagte Germaine von irgendwoher zornig. Das Blitzlicht der Kamera zuckte über die Wände. »Findest du es nicht komisch, Baumeister, daß in den Häusern nebenan und gegenüber kein Mensch ist?«

»Die Leute machen Urlaub«, sagte ich.

»Aber es sind doch gar keine Schulferien.«

»Vielleicht leben hier nur Singles. Bei denen geht Urlaub immer.«

»Nein, ich kenne hier drei Familien mit Kindern.«

»Vielleicht sind die Eis essen?«

»Du nimmst mich nicht ernst.«

»Doch, ich nehme dich sogar sehr ernst. Wo war das Arbeitszimmer vom General?«

»Wo bist du jetzt?«

»Oben links.«

»Dann geh nach oben rechts. Da arbeitete er. Da muß auch ein Schreibtisch stehen. Ein uralter sogar, ein wertvoller. Bauhaus Dresden 1920, oder so was.«

Ich sah den Schreibtisch. Er lag auf der Platte, und zwei Beine waren abgebrochen. Die beiden Schubfächer rechts und links waren herausgezogen und thronten leer auf einem Haufen Bücher. In einer Wandnische gab es sogar einen kleinen, eingemauerten Safe, dessen kleine Tür aufgebrochen war. Der Safe war leer.

»Hat er den Safe benutzt?«

»Nie«, kam Germaines Antwort von unten. »Er fand so etwas lächerlich. Aber das Ministerium bestand auf diesen Safe für den Fall, daß er geheime Akten zu Hause haben sollte.« Ich hörte, wie sie die Treppe hinaufstieg.

»Er hat immer gesagt, daß die Deutschen, was Geheimhaltung angeht, schlicht krank sind. Ich fotografiere das Ding mal.« Sie lichtete den Safe ab. »Wir suchen also eine Akte, die rund dreißig Seiten stark ist. Kann es nicht sein, daß er die Akte gelesen und dann einfach vernichtet hat, um niemanden, und sich selbst auch nicht, in Gefahr zu bringen?«

»Ja, natürlich«, bestätigte ich. »Aber trotzdem sind die Aufklärer wie verrückt hinter seinem Exemplar her. Und das kann bedeuten, daß es ein nicht numeriertes Exemplar ist. Das wiederum hieße, der General hatte Helfer. Irgendwo. Wahrscheinlich bei der Bundeswehr, wahrscheinlich in diesem Bundesamt für Fernmeldewesen.«

»Wieso numeriert? Das verstehe ich nicht.«

»Wenn etwas streng geheim ist, wird es nur denen gegeben, die es wissen müssen. Diese Kopien sind numeriert, so daß Verwechslungen nicht vorkommen können und kein Unbefugter darüber verfügen kann.«

»Aha.« Sie hockte sich auf einen Haufen Bücher und spielte mit einer ledernen Schreibtischunterlage herum. »Wir müssen herausfinden, wann Otmar zum letzten Mal bei der Bundeswehr in Daun war.«

»Richtig. Wir brauchen einen Kontakt dorthin. Da, unter dem Leder klebt ein Stück Papier. Was steht drauf?«

Sie nahm den DIN A4-Bogen und las: »Hier steht: ›Ewald Herterich, zur Zeit 64502 Saint-Jean-de-Luz, Frankreich, Biskaya. Rufnummer liefert er nach.‹«

»Und da steht einwandfrei Ewald Herterich?«

»Einwandfrei.«

»Hat er mal über diesen Ewald Herterich mit dir gesprochen?«

Sie schüttelte den Kopf. » Der Name ist mir neu.«

»Fotografiere sicherheitshalber den Zettel, und steck ihn dann ein. Ausgerechnet Herterich.«

»Wieso? Kennst du ihn?«

»Ja. Er war ein Bundestagsabgeordneter, der in Ex-Jugoslawien in die Luft gesprengt wurde. Er war dort für die UNO Verwalter einer Stadt. Ich kannte ihn gut. Wieso eine französische Adresse? Kannst du dich daran erinnern, ob der General in diesem Jahr in Frankreich war?«

»War er. Das weiß ich sicher. Er erzählte allerdings nicht, wo er war. Moment, jetzt fällt mir ein, daß es privat gewesen sein muß. Er fuhr mit seinem Porsche. Aber nur ein paar Tage. Wieso bist du so blaß?«

»Ich? Blaß? Wohl kaum. Das Licht hier schmeichelt mir nicht. Laß uns gehen.«

»Wir sollten aber noch nachforschen, wieso in diesen ganzen Häusern niemand ist und kein Licht brennt. Irgend etwas stimmt hier nicht, Baumeister.«

»Ja, ja, machen wir«, murmelte ich. Wieso Ewald Herterich? Was hatten Herterich und der General miteinander zu tun? Und: Hatten die Geheimdienstleute die Adresse gefunden? Oder nicht? Ich plädierte dafür, daß sie sie übersehen hatten. Die Jungs des dicken Meier hatten mit Sicherheit einen Riesenfehler gemacht.

Wir schlenderten die Straße entlang zum Parkplatz zurück und kamen an dem Haus vorbei, in dessen Garten die fröhliche Runde tagte. Am Kopfende des Tisches mit dem Gesicht zu uns saß ein feister Mann, der offensichtlich gerade die Pointe eines Witzes erzählte und selbst am meisten drüber lachte. Er hatte eine vom Rötlichen ins nahezu Violette laufende Gesichtsfarbe und würde wahrscheinlich demnächst seinem Bluthochdruck erliegen.

Ich mußte ein lächerliches Gartentor öffnen, das mir bis zur Wade reichte. Dann ging es über einen schmalen, mit Kunststeinplatten belegten Weg durch einen super- kurz geschnittenen Rasen, in dem zwei Rhododendren ein karges Leben fristeten.

»Guten Abend«, sagte ich höflich. »Können Sie uns vielleicht weiterhelfen?«

Der bullige, rotgesichtige Mann grölte: »Na, sicher doch. Kommet her zu mir, die ihr einsam und verloren seid. Ha, ha, ha.«

»Wir sind fremd hier«, sagte ich. »Wir hatten eine Ein- ladung zu General Ravenstein, letztes Haus auf der lin- ken Seite. Aber unverständlicherweise ist er nicht in sei- nem Haus. Der Nachbar gegenüber, die Nachbarn rechts und links sind auch nicht da. Wir verstehen das nicht so ganz ...«

»Kein Mensch ist da!« grölte der Rotgesichtige.

»Ganz recht«, sagte ich glücklich über seine schnelle Auffassungsgabe.

»Das ist ja alles ungeheuer komisch«, sagte Germaine mit einer ätzenden Giftigkeit, aber der Rotgesichtige begriff das gar nicht, er war viel zu betrunken.

»Eigentlich ist das gar nicht so komisch«, mischte sich eine Frau mit langem blonden Haar und einem spitzen Gesicht ein. »Die sind für eine Nacht ausquartiert wor- den. Evakuiert nennt man das wohl.« Sie stand auf und kam zu uns. »Nehmen Sie den da nicht ernst, er ist stän- dig besoffen. Die Stadt hat festgestellt, daß in der Kanali- sation da drüben jede Menge Gase stehen, die explosiv sind. Sie hat die Leute sicherheitshalber in feine Bonner Hotels transportiert. Heute nacht oder morgen ganz früh werden die Gase abgesaugt.« Sie lächelte, als freue sie sich darüber, daß endlich etwas los war.

»Wir danken Ihnen«, sagte ich. Dann gingen wir über den Rasen davon.

»Du hast so etwas gerochen, nicht wahr?« fragte ich.

»Ja«, antwortete Germaine. »Sie haben das Jagdhaus und diesen elenden Schuppen hier vollkommen demo- liert und sind gegangen. Obwohl sie damit rechnen müssen, daß heute oder spätestens morgen die Kinder und die Exfrau ankommen. Warum riskieren Sie das? Weil sie noch nicht fertig sind mit den Häusern! Oder?«

»So ist es. Wir sollten uns teilen. Du steigst in den Wagen und fährst zum Jagdhaus. Laß dich nicht sehen, und kriege keinen Anfall von Heldenmut. Wenn irgend etwas passiert, sieh genau hin. Du kommst dann einfach hierhin zurück. Okay? Wenn was dazwischenkommt, hast du ja die Nummer vom Handy.«

»Okay«, nickte sie. »Paß auf dich auf.«

»Und wie«, sagte ich und sah ihr nach, wie sie zum Parkplatz ging.

Es war jetzt kurz vor Mitternacht, und ich war hundemüde. Ich war so müde, daß ich Furcht davor hatte, mich irgendwo hinzusetzen, weil ich auf der Stelle einschlafen würde. Trotzdem mußte ich genau das tun und auf den Segen eines Ein-Stunden-Schlafs hoffen und darauf, daß ich den Wecker an meiner Armbanduhr hören würde.

Ich huschte zwischen den ersten Häusern hindurch und suchte nach einer Möglichkeit, in den Wald zu kommen, den man hinter den Häusern wie eine schwarze Haube in den Himmel ragen sah.

Ich erinnerte mich, in einem Buch für St. Georgs-Pfadfinder gelesen zu haben: Wenn du in einem Wald übernachten mußt, versuche nicht, dich in Büschen zu verbergen, weil man dich dort sofort vermuten und suchen wird. Laß dich dicht am Stamm eines großen Baumes nieder und verschmelze mit der Nacht! – Es ist merkwürdig, an was man sich erinnert.

Ich fand einen Pfad, der hinter die Häuser führte, und erreichte mühelos den Wald. Ich verschmolz mit einem Stamm, stellte den Wecker auf ein Uhr und begann, ruhiger zu atmen. Irgend etwas hatte ich noch erledigen wollen, aber ich wußte nicht mehr, was es war. Also gab ich meiner Müdigkeit nach, und sie kam über mich wie eine Ohnmacht.

Ich hörte das Piepsen des Wecktons sofort, aber ich hätte weiter geschlafen, wenn ich nicht erfolglos den kleinen Stift gesucht hätte, mit dem man den Ton abstellt.

Das erst machte mich wach. Schnell stand ich auf, um mir nicht die Chance zu geben, noch fünf Minuten weiterzuschlafen. Ich näherte mich von hinten den Gärten und musterte die Struktur der Häuser. Es waren wirklich langweilige Steinquader und einer wie der andere gebaut. Sie waren alle mit einer eingeschossigen Brücke verbunden, in der jeweils die beiden Hauseingänge und die Garderobe untergebracht waren. Die eigentlichen Flachdächer lagen etwa fünf Meter hoch darüber und mußten von der Eingangsbrücke aus leicht zu besteigen sein, zumal an den Stirnseiten jeweils ein Fenster Hilfe geben konnte.

Plötzlich erinnerte ich mich, was ich noch hatte erledigen wollen. Ich hatte wie immer die Mini Maglite bei mir, die nur wenig mehr als zehn Zentimeter lang ist, aber ein hochkonzentriertes Licht nahezu hundert Meter weit wirft. Jetzt benutzte ich sie, um das Handy zu beleuchten und die Nummer der Auskunft zu wählen.

»Ich brauche den Anschluß Ewald Herterich in Traben-Trarbach an der Mosel.«

Die Computerstimme ertönte, und ich notierte die Nummer. Dann rief ich sofort dort an. Herterichs Frau meldete sich nach einer Ewigkeit.

»Hier ist Baumeister, und ich weiß, es ist mitten in der Nacht. Entschuldigen Sie, aber es ist wichtig: Hat Ihr Mann irgendwann in diesem Jahr General Ravenstein getroffen?«

»Ja, natürlich. Die waren doch Freunde, richtig gute Freunde. Wir waren im Mai in Saint-Jean-de-Luz. Vierzehn Tage Urlaub im Hotel Ohartzia, das ist ein baskischer Name. Der General kam für drei Tage.«

»Was haben die beiden besprochen?«

»Nichts Besonderes, soweit ich weiß. Haben halt über Gott und die Welt geredet.«

»Darf ich Sie besuchen?«

»Selbstverständlich. Die Leute nehmen viel zuviel Rücksicht, und deswegen bin ich viel zuviel allein. Wann wollen Sie kommen?«

»Das weiß ich nicht genau, ich rufe Sie noch mal an.

Kannten Ihr Mann und der General sich schon lange?«

»Also, zehn Jahre mindestens. Sie waren verwandte Seelen, will ich mal sagen. Er wurde Opfer eines Unfalls, nicht wahr?«

»Das wurde er nicht«, sagte ich hart. »Er ist erschossen worden.«

»Wie bitte?« Ihre Stimme klang gepreßt.

»Ich melde mich wieder«, versprach ich und beendete das Gespräch. Ich war sehr verwirrt und brauchte eine Weile, ehe ich mich auf die Hausreihe vor mir konzentrieren konnte. Ich brauchte ein Haus, bei dem es besonders leicht war, auf das Dach zu gelangen. Dann mußte ich unwillkürlich grinsen, weil die Zwanghaftigkeit der Hausbesitzer eine seltsame Blüte getrieben hatte. Alle Häuser hatten einen Kamin, der vom Wohnraum aus und vom Garten aus beheizt werden konnte. Und alle hatten im Garten neben diesem Kamin Holz geschichtet. Diese bildeten wirklich sieben Mal eine ideale Treppe auf das Verbindungsstück mit Haustür und Garderobe. Ich entschied mich für das Haus, das drei Wohneinheiten vom Generalshaus entfernt war, stieg auf den Stapel Holz, dann auf den Verbinder zwischen den Häusern. Von dort auf das Flachdach. In weniger als fünf Minuten war ich auf dem Nachbardach des Generals. Die Dächer waren mit Kies bedeckt, eine für den menschlichen Hintern unangenehme Unterlage. Ich nahm mir die Zeit, eine kleine Sitzfläche freizuräumen. Dann hockte ich mich hin. Um im Bild zu bleiben: verschmolz mit dem Dach.

Ziemlich exakt um zwei Uhr tauchte die erste Fußstreife auf. Zwei uniformierte Polizeibeamte, die sich leise über die schmale Straße näherten. Weitere zwei folgten, und vom anderen Ende kam noch ein Pärchen heran. Insgesamt waren es acht, sie sprachen kein Wort, sie sperrten einfach die Straße und den Fußweg ab, blieben stehen, und ihre Funkgeräte quakten leise. Aus Richtung des Neuen Marktes erschien ein großes Löschfahrzeug. Es hatte nicht einmal die Scheinwerfer eingeschaltet und blieb wie ein dicker Klumpen ungefähr fünfzig Meter entfernt stehen. Niemand stieg aus.

Etwa drei Minuten später rollte ein schwarzer, funkelnder Ford Transit heran, ebenfalls ohne Scheinwerfer. Er fuhr vor das Haus des Generals und blieb stehen. Sechs Männer kletterten heraus, allesamt große Männer. Sie waren schwarz gekleidet und trugen Wollhauben, die nur Löcher für Augen, Nase und Mund hatten. Es war der klassische Anblick, bekannt aus Tausenden amerikanischer B-Filme, es war der Standardanblick, den ein Sondereinsatzkommando nun einmal bietet. Die Männer bekamen aus dem Transit Taschen und Kisten angereicht, nahmen sie auf und gingen zur Haustür. Sie verschwanden im Haus. Ich lag längst flach auf dem Bauch, um besser sehen zu können.

Die Männer blieben etwa siebzehn Minuten im Haus, stiegen dann wieder in den Transit, der sofort wendete und wegfuhr.

Jetzt war nicht einmal mehr das Gequake der kleinen Lautsprecher zu hören, jetzt war es einfach unwirklich still.

Sechs weitere Minuten später ertönte die erste Detonation, nicht einmal besonders laut. Verblüfft registrierte ich, daß kein greller Explosionsblitz zu sehen war, nur ein Flackern, das aus den gewölbten Plastikluken im Dach des Generalshauses drang. Dann kam die nächste Explosion. Sie war wesentlich lauter. Fensterscheiben knallten aus dem Rahmen und klirrten bis auf die Straße. Die Flammen wirkten irgendwie wütend auf mich, sie waren hellblau und grellgrün. Ich wußte, was das war, Phosphor und Magnesium.

Jetzt folgten Detonationen in sehr schneller Reihenfolge. Das Haus war innen von grellem Feuer erfüllt, das weit leuchtete. Nun konnte ich das brennende Haus hören. Es knisterte, Glasscheiben knallten, die Flammen machten ein Geräusch wie ein Schweißgerät. Ab und zu mischten sich dumpfe Laute dazwischen, von denen ich nicht wußte, was sie auslöste. Dann explodierten die beiden Dachhauben auf dem Flachdach, segelten hoch wie Sektkorken und setzten eine irrsinnige Hitze frei, die mich wie ein Schlag traf.

Niemand rührte sich, kein Mensch bewegte sich. Das dauerte gut zehn Minuten, bis hinter mir das Blaulicht und die Sirene des Löschzuges einsetzte. Der Wagen zog ungefähr vierzig Meter vorwärts, spuckte mindestens zwölf Männer aus, die augenblicklich allen möglichen Lärm machten.

Jetzt endlich durften sie löschen, jetzt, wo nichts mehr zu retten war.

Ein Stück brennende Teerpappe segelte auf mein rechtes Bein und setzte die Jeans in Brand. Ich fluchte und schlug das Feuer aus, dann zog ich mich zurück, querte den Zwischenbau zum nächsten Haus, lief über das Dach und ließ mich in den Garten fallen. Ich rannte durch den Garten und stieß auf die zwei Meter hohe Bretterwand, die ihn zum Wald hin begrenzte. Die Hausbesitzer hier hatten sich verbarrikadiert, als seien draußen Horden wild gewordener blutdürstiger Apachen. Ich sprang und zog mich hoch, um über die Bretterkante zu gucken. Das erste, was ich sah, war der Kopf eines gelangweilten Uniformierten, der eine Zigarette rauchte und dabei auf die Sprachfetzen seines Walkie-talkies lauschte. Er entdeckte mich natürlich sofort und bekam riesengroße Augen.

Ich fragte wie selbstverständlich: »Hiesiges Revier oder Bereitschaft?«

»Bereitschaft«, antwortete er automatisch. Dann fiel ihm auf, daß irgend etwas nicht stimmte, und er wurde scharf: »Was machen Sie denn hier? Wie kommen Sie hierher?«

»Ich bin mit dem Transit gekommen«, sagte ich, keuchte mich auf den Zaun und sprang zu ihm hinunter. »Ich bin Beobachter.« Dann packte ich meine Pfeife aus und fragte: »Hast du mal Feuer, Kumpel?«

»Na sicher«, erwiderte mein Kumpel verblüfft und reichte mir ein Plastikfeuerzeug. »Stimmt das eigentlich mit den Terroristen?«

Ich hatte zwar keine Ahnung, was er meinte, nickte aber gewichtig und murmelte: »Leider ja.« Ich zündete mir die Pfeife an und zog ein paarmal. »Ich glaube, ich muß mal wieder.«

Er war nicht mehr jung, sicher über Vierzig. Er klagte: »Weißte, ich habe immer die Scheißjobs. Jedesmal habe ich einen Zaun vorm Kopf. Das war in Wackersdorf schon so. Da wirste doch verrückt, wirste da.«

»Das kenne ich«, murmelte ich mitfühlend. »Aber das legt sich mit der Zeit.« Dann fiel mir ein, daß ich von der Rückfront des Generalshauses eigentlich noch ein Foto machen sollte. Ich nahm den Apparat und nuschelte: »Ich muß ran, ich brauche noch ein Foto von der Rückfront.«

Er war richtig glücklich, mal kein Brett vor dem Kopf zu haben. Eifrig sagte er: »Da steigste einfach in meine Hände.«

»Das ist gut«, sagte ich, »das ist richtig gut.«

Wir gingen die paar Schritte, er verschränkte die Hände ineinander, und ich stieg in den bequemen Tritt und fotografierte über den Zaun. Es wurde sicher ein gutes Foto, denn die schwarzen Scherenschnitte der Feuerwehrleute tanzten vor den vielen grellroten Fensteröffnungen hin und her.

»Danke, Kumpel«, meinte ich und wollte ihn auf die Bemerkung über die Terroristen ansprechen. Aber das ließ ich doch sein, weil er ein freundlicher Mensch war und sich sicherlich nichts Böses dabei dachte, dem Beobachter Siggi Baumeister zu helfen. »Mach's gut«, sagte ich. »Bis demnächst.«

Ich schlenderte auf dem Fußweg ganz gemächlich zum Parkplatz. Jetzt waren entschieden mehr Menschen auf der Straße, und die meisten steckten in Bademänteln und unterhielten sich erregt miteinander. Eine Frau schrie schrill: »Jetzt ist das Gas in der Kanalisation doch explodiert. Ich sag's ja, diese Scheiß-Stadtverwaltung!« Ein Mann meinte: »Dieser General sollte ja wohl bald verrentet werden. Und dann wurde er umgelegt in den letzten Tagen. Also, die leben ja auch gefährlich.« Seine Nachbarin wiegte den Kopf: »Vielleicht war da ja auch Besuch im Haus und hat den Herd brennen lassen. Da passiert ja schnell was.«

Am Rand des Parkplatzes stand ein alter Mann in Feuerwehruniform und dem Ledernackenhelm der Brand-

148

bekämpfer. Er hielt eine Kelle in der Hand, eine Seite rot, die andere grün. Wahrscheinlich sollte er den Verkehr regeln, den es nicht gab. Am Revers trug er die kleine Ausgabe des Bundesverdienstkreuzes, was wohl bedeutete, daß er schon mehr als 50 Jahre lang Feuerwehrmann war.

»Schöne Bescherung«, murmelte ich und stellte mich neben ihn.

»Ich darf ja dazu nichts sagen«, krächzte er und plusterte sich auf, wurde zehn Zentimeter größer. Er sah sich schnell um und äußerte schließlich im Ton eines Verschwörers. »Also, das war ein ganz heißes Ding, war das. Das war ein Geheimeinsatz von wegen Terroristen und so. Der General – da wohnte nämlich ein General –, den haben sie ja in seinem Eifelhaus umgebracht. Und hier hatten sich Terroristen festgesetzt, wahrscheinlich die, die ihn im Eifelhaus umgebracht hatten. Die bastelten also da drin Bomben. Aber wir haben davon natürlich erfahren und den Einsatz gestern vorbereitet. Ich sage dir, es ging ruck, zuck. Das war ja auch eine Sauerei. Phosphor und Magnesium und so ein Scheiß.«

»Ihr von der Feuerwehr seid aber schnell dagewesen«, lobte ich.

»Na sicher«, nickte er. »Wir waren ja schon vorher da. Wir mußten nur warten, bis die Terroristen verhaftet und abtransportiert waren. Und dann ging die Bude hoch. Aber ich darf ja nix sagen.« Dann bekam er endlich was zu tun, ein Räumwagen seiner Truppe wollte vom Parkplatz runter.

Ich entwischte ihm. Mitten auf dem Parkplatz kam mir ein Pärchen entgegen. Er keuchte kurzatmig hinter ihr her, und um ihn herum baumelten mindestens vier Kameras.

»Leo!« sagte die Frau grell. »Nun renn schon zum Haus.« Dann machte sie: »Ppppffft. Meinst du, die schüren das Feuer für dich hoch, damit du gute Bilder kriegst?« Der Mann hatte nicht die Luft, ihr etwas zu antworten. »Ogottogottogott«, schrillte sie, »und so was will Reporter sein.«

149

Jetzt kam der stille Teil des Platzes, nur noch erleuchtet von einer mickrigen, städtischen Funzel. Ich dachte plötzlich, es müsse phantastisch sein, jetzt in einen Heuhaufen fallen zu können, um zu schlafen. Ich gebe zu, daß es schwierig ist, sich ausgerechnet im nächtlichen Meckenheim-Merl neben Bonn Heuhaufen einfallen zu lassen.

Er stand vor einem Cherokee, einem Ding mit allem Drum und Dran, sicherlich 50.000 Dollar teuer, und sah mich amüsiert an. Ohne sonderliche Betonung sagte er: »Herr Baumeister, ich grüße Sie.« Es war der Schönling von der CIA, vor dem sogar Meier, der Dicke vom BND, elend gekuscht hatte. Er trug dezente Baseballschuhe zu seinen Jeans und ein Jeanshemd unter einer Weste aus dem gleichen Stoff. Es gibt Leute, die immer perfekt wirken. Er war so einer.

»Sie haben sicher der Konkurrenz zugeschaut, wie die so etwas erledigt«, sagte ich.

»Die Deutschen erreichen durchaus international guten Standard«, antwortete er. Er sprach mit einem starken Akzent, konnte aber mühelos schwierige Sätze formulieren. Dann fragte er: »Was werden Sie daraus machen?«

»Das weiß ich nicht«, antwortete ich wahrheitsgemäß. »Das hängt von Redaktionen ab, nicht von mir.«

Wahrscheinlich sahen wir aus wie zwei Nachbarn, die sich zufällig auf dem Parkplatz getroffen hatten.

»Ich war beim dicken Meier zu Besuch, als Sie anriefen. Es war ziemlich beeindruckend. Sie haben sehr gut recherchiert. Haben Sie eigentlich eine Kopie dieser Akte?«

»Nein, noch nicht.«

»Sie werden also irgendwann eine bekommen?«

»Da bin ich sicher.« Es machte mich mißtrauisch, daß er so außerordentlich ruhig und gelassen blieb, die Stimme nicht erhob, nicht drohte, nicht anklagte.

»Werden Sie mir ein Exemplar geben, wenn Sie eines haben?«

»Sicher nicht«, sagte ich. »Für Sie müßte es ein leichtes sein, eine Kopie zu bekommen. Und bestimmt wissen Sie längst, was auf den dreißig Seiten steht, oder?«

Er musterte mich. »Der General war ein Idiot!« sagte er etwas heftiger. »Er war einer der Männer, die massiv unsere Arbeit behindern, weil sie ständig demonstrieren müssen, leibhaftige Demokraten zu sein. Sagen Sie mal, Herr Baumeister, bereitet es Ihnen eigentlich Vergnügen, Ihrem Staat ans Bein zu pinkeln und ihn in Schwierigkeiten zu bringen?«

»Der Staat ist auch nicht besser als mein Onkel Egon«, entgegnete ich. »Manchmal muß man ihm auf die Finger sehen. Und dieser deutsche Staat leidet unter der Tatsache, daß die Opposition nicht funktioniert. Also ist meine Branche die Opposition. Nein, es bereitet kein Vergnügen, aber es gehört zu unseren Aufgaben. Können Sie mir einen ernsthaften Grund nennen, weshalb man erst in zwei Häusern des Generals eine Akte sucht und nicht findet und dabei die Häuser buchstäblich zerschlägt, um sie in der zweiten Nacht einfach in die Luft zu blasen?«

Der Schönling lächelte schmal. »Wenn die Sicherheitslage der Bundesrepublik ein solches Vorgehen erfordert, dann müssen verantwortungsvolle Bürger das einfach akzeptieren.«

»Das ist doch wohl die Höhe!« empörte ich mich. »Wir sind sowieso von allen Geheimdiensten seit Ende des Zweiten Weltkrieges systematisch beschissen worden. Nie wurde die Öffentlichkeit über das Treiben von euch Schlapphüten wirklich informiert. Ihr werdet niemals zu kontrollieren sein. Und wenn es euch einfällt, macht ihr Terroristen für alles verantwortlich.«

»Warum haben Sie dem Meier lauthals versprochen, nicht zu recherchieren? Warum haben Sie dann doch sofort losgelegt?«

»Weil niemand, wirklich niemand darüber bestimmt, ob ich recherchiere oder nicht. Das ist die Art von politischem Ungehorsam, die ich unbedingt verteidige.«

»Aber eine Menge Ihrer Kolleginnen und Kollegen nehmen doch Rücksicht auf die Sicherheitsbelange des Staates und recherchieren nicht«, sagte er sanft.

»Da haben Sie durchaus recht«, antwortete ich. »Das sind alle die, die dem Kanzleramt bis zum Anschlag in den Hintern kriechen. Leider bin ich nicht so geschmeidig.«

Er wiegte den Kopf hin und her, sehr bedächtig. »Ich mag Leute wie Sie nicht, Herr Baumeister.«

»Oh, damit kann ich prima leben«, strahlte ich. Er schien mir etwas geschrumpft zu sein.

»Sie sind, im Grunde genommen, dumm«, lächelte er zurück. »Und Sie scheinen über ein Gehirn zu verfügen, dessen Kapazität der eines Badeschwamms gleicht. Sie entdecken den ermordeten General. Sie erleben, daß Geheimdienste sich zusammenschließen, um die Sache zu untersuchen und aus der Welt zu schaffen. Sie schaffen es wirklich, so schnell zu recherchieren, daß der Fall nicht mehr geheimzuhalten sein wird. Sie schaffen es sogar, dem dicken Meier Feuer unter seinen feisten Arsch zu legen. Aber Sie übersehen dabei, daß Meier eben nur ein Geheimdienst ist. Einer von vielen. Wissen Sie, Meier kann brav spielen und sich nicht mehr rühren. Aber daß Sie dann glauben, die Sache zu beherrschen, halte ich für ausgesprochen dümmlich.«

Ich starrte ihn an, ich glaubte plötzlich zu wissen, was ihn trieb. »Sie sind eifersüchtig, nicht wahr? Sie sind richtig sauer, daß ich mich auf Meier konzentriert habe und Sie vollkommen außer acht ließ. Ist das so?«

»Ach Gott, Baumeister, so wichtig sind Sie nun wieder auch nicht für mich. Ich hatte nur gedacht, Sie seien wesentlich cleverer. Aber vielleicht hat Ihr Privatleben Sie etwas arg durchgeschüttelt. Ihr Freund und Helfer Rodenstock in der Klinik in Trier, dann diese Matratze des Generals, diese Germaine am Hals. Fickt die gut? Sicherlich ist sie aber kein Ersatz für Dinah. Vielleicht sollten Sie mal darüber nachdenken, warum Dinah es vorzog zu verschwinden?« Seine Augen wirkten seltsam hell in dem trüben Licht.

»Sie sind ein Schwein«, sagte ich heiser.

»Das bin ich nicht.« Er schüttelte den Kopf über soviel Unverständnis. »Eigentlich will ich Ihnen nur zu verstehen geben, daß Sie nicht mehr recherchieren werden. Nicht mehr im Fall Otmar Ravenstein.«

Er bewegte nicht einmal den Kopf, änderte nicht seine Körperhaltung, stand da vor seinem Auto und war seiner Sache sehr sicher. Nahezu lautlos sagte er: »Sammy!«

Der hünenhafte Neger kam von der linken Seite so gemächlich daher wie ein Spaziergänger und raunzte heiser: »Hello, Mister Baumeister.« Dann war er nahe bei mir, und seine Arme begannen zu wirbeln wie Dreschflegel, wahrscheinlich benutzte er mich als Trainingsobjekt. Ich weiß nicht, wann ich ohnmächtig wurde. Vielleicht war es nach dem sechsten Schlag oder dem zehnten. Ich weiß es wirklich nicht, und es ist auch nicht mehr wichtig.

SECHSTES KAPITEL

Ich wurde wach, weil ich erbärmlich fror und weil ein Geräusch dicht an mir sich dauernd wiederholte. Das Handy fiepste. Ich wälzte mich zur Seite und bekam es zu fassen. Ich lag auf dem Asphalt des Parkplatzes, und weit im Osten leuchtete der erste Schimmer von Licht.

»Ja?«

»Baumeister, bist du es?«

»Ja.«

»Haben sie Merl auch angezündet?«

»Ja.«

»Das in der Eifel auch.« Germaine weinte. »Stell dir vor, sie haben einfach so was wie Bomben reingeschmissen, und dann ging es in die Luft. Und sie haben sogar die Feuerwehr antanzen lassen, damit die Bäume keinen Schaden nehmen. Lieber Himmel, was sind das für Leute?«

»Kannst du bitte kommen? Auf den Parkplatz.«

»Na, sicher komme ich. Was ist denn? Du klingst so komisch.«

»Ich habe neue Freunde fürs Leben.« Wahrscheinlich konnte sie mich kaum verstehen.

»Baumeister, nun sag schon: Was ist los?«

»Komm her«, krächzte ich. »Komm einfach her.«

Dann klappte ich das verdammte Handy zu. Ich rollte mich auf die rechte Seite und krümmte mich zusammen, weil so der Schmerz am erträglichsten war. Meine beiden Hände waren voller Blut, und bestimmt war es nicht das von Sammy. Als ich mich der Sache nach einigen Minuten etwas logischer nähern konnte, versuchte ich herauszufinden, wo ich die meisten Schmerzen spürte. Das war nicht zu entscheiden. Mit Sicherheit hatte er mich schwer im Gesicht und am Kopf getroffen, mit Sicherheit aber auch am Oberkörper und da in der Gegend des Solarplexus. Ich dachte flüchtig, daß Besinnungslosigkeit jetzt eine Gnade wäre. Aber ich war nicht im Stande der Gnade. Und ich fror noch immer.

Ich konzentrierte mich auf diesen Fall und zählte auf, was wir noch alles zu erledigen hatten. Diese Beschäftigung war gut, machte aber auch Angst, denn im Grunde war unser Pensum so gewaltig, daß wir es gar nicht in einer angemessenen Zeit schaffen konnten: Wir brauchten eine Verbindung zur Bundeswehr in Daun und eine zum Bundesamt für Fernmeldewesen, wir mußten dringend mit den Eltern von Carlo sprechen. Weiter benötigten wir Kontakt zu der Prostituierten, die Carlo gemalt hatte. Dann stand die Sekretärin Ravensteins im *Dorint-Hotel* in Daun ins Haus. Ich mußte mit der Ehefrau von Ewald Herterich reden. Und – ganz nebenbei – ich konnte Rodenstock nicht im Stich lassen, und ich vermißte Dinah über alles.

Ich wurde schläfrig, weil mein Körper plötzlich Ruhe gab. Ich wurde erst wach, als Germaine neben mir kniete und fassungslos vor Schreck dauernd fragte: »Was ist denn? Was ist denn?«

»Ich sollte vielleicht zu einem Arzt«, nuschelte ich.

»Und zu welchem?«

»Tilman Peuster in Jünkerath.«

»Du bist verrückt. Das ist doch am Arsch der Welt. Du kannst doch in Bonn in ein Krankenhaus gehen.«

»Damit die mich in ein Bett legen? Niemals. Zu Peuster nach Jünkerath.«

Weil sie zuweilen auch praktisch veranlagt war, sah sie

ganz einfach im Autoatlas nach, ließ mich auf die Rück-
bank kriechen und gab Vollgas. Später behauptete sie, sie
hätte für die neunzig Kilometer einundvierzig Minuten
gebraucht. Das kann gut möglich, denn meine Schmerzen waren vor Peusters Praxis so intensiv wie nie.

Peuster verfrachtete mich auf eine Liege und ging erst
einmal mit dem Ultraschall an meine kostbare Figur. Er
war sehr genau und sagte nach zwanzig Minuten: »Also,
einen erkennbaren Bruch haben Sie nicht.« Dann machte
er es mit der Methode des Praktikers und fing an, meinen
Kopf abzutasten und anschließend meinen gesamten
Körper, wohl um herauszufinden, wo es besonders weh
tat. Es tat überall besonders weh. Erst dann gab er mir
eine Spritze gegen die Schmerzen und äußerte liebevoll:
»Also, in Ihrem Alter würde ich mit solchen Unterneh-
mungen etwas vorsichtiger sein. Können Sie nicht in
einem Nonnenkloster recherchieren?«

»Die können inzwischen alle Kung-Fu.«

»Im Ernst, Sie sollten zwei, drei Tage stramm liegen.«

»Im Ernst, das geht nicht. Das geht auf keinen Fall.«

Peuster wurde sauer. »Sie haben garantiert eine mindestens mittelschwere Gehirnerschütterung ... ach, verdammt noch mal. Sie müssen geröntgt werden.«

»Es geht nicht«, stellte ich fest. »Es geht wirklich nicht.«

»Es müßte aber gehen«, sagte Germaine ärgerlich von
irgendwoher.

»Es geht nicht«, wiederholte ich. »Geben Sie mir
Schmerzmittel und Salben?«

Peuster war sauer, Germaine war sauer, sie sahen sich
dauernd an nach dem Motto: Mein Gott, ist der verrückt!

Germaine fuhr mich nach Hause zu Emma: »Ich liefere
Ihnen Baumeister frei Haus. Sind Sie Emma?«

»Ja«, nickte Emma. »Er gehört zu den Meschuggenen,
ich kenne mich da aus. Ich muß aber gleich nach Trier,
Kinder.«

»Hat Dinah angerufen?«

Sie sah mich an und schüttelte den Kopf. »Nur eine
scheinbar ältere Dame. Ich soll ausrichten, sie ist um ungefähr fünfzehn Uhr in dem abgemachten Hotel.«

»Na prima«, sagte ich und meinte es so. Ich ging stracks in mein Schlafzimmer, zog mich aus und legte mich nackt ins Bett.

Ich hörte, wie Germaine Emma mitteilte: »Wissen Sie, der Kerl ist besessen, einfach abgedreht. Der bringt sich noch um, wenn er weitermacht. Die CIA-Fritzen warten doch nur drauf.«

Emma erwiderte weise: »Alle Männer sind schrecklich dumm oder bescheuert oder nicht ganz bei Trost. Suchen Sie sich das Richtige aus.« Und dann lachten beide.

Ein paar Sekunden später rief Emma genau vor meiner Schlafzimmertür: »Beten Sie für mich, meine Liebe. Ich versuche, einen Idioten zu kurieren.«

»Gehen Sie ihm einfach an die Eier!« gurrte Germaine.

Endlich wußte ich, wie ungemein seelenvoll Frauen sind, wenn sie Liebeskummer haben. Dann schlief ich ein und wurde keuchend davon wach, daß Sammy und der Schönling vor mir standen und mit Macheten auf mich einhackten, wobei ich beobachten konnte, wie sie Scheibe um Scheibe von meinem rechten Unterarm abschlugen. Ich hatte Schmerzen, ich hatte wieder überall Schmerzen, und konnte mich kaum bewegen.

Es war vierzehn Uhr, und mein Haus war totenstill.

Ich kroch aus dem Bett und wollte mich hinstellen. Das funktionierte nicht. Ich schlurfte, gebeugt wie ein alter Mann, zur Tür, und atmete sehr schnell, weil der Schmerz mir die Luft nahm.

Germaine lag in zwei Sesseln im Wohnzimmer. Jemand im Fernsehen sagte gerade: »Es ist immer gut, meine Damen und Herren, sich zu sagen: Dir geht es zwar schlecht, aber es gibt Millionen von Menschen, denen es weitaus schlechter geht ...« Der Mann laberte ohne Punkt und Komma in die Kamera, und niemand drehte ihm den Hals ab, obwohl er wahrscheinlich mit Steuergeldern bezahlt wurde.

»Pillen!« krächzte ich. »Ich brauche dringend Pillen. Die hast du. Wo sind sie?«

Es dauerte eine ganze Weile, ehe sie die Augen öffnete und langsam auf den Boden der Tatsachen sank. Mit

156

Sicherheit hatte sie meine Bitte nicht verstanden, aber sie fragte nur: »Pillen?« und war schon auf den Beinen, um die Glücksbringer zu suchen.

»Seepferdchen müßte bald in Daun sein«, meinte sie.

»Hoffentlich wirken die Dinger.«

Die Dinger wirkten, die Schmerzen waren schlagartig verschwunden, statt dessen war ich wie sturzbetrunken. Gesegnet sei die chemische Industrie.

Germaine starrte mich an und kicherte plötzlich schrill. »Du hast Veilchen, du hast richtige Veilchen. Du bist viel schöner als ein Clown.«

»Das stört mich jetzt auch nicht mehr.«

»Wie heißt denn dieser Schönling von der CIA?« fragte sie.

»Das weiß ich nicht. Wieso? Bist du ihm in Washington begegnet?«

Sie nickte: »Er fiel mir am Haus des Generals auf. Ich vermute, er ist der Mann, der mir bei einem Empfang in Georgetown vorschlug, mit ihm hinter die Büsche zu gehen. Sicher bin ich nicht, aber wahrscheinlich war er das.«

»Und? Wie war es hinter den Büschen?«

Sie strahlte. »Er war erfolglos, und ich habe ihm geraten, doch Hand an sich selbst zu legen.«

»Und wie hieß er damals?«

»Ich glaube Becker, Thomas Becker. Ja, ja, alle nannten ihn Tom, und alle mochten ihn. Komm jetzt, zieh dir was an, wir sollten in das Hotel nach Daun fahren. Und noch was, Baumeister. Ich glaube, ich kenne mich bei den Jungens von der CIA besser aus als du. Er mag ja ein Schleimer sein, der Tom Becker, aber als Gegner ist er gefährlich. Ich erinnere mich an meinen Ehemann Homer, der immer mit dem feinen Lächeln des Intellektuellen sagte, die CIA benehme sich in Deutschland zuweilen so, als besitze er die Schlüssel zum Kanzleramt und zum Außenministerium. Becker wird dich jagen, und er wird dabei von niemandem gebremst. Es geht ihm gar nicht mehr um Otmar Ravenstein, es geht ihm nur noch um Becker contra Baumeister.«

»Ich schätze das auch so ein«, sagte ich. »Aber in diesem Leben werde ich Sammy nicht mehr verprügeln können.«

Sie fuhr mich nach Daun ins *Dorint,* und wir entdeckten Seepferdchen, wie sie mit Behagen zwei Stück Torte mit Schlagsahne aß.

Sie war die erste alte Dame mit lichtblauem Haar, die ich persönlich kennenlernte. Konnte sein, daß sie 65 war, aber 75 war auch denkbar. Sie hatte lebhafte hellblaue Augen, nicht die Spur verwässert, und das erste, was sie sagte, war etwas Atemloses: »Tag, Kinder. Also, bitte, nicht heulen. Tot ist tot. Aber vielleicht kann ich behilflich sein, in diesen oder jenen fetten Bürokratenhintern zu treten.« Dann mußte sie aber doch schniefen und sich die Tränen aus den Augenwinkeln wischen.

»Germaine-Mädchen, setz dich. Und Sie sind Baumeister? Na denn.« Sie futterte einen gewaltigen Löffel Sahne und blinzelte. »Wißt ihr, Gefühle muß man schmieren. Ihr habt ihn gesehen, nicht wahr? Wie, wie sah er aus?«

»Er kann nicht gelitten haben«, sagte Germaine starr. »Er muß sofort tot gewesen sein, weißt du. Wann wollte er denn wieder im Dienst sein? Ursprünglich, meine ich.«

»In der Planung, die er mit mir gemacht hat, stand der kommende Montag. Aber er wußte eigentlich schon vor einer Woche, daß er niemals mehr an seinen Schreibtisch zurückkommen würde.«

»Ich nehme einmal an, das hatte mit dem *Spiegel*-Redakteur zu tun, der ihn besuchen sollte?« fragte ich.

Seepferdchen nickte, sagte aber nichts.

»Worüber wollten sie denn reden?« fragte Germaine.

Es war die Frage aller Fragen in dieser Affäre, und ganz offensichtlich wußte die alte Dame das auch, denn ihr Mund wurde breit. »Ich habe auch mal eine Frage an Sie, Herr Baumeister. Sie waren am Dienstag bei ihm, und der Redakteur sollte am Mittwoch kommen? Richtig?«

»Richtig.«

Sie nickte bedächtig mit ihrem hellblauen Haar. »Der General wollte mit Ihnen sprechen, er wollte erst mit

Ihnen über den Fall sprechen. Er sagte mehrmals: ›Baumeister wird niemals hingehen und etwas veröffentlichen, ohne mich zu fragen. Baumeister ist absolut vertrauenswürdig. Ich muß erst mit Baumeister reden, dann sehe ich weiter.‹«

Es war mir peinlich. »Nun gut, er hätte dann mit mir geredet. Über was hätte er denn mit mir geredet?«

Ihr Mund wurde noch breiter. »Das weiß ich nicht, Kinder. Er meinte ungefähr zwei Wochen vorher: ›Ich sag dir nicht, Seepferdchen, was da los ist. Wenn du es weißt, lebst du gefährlich.‹ Das ist nur dreimal vorgekommen. Dreimal hat er sich geweigert, mir etwas zu erzählen, weil es lebensgefährlich war, es zu wissen.« Sie breitete beschwichtigend die Arme aus, die denen eines kleinen Mädchens glichen, weil sie so zierlich war. »Tut mir leid, Kinder, aber so ist es nun einmal.«

Germaine hatte ganz schmale Augen. »Seepferdchen, du denkst dir doch deinen Teil. Du mußt doch irgendwelche Ahnungen haben, oder so.«

Sie senkte den Kopf über ihren Kuchen. »Ich habe Ahnungen. Oh ja, Ahnungen habe ich.«

»Darf ich ausnahmsweise raten?« fragte ich. »Ich will nur kontrollieren, ob ich das Denken nicht verloren habe.«

»Nur zu, junger Mann«, ermunterte sie mich.

»Es hat etwas mit dem Bundestagsabgeordneten Ewald Herterich zu tun. Der wurde in Ex-Jugoslawien in die Luft gejagt.«

Sie lächelte nicht. Besorgt und sehr trocken sagte sie: »Der Kandidat hat 99 Punkte und gewinnt ein Wasserschloß am Niederrhein.«

Es war eine Weile still. Dann bat Germaine: »Kann mir das mal jemand für den zweiten politischen Bildungsweg übersetzen.«

»Später, Kindchen, später«, sagte Seepferdchen hart. »Hier kann man darüber nicht sprechen. Gehen wir in mein Zimmer?«

Wir gingen also in ihr großes Zimmer und hockten uns auf Sessel und Sofa. Sie sah mich an und fragte: »Heißen

159

die Farben in Ihrem Gesicht, daß Sie verprügelt wurden?«

Ich nickte, und Germaine berichtete: »Das war die CIA. Die spielt auch mit. Kennst du noch diesen Beau Tom Becker? Der ist jetzt hier in Bonn.«

»Ach Gottchen, wollte der dir nicht an die Wäsche? Da war doch irgend so etwas. Na ja, reden wir mal über Herterich. Was wißt ihr denn sonst noch?«

»Eigentlich nichts«, sagte ich. »Komisch war nur, daß der General in seinem Haus in Meckenheim-Merl die Urlaubsadresse von Herterich hatte. Und inzwischen weiß ich, daß er im Mai an der Biskaya mit Herterichs zusammentraf. Aber ich habe noch eine andere Frage, die mir wichtig ist und die ich stellen möchte, ehe wir uns auf Kleinigkeiten versteifen. Seine Kinder sind die Erben. Ist das richtig?«

Die Sekretärin nickte. »Die Kinder sind die Erben, und Germaine hier erbt auch eine ganze Menge.«

»Erben Sie eigentlich auch?«

»Ja«, sagte sie knapp.

»Wieviel ist denn da zu erben?«

»Viel. Im Grunde sehr viel. Was ich Ihnen jetzt sage, wissen die wenigsten. Otmar Ravenstein stammte aus einer Familie in Stuttgart, die schon seit Generationen höchst begütert ist. Maschinenbau, verstehen Sie? Spezialmaschinen für die Druckindustrie. Wenn Sie einen Hundertmarkschein bekommen, bekommen Sie immer etwas aus der Familie Ravenstein. Sie machen auch Spezialpapiere für Farbkopierer, Großdrucke für Architekten und so weiter. Dazu kommen andere Betriebe. Zum Beispiel Holzbetriebe, aber auch textilverarbeitendes Gewerbe. Und nicht zuletzt erhebliches Kapital aus Beteiligungen im In- und Ausland ...«

»Das hat Otmar mir nie erzählt«, hauchte Germaine verblüfft.

»Das ist kein Wunder, Kindchen«, schnurrte das Seepferdchen. »Er haßte nämlich die kaufmännische Seite des Lebens.«

»Und wie hat er das alles geführt?« fragte ich.

160

»Überhaupt nicht«, strahlte seine Sekretärin. »Er hat von Anfang an ein Konsortium aus Leuten zusammengestellt, die sehr anständig dafür bezahlt wurden, daß sie den ganzen Laden in Schwung hielten. Das klappte.«

»Moment mal, und was kommt jetzt?«

»Das ist etwas, was ich eigentlich nicht so gern verrate.« Sie kicherte wie ein Schulmädchen, die mit einem Streich einen Lehrer leimte. »Na gut, weil ihr es seid. Das gesamte Vermögen geht in eine Stiftung über, das Konsortium bleibt voll in Betrieb, und die Firmen laufen weiter.«

»Was erben Sie denn dann, Sie, Germaine und die anderen?«

»Germaine erbt, ich erbe, aber die anderen erben eigentlich nichts.« Sie sah uns an, als habe sie gerade einen Elefanten aus dem Zylinder gezogen. Wahrscheinlich war mein Gesicht eine Wüste an Dämlichkeit, denn sie sagte: »Keine Panik, ich erkläre das. Germaine und ich erhalten eine Art Abfindung anläßlich seines Todes. Aber es gibt kein Erbe, das verteilt werden kann. Die Ex-Frau kriegt nichts, der Sohn kriegt nichts, die Tochter kriegt nichts. Er hätte Germaine das Geld genausogut auch vor vierzehn Tagen anweisen können. Die Stiftung wird die Gewinne der Firmen nach Beratung durch das Konsortium verteilen. Und zwar so, daß benachteiligte Gruppen profitieren. Zum Beispiel Menschen, die an Aids erkranken, oder Kranke mit Multipler Sklerose oder alleinstehende Mütter mit kranken Kindern.«

»Ich dachte, die Verwandtschaft reist an, um das Erbe anzutreten«, murmelte ich.

»Das tut die Verwandtschaft auch«, nickte Seepferdchen. »Sie riefen mich an, und ich habe ihnen in Bonn die Zimmer bestellt. Offiziell weiß ich ja nichts von der Stiftung. Daß der General mir dieses Testament diktiert hat, müssen die ja nicht wissen, nicht wahr?«

»Also ist es gänzlich irrsinnig zu glauben, daß der Sohn und die Tochter einen Mörder geschickt haben, um das Erben ein bißchen zu beschleunigen?«

»Nicht ganz«, überlegte sie. »Denn die wissen ja noch

nichts von ihrem Glück. Ich bin aber trotzdem der Meinung, daß weder die Ehefrau noch die beiden Kinder die Hände im Spiel haben. Sie sind nämlich alle drei viel zu dumm, oder sagen wir, sie sind zu einfältig. Du lieber Himmel, wieso nehme ich eigentlich soviel Rücksicht? Wie sagt man? Ach so, ja: Sie sind schön und doof.«

»Moment mal, können die nicht auf ihren Pflichtteil bestehen?« Germaine drehte sich eine Zigarette.

»Das könnten sie.« Seepferdchen wirkte erheitert. »Aber die Exfrau ist Tochter eines stinkreichen Clans in der Nähe von Washington. Sie war schon Millionärin, als sie in der Wiege lag. Und sie hat, noch zusammen mit ihrem Ehemann Otmar Ravenstein, ihr Vermögen testamentarisch an die Kinder weitergegeben, das Erbe also vorzeitig ausgezahlt. Wenn der General eine Stiftung aus wohltätigen Gründen initiiert, werden die Kinderchen samt Mami nicht klagen können, denn das würde eine Sorte Aufmerksamkeit hervorrufen, die ihnen gar nicht gut bekommt.«

»Ich weiß, daß Sie Seepferdchen genannt werden«, sagte ich. »Wie heißen Sie eigentlich richtig?«

»Annalena heiße ich. Annalena Trier.«

»Wie die Stadt?«

»Wie die Stadt.« Sie nickte. »Wie wäre es, wenn ich etwas zu essen bestelle und wir uns langsam, aber sicher dem kritischen Punkt nähern?«

»Und wo liegt der kritische Punkt?«

»An zwei Tagen«, sagte sie. »Erstens an einem Tag vor etwa sechs Wochen, als Ewald Herterich starb. Und zweitens an einem Tag etwa vierzehn Tage später, als der General aus der Eifel zurückkehrte, vor seinem Schreibtisch stand und sich dann übergab.«

»Das ist nicht wahr«, flüsterte Germaine.

»Oh doch.«

»Mal ernsthaft«, unterbrach ich. »Eines vorab: Glauben Sie, daß der Mörder ein Profi war?«

»Ja«, nickte sie. »Und daher müssen wir uns mit einem weiteren Mann befassen. Sein Name ist Heiko Schüller, und ...«

162

»Ist das der Bundestagsabgeordnete?« fragte ich schnell.

»Ja«, sagte sie. »Genau der.«

»Was hat der damit zu tun?«

»Er hat eine merkwürdige Leidenschaft für Geheimdienste.« Sie ging zum Telefon, und wir hörten zu, wie sie Bier, Sekt und Fruchtsaft, belegte Brötchen und ähnliche Notwendigkeiten orderte.

»Das ist sehr verwirrend.« Germaine drehte sich erneut eine Zigarette, und ich beschloß, mir eine Pfeife zu stopfen. Seit Sammys Prügeln hatte ich kein Rauchopfer mehr gebracht, und ich war es leid, gesund zu leben.

Annalena setzte sich wieder. »Herr Baumeister, nehmen wir einmal an, daß eine Institution, in diesem Fall ein Geheimdienst, sich massiv bedroht fühlt. Glauben Sie, daß diese Bedrohung durch Mord aus der Welt geschafft wird?«

»Das weiß ich nicht. Was soll das?«

»Ich nehme an, daß das passiert ist.«

In diesem Augenblick schellte das Telefon, und Seepferdchen stand erneut auf. Sie sagte: »Ja?«, und hörte zu. Dann meinte sie: »Richten Sie den Herren aus, daß ich etwa zehn Minuten brauche. Ich habe nichts an.«

Sie legte wieder auf. »Ihr müßt gehen, Kinder. Unten in der Halle warten zwei Leute. Ein gewisser Meier vom Bundesnachrichtendienst und ein gewisser Tom Becker von der CIA. Sie haben schon versucht, mich in Berlin zu erwischen, aber ich bin ihnen durch die Lappen gegangen. Wie können die wissen, daß ich hier bin?«

»Passagierlisten in Tegel. Aufnehmen durch Fahnder in Bonn, stete Verfolgung hierher. Aber dann wissen sie längst, daß wir hier sind.« Ich schlug verärgert auf den Tisch. »Ich hätte das wissen müssen, verdammt noch mal.«

Annalena grinste etwas verkniffen. »Es wäre gar nicht gut, sich den Gedankengängen dieser paranoiden Zeitgenossen hinzugeben. Bleiben Sie normal, junger Mann. Nehmen Sie diese Frau, und gehen Sie durch einen Hintereingang raus. Haben Sie eine Karte?«

»Ich habe eine.« Ich reichte sie ihr. »Kommen Sie ganz einfach, wann Sie Zeit haben. Irgend jemand wird da sein. Mein Haus ist Ihr Haus.«

Sie nickte geistesabwesend. »Wir können nicht mit diesen Leuten konkurrieren. Die werden uns überall auftreiben und uns ständig am Hintern hängen. Deshalb wäre es gut, wenn wir alle das gleiche Motiv hätten, weshalb wir uns hier herumtreiben, und ...«

»Die Wahrheit.« Germaine war ganz leise. »Er war unser Freund, er wurde umgebracht, jetzt sind wir hier, um mit anderen Freunden zu sprechen und ihn zu Grabe zu tragen. Oder? Oder?«

»Das ist sehr gut«, sagte das Seepferdchen namens Annalena. »Wir sollten ihnen unerbittlich den Arsch aufreißen.« Sie zuckte zusammen und hörte ihren Worten nach. »Ich war zu lange mit Soldaten zusammen. Nun haut schon ab.«

Wir folgten dem üblichen grünen Schild, das den Hotelgästen im Falle der Katastrophe anzeigte, wo sie den Weg ins Freie finden konnten. Wir beeilten uns nicht, wir schlenderten, und selbstverständlich rechneten wir damit, daß auf dem Parkplatz irgend jemand von Tom Bekkers Leute in einem Auto hockte. Sammy zum Beispiel.

Er war tatsächlich da, hockte in einem BMW der Fünfer-Serie und starrte uns aufdringlich an. Wenn ich den Ausdruck in seinen Augen deuten sollte, hätte ich gesagt, daß er liebend gern ausgestiegen wäre, um mich erneut zu verprügeln. Aber er blieb hocken, sagte keinen Ton und fummelte sich mit einem Zahnstocher in seinem sicherlich blendenden Gebiß herum.

»Dem sage ich was«, entschied Germaine und marschierte zu ihm hin. Sie klopfte an die Scheibe, als habe er sie nicht bemerkt.

Er drehte das Fenster herunter und sagte in blendendem Deutsch: »Sieh an, die kleine Nutte aus Washington.«

Ich wußte, es tat ihr weh, aber ich entschied mich, zu schweigen, da sie das selbst erledigen wollte.

»Hör zu«, sagte sie halblaut. »Ihr könnt Baumeister

verprügeln und mich eine Nutte nennen. Ich würde aber raten, uns nun in Ruhe zu lassen. Denn abseits von euren pubertären Spielchen können wir euch jeden Tag einmal in die Scheiße reiten. Und wir werden es tun, damit das klar ist. Und sag deinem Chef, wir halten ihn für ein Arschloch. Er soll es mir nicht übelnehmen, daß ich in Georgetown mit ihm nicht in die Büsche gegangen bin. Sag ihm, Typen wie er sind mir zu klebrig. Und sag ihm auch, er soll in Lost and Found eine Suchanzeige aufgeben. Nach seinem Hirn.«

»Das war aber eine feine Rede«, murmelte ich.

»Und jetzt kannst du die Scheibe von diesem Ersatzpimmel hier wieder hochdrehen!« Sie wirkte seltsam unberührbar und heiter.

Natürlich stieß Sammy die Tür auf, und natürlich traf er damit Germaine, die lautlos auf den Asphalt stürzte und sich vor Schmerzen krümmte.

Zuweilen spüre ich eine Wut, die man Weißglut nennen könnte. Jetzt war diese Weißglut da, und ich wußte in irgendeiner Kammer meines Hirns, daß er mit allem rechnete, nur nicht mit Baumeister und einem Angriff von seiner Seite. Ich war mit einem Schritt an der offenen Tür, nahm sie und stieß sie zurück, so kräftig wie ich konnte. Sie traf ihn an der linken Schulter und warf ihn in den Sitz zurück. Weil er wohl ein Mann war, der sich über Siege definierte, schüttelte er den Kopf, um seine Benommenheit loszuwerden, und kam wieder hoch, um aus dem Wagen zu springen. Diesmal riß ich die Tür vor ihm zurück, und er schoß mit dem Kopf voran ins Freie. Es war denkbar einfach. Ich trat einfach zu, und ich empfand dabei nicht das Geringste an Scham oder Ekel vor dieser Gewalt. Ich traf ihn irgendwo am Hals, und er war sofort bewußtlos und hatte die Beine noch in seinem schwarzen BMW.

»Nicht!« sagte Germaine erschrocken.

»Laß uns fahren.« Ich ging zu unserem Auto und war mächtig stolz auf den Nahkämpfer Baumeister.

»Und wenn er den Hals gebrochen hat?« fragte sie kläglich.

»Ich kriege mildernde Umstände«, murmelte ich. Aber mein Stolz war sofort dahin, und ich empfand Furcht. Also ging ich zu Sammy zurück und schlug ihm ins Gesicht, um ihn zu wecken. Er blinzelte, schlug die Augen auf und stöhnte. Dann rappelte er sich zusammen und bemühte sich, auf die Beine zu kommen. Er zog sich an der Tür des Autos hoch, wankte hin und her.

»Da bin ich aber beruhigt«, seufzte Germaine. »Weißt du, schwarzer Mann, Baumeister schlägt bei solchen Sachen manchmal die Leute einfach tot. Er hat dann keine Kontrolle über sich.«

»So isses«, nickte ich. »Mach's gut, Schweinchen. Und grüß das Oberschwein.«

»Wir kriegen euch«, zischte er verbissen.

»Na sicher«, sagte ich. »Bis dahin wünsche ich dir einen schönen Tag.«

Als wir im Auto saßen, fragte Germaine. »Was jetzt?«

»Du gibst bitte das Auto hier ab und holst meines. Und ich leih mir ein Auto von Udo Froom und fahre nach Godesberg, um mit den Eltern von Carlo zu sprechen.«

»Es ist nicht gut, irgend etwas allein zu machen«, sagte sie. Sie hatte recht, aber wir hatten keine Zeit.

Sie brachte mich zurück nach Brück. Keine Nachricht von Dinah, keine Nachricht von Emma oder Rodenstock. Ich streichelte die Katzen eine Weile und entschuldigte mich bei Momo, daß ich ihn so ekelhaft behandelt hatte. Er sah mich stumm und vorwurfsvoll an. Wahrscheinlich wollte er zum Ausdruck bringen, daß Katzen eine andere Form von Gedächtnis haben als Menschen und daß noch lange nicht entschieden ist, daß die Menschen auf die Dauer Sieger bleiben.

Ich überlegte, daß es möglicherweise nicht wichtig sei, die Eltern von Carlo aufzusuchen. Der alte Küster und Carlo waren gestorben, weil sie dem Mörder über den Weg gelaufen waren. Das schien sonnenklar, das war einleuchtend, das schien nicht rätselhaft. War es also nicht besser, zur Witwe des Ewald Herterich zu fahren? Vielleicht hatte sie etwas von den Gesprächen der beiden Männer aufgeschnappt, vielleicht wußte sie etwas, dessen Wichtigkeit sie nicht begreifen konnte. Dann fiel mir ein, daß ich nichts über den Bundestagsabgeordneten Heiko Schüller wußte, den Annalena erwähnt hatte und von dem sie behauptete, er habe ein starkes Interesse an Geheimdiensten.

Es schien mir auch nicht mehr sinnvoll, nach der Prostituierten zu suchen, die sich um Carlo gekümmert hatte – oder Carlo um sie. Mit ziemlicher Sicherheit war es das übliche faszinierende Spiel, welches ein junger Mann durchläuft, wenn seine Seele ganz offenliegt und er sich verliebt. Wie hieß die Frau eigentlich? Heike Schmitz hatte die Prostituierte zwar erwähnt, aber keinen Namen genannt. Das mußte ich klären, das mußte ich sofort klären. Ich rief die Polizeiwache in Adenau an und erwischte Gerlach.

»Da gibt es doch diese Prostituierte, die Carlo im Munitionsdepot gemalt hat. Wie heißt die eigentlich?«

»Marion«, antwortete er sofort. »Sie heißt Marion Kupisch. Ich weiß das, weil sie erstens klasse aussieht und zweitens gestern von mir hierher geholt wurde. Ich habe ihren Ausweis gesehen.«

»Wieso haben Sie sie holen müssen?«

»Na ja, weil hier jemand war, der sie sprechen wollte. In der bestimmten Sache.« Offensichtlich konnte er nicht ungestört reden.

»Sie meinen in der Sache des Generals?«

»Richtig.«

»Und? War es dieser Dicke, der sich Meier nennen läßt?«

»Richtig.«

»Also Marion Kupisch. Haben Sie irgendeine Ahnung, wo ich die auftreiben kann?«

»Ja. Sie arbeitet unter anderem als Bedienung in einer Kneipe. Die heißt *Zum alten Hof*, an der Bundesstraße 9 Richtung Süden.«

»Kann man mit der reden?«

Er überlegte eine Weile. »Das einfachste ist, Sie kaufen ein paar Nummern«, lachte er. »Wie gehen denn die Geschäfte?«

»Viel Neues!« sagte ich. »Kennen Sie den Bundestagsabgeordneten Heiko Schüller?«

»Nie gehört«, murmelte Gerlach. »War der hier beim
General?«

»Das weiß ich noch nicht. Aber der Abgeordnete Erwin
Herterich hatte was mit dem General zu tun.«

»Ist das der, den sie irgendwo in Jugoslawien in die
Luft geblasen haben?«

»Genau der. Vielleicht wäre es gut, wenn Sie oder Ihre
Kollegin sich mal anhören, was wir inzwischen alles wissen. Vielleicht kommen wir dann auf die richtigen Ideen.
Der Fall ist inzwischen so verrückt, daß mir schwindlig
wird.«

»Doch Sie müssen darauf achten, daß Sie nicht mehr in
diese Gegend kommen. Nein, nein, einen Haftbefehl gibt
es nicht ... Jetzt bin ich allein. Also, wir haben Anweisung, Sie festzuhalten, falls wir Sie erwischen. Der dicke
Meier will Sie haben.«

»Hat er gesagt, warum?«

»Er hat gar nichts gesagt. Wir haben ein Fax bekommen.«

»Ist das für euch nicht karrieretötend, wenn ihr mir
helft?«

»Eigentlich schon. Aber was soll's. Vielleicht tun wir ja
endlich einmal das Richtige. Und es ist keine Korrupti-
on.« Er lachte.

»Was nicht ist, kann noch werden«, bemerkte ich trok-
ken. »Machen Sie es gut, und melden Sie sich, und Grüße
an Heike Schmitz.«

Es war ganz normal, ich werfe meinem Körper nichts
vor. Der Mensch an sich ist dumm und in dieser knall-
harten Leistungsgesellschaft der Meinung, er könne unermüdlich arbeiten, brauche nur hin und wieder ein paar
Vitamine und die Aussicht auf baldigen Ruhm ... was
stottere ich hier herum? Ich schlief einfach ein, und ich
spürte noch, wie erst Paul, dann Momo auf meinen Sessel hüpften. Momo legte sich auf meinen Schoß, Paul auf
die Lehne hinter meinen Kopf. Nichts ist so trivial und
niedlich wie mein Alltag.

Ich träumte sehr Friedliches. Der General saß vor mir am Tisch neben seinem Haus. Die Sonne schien auf das Blätterdach über uns. Er sagte fortwährend: »Ich betone, Herr Baumeister, wir müssen die Feuersalamander retten. Wir müssen sie retten, wir können nicht warten.« Ich wollte ihm verzweifelt sagen, daß er so nicht mit mir reden könne, denn eigentlich sei er tot, ermordet. Aber das half nichts, er sprach unablässig von der Notwendigkeit, die Feuersalamander zu retten.

Dann kam der dicke Meier hinzu und betonte, daß auch der Bundesnachrichtendienst die hehre Verpflichtung spüre, bei dieser Rettungstat zu helfen. Meier sagte: »Wir haben zwar kaum Mittel frei, aber wir finanzieren die Kopulationsversuche und errichten zu diesem Zweck eine biologische Station.«

Dann verschwammen ihre Gesichter ineinander, und daraus formte sich das Gesicht Annalenas, die leise erklärte: »Dinah wird wiederkommen!« Ich hatte nur Freunde im Traum, gleichzeitig wußte ich, daß ich träumte, und ich nahm mir fest vor herauszufinden, was diesen Blödsinn ausgelöst hatte.

Ich wurde wach, weil jemand flüsterte. Eine Bombenexplosion hätte mich nicht geweckt, Flüstern weckt mich immer.

»Er sieht ganz grau aus«, murmelte Germaine.

»Richtig angegriffen!« bestätigte Emma. »Lassen wir ihn schlafen.«

»Was ist denn?« fragte ich heiser.

Rodenstock sagte: »Man kann die jungen Hüpfer niemals allein lassen. Sie bauen ständig Mist.«

»Ich kenne Leute, die halten sich für erwachsen«, erwiderte ich. »Aber trotzdem bin ich froh, daß du dich entschlossen hast, weiter unter den Lebenden zu bleiben.«

»Das ist noch nicht entschieden.« Emma lächelte süßlich. »Der Herr ist der Meinung, er sei für niemanden wichtig, nur eine Last. Auf diese Weise zieht er sämtliche Aufmerksamkeit auf sich und macht sich zum Opfertier dieser brutalen Gesellschaft. Das ist sehr gekonnt.«

»Nicht so brutal, bitte. Du findest den Kognak in der

Küche im linken Schrank, eine Zigarre in dem Schränkchen unter dem Fernseher und Bitterschokolade im Eisschrank.«

»Das ist gut«, murmelte er. »Den Kaffee finde ich auch noch.«

»Wieviel Uhr ist es?«

»Etwas nach Mitternacht«, sagte Germaine. »Du solltest weiterschlafen.«

»Ich nehme erst einmal Schmerztabletten, dann rede ich mit Rodenstock.«

»Er ist ein Netter.«

»Das stimmt. Aber das hindert ihn nicht daran, gelegentlich auszuflippen. Hast du alles erledigen können?«

»Ja. Nur hat der verdammte Leihwagen mein Geld gefressen.«

»Nimm dir neues. Es ist in der Schreibtischschublade im Arbeitszimmer.«

»Vertraust du allen deinen Besuchern so hemmungslos?«

»Nein. Aber dir vertraue ich.«

»Das tut gut. Baumeister, ich habe in Berlin angerufen, ich habe mit meiner Mutter gesprochen. Sie war betrunken oder stand unter Medikamenten. Jedenfalls war sie irgendwie angetörnt. Ich glaube, ich muß demnächst nach Berlin.« Germaine stockte und fuhr dann gepreßt und tapfer fort: »Sie hat Aids, Baumeister.« Sie drehte sich um und ging aus dem Zimmer.

Ich schob den zweiten Sessel beiseite, auf den ich meine Füße gelegt hatte. Ich holte mir die Jeantet Neuilly und stopfte sie. Ihre Mutter hatte also Aids. Das konnte bedeuten, daß Germaine einer harten Zukunft entgegenging und ihrer Mutter die Hand halten mußte, wenn sie starb. Ich war nicht sicher, ob sie das durchstehen würde. Vielleicht würde es ihr helfen, zu sich selbst zu finden und die Hilflosigkeit in sich beiseite zu räumen. Wie auch immer, den General zu verlieren war unter diesen Umständen sehr tragisch.

Ich nahm das Verzeichnis des Bundestages aus dem Regal und blätterte bis *Schüller, Heiko*. Er hatte die obli-

170

gaten dreißig Zeilen bekommen und die Auskünfte waren mehr als mager. Da stand, daß er 46 Jahre alt war, aus einer Pastorenfamilie stammte. Verheiratet, drei Kinder. Mitglied der SPD seit 1972. Mitglied des Rates der Stadt Krefeld, dann im Landesparlament Nordrhein-Westfalen, seit zwei Legislaturperioden Mitglied des Bundestages. Spezialisierung auf wehrtechnische Fragen. Keine Erwähnung seiner stillen Liebe Geheimdienste. Sein Foto war nichtssagend, ein Mann mit Bart, der leicht verlegen in die Kamera lächelte, als wolle er sagen, man solle nicht soviel Umstände machen, ein eigentlich sympathisches Gesicht.

Ich rief Sibelius an und sprach auf seinen Anrufbeantworter: »Ich brauche dringend Basisunterlagen über den Bundestagsabgeordneten Heiko Schüller, Krefeld. Alles, was skandalträchtig ist oder aus dem Rahmen fällt. Vor allem alles, was mit dem Komplex Schüller und Geheimdienste zu tun hat. Bitte per Fax an mich. Dann noch etwas: Die Geheimdienste jagen mich jetzt auf eine sehr private Art. Nachdem die ganze Branche recherchiert, können sie mir die Recherche nicht mehr verbieten, aber sie tun es trotzdem. Ich habe zwei Veilchen, weil ich deutlich gemacht habe, daß ich anderer Meinung bin.« Es war ein ausgesprochen gutes Gefühl, auf eines der weltweit besten Archive zurückgreifen zu können.

Rodenstock kam herein und balancierte auf einem Tablett die Zutaten zu seinem Wohlbefinden. Er setzte es ab und baute alles umständlich auf seinem Platz auf. Er sah mich dabei nicht an, er tat so, als sei alles normal verlaufen, nichts ungewöhnlich.

Schließlich setzte er sich, goß uns Kaffee ein, schnitt die Spitze seiner Zigarre ab, machte sie naß und zündete sie an. Er schnaufte dabei wie ein Walroß. Dann brach er ein Stück Bitterschokolade ab und steckte es sich in den Mund. Es folgten ein Schlückchen Kognak und schließlich ein Schluck Kaffee. Ich habe nie begriffen, ob er das alles im Mund mischte oder aber getrennt den Hals hinunterschaffte. Zumindest machte er ein Gesicht, als halte er sich vorübergehend im siebten Himmel auf. Dann

171

räusperte er sich. »Nun berichte mal, was der Fall ist, wie er aussieht.«

»So nicht.« Ich schüttelte den Kopf. »Erst will ich wissen, wieso du ins Brüder-Krankenhaus nach Trier gegangen bist. Dann will ich wissen, was du dir dabei gedacht hast, einfach zu verschwinden. Wieso hast du Emma im Stich gelassen, verdammt noch mal?«

»Keine Antwort. Das sind intime Fragen. Sie betreffen mein Seelenleben und gehen nur mich etwas an.« Er wirkte verärgert.

»Von wegen intim«, höhnte ich. »Emma taucht hier auf und ist irre vor Furcht. Ich brauche dich für diesen Fall, und du bist einfach verschwunden.«

»Du hast Dinah ...« Er stockte. »Entschuldige, nein, du hast sie nicht.«

»Eben. Sie ist abgehauen, um sich selbst zu finden oder so was. Was sollte dein Ausflug nach Trier?«

»Darüber will ich nicht diskutieren!« Er hatte ein Steingesicht.

»Verdammt noch mal, wir sind Freunde. Ich will das wissen.«

»Also gut, ich fühlte mich nicht wohl. Da bin ich ins Krankenhaus gegangen, um mich untersuchen zu lassen.«

»Verdammte Scheiße! Du warst impotent und wurdest damit nicht fertig. Das kann ich verstehen. Aber Impotenz im zarten Alter von über Sechzig ist ja nichts Besonderes. Das kommt vor. Dann aber zu glauben, du hättest den verdammten Krebs wieder, überzeugt zu sein, nun müßtest du sterben – das ist ja wohl irre!« Ich brüllte mittlerweile, und ich zügelte mich nicht. »Du hast Freunde, und die machen sich Sorgen. Und du hast, verdammt noch mal, nicht das Recht, so zu tun, als seien diese Freunde einfach nicht vorhanden.«

»Welche Rechte ich habe und welche nicht, entscheide ich«, brummte er patzig.

»Man sollte dir den Arsch versohlen«, sagte ich.

Er konnte mich nicht ansehen, er konnte seine Hände nicht ruhighalten. »Du bist ganz schön scharf.«

»Rodenstock!« brüllte ich. »Wenn dein Schwanz versagt, heißt das nicht, daß der alte Mann da oben dich abberufen will. Das heißt lediglich, daß irgend etwas dir Kummer macht, daß du vielleicht Angst hast. Und Emma will doch nur, daß du darüber mit ihr redest. Oder hast du Angst, ihr ein Kind zu machen?«

Er bekam kugelrunde Augen. »Die Frau ist weit über ...«

»Fünfzig«, nickte ich. »Aber ihr seid so blöde, daß euch das sogar gelingen könnte.« Dann mußte ich lachen.

Rodenstock paffte gewaltige Qualmwolken, und als er die Tasse hob, um Kaffee zu trinken, schwappte sie über. Dann versuchte er, unfallfrei einen Schluck Kognak zu nehmen. Auch das mißlang, der Kognak tropfte eine Bahn auf den Tisch. Er hatte einen verbissenen Mund, und natürlich wollte er keinerlei seelische Regung zeigen.

»Du bist ein Arsch«, murmelte ich. »Zu deiner Beruhigung: Ich war auch schon impotent. Mehrmals. Bei mir waren es Bilder, die ich gesehen habe. Tote Frauen und Kinder im Krieg, etwas in der Art. Da war ich so impotent, daß ich meinen eigenen Namen vergessen hatte.«

»Aber das ist doch furchtbar«, stotterte er. »Du hast dich dein Leben lang auf den Eumel verlassen, und nun regt er sich nicht mehr, hängt in den Seilen ...« Irgend etwas schien ihn plötzlich zu erheitern. Glucksend begann er zu lachen, und etwas vom alten Rodenstock tauchte auf und machte mich sehr zufrieden.

»Na also«, murmelte ich. »Und jetzt erzähle ich von dem Fall.«

»Hol Emma dazu«, sagte er. »Sonst müssen wir alles zweimal durchkauen.«

Also holten wir Emma und Germaine, und ich begann zu erzählen. Sicherlich brauchte ich mehr als eine Stunde, um klarzumachen, daß alles Mögliche am Tod des Ravenstein im Grunde nicht rätselhaft war, sondern die Folge irgendwelcher Ereignisse, die wir noch nicht kannten.

»Eine Geschichte mit tausend losen Enden«, murmelte Rodenstock. »Was wir auch tun, wir müssen gegen die

Geheimdienste agieren. Und das ist beinahe aussichtslos.«

»Es geht noch weiter«, sagte ich. »Wenn du in den Fall hineingehst, kannst du dich unter Umständen um deine Pension bringen. Du bist immer noch Beamter, sie können dir verbieten, dich darum zu kümmern.«

Er nickte. »Das können sie. Aber ich mache trotzdem mit. Germaine, ich duze dich mal: Hast du den Eindruck, daß der General auf Geheimdienste spezialisiert war?«

»Ich weiß nur, daß er sich über die Dienste und die Geheimhaltung immer lustig gemacht hat. Er nannte das Machospiele.«

»Hat er jemals geäußert, daß er etwas an den Geheimdiensten ändern will?«

»Nie!« sagte sie energisch. »Aber er sprach selten mit mir über dienstliche Dinge.« Sie machte eine Pause, wurde leicht verlegen und setzte hinzu: »Ich war eben viel zu sehr seine Tochter.«

»Wir sollten uns trennen«, bemerkte Emma sachlich. »Baumeister macht die Eltern von Carlo und die kleine Nutte. Rodenstock und ich fahren die Frau von Herterich besuchen. Und du, Germaine, machst weiter mit Seepferdchen und versuchst, so viel wie möglich aus ihr herauszubekommen. Wahrscheinlich weiß sie Dinge, von denen sie nicht weiß, daß sie sie weiß.«

»Hast du Urlaub?« fragte ich.

»Sicher«, nickte Emma. »Ich dachte, wenn ich Rodenstock finde, falte ich ihn zusammen und fliege mit ihm nach Hawaii oder so etwas. Jetzt ist es eben die Eifel. Und meistens ist sie schöner als die betonierte Südsee.« Sie lächelte und legte Rodenstock die Hand auf den Kopf.

»Dann laßt uns jetzt schlafen«, murmelte Rodenstock verlegen.

Ich verteilte Zimmer, Bettwäsche und Schlafmöglichkeiten und legte mir eine Matratze in das Arbeitszimmer. Aber ich schlief nicht, ich dachte an Dinah und wurde ein Opfer meiner Phantasien. Erst gegen sechs Uhr in der Frühe kam ich zur Ruhe, als die Sonne hochkam und die Glocke im Kirchturm den Tag einläutete.

Gegen neun Uhr weckte mich Rodenstock. »Ich fahre jetzt mit Emma zur Frau von Herterich. Weißt du wirklich nicht, wo Dinah sein könnte?«

»Überall und nirgends. Nein, ich weiß es nicht.«

»Was ist mit den Eltern? Es kann doch sein, daß sie dort ist.«

»Wenn sie dort ist und sich nicht meldet, will sie sich nicht melden.«

Rodenstock wurde unsicher. »Noch eine Frage, mein Sohn. Ich weiß, es geht mich nichts an, aber ist da etwas zwischen dir und dieser Germaine?«

»Nicht das geringste. Sie ist einfach ein guter Kumpel. Sie ist in die Geschichte hineingestolpert. Es ist okay so, und danke für die Nachfrage.«

»Es war so verrückt«, murmelte er. »Emma ist jemand, der Haut mag, meine Haut. Und ich habe immer angenommen, Sexualität ist in diesem Alter bei Frauen vorbei. Aber Emma sagt: Eigentlich ist es seltener, aber besser. Und da ... Es hat mich geworfen, verstehst du? Ich dachte, es sei jetzt alles zu Ende, ich dachte an meinen Krebs, und ich dachte auch: Ich will wissen, wie lange ich es noch machen kann. So ist das gekommen.«

»Schon gut«, nickte ich. »Du bist ja wieder da. Du mußt einfach bedenken, daß Emma dich liebt. Und sie tut das ganz freiwillig.«

Er nickte und ging hinaus, und ich trat die Reise ins Badezimmer an. Schmerzen hatte ich nicht mehr.

Eine halbe Stunde später hörte ich Germaine mit Annalena telefonieren und machte mich auf den Weg. Der Tag war schon heiß, und ich fuhr die Strecken, die ich so liebte.

Auf der Hochebene zwischen Nohn und dem Ahrtal flog ein Sperberpärchen.

SIEBTES KAPITEL

Bad Godesberg ist eine seltsame Mischung aus hoffnungslosen Provinzialitäten und kühnen Vorstößen in die Kühle einer Einkaufsstadt. Wahrscheinlich macht das seinen Charme aus.

Die Metzgerei der Mechernichs war nicht zu übersehen, da Carlos Vater seinen handwerklichen Genius in Chrom verewigt hatte. Die Straßenfront war drei Riesenschaufenster lang, die in Chrom gefaßt waren. Im ersten Fenster hing ein Plakat. *Wir garantieren, daß unsere Rinder BSE-frei sind. Unsere Rinder stammen aus den Höhen der Eifel und haben England nie gesehen!* Innen hingen an Chromhaken Würste, auf Chromtabletts waren Koteletts gestapelt, in Chromnäpfen ringelten sich alle möglichen Innereien. Es war ein Rundumschlag der Götter der Völlerei, und ich war schon vom bloßen Anblick satt. Ganz abgesehen davon waren alle vier Verkäuferinnen bukolisch drall, man konnte sich sehr gut vorstellen, daß sie anzügliche Witze rissen und Bratwürste mit Bier in sich versenkten, wobei ihnen das Fett vom Maule troff.

Ich ging hinein und stellte mich etwas abseits, um den Hausfrauen nicht im Wege zu sein. Ich winkte einer der Verkäuferinnen und fragte: »Ist Herr Mechernich im Hause? Oder Frau Mechernich?«

Sie hielt sich offenbar für eine De-Luxe-Ausgabe, sie schnurrte: »Vertretertag ist bei uns der Donnerstag.«

»Ich bin kein Vertreter, und es ist privat. Es betrifft den Sohn.«

»Können Sie mir sagen, um was es geht?«

»Kann ich nicht«, ich schüttelte den Kopf.

»Tja«, murmelte sie.

»Sagen Sie bitte Herrn und Frau Mechernich, ich brauche nur fünf Minuten ihrer Zeit.«

»Der Junge ist noch nicht mal unter der Erde.« Sie seufzte langgezogen.

»Hören Sie, das weiß ich auch. Ich habe ihn gefunden.«

»Wie bitte?« Ihre Stimme war augenblicklich schrill, und sie starrte mich an, als habe ich damit eine besondere Lebensleistung vollbracht. »Warum sagen Sie das nicht gleich? Also, die Chefin ist beim Arzt. Das dauert. Der Chef ist in der Eifel. Er ist da, wo Carlo immer war. Ich weiß nicht genau, wo das ist, und ...«

»Aber ich«, murmelte ich und ging hinaus. Ich setzte mich in den Wagen und machte mich auf den Weg.

Kurz vor Dümpelfeld fiepste das Handy, und ich ließ es fiepsen, bis der Anrufer aufgab. In Leimbach allerdings fiepste es erneut, und ich hielt an.

»Ich bin's, Germaine. Diese Polizistin rief eben hier an. Einer von uns soll unbedingt zum Munitionsdepot fahren. Da ist irgendein Zoff, sie haben eine vierte Leiche.«

»Mechernich!« sagte ich erschrocken.

»Wie bitte?« fragte sie.

»Das ist Carlos Vater.« Ich fuhr weiter.

Es war nicht Mechernich, es war der dicke Meier vom Bundesnachrichtendienst, und der Mörder hatte sich keine sonderliche Mühe gegeben, ihn zu verstecken. Meier lag mitten auf einem Waldweg hoch im Hang hinter den Resten des Generalshauses. Er lag auf dem Rücken mit gespreizten Beinen, und er war von Neun-Millimeter-Geschossen förmlich durchgesägt – wie der General.

Ich ging auf die Gruppe zu, die um den Toten herum stand, und es war deutlich, daß niemand diesen Toten abschirmen wollte. Noch waren die Geheimdienstvertreter nicht aufgetaucht, und auf meine Frage, wann denn Meier erschossen worden sei, erwiderte Gerlach: »Wir schätzen, daß es ungefähr zwei bis drei Stunden her ist, nicht länger.«

»Also gegen acht bis neun Uhr?« fragte ich.

»Richtig«, bestätigte er.

»Und wo ist der Mechernich, Carlos Vater?«

»Wie bitte?« fragte der Polizist irritiert.

»Mechernich ist heute morgen hierher gefahren, um zu sehen, wie und wo Carlo gelebt hat. Ist er nicht dort in der Gruppe?«

»Nein. Das da sind Kripo-Beamte, Journalisten und Fotografen. Die sind automatisch von der Kriminalaußenstelle unterrichtet worden. Natürlich wird das Zoff geben, aber der Fall ist denen in Bonn längst aus dem Ruder gelaufen.«

Grinsend setzte er nach: »Und für Sie interessiert sich auch kein Mensch mehr.«

177

»Wie schön«, murmelte ich. »Und wie finde ich jetzt Mechernich? Wissen Sie, wie der aussieht?«

»Aber ja«, sagte er. »Er ist ungefähr zwei Meter groß, hat eine Stimme wie ein sanftes Kind und ist der Meinung, daß Hitler erhebliche Vorteile hatte.«

»Oh Gott. Gibt es irgendwelche Spuren, die auf den Mörder hindeuten?«

»Nein, nicht die geringsten.«

»Wußten Sie denn, daß der dicke Meier hierherkommen würde?«

»Niemand wußte das«, sagte er.

»Wer hat Sie gerufen?«

»Zwei Leute von der *Rheinzeitung* in Koblenz. Die wollten hier die Trümmer vom Haus des Generals fotografieren. Dabei gingen sie im Hang hoch und fanden die Leiche.«

»Und das Büro Meiers? Die müssen doch etwas wissen.«

»Sie wissen nichts. Im Gegenteil, sie haben ihren Chef um zehn Uhr erwartet, weil er trotz Wochenende eine Konferenz angesetzt hatte. Das behaupten sie jedenfalls, wobei unsereiner niemals weiß, ob die lügen oder ausnahmsweise die Wahrheit sagen.« Er schnaufte verärgert. »Jetzt folgt das übliche Spielchen. Wieder mal fliegen die Hubschrauber ein.«

»Also, ich gehe den Mechernich suchen«, sagte ich. Ich drängte mich durch die Gruppe und fotografierte den dicken Meier oder das, was von ihm übriggeblieben war. Das Auto ließ ich stehen und marschierte ganz langsam durch den Wald bergauf. Ich litt dabei unter der Vorstellung, daß es vielleicht auch den Mechernich erwischt haben könnte. Das schien irgendwie logisch zu sein. Nach hundert Metern schon war ich schweißgebadet und verfluchte den Tag, an dem ich herausgefunden hatte, daß ich den General Ravenstein mochte, weil der die Eifel so liebte.

Ich brauchte dreißig Minuten, bis ich auf dem großen H des Hubschrauberlandeplatzes anlangte, den niemand mehr brauchte. Kein Mensch war zu sehen.

Schließlich fand ich Mechernich zu Füßen eines Erd-
walls. Er saß mit dem Rücken zu mir in einem großen
Fleck von Waldweidenröschen, hielt beide Hände vor
das Gesicht und weinte laut. Dann schrie er. »Ich verflu-
che dich, Gott. Ich hasse dich! Ich will so ein Leben nicht.
Wieso nimmst du mir dieses Kind? Wieso? Was gibt dir
das Recht dazu? Er hatte doch noch gar kein Leben,
Gott.« Er schlug wieder die Hände vor den Mund und
sagte etwas unter großem Schluchzen, das ich nicht verstand. Er hockte in der Sonne, hatte sein Hemd ausgezo-
gen, und der Schweiß lief in Bächen über seinen Rücken.

Ich stand zwanzig Schritte bewegungslos hinter ihm
und wagte es nicht, ihn zu stören. Plötzlich empfand ich
es als ganz gleichgültig, ob der Mensch vor mir ein Neo-
nazi war oder nicht. Er hatte das Recht auf diese wüten-
de, seelenfressende Trauer.

Mechernich wiegte seinen Oberkörper in großem
Schmerz hin und her und wurde in dieser Pendelbewe-
gung langsamer und ruhiger. Schließlich schneuzte er
sich die Nase, warf das Taschentuch beiseite, stand auf,
dehnte sich, streckte die Arme aus. Es war so, als versuche der Mann sich auf sich selbst zu besinnen.

»Ich habe Ihren Sohn gefunden«, sagte ich ohne jede
Betonung.

Er drehte sich herum, war nicht überrascht. »Haben Sie
mich gesucht?«

»Ja, das habe ich. Ich will aber nicht stören.« Es war
mir zuwider, mit ihm sprechen zu müssen. Es gab Sekunden, in denen ich meinen Beruf haßte.

»Sie stören nicht«, sagte er. Er griff nach seinem Hemd
und zog es über. »Kannten Sie ihn?«

»Nein. Ich wußte, daß es ihn gab, aber ich kannte ihn
nicht. Ich war schon in den Räumen, in denen er gelebt
hat. Er war ein begnadeter Maler.«

»Ja, das war er. Das hat er wohl von meiner Frau ge-
erbt. Mit Kunst habe ich es nicht.« Er setzte sich neben
einen wilden Rhabarber, zog eine Schachtel Davidoff aus
dem Jackett und zündete sich eine an. »Ich war nie hier,
noch nie. Aber das war ja auch nur eine Marotte von ihm,

das wollte er ja an den Nagel hängen, das hat er mir versprochen. Junge Leute haben manchmal so Marotten. Und außerdem hatte er ja den Auftrag. Und den nahm er sehr ernst. Er mußte ja hier leben.«

Ich war verwirrt, wollte schon ostentativ fragen, was er damit meinte, aber ich schwieg, weil er schon weitersprach und weil er sich benahm, als sei ich gar nicht da.

»Wir haben ihn ja nicht mehr sehen können, weil die Leute gesagt haben, sein Schädel sei ganz kaputt. Er ist wohl mit dem Schädel gegen einen Felsen gestoßen. Richtig in voller Fahrt. Da half auch der Motorradhelm nicht, da hilft eben nichts mehr.« Während er redete, bewegte er sich nur, wenn er die Zigarette zum Mund führte, um daran zu ziehen.

»Wie haben Sie ihn denn gefunden?« fragte er plötzlich nahezu sachlich.

»Er lag auf einem schmalen Weg«, sagte ich. »Neben seinem Motorrad. Ich konnte nichts tun, ich konnte gar nichts tun. Er hatte es hinter sich, er war ... er war gestorben. Er sah nicht so aus, als habe er Schmerzen gehabt.«

»Können Sie mir die Stelle zeigen?«

»Ja, gerne.«

Ich setzte mich neben ihn, zog eine Pfeife aus der Tasche und begann sie zu stopfen. Ich war dankbar, daß ich meinen Händen etwas zu tun geben konnte.

»Er war seltsam, ganz seltsam«, sagte Mechernich leise. »Ich habe mal gesagt, daß auf der Erde nur die Rasse überlebt, die hart und klug genug ist, um zu überleben. Bei den Tieren und bei den Menschen. Ist doch so, oder? Da hat er gemeint, ich wäre ein Nazischwein. Wirklich. Nazischwein. Er hat mich richtig angeschrien. Ich hätte keine Ahnung, von nichts hätte ich eine Ahnung. Und ich würde dauernd davon reden, daß Hitler gar nicht so schlecht gewesen wär. Stimmt ja auch, glaube ich auch. Aber er war richtig wütend auf mich.« Er versuchte zu lächeln. »Woher sollen die jungen Leute auch wissen, daß immer die Sorte siegt, die zäh ist, sich durchsetzt und kämpfen kann. Na ja, ich habe ihn laufenlassen, habe gesagt: Er muß sich die Hörner abstoßen. Aber er war ja auch sehr sensibel. Und dann kam dieser Auftrag, und ich dachte: Jetzt packt er es, jetzt zeigt er, was er kann. Und kaum hat er die Chance, da ...« Er fing wieder an zu schluchzen und schüttelte den Kopf über so viel Ungerechtigkeit in der Welt. Dann war er erstaunt über sich selbst. »Ich erzähle Ihnen das alles. Tut mir leid.«

»Ist schon gut«, murmelte ich. »Ist ja auch nötig, daß man mal platzt und redet, oder? Wissen Sie, eigentlich hätten wir ihn wegjagen müssen, aber wir konnten es nicht. Er kannte die Pflanzen und Bäume und Tiere. Und er malte das alles. Wir wollten ihn nicht verjagen. Er war ja auch sehr friedlich und freundlich und sehr höflich.« Lieber Gott, Baumeister, fang jetzt bitte nicht an, die große Nummer abzuziehen und auf die Tränendrüsen zu drücken. Baumeister, hör auf zu lügen!

»Das stimmt. Höflich war er immer. Wenn er schon mal im Geschäft aushalf, waren die Kundinnen immer ganz begeistert. Er hatte ein Händchen für Frauen!« Er kicherte und sah mich von der Seite an. »Er war so vierzehn oder fünfzehn, da war er so empfindlich, daß ich dachte: Der ist schwul! War damals ein harter Brocken für mich. So was hat man ja nicht gerne in der Familie. Später, als er dann schon hier war, habe ich ihm angeboten, ihn die Jagdprüfung machen zu lassen, ich kenne da ein paar maßgebliche Herren. Aber er wollte nicht, er hatte mit Waffen nichts am Hut, er sagte: ›Ich hasse diese Totmacher!‹«

»Sie sollten aus der Sonne rausgehen«, meinte ich ruhig. »Es ist einfach stechend heiß.«

»Ja«, murmelte er. »Stimmt.« Er stand auf und ging vor mir her, bis er an das Gebäude hinter dem Erdwall kam. Es hatte die Nummer 8. Es war ein Raum, vollkommen verdreckt. Irgend jemand hatte einen Haufen Balken und Latten in einer Ecke gestapelt, und wir legten uns zwei Balken hin und setzten uns darauf.

Mechernich schwieg eine Weile, bis er fragte: »Wissen Sie, ob er hier glücklich war?«

»Soweit ich das beurteilen kann, war er sehr glücklich. Und Ihre Frau ist für die künstlerische Seite zuständig?«

Ich mußte dieses Gespräch im Gang halten, es durfte nicht versiegen.

»Ja, ja, da ist sie zuständig. Zum Beispiel für die Schaufensterdekorationen und die Arbeitskleidung der Mädchen im Laden und solche Sachen. Und die Werbung. Und dann noch die Konzerte. Wir machen Konzerte. Blasmusik mit dem Schützenverein und so. Aber auch klassische Sachen. Zum Beispiel Streichquartette. Diese Kulturschaffenden haben ja alle kein Geld. Und die Gemeinden sind auch pleite. Da tut man, was man kann.«

»Sie sind bis heute nie hier gewesen?« Ich mußte neugieriger werden.

»Nie«, sagte er leise und schüttelte den Kopf. »Und wenn ich hier nicht den Herrn aus dem Innenministerium treffen wollte, wäre ich auch heute nicht gekommen. Gut Ding will Weile haben, sage ich immer.«

»Jetzt verstehe ich.« Mir war die Kehle eng. »Nachdem Sie den Menschen vom Innenministerium getroffen haben, sind Sie den Spuren Ihres Sohnes gefolgt.«

»Nein, nein, nein«, sagte er abwesend. »Ich kapiere das ja auch nicht, aber der Mann ist nicht gekommen. Wir waren um halb neun hier verabredet. Er kam nicht. Und dabei hat er es dringend gemacht.« Er hielt einen Moment inne. »Ich dachte schon, er bringt den Orden für meinen Sohn. Wahrscheinlich wollte er das ja auch.«

»Den Orden?« Ich brauchte Verblüffung nicht vorzugaukeln.

»Er hatte einen Staatsauftrag«, redete Mechernich vor sich hin. »Und ich dachte, dieser Mann vom Innenministerium bringt die Verdienstmedaille oder etwas in der Art. Eigentlich kam der Auftrag ja von den Amerikanern. Doch offiziell steckte die Bundesrepublik dahinter.« Er sprach das Wort ›Bundesrepublik‹ mit besonderer Betonung. Was immer der Auftrag dieses Sohnes gewesen war, der Vater war schrecklich stolz darauf.

»Das ist ja verrückt«, meinte ich vorsichtig. »Ein Orden für Ihren Sohn. Und dann dieser Unfall. Das ist ein böses Schicksal. Das war sicher der Meier, der sich mit Ihnen hier treffen wollte, oder?«

182

Er sah mich schnell von der Seite an. »Richtig, kennen Sie den Doktor Meier auch?«

»Oh ja, wir sind gute Bekannte, der Doktor Meier und ich.«

Es war jetzt einfach: Meier war auf dem Weg zum Treffpunkt gewesen. Wie alle diese Geheimdienstfritzen näherte er sich seinem Ziel von der Rückseite. Dann war jetzt auch klar, wann Meier getötet worden war. Gegen 8.45 Uhr. Warum, um Gottes willen, hatte sich der BND-Mann klammheimlich mit dem Vater eines Opfers verabredet? Ernstlich wegen eines Ordens?

»Hat Meier Ihnen gesagt, er würde einen Orden mitbringen?«

»Nein.« Er schüttelte den Kopf. »Nein, so was sagen die doch nicht. Meier wollte mich sprechen, weil es da einige Unklarheiten gab. Wegen des Generals, meine ich. Der machte denen ja nun wirklich Kummer.« Er schnaufte etwas, fummelte eine Zigarette aus der Schachtel und paffte erneut vor sich hin wie ein kleiner Junge, der zum erstenmal heimlich hinter den Stachelbeeren raucht.

Ich blies in dasselbe Horn, denn das verstand ich. »Stimmt, der General war bestimmt ein Problem für die. Solche Kerle sind immer ein Problem.«

Er sah mich wieder an, nickte. »Ich dachte schon, Sie wären so was wie ein Kegelbruder von dem Mann. Mein Sohn hatte ja den Auftrag, den General ständig im Auge zu behalten. Er baute das Netz auf, so daß wirklich nichts mehr passieren konnte. Ja, ja, der war wirklich ein Problem. Was soll's. Das hat sich jetzt alles erledigt. Irgendein Irrer hat den General erledigt, und mein Sohn ist verunglückt. Die Toten kommen nicht wieder, die kommen niemals wieder.«

Meier auch nicht, dachte ich automatisch.

»Ich muß weiter«, sagte ich. »Ich habe noch viel zu tun. Vielleicht können wir irgendwann weitersprechen. Über Carlo, meine ich.«

»Wenn das ginge, das wäre schön«, sagte er. Mechernich neigte demutsvoll den Kopf, schniefte und begann lautlos zu weinen.

183

Ich ging nur hundert Meter weiter zwischen den Erd-wällen entlang. Dann wählte ich Herterichs Nummer. »Ich brauche meinen Freund Rodenstock«, bat ich.

»Ja? Warst du erfolgreich?«

»Ein bißchen zuviel Erfolg«, sagte ich hastig. »Meine Welt steht Kopf, Carlo war kein harmloser Naturfreak und kein gestörtes Kind. Nach Ansicht seines Vaters hatte er den Auftrag, den General zu überwachen. Ich verstehe nichts mehr.«

»Beruhige dich«, erwiderte Rodenstock. »Wenn Ge-heimdienste mitspielen, lauert an jeder scharfen Ecke ein Bluff, eine Lüge, eine komische Sache. Ich kenne mich da aus, glaub mir. Von Frau Herterich ist nichts zu erwarten. Aber eines ist ganz wichtig: Sie waren Brüder im Geiste, der Herterich und der General. Und noch etwas: Herte-rich, das war abgesprochen mit allen Parteien in Bonn, sollte nach seiner Rückkehr Chef des BND werden ...«

»Der dicke Meier vom BND ist tot. Umgebracht. Eine Salve. Genauso wie der General.«

»Wie bitte?« fragte er schrill. »Jetzt verstehe ich deine Verwirrung. Wir sehen uns in Brück. Was machst du jetzt?«

»Ich weiß es nicht genau. Eigentlich müßte ich diese kleine Nutte auftreiben. Die in Godesberg, die sich um Carlo gekümmert hat.«

»Dann tu das«, sagte er. »Wir müssen nicht neue Spu-ren aufreißen, sondern alte Spuren nach Möglichkeit eliminieren. Wir brauchen sozusagen ein freies Arbeits-feld.«

»Ja, ja«, seufzte ich und unterbrach die Verbindung. Das Ekelhafte an Rodenstock war, daß er nie die Ruhe verlor und immer einen klugen Satz auf Lager hatte, der in der Regel Mehrarbeit bedeutete.

Ich rief in der Redaktion des *Spiegel* an. »Hallo, eine In-formation, die ihr wahrscheinlich gleich von *dpa* be-kommt: Der Meier, der bisher die Untersuchung des Todes von General Ravenstein leitete und mit aller Si-cherheit vom BND ist, wurde heute morgen erschossen. Und zwar mit einer ganz ähnlichen Waffe oder derselben wie Otmar Ravenstein. Auch hier wieder mindestens zwei Salven, mindestens dreißig bis vierzig Einschüsse. Direkt hinter der Ruine des Jagdhauses. Keinerlei Spuren, keine Geschoßhülsen ...«

»Wollen Sie mich auf den Arm nehmen?« fragte Sibelius aggressiv.

»Nicht die Spur, Sir. Das ist der Sachstand. Dann noch etwas. Es gibt Anzeichen dafür, daß wir den Fall aus einer ganz anderen Perspektive betrachten müssen als bisher. Aber es ist zu früh, darüber zu reden. Was ist mit Heiko Schüller?«

»Der Mann hat eine Karriere hinter sich, die sich im Grunde von denen anderer durch nichts unterscheidet. Vater in der Textilbranche als Meister und sehr engagiert in der Gewerkschaftsarbeit. Der Junge folgte dem Vater. Mitglied der Jusos, sehr aufmüpfig, wird aber schnell ruhiggestellt, weil die Partei bekanntlich Ruhe will und nichts als Ruhe.« Sibelius lachte. »Der Junge heiratet früh und wird sehr schnell wieder geschieden. Keine Kinder aus dieser ersten Ehe. Er bewegt sich etwa fünf Jahre als Junggeselle. Fünf sehr lebhafte Jahre, um es vorsichtig auszudrücken. Er steigt in dieser Periode tief in die lokale Politik ein, wird Mitglied des Rates der Stadt, dann nominiert für den Landtag Nordrhein-Westfalens in Düsseldorf. Jetzt beginnt er sich zu mausern. Zunächst macht er sich zum Wehrspezialisten. Auf dem Sektor Bundeswehr ist dem Mann nichts mehr beizubringen, da ist er echt Spitze. Er heiratet zum zweitenmal. Aus dieser Ehe zwei Kinder, zwei Töchter, jetzt acht und elf Jahre alt. Die Frau hat er bei den Jusos kennengelernt. Aus der Anfangszeit dieser Ehe gibt es den Spruch dieses Mannes, daß ihn vor allem eines mit seiner Frau verbinde: die scharf ausgeprägte Lust, sich Lust zu machen. Für solche Sprüche war er sein Leben lang gut. Mit anderen Worten, er ist ein heilloser Macho und hatte niemals die Absicht, etwas anderes zu sein. Der Punkt, auf den Sie wahrscheinlich warten, kommt jetzt.«

»Langsam, langsam. Wie sieht er aus?«

»Eigentlich windschnittig mit einem angenehmen CW-

Wert. So ein ähnlicher Typ wie Niedersachsens Schröder. Seine Lieblingsfloskel ist: Machen wir uns nix vor, die Wahrheit sieht doch so aus ... Auf dem Foto hier hat er dunkle, elegant geschnittene Haare, trägt einen teuren Trenchcoat über einem teuren Anzug und englische Schuhe. Er sieht immer ein bißchen wie ein James-Bond-Verschnitt aus.«

»Wann hat er denn die Aufmüpfigkeit verloren?«

»Im Grunde wie alle diese Jungens sehr früh. Am Ende seines Daseins als Ratsherr in Krefeld hat er dauernd betont, er würde der SPD raten, sich schleunigst zu bewegen, mehr in die Verantwortung zu gehen. Er hat die Genossen Scharping und Oskar Lafontaine als ziemlich dicke Sitzärsche bezeichnet, was eigentlich nicht viel heißen will. Aber er hat in einer unangenehmen Sache, der Abschiebung einer Kurdenfamilie, für die Abschiebung gesprochen. Bei einem CDU-Mann würde ich das nicht verwunderlich nennen, bei einem FDP-Mann erst recht nicht. Aber dieser SPD-Mensch namens Schüller hatte bis dato ständig die Menschenrechte im Maul. Insofern war es denkwürdig. Im Landtag in Düsseldorf, das weiß unser zuständiges Büro genau, hatte er Affären mit jungen Frauen. Mit Sicherheit drei, die Dunkelziffer ist hoch. Jetzt bahnt sich ein Wandel an, der eigentlich von der Sache her ganz logisch ist. Er driftet weit nach rechts und stößt zunächst auf so gut wie keine Gegenwehr, was für den Zustand der Partei symptomatisch ist. Und er weitet sein Spezialgebiet Bundeswehr aus. Er konzentriert sich auf Geheimdienste. Als er zum erstenmal für den Bundestag kandidierte und die Wahl gewann, kam er als echter Geheimdienstspezialist in Bonn an. Inzwischen ist er dermaßen fit auf diesem Sektor, daß sogar die Bundesregierung im Zweifel anfragen läßt, was er denn von diesem oder jenem Problem halte. Ja, das ist vorläufig alles. Mehr wissen wir noch nicht.«

Ich bedankte mich artig und machte mich auf den Weg zu meinem Auto, und selbstverständlich schimpfte ich mich einen Idioten. Denn wie kann ein vernünftiger Mensch in den heißesten Mittagsstunden eine Prostituierte ausfindig machen, deren Mitwirkung in diesem Spiel bestenfalls marginal sein konnte? In einem Punkt hatte Rodenstock allerdings recht: In jedem verwickelten Fall – auch und gerade bei journalistischen Recherchen – wirkt es Wunder, alle Spuren, die falsch sind, aus dem Spiel zu werfen. Trotz solcher weisen Erkenntnis hätte ich lieber in meinem Garten neben der Brücker Kirche gehockt, den Schmetterlingen zugeschaut und meine Katzen gekrault oder mit meinem Nachbarn Latten über meinen Gartenteich geschwätzt, weil Latten etwas hat, das bei mir nur rudimentär vorhanden ist: technisches Verständnis.

Aber alle diese Gedanken über das, was man eigentlich viel lieber täte, nutzten nur wenig. Zwei Fragen beschäftigten mich: Wofür sollte Carlo, der angeblich den General überwacht hatte, einen Orden bekommen? Frage Nummer zwei: Wer konnte in diesem trüben Spiel ein Interesse daran haben, den BND-Meier zu töten?

Also fuhr ich in der grellen Mittagssonne das Ahrtal hinunter Richtung Bonn. In Meckenheim ging es auf die Landstraße, die durch das Tal des Godesberger Baches führt, vorbei an dem Ort, der den merkwürdigen Namen Villiprott führt.

Die Kneipe *Zum alten Hof* an der B 9 war einfach zu finden, die gesuchte Marion Kupisch, ihres Zeichens Prostituierte, nicht.

»Die macht Pause bis abends«, muffelte der Wirt.

Seine Kneipe war eine durchaus gelungene Mischung aus deutschem Steakhouse, Löwenbräu-Keller und einschlägigem Etablissement der schäbigen Sorte. Und damit die Abgeordneten aus Ostfriesland sich nicht übergangen fühlten, hatte er an die Decke ein Fischernetz mit Seesternen und einer kleinen Krake aus Plastik geklemmt. Im wesentlichen pries er *Jägerschnitzel, Zigeunerschnitzel, Eisbein mit Sauerkraut* und *Original rheinischen Sauerbraten mit Rotkohl und Klößen* an, und er selbst sah durchaus so aus: füllig bis fett mit einem Kaiser-Wilhelm-Schnäuzer.

»Ich brauche die Marion aber jetzt«, sagte ich. »Wo wohnt sie denn?«

»Ich weiß nicht«, behauptete er. »Die Wohnungen meiner Angestellten interessieren mich nicht.«

»Aber ihre Telefonnummer haben Sie doch, oder?«

»Habe ich nicht«, muffelte er weiter.

»Warum lügen Sie eigentlich?« fragte ich nebenbei.

Er sah mich an, und es war unübersehbar, daß er nachdachte. Schließlich kam er zu einem Ergebnis. »Ich lasse mich nicht gerne in meinem Haus beleidigen.«

»Du lieber mein Vater«, stöhnte ich. »Marion arbeitet hier. Also haben Sie doch ihre Telefonnummer, oder? Ich weiß, Sie sind überarbeitet, aber überlegen Sie doch mal, wo die Nummer sein könnte oder Marions Adresse. Oder soll ich Ihnen meinen Dienstausweis zeigen?«

Er überlegte erneut und diesmal wesentlich länger. Dann fragte er brüderlich sanft: »Bulle?«

»Schlimmer«, sagte ich. »Viel schlimmer.«

»Also, sie wohnt Brüdergasse vier. Hinten im Hof. Und sagen Sie ihr bloß nicht, daß Sie die Adresse von mir haben. Das ist, wenn Sie rauskommen, einmal nach rechts um den Block, und dann ist es da auch schon.« Er lächelte schmal. »Nix für ungut, Kumpel.«

»Bis bald«, nickte ich.

»Oh«, nuschelte er, »meine Steuererklärungen sind in Ordnung.«

Ich schlenderte also um den Block. Da war ein uraltes Haus, das nach Abriß aussah. Eine alte Werbeschrift war noch zu erkennen: *Holz und Kohlen*. Daneben ging es durch ein halbgeöffnetes Eisentor in einen Hof, der mit einem sehr schönen Katzenkopfpflaster ausgestattet war, wahrscheinlich original und uralt. Es mußte das Quergebäude sein, denn alle anderen Fenster waren leere, dunkle Höhlen. Das Quergebäude, ein alter Werkstattbau in rotem Backsteinwerk, war unten leer, oben aber mit Fenstern und Gardinen bestückt. An einer Seitentür gab es eine Klingel: *Kupisch, Marion*. Ich klingelte.

»Ja?« quäkte ein blecherner Lautsprecher. Unzweideutig eine weibliche Stimme.

»Hier ist der Baumeister«, sagte ich aufgeräumt. »Ich hätte Sie gern gesprochen.«

»Gesprochen? Nur gesprochen?«

»Oh, nicht nur gesprochen«, versicherte ich.

»Haben Sie denn eine Empfehlung?« fragte der Lautsprecher.

»Ja, sicher doch«, trällerte ich. »Warte mal, wie heißt der noch? ... Moment, ich komme gleich darauf. Also der, der in der Kneipe immer in der rechten Ecke von der Theke steht. Moment mal, ich komme gleich drauf ...«

»Meinst du Icke?«

»Icke? Hieß der Icke? Nein, der hieß nicht Icke. Warte mal, gleich fällt mir der Name ein.«

»Ach was, laß dein Gehirn in Ruhe. Komm rauf.«

Der Summer tönte und erlöste mich. Gleich hinter der Tür führte eine sehr steile Holztreppe nach oben. Die Treppe, daran bestand kein Zweifel, war ein teures Stück und nicht maschinengefertigt, alte Buche. Vor einer Stahltür war erst einmal Schluß. Die ging auf, und dahinter stand Marion Kupisch in voller Arbeitsmontur.

Wahrscheinlich hätten Gebrauchsliteraten des frühen zwanzigsten Jahrhunderts die junge Frau ein bildhübsches, leicht vulgäres Arbeiterkind genannt. Sie war zwanzig, fünfundzwanzig Jahre alt, hatte eine dunkle Haut und fast schwarze, lange Haare. Ihre vollen Lippen bildeten einen Schmollmund, sie hatte eine Taille wie eine Schlupfwespe und Beine bis zum Himmel. Sie war so etwas wie eine frühe Brigitte Bardot. Die Farbe ihrer Augen war merkwürdig, eisblau mit dunklen Einsprengseln darin; sie war wahrhaftig ein erfreulicher Anblick.

Ihre Arbeitskleidung war ganz in Weiß. Da gab es oben herum einen schneeweißen, winzigen BH. Unten herum einen ebenso winzigen Slip. Jemand mußte ihr gesagt haben, daß Strapse verrucht sind und besonders Familienväter anmachen. Also hatte sie sich etwas knappes Weißes gekauft, an dem schneeweiße Strumpfhalter schneeweiße, durchbrochene Strümpfe hielten.

»Hallo«, sagte sie mit rauchiger Stimme.

Ich grüßte diese Versammlung sündiger Trivialitäten mit dem bekannten Ausruf deutscher Schäferhunde, ich sagte bewundernd: »Wow!«

189

Sie berührte das nicht. »Willst du irgend etwas Besonderes?«

»Na, sicher«, murmelte ich. Ich stand noch immer außerhalb der sündigen Herrlichkeit.

»Und was?«

»Das denke ich mir noch aus«, sagte ich. Und weil ich ahnte, daß sie für gute Arbeit auch gutes Geld wollte, blätterte ich vier Hunderter in meine Rechte und hielt sie ihr hin. »Ich hätte erst mal gerne einen Kaffee.«

»Das«, so sprach sie huldvoll, »ist die leichteste Übung.« Dann riß sie förmlich die Tür auf und versenkte dabei den Zaster zwischen ihren Brüsten in dem Nichts von BH und ließ mich eintreten.

Ich stand in einem Flur, der ekelhaft kühl und kahl war. Sie hatte zwar versucht, den langen Schlauch etwas gemütlicher zu gestalten, aber das war fehlgeschlagen.

»Zweite Tür links«, sagte sie. »Ich laß mal den Kaffee durchlaufen. Gleich rechts steht der Getränkewagen. Du hast zwei Getränke frei, egal was.«

»Das ist ja toll«, nickte ich.

Das Zimmer, in das ich jetzt kam, war exakt so, wie ein bestimmter Regisseur des Ersten Deutschen Fernsehens sich die sündige Arbeitswelt von Callgirls vorstellt. Der Raum ersoff in rotem Plüsch, nicht einmal die Decke war ausgespart, bis auf eine Stelle, an der ein Spiegel hing, der exakt so geformt war wie das kreisrunde Bett, das unter ihm stand. Sie hatte sogar den Getränkewagen mit Plüsch drapiert.

Ich seufzte laut: »Oh Gott!« und war augenblicklich impotent.

Ganz vorsichtig hockte ich mich auf die Kante eines roten Plüschsessels und harrte der Dinge, die da kommen würden. Aus irgendwelchen Lautsprechern erklang gedämpft ABBA mit »The Winner takes it all«. Ich fragte mich, ob Carlo jemals in diesem Raum gewesen war. Falls es sich so verhielt, waren seine Depressionen grundsätzlich kein Rätsel mehr.

Ich stopfte mir eine Pfeife, weil der Geruch des Raumes mich an Krankenhaus erinnerte. Wahrscheinlich hatte sie

wie viele junge Frauen einen Hygienefimmel und hielt
Mundgeruch für eine charakterliche Deformation.

Durch die Lautsprecher war ihre zärtliche Stimme zu
hören: »Der Kaffee kommt sofort.« Zärtlichkeit für exakt
vierhundert Mark.

Nach ein paar Minuten kam sie tatsächlich hinein und
stellte ein kleines Tablett auf ein noch kleineres Tisch-
chen. Dann stand sie da etwas breitbeinig und sündig
und fragte erfrischend fröhlich: »Und was möchtest du?
Hast du einen besonderen Wunsch?«

»Ja«, gab ich zu. »Ich hätte gern Auskunft über einen
gewissen Karl Mechernich, genannt Carlo. Du hast ihm
Modell gestanden. Das war, wie du weißt, in dem alten
Munitionsdepot oben an der Hohen Acht. Wer war Carlo, und was hat er alles so getrieben in den Wäldern?«

Sie war helle, hockte sich in einen kleinen Sessel und
stöhnte: »Also bist du von den Bullen, oder so was?«

Ich antwortete nicht.

»Ich verpfeife keine Freunde«, meinte sie heftig.

»Carlo ist tot. Da ist nichts zu verpfeifen«, sagte ich
ebenso heftig.

»Hast du eine Ahnung!« entgegnete sie verächtlich
und streifte mich mit einem Blick.

»Meinst du die Parabellum Firequeen?« fragte ich.

»Die Waffe? Die meine ich nicht. Hat Jonny denn nicht
mit euch geredet?«

Vorsicht, Baumeister, jetzt kommt glattes Gelände!
»Jonny hat mit uns geredet. Aber da gibt es, verdammt
noch mal, offene Fragen. Und irgendwie müssen wir die
Lücke schließen! Mädchen, paß auf, ich will nur deine
Hilfe, sonst nix.«

»Weiß Jonny, daß du hier bist?«

»Ich nehme mal an, daß er das weiß. Er weiß doch
sonst alles, oder?«

»Stimmt«, feixte sie. »Notfalls kann ich ihn ja anrufen.«

»Richtig«, murmelte ich. »Das kannst du tun.«

»Ich zieh mir eben was über«, sagte sie, ganz Dame.

»Das wäre gut«, nickte ich. »Ich möchte nicht, daß du
einen Schnupfen kriegst.«

Sie ging in eine Ecke und fuhrwerkte in einer Art Truhe herum. Sie fischte einen Bademantel heraus, der natürlich weiß war, und drapierte ihn um ihren wohlgeformten Körper. »Also, wobei kann ich helfen?« fragte sie leichthin.

»Bei der ganzen Story«, sagte ich und spielte den Wütenden. »Der Vater von Carlo läuft rum und trällert durch die Gegend, daß sein Sohn für seine Mitarbeit eigentlich einen Orden kriegen sollte und so dämliche Geschichten.«

»Das ist aber doch gar nicht dämlich«, wehrte sie sich mit der Stimme eines kleinen Mädchens. »Eigentlich ist das doch logisch, oder?«

»Was, verdammt noch mal, ist daran logisch? Daß der Vater das rumposaunt, ist doch dumm, oder?«

Sie versuchte, mich zu beruhigen. »Laß das arme Schwein doch. Der weiß doch nichts, der kennt den Background nicht. Und im Moment ist er eben ein bißchen durch den Wind, weil Carlo tot ist.« Sie holte aus der Tasche ihres Bademantels ein Papiertuch und schniefte.

»Sag nicht, daß du dich in Carlo verknallt hast«, warnte ich.

»Habe ich aber«, murmelte sie. »Mußte ja so kommen. Kann auch nur mir passieren.« Dann hob sie ihr schönes Gesicht. »Aber ich habe strikt meinen Auftrag durchgezogen. Nichts sonst.«

»Ist ja gut«, sagte ich. »Machst du mir für einen Hunderter ein paar Butterbrote? Ich habe heute noch gar nichts gegessen.«

Sie starrte mich aus tränenblinden Augen an und mußte lachen. »Du bist vielleicht ein Irrer!«

»Ich bin ja auch irre hungrig.« Ich pulte einen Hunderter heraus und reichte ihn ihr.

»Pack den Scheiß weg. Das Brot kriegst du umsonst. Käse? Wurst?«

»Käse und Wurst. Und danke schön. Soll ich mit in die Küche gehen?«

»Wenn es dir Spaß macht.«

192

Ich folgte ihr in ihr privates Reich und war überrascht. Da gab es eine Küchenzeile aus hellgrün lackiertem Holz, wie man sie heute für Singles anbietet. Dazu einen Tisch und sechs Stühle aus Erle. Die Vorhänge an den Fenstern waren aus grünkariertem Bauernstoff.

Während sie mir ein paar Brote schmierte, begann ich: »Wie wäre es, wenn wir die Geschichte noch einmal von vorn aufrollen, damit ich nichts vergesse?«

»Gut«, sagte sie geistesabwesend. »Soll ich anfangen?«

»Ja, bitte.«

»Also, der Plan stammt von Jonny. Er erzählte mir davon vor zwei Jahren, als er von Amerika rüberkam. Er sagte, er braucht eine dichte Kette um den General. Erst hat er gedacht, daß ich die Kette stricken kann. Aber der General stand nicht auf hübsche junge Frauen, er war eher so ein Daddy-Typ. Klar?«

»Klar!« nickte ich brav. »Ist Jonny, ich meine, ist sein Name offiziell der Arbeitsname in diesem Fall, oder ...«

»Nein, nein, nein«, sie grinste. »Daß er richtig Tom Becker heißt, wissen wir ja. Aber wir sollen ihn Jonny nennen. Und er sagte von Anfang an, daß ihr in alle wichtigen Sachen eingeweiht seid, damit es nicht zu Unklarheiten kommt, wenn ihr übernehmen müßt!«

»Das weiß ich doch«, nickte ich. »Zu welchem Zeitpunkt kam Carlo rein? Möglichst genau.«

»Ungefähr vier Wochen später, weil wir anfangs ja von Carlo gar nichts wußten. Also, Jonny kam zu mir und sagte, er braucht dringend ein Netz, um den General sofort zuzubaggern, wenn es nötig wird. Es war mein erster Auftrag. Jonny meinte, der Fall wäre genau der richtige für mich. Ich ging also in dem Sommer hinter das Haus vom General und machte einen auf Sonnenbaden. Du weißt schon, Beine breit und so tun, als käme es mir. Der fuhr dann auch mit seinem Auto vorbei, hielt an und sagte grinsend: Erkälte dich nicht, Mädchen! Dann fuhr er weiter, und ...«

»Moment. Hat der General was gerochen?«

»Nicht die Spur.« Sie stellte einen Teller mit Broten vor mich hin. »Aber kaum war der General mit seinem Auto verschwunden, kroch Carlo hinter mir aus den Büschen. Er war verlegen, und irgendwie fand ich ihn stark. Er hatte was, wie man so sagt. Aber er wollte mich nur malen. Na ja, ich dachte, Hauptsache ich habe eine Anbindung an die Gegend, und Carlo erzählte mir dann auch, er kennt den General gut, der ist fast so was wie ein Freund. Ich habe Jonny alles berichtet, und wir haben einen Plan gemacht. Ich sollte mich an Carlo hängen und ihn langsam auf den General nageln. Erst haben wir sogar gehofft, Carlo wäre schwul und der General auch ein bißchen. Aber das war nichts.« Sie nahm sich ein Brot und biß hinein. »Also, ich sollte Carlo nageln und dabei den General als gefährlich für die freiheitliche Ordnung darstellen. Du weißt schon. Jonny sagte, ich hätte massig Zeit. Wir wußten ja nicht, daß irgendwer hingeht und den General umnietet.«

»Wer wußte das schon?« fragte ich. »Stand das Netz denn? Habt ihr es hingekriegt?«

»Und wie!« Sie strahlte, sie war stolz, sie hatte etwas Richtiges geleistet. »Jonny hat gesagt, meine Arbeit wäre allererste Sahne ... und er ist eine Nacht ... na ja, er ist eine Nacht geblieben. Als mein Freund.«

»Wie schön!« lobte ich. »Hoffentlich war Carlo nicht sauer deswegen.«

»Oh nein.« Sie war etwas erschrocken. »Während der Nacht mit Jonny, da war Carlo noch gar nicht aktuell.«

»Ach so«, sagte ich und mimte den Beruhigten. »Halten wir fest: Als der General nach Brüssel zur NATO ging, habt ihr angefangen, das Netz zu stricken. Richtig?«

»Ja, könnte man sagen, obwohl ich gar nicht wußte, weshalb Jonny das Netz brauchte und daß der General in Brüssel war und so.«

Das kann ich mir vorstellen, dachte ich. Sie haben dir nur erzählt, was sie erzählen mußten, und selbst dann haben sie noch gelogen.

»Dein Auftrag war also, egal wie, ein Netz um den General. Und da kam Carlo gerade recht, weil er sowieso im Munitionsdepot lebte und der Nachbar vom General war.«

»Korrekt!« nickte sie. »Und wir bauten das Netz aus. Beziehungsweise Carlo baute es aus.« Sie kicherte. »Er hat zum Beispiel mal eine Akte aus der Arbeitstasche vom General komplett fotografiert.«

»Ich werd verrückt«, murmelte ich bewundernd. »Hat es sich wenigstens gelohnt?«

»Das weiß ich nicht. Aber Jonny sagte zu Carlo: Noch so eine Akte, und du kriegst ein Bundesverdienstkreuz! Das hat er wirklich so gemeint.«

»Du hast demnach Carlo richtig heiß gemacht auf den General?«

Marion Kupisch kaute und sah auf die Tischplatte. »Ja, habe ich. Das war ja einfach. Du weißt ja selbst, wie naiv er war.«

»Weiß Gott!« hauchte ich und schaute zur Decke hoch.

»Jetzt tut es mir leid. Na gut, Carlo hatte diesen ... diesen furchtbaren Unfall. Irgendwie kam alles zusammen. Der General wurde erschossen, Carlo knallte gegen einen Felsen und brach ... brach ... Ach, Scheiße, es ist irgendwie alles scheiße gelaufen. Dabei wollten wir heiraten, und wir wären bestimmt glücklich geworden. Wir hätten die Metzgerei verpachtet, und alles wäre gutgegangen. Oh Mann, ist das eine Scheiße.« Sie weinte jetzt laut und hemmungslos.

Ich war wie erstarrt. Es war eine furchtbare, eine tragische Geschichte, aber nicht im Traum hätte ich daran gedacht, daß es auch eine aussichtslose Liebesgeschichte gewesen war. Jetzt stellte sich heraus, daß diese Frau knietief in der Geschichte steckte, daß sie Teil eines geradezu perversen Spiels war und daß sie nicht einmal wußte, daß man ihren Liebsten erschossen hatte. Man hatte ihr die Version fürs niedere Volk zugestanden: Tragischer Todesfall durch Schädelbruch. Ich mußte mich zusammenreißen, hatte Mühe, meine Gesichtszüge unter Kontrolle zu behalten. »Die Nachricht, daß Carlo auf so tragische Weise umgekommen ist, hast du also von Tom ... äh, Jonny bekommen?«

»Na ja, sicher.«

»Hat er gewußt, daß du Carlo liebst?«

»Das hatte ich ihm gesagt. Ich dachte, er wird mich von dem Auftrag abziehen, doch er meinte, das sei ganz okay so. Carlo könnte trotzdem weiter am General arbeiten und ich weiterhin trotzdem der Verbindungsmann sein. Er sagte immer: Liebe stört mich nicht.«

»Na gut, aber wie paßt Carlos Vater da rein? Verdammt noch mal, wieso weiß denn der was von einem Orden?«

»Mein Gott, dem mußten wir doch irgendwas sagen. Also teilte Jonny ihm mit, sein Sohn Carlo arbeite für den Staat. Geheimauftrag und so. Daraufhin war der Vater beruhigt und richtig stolz. Dann kamen wir auf die Idee, daß ich mit ihm bumse.«

»Moment mal. Mit Carlo, meinst du.«

»Nein, nicht mit Carlo. Mit dem Vater von Carlo. Eigentlich ist ja seine Mutter draufgekommen.«

»Wie bitte?« fragte ich schrill und unternahm nicht einmal den Versuch, meine Stimme normal klingen zu lassen. »Da ist doch etwas faul. Du liebst Carlo, Carlo liebt dich. Dann schläfst du mit Carlos Vater? Gegen Bezahlung? Warum denn das? Das ist doch irre.«

»Irre schon«, sagte sie weise. »Aber alles war geplant, wirklich alles.«

ACHTES KAPITEL

Ich futterte heißhungrig die Brote, während Marion Kupisch mir gegenüber hockte und eine Szenerie beschrieb, wie man sie sich nur in französischen Komödien ausdenkt. Ich dachte beinahe ohne Unterbrechung: Wenn der General Otmar Ravenstein das alles gewußt hätte, wäre er in homerisches Gelächter ausgebrochen, er hätte sich wahrscheinlich zu Tode gelacht.

»Alles begann damit, daß ich Carlo im Wald traf. Er machte mich nicht an, oh nein, er hielt sich zurück. Malen wollte er mich. Im Malen war er einsame Klasse. Komm mal mit, ich zeige dir was.« Sie stand auf, und ich folgte ihr in ihr Schlafzimmer, einen einfach eingerichteten Raum mit einem einschläfrigen Bett. »Hier kommt kein Macker rein. Niemals. Außer Carlo natürlich.«

An der Wand befand sich ein Vorhang von etwa einem mal zwei Meter, scheinbar, um die Wand aufzulockern. Sie zog den Vorhang beiseite, und dahinter hing Carlos Bild. Er hatte sie vor Waldweidenröschen gemalt, sehr viele Rosatöne und ein lichtes Blau verwandt, das sich von den Blüten der Pflanzen bis in ihr Gesicht zog. Impressionistisch mit sehr viel Gefühl, Schwingungslinien eines schönen Körpers. Er hatte ihre Augen hellwach dargestellt, ihr Mißtrauen gegenüber dieser Welt nicht ausgelassen.

»Das ist schön«, sagte ich. »Da kannst du wirklich stolz drauf sein.«

»Das bin ich auch«, nickte sie. »Es ist sein schönstes Bild von mir. Aber da haben wir schon miteinander gelebt, richtig wie Mann und Frau.«

»Ihr habt also doch angefangen, miteinander zu schlafen.«

»Na klar. Und es war richtig schön. Bis seine Mutter dahinterkam und eines Tages hier schellte. Das war vor anderthalb Jahren. Sie ist so eine stämmige, weißt du? Hat ihr blondes Haar zu Zöpfen geflochten und trägt die Zöpfe hinten in einem Kranz. Sie sieht aus wie diese Zuchtstuten zu Hitlers Zeiten. Sie schwärmt ja auch für Hitler.«

»Sie schwärmt für Hitler?«

»Und wie! Na ja, sie stand also hier. Ich hatte Mitleid, habe sie reingebeten und uns Kaffee gekocht. Und da kommt sie mit einem Vorschlag. Sie sagte richtig süßlich, sie wäre mir sehr dankbar, daß ich ihren Carlo ... daß ich ihren Carlo unterrichte. In Sexsachen. Und Carlo hätte doch kein Geld, oder jedenfalls zuwenig. Ob sie mich dafür denn bezahlen dürfte. Das wäre schließlich mein Beruf. Moment mal, wollte ich sagen, wir lieben uns schließlich, und das hat mit meinem Beruf nichts zu tun! Aber es hatte keinen Zweck, weil sie der Meinung war, ich wäre eben ein Stück Fleisch, das man käuflich erwerben kann. Und von Fleisch, sagte sie, verstehe sie was!

Dazu lachte sie. Sie sagte auch noch, daß ich ihr versprechen müßte, es wirklich nur mit Kondom zu treiben – mit ihrem Sohn jedenfalls. Obwohl der der einzige Mann war, bei dem ich niemals ein Kondom wollte. Sie sagte, ich wäre eine Ausnahme, weil ich bereit wäre, einer höheren Rasse zu dienen – ihr nämlich und ihrer Familie. Ich dachte, ich träume.« Die Kupisch hockte sich auf das Bett und starrte vor sich hin. »Frauen wie ich haben nie eine Chance, weißt du? Immer wieder kommt einer an, der dich runterstößt in den Dreck, und allmählich glaubst du dann auch, daß du der letzte Dreck bist. Aber diesmal, sagten wir uns, werden wir gewinnen! Der Vorschlag von Anneliese, so heißt Carlos Mutter, war aber noch nicht zu Ende. Komm, wir gehen wieder in die Küche.« Zärtlich zog sie den Vorhang wieder über das Bild.

»Die Frau ist irgendwie abgedreht, ich denke, sie ist geisteskrank oder so was. Sie sagte, Männer seien roh, und noch niemals hätte sie einen wirklich feinen Mann kennengelernt, und noch niemals hätte sie einen Orgasmus gehabt. Also, Sex wäre etwas für die Vulgären. Sie sprach ›Vulgäre‹ wie ein Schimpfwort aus. Sie würde nur ins Bett gehen, wenn es für sie eine Lust wäre, und das sei noch nie passiert. Nur noch einen Grund gäbe es, ins Bett eines Mannes zu steigen. Um die Rasse zu erhalten, sagte sie. Und langsam rückte sie raus mit dem, was sie wirklich wollte. Ihr Mann, also Carlos Vater, wäre ein sehr wertvoller Mensch. Und die Männer hätten ja den Nachteil, unter ihrer unbefriedigten Geilheit zu leiden. Und ob ich nicht einspringen könnte, denn sie sei es leid. Aber auch bei ihrem Mann dürfte ich nur mit Kondom. Sie hätte einen Extraraum im Haus, in dem ich mit ihm zusammensein könnte. Du kannst dir vielleicht vorstellen, wie ich da saß. Ich glaube, ich fand die Sache so verrückt, daß ich aussah wie eine dumme Kuh.«

»Hast du Jonny davon erzählt?«

»Na sicher. Mußte ich doch. Jonny grinste nur und sagte: Solange der wirkliche Auftrag nicht leidet, sei ihm das egal. Die Frau sagte noch, sie bietet mir eintausend Mark pro Woche, wenn ich Carlo unterrichte und ihren

Mann befriedige. Stell dir das mal vor. Das sind vier Mille pro Monat, einfach so nebenbei. Ich hab sofort Carlo angerufen, und er hat mich geholt. Ich habe ihm von dem Besuch seiner Mutter berichtet, und er hat sich fast übergeben. Er sagte immer wieder: Ich hasse sie! Ich hasse meinen Vater, und ich hasse meine Mutter! Er war schlimm dran. Und dann hat er am nächsten Tag gesagt: Warum nutzen wir das nicht aus? Warum legen wir sie nicht rein?«

»Moment mal, hast du Jonny auch das mit den eintausend Mark gesagt?«

»Nein.« Sie schüttelte den Kopf. »Das ist mein Geschäft, das geht Jonny nichts an.«

»Und was hat er dir gezahlt für den Aufbau des Netzes um den General?«

»Fünfhundert die Woche. Und das war es auch wert. Ja, und er hat mir das hier finanziert. Die Wohnung und mein Arbeitszimmer. Das war so ausgemacht, daran hat er sich gehalten. Er hat mich niemals beschissen.« Sie war jetzt bleich, die Schminke war verschwunden. Sie war schöner als vorhin.

»Du bist auf das Angebot der Mutter eingegangen?«

»Ja.«

»Es ist eine unwahrscheinliche Geschichte«, sagte ich. »Wieviel hat Jonny denn dem Carlo bezahlt?«

»Auch fünfhundert«, sie strich sich über das Gesicht. »Wir hatten achttausend zusammen.«

»Und die habt ihr gespart?«

»Ja. Jedenfalls fast alles. Warte mal ...« Sie stand auf und verschwand irgendwohin. Nach wenigen Augenblicken kam sie mit einer Geldkassette zurück. Sie öffnete sie und klappte den Deckel auf. »Das sind runde 80.000, und eigentlich gehört Carlo davon die Hälfte.«

»Behalt den Scheiß«, sagte ich heftig. »Wir können ja vergessen, daß es das Geld gibt. Und es hat eigentlich mit dem Fall nichts zu tun, oder?«

»Eigentlich nicht. Carlo sagte immer, das wäre unsere Sozialversicherung. Und ich mußte ihm versprechen zu mogeln. Ich durfte nicht echt mit seinem Vater schlafen, ich mußte immer so tun, als ob. Und der war so dumm, daß es klappte.«

Es war fünf Uhr geworden, die Temperatur war immer noch schweißtreibend. Und den wirklich wichtigen Teil hatte sie kaum angerissen. Was war zwischen ihr und Carlo und dem General gelaufen? Wie hatte diese Verschwörung im Auftrag des Tom Becker ausgesehen? Und warum war sie angezettelt worden?

»Ich habe noch tausend Fragen«, sagte ich. »Aber vielleicht haben die noch ein oder zwei Tage Zeit. Was hat Jonny gesagt, weshalb brauchte er ein Netz um den General?«

Sie starrte mich an und Mißtrauen zog auf. »Wieso weißt du das nicht, wenn du doch mit Jonny zusammenarbeitest?«

»Ich arbeite nicht mit Jonny zusammen«, murmelte ich. »Jonny ist eigentlich mein Feind. Er mag mich nicht. Und ich mag ihn nicht. Und er hat dich ganz gewaltig beschissen.« Ich sah ihr ins Gesicht.

»Du hast mich geleimt.« Ihr Tonfall klang hohl, irgendwie verblüfft.

»Ich hatte keine andere Wahl«, sagte ich. »Mich wundert es eigentlich, warum Jonny dich nicht vor mir gewarnt hat.«

»Warte mal, wie heißt du doch noch?« Sie schrak zusammen. »Ich habe nicht mal deinen Namen mitgekriegt. Ich weiß nicht mal, wie du heißt. Aber du hast gesagt, wie du heißt. Baumeister, äh?«

»Richtig, Siggi Baumeister.«

»Er hat mich gewarnt, hat gesagt, du wärst eine linke Sau. Ich soll dich nicht mal mit der Kneifzange anfassen.«

»Wie nett von Jonny. Du mußt hier weg, Mädchen. Kennst du einen kleinen Dicken, einen Mann namens Meier? Der ist beim Bundesnachrichtendienst und wurde heute morgen erschossen. Am Haus des Generals.«

Sie schüttelte wortlos den Kopf und hörte nicht auf, mich anzustarren, als sei ich ein Monster.

»Ich habe Carlo auf dem Waldweg hinter dem Haus des Generals gefunden«, erklärte ich. »Das war ich. Er ist

200

nicht verunglückt. Sie haben ihn erschossen. Deswegen bin ich doch hier, Mädchen. Nur deswegen.«

Sie hörte nicht zu. »Warum betrügen mich alle Menschen? Wirklich alle? Na gut, Carlo hat mich nicht betrogen. Er war der einzige. Er hat mich wirklich geliebt. Erschossen? Wieso erschossen? Das ist doch scheiße, ist das. Wieso erschossen? Willst du mich jetzt noch einmal übers Ohr hauen? Er ist doch ... wieso denn erschossen? Er ist doch gegen einen Felsen gefahren. Oder? Erschossen?«

»Ich habe ihn gefunden«, wiederholte ich leise und behutsam. »Ich habe ihn auch fotografiert. Er ist erschossen worden. Mit derselben Waffe wie der General. Jonny hat dich die ganze Zeit beschissen. Und du mußt jetzt hier raus. Und zwar ganz schnell.«

»Das ist doch verrückt. Wieso hier raus? Jonny hat mich nie beschissen. Hat immer bezahlt und alles eingehalten.«

Ich nahm das Handy aus der Tasche und rief in Dreis-Brück an. Germaine meldete sich sofort.

»Ich bringe einen Gast mit«, sagte ich lapidar. »Kannst du ein Bett im Arbeitszimmer von Dinah herrichten?«

»Klar, mache ich. Was hast du erreicht?«

»Ich habe jetzt keine Zeit. Bis später.«

»Jonny hat behauptet, du bist ein Journalist«, sagte Marion. »Das ist doch richtig, oder?«

»Das ist richtig«, nickte ich.

Die Glocke der Haustür schlug mit dem Läutewerk von Big Ben. Marion Kupisch erhob sich automatisch und ging auf den Flur hinaus. Sie nahm den Hörer ab und fragte: »Ja, bitte?«

Ich konnte hören, wie er gutgelaunt rief: »Sammy hier, Baby. Ich muß dringend mit dir reden.«

»Ach, Sammy«, sagte sie, und in ihrer Stimme war unendliche Erleichterung. »Na, sicher. Komm rauf.« Sie drückte auf den Türöffner, sah mich an und lächelte vage. »Du wirst das alles erklären müssen. Du kannst es Sammy erklären. Sammy ist Jonnys Freund, mußt du wissen.«

»Ich weiß«, nickte ich mit trockenem Mund.

Sie öffnete die Tür, und da stand Sammy, mächtig gut-aussehend und mächtig stark. Er sah mich und grinste: »Sieh einer an, der Zeitungsschnüffler. Na, Zeitungs-schnüffler, wie geht es dir?«

»Nicht so gut«, meinte ich und ließ ihn vorbei.

Er blieb stehen und drehte sich zu uns herum. »Laßt uns reden«, sagte er beinahe gemütlich, als träfen wir uns zu einem Skatspiel. Er marschierte in die Küche und hockte sich auf einen Stuhl. »Was machst du hier, Zei-tungsschnüffler?«

»Ich bin hier aufgekreuzt, um Marion zu erzählen, daß Carlo nicht tödlich verunglückt ist, sondern daß es je-manden gibt, der ihn erschossen hat. Das muß sie wissen, nicht wahr? Und du solltest mich nicht Zeitungsschnüff-ler nennen, ich nenne dich ja auch nicht einen schwulen Nigger, bloß weil ich dich nicht mag. Wer hat denn den dicken Meier erschossen?« Ich war um einen leichten Tonfall bemüht, aber es fiel mir schwer.

»Das wissen wir nicht«, sagte er. »Das werden wir her-ausfinden.«

»Falls ihr das herausfinden wollt.«

»Augenblick«, sagte Marion. »Also stimmt das, daß Carlo erschossen wurde?«

Sammy nickte. »Das stimmt, kleine Maus. Wir haben es dir nicht gesagt, weil du es sowieso schon schwer ge-nug hast. Jetzt weißt du es.«

»Oh nein«, hauchte sie zittrig. Dann dachte sie darüber nach, und langsam wurde ihr Gesicht grau und blutleer. »Und wie soll das jetzt weitergehen?«

»Ganz normal«, sagte Sammy. »Du weißt von nichts, wie verabredet. Ich würde dir raten, dich daran zu hal-ten. Du kennst uns nicht, wir kennen dich nicht. Es war nicht gut, dem Baumeister von uns zu erzählen. Das war gar nicht gut. Jonny macht sich jedenfalls große Sorgen um dich.«

»Das muß Jonny nicht«, entgegnete sie schnell. »Ich bin sauber. Ich habe Baumeister nur das gesagt, was er so-wieso schon wußte.«

»Und was wußte der Zeitungsschnüffler sowieso schon?« fragte er.

»Fast alles«, murmelte sie unsicher. »Es ging um die Geschichte von mir und Carlo.«

»Nur um die?« fragte er.

»Nur um die«, bestätigte ich, obwohl ich wußte, daß er kein Wort glaubte.

Er ging nicht darauf ein. »Du hast keine Unterlagen mehr?«

»Hatte ich nie«, antwortete sie.

»Und du hast auch keine Notizen gemacht, oder?«

»Nie«, sagte sie fest, und in ihrem Gesicht war eine Spur von Hoffnung

»Hm.« Er räusperte sich. »Weißt du, wir müssen die Arbeitsbeziehung zu dir lösen, Kleines.«

»Was soll das heißen?« fragte Marion schrill.

»Er will uns töten«, sagte ich. »Er ist nur gekommen, um dich zu töten. Mich kriegt er sozusagen kostenlos dazu.«

»Das ist richtig«, bestätigte er ohne Betonung. »Wie immer hat Baumeister recht. Der Zeitungsschnüffler ist ganz groß im Rechthaben.« Er griff nach hinten unter seine Jacke und zog eine Waffe aus dem Hosenbund, dann einen sehr langen Schalldämpfer, den er betulich auf den Lauf schraubte.

»Das ist doch wohl nicht wahr«, stöhnte Marion. »Was habe ich euch denn getan?«

»Du hast zuviel geredet«, sagte er gemütlich. »Und du weißt auch zuviel. Jonny traut dir nicht mehr. Bei der erstbesten Gelegenheit hast du Baumeister alles erzählt. Du bist eben nichts anderes als eine kleine Nutte mit einem sehr kleinen Gehirn.«

Er war fertig mit Schrauben, der Schalldämpfer war jetzt Bestandteil der schweren, dunkelblau schimmernden Waffe. Sammy legte sie betulich vor sich hin auf den Küchentisch.

Wie hatte der amerikanische FBI-Agent Douglas geschrieben? Mörder, die zutiefst überzeugt einen Auftrag erfüllen, wollen häufig deutlich machen, daß sie die Si-

tuation absolut beherrschen, daß sie über alle ersehnte
Dominanz verfügen, daß die Opfer bekennen: Du bist
der Herr, du hast die Macht! Douglas hatte vergessen zu
erwähnen, ob es dagegen eine Taktik gibt.

»Er ist ein Henker«, sagte ich. »Er ist nichts als ein billiger Strichjunge, der für seine Vorgesetzten den Dreck
erledigt. Und er kommt sich dabei großartig vor. Hast du
den General erschossen? Und den Küster? Und den
Carlo? Und vielleicht auch den dicken Meier vom BND?
Du hast sie alle erledigt, nicht wahr? Und jetzt willst du
die Verdienstnadel oder das Purple Heart oder die Me-
daille der Kämpfer für Demokratie oder irgend so etwas.
Du mußt nämlich wissen, liebe Marion, daß es jetzt schon
vier Leichen gibt. Und wahrscheinlich in fünf Minuten
sechs.«

»Du weißt doch ganz genau«, entgegnete Sammy,
»daß ich niemanden erschossen habe in diesem blöden
Fall. Es war ein schönes Arrangement, und irgendein
Arsch hat es zertrümmert.« Er machte »Ts, ts, ts« und
schüttelte dabei den Kopf.

Marion war weiß im Gesicht und zitterte vor Furcht.
»Aber ich habe doch alles getan, was ihr gewollt habt.«

Er war gnädig, er nickte. Doch er schlug auch zu.
»Aber als es zum erstenmal auf dein Gehirn ankam, hast
du wegen Mangels versagt.« Der Genitiv war perfekt, er
sagte wirklich »wegen Mangels«.

Marion hatte sich einen Holzblock gekauft, in dem
große Messer steckten. Er stand auf der Anrichte genau
in Sammys Blickfeld. Nur, was sollte ich mit einem Messer, wenn ich mich nicht traute, damit umzugehen? Angesichts eines geräucherten Eifler Schinkens kann ich mit
einem Messer durchaus umgehen, angesichts eines lebenden Sammys überhaupt nicht.

Ich stand auf und bemerkte auf seinen mißtrauischen
Blick hin: »Keine Angst, ich will nur meine Pfeife säubern
und stopfen.« Ich ging an das Waschbecken und kratzte
mit dem Pfeifenstopfer im Kolben der Valsesia von Lorenzo herum. Dann drehte ich das Wasser auf, um die
Tabakreste wegzuspülen. Sammy hatte nach wie vor die

Waffe auf dem Tisch liegen, er genoß seine Macht. In der Polizeischule in Münster hatte ich einmal gehört: Jemand, der seine Waffe nicht sofort gebraucht, wird sie trotz Androhung nach einer bestimmten Weile nicht mehr benutzen. Da bauen sich Hemmungen auf. Ich zog also eines der Messer heraus und erwischte ein beachtliches Fleischermesser, mit dem man notfalls einen Elefanten tranchieren konnte. So schnell ich es vermochte, drehte ich mich, legte mich weit über den Tisch und hielt ihm das Messer an den Hals.

»Es ist groß und scharf«, sagte ich. »Marion, nimm die Waffe, nimm sie weg.«

Sie brauchte unendlich lange Zeit, um die Waffe zu greifen. Sammy hielt die Augen geschlossen, sein ganzes Gesicht zuckte.

»Mach doch keinen Scheiß«, heiserte er.

»Tue ich nicht«, versprach ich. »Marion, da ist ein roter Hebel an der Seite der Waffe. Stell ihn um, und gib sie mir.«

»Das geht nicht«, flüsterte sie gepreßt.

»Das geht«, sagte ich so ruhig wie möglich.

»Stimmt«, bestätigte sie und legte die Waffe neben mich auf die Tischplatte. Ich nahm sie und richtete sie auf Sammys Kopf.

»Du wirst jetzt stille sein.« Ich drückte den Lauf fest gegen seine linke Schläfe. »Marion? Hast du Paketband?«

»Nein.«

»Isolierband?«

»Ja. Aber das ... das geht doch nicht, das können wir nicht machen.«

»Das müssen wir machen«, sagte ich fest. »Wahrscheinlich hätte er uns auch erschossen.«

»Hätte ich nicht«, meinte Sammy. »Es war Aufgabe, euch einzuschüchtern.«

»Einschüchtern hätte nicht genügt«, hielt ich dagegen. »Todsicher solltest du mich krankenhausreif schlagen.«

Er antwortete nicht.

»Hol also das Isolierband«, befahl ich.

Marion ging wie in Trance aus der Küche hinaus.

205

»Sie ist ein verdammt besserer Kumpel als ihr ihn verdient«, sagte ich. Ich zog mich zurück, hockte mich ihm
gegenüber auf einen Stuhl und hielt die Waffe weiter auf
ihn gerichtet. »Als der General aus den Staaten zurückkam, hattet ihr das Netz für ihn schon geknüpft, nicht
wahr?«

»Richtig.« Er nickte. »Er hat manche Sauerei angerichtet, und Tom wollte kein Risiko eingehen, als er nach
Bonn versetzt wurde.«

»In Washington hat er euch Schwierigkeiten gemacht?«

»Das ist ein offenes Geheimnis. Das Pentagon hat jede
Menge Kapitalanforderungen mit der Hochrüstung der
Russen begründet. Dann ging dieses Arschloch hin und
sagte: ›Stimmt, die Russen rüsten hoch, aber ihr Material
ist beschissen – also regt euch nicht auf!‹ Also fragte un-
ser Präsident: ›Stimmt das? Wenn das stimmt, was dieser
General sagt, dann kriegt ihr im Jahr runde sechs Milli-
arden Dollar zuviel.‹ Und das ging nicht, verstehst du,
das ging einfach nicht. Wäre er irgendein beschissener
Abgeordneter gewesen, hätten wir das tolerieren können.
Aber er war ein General, ein verdammter, beschissener
General.«

»Das Gutachten über die russische Hochrüstung ist
Schnee von gestern. Warum wurde er jetzt umgebracht?«

»Das wissen wir nicht«, sagte er. »Wir haben alle unsere Quellen ausgenutzt – und wir haben gute. Vielleicht
hängt es mit Daun zusammen, mit dieser blöden Fernmeldeeinheit. Da ist er jedenfalls ein paarmal gewesen in
der letzten Zeit. Andererseits war er sowieso dauernd
da.«

»Jemand hat ihn getötet. Jemand hat den Küster und
Carlo getötet, bloß weil sie den Killer gesehen haben.
Jemand hat heute morgen den BND-Meier getötet. Und
ihr wollt nicht wissen, wer das war?«

»Ja, so ist es«, nickte er sachlich. »Du kannst die Mus-
spritze aus der Hand legen, ich bin friedlich.«

»Leute wie du sind niemals friedlich. Eine Frage noch.«
Marion kam herein und legte eine Rolle breites,
schwarzes Isolierband vor mich hin.

»Also, die letzte Frage«, sagte ich. »Ihr müßt doch wenigstens eine entfernte Ahnung haben, weshalb er getötet wurde.« Ich machte eine Pause, beobachtete ihn genau. »Nach meiner Auffassung hat es mit Ewald Herterich zu tun, Bundestagsabgeordneter, Verwaltungsspezialist, in Ex-Jugoslawien tätig. Er wurde in die Luft gejagt.«

Sammys Gesicht blieb vollkommen regungslos, nur seine Augen reagierten und schlossen sich unendlich langsam für ein paar Sekunden.

»Bingo!« grinste ich. »Und wie steht es mit dem Geheimdienstfreak Heiko Schüller? Dieselbe Partei, aber ganz anders gepolt. Was ist mit dem?«

»Wenn du das schon alles weißt, dann kann ich dir sagen, daß Schüller ungefähr so unschuldig ist wie meine Tochter. Und die ist fünf. Wir haben Schüller sofort in die Mangel genommen. Da ist nichts.« Er lächelte matt. »Schüller ist einer dieser Typen, die unheimlich hart spielen und angeben wie zwei Sack Seife. Aber wenn es hart kommt, kneifen sie den Schwanz ein und kriegen eine fiebrige Grippe. Du kannst mir glauben, Baumeister. Von der Sorte Schüller gibt es viel zu viele, und sie sind allemal beschissene Partner.«

Es konnte sein, daß er ein perfekter Lügner war, es konnte aber auch sein, daß er die Wahrheit sagte. Ich betrachtete die Waffe in meiner Rechten aufmerksam und sah ihn an. Dann entriegelte ich das Magazin und ließ es hinausgleiten. Die Kugel im Lauf pumpte ich aus. »Das Magazin liegt unten vor der Haustür. Du gibst uns zehn Minuten. Mehr brauche ich nicht.«

Er nickte unbekümmert.

»Laß uns gehen, junge Frau«, murmelte ich. Ich starrte auf das Isolierband. Nein, ich wollte ihn nicht damit fesseln, ich hielt das für vollkommen sinnlos. Er war ein Mann, der mit Isolierband nicht zu stoppen war.

»Wolltest du mich wirklich erschießen, Sammy?« fragte Marion sachlich.

»Nein«, sagte er.

»Aber schriftlich kriegst du das nicht«, warnte ich sie. »Bis zum nächsten Mal.«

»Ist okay«, nickte er.

Wir standen in der Tür und wußten zwei Sekunden lang nicht, wer von uns beiden vorgehen sollte. Da rief Sammy hinter uns: »Du lernst es wirklich nie, Baumeister!«

Er begann sofort zu schießen, es war ein mörderischer Lärm. Betulich langsam verfeuerte er sechs Schuß und traf den Türrahmen zwischen mir und Marion. Kaum war er fertig damit, ließ er ein Messer hinterherfliegen. Es blieb stark vibrierend in der Türzarge stecken.

»Ich wollte euch nicht töten«, sagte er belehrend. »Hätte ich das gewollt, wäre es längst passiert. Deine Akte enthält ein Profil, das sehr interessant ist. Danach bist du ein Zehn-Sekunden-Mann. Das heißt, entweder schlägst du in zehn Sekunden zu oder überhaupt nicht mehr. Unsere Jungens haben recht.« Er lachte schallend. »Ihr habt die zehn Minuten trotzdem.«

Marion neben mir war schneeweiß im Gesicht, und sie atmete nur mühsam. Einen Augenblick lang hatte ich Furcht, sie würde einfach ohnmächtig. Aber sie berappelte sich schnell wieder.

Dann drehte ich mich herum und sah Sammy an. »Du bist ein Oberarschloch, eigentlich gehörst du in ein Museum für Völkerkunde. In jedem Fachbuch über deinen Scheiß-Verein aus Langley/Virginia steht geschrieben, daß ihr immer mindestens zwei Waffen und zwei Messer im Einsatz tragen sollt. Man muß euch zwei Gehirne empfehlen. Ich habe darauf gewartet, mein Freund, daß du beweist, was für ein starker Macho du bist. Du kotzt mich an, Sammy, und irgendwann werde ich dir mit Vergnügen das Gebiß zertrümmern. Laß uns gehen.«

Er hockte am Küchentisch und fand es todsicher ätzend, was ich ihm gesagt hatte. Sicher war er erstaunt, daß ich nicht die geringste Furcht zeigte, und tatsächlich empfand ich keine Furcht. Er hatte sein Gesicht verloren, er wußte das und senkte den Kopf.

»Hier hast du das Magazin deiner Waffe wieder«, sagte ich und warf es auf den Tisch. »Damit du dich nicht so hilflos fühlst und weiter um dich ballern kannst.«

208

Dann machten wir die Küchentür hinter uns zu.

»Du hast ihn tödlich beleidigt«, sagte Marion zittrig.

»Das hoffe ich«, stimmte ich scharf zu. Doch ich war nicht sicher, ob das klug gewesen war. Bei genauem Hinsehen hatte ich eine Dummheit begangen, mir unsinnigerweise zur Unzeit einen Feind gemacht.

Wir stiegen die Treppe hinunter und gingen zum Wagen. Der Abend war immer noch heiß, und aus dem Asphalt strömte ein aufdringlich bitterer Geruch. Ich fuhr zurück in die Eifel. Es gibt Momente, in denen ich nur dort ruhig werden kann. Dies war so ein Augenblick, und ich gab Vollgas, um das zu unterstreichen.

Auf der Fahrt nach Altenahr ins Tal murmelte Marion ängstlich: »Wenn du vielleicht etwas langsamer fahren könntest ...«

Ich stieg in die Eisen und kam schlitternd einem LKW sehr nahe. »Tut mir leid, tut mir sehr leid. Ich hasse Geheimdienste, und ich hasse Städte, und ich hasse diesen Fall.«

»War der General dein Freund?«

»Nein. Aber er ist auf dem besten Weg, mein Freund zu werden.«

»Hat Carlo, ich meine ... wie soll ich sagen? Hat er ...«

»Er hat keine Schmerzen gehabt«, sagte ich hastig. »Er hat nichts gemerkt, er kann gar nichts gespürt haben. Es war ein Kopfschuß.«

Sie weinte und hielt ihr Gesicht abgewendet. »Scheiße, er wollte mich wirklich heiraten. Und ich hatte ihn so lieb.«

Wir schwiegen und glitten unter einem Vollmond dahin, der sein Licht verschwenderisch über die Wälder goß. Früher hatten die Leute gesagt: »Man kann Zeitung lesen, so hell ist der Mond.«

Um aus der Vulkaneifel nach Bad Godesberg zu kommen oder den Weg umgekehrt zu nehmen, hat ein Fahrer viele Möglichkeiten. Trotzdem ist ein jeder ein Gewohnheitstier und nimmt immer wieder dieselbe Route. Ich fahre gern den Hinweg über Nohn, Adenau und das Ahrtal und wähle auf dem Rückweg eine andere Variante: Ich lasse Adenau aus und steuere in Dümpelfeld das Ahrtal flußaufwärts bis Müsch, um dann mit einem Rechts-links-Schwenk in die Vulkaneifel Richtung Gerolstein zu ziehen. Ganz selbstverständlich machte ich es in dieser Sommernacht genauso.

Niemand soll mich fragen, ob der Mörder das wußte. Tatsache war, daß er an der Strecke aus dem Ahrtal hoch nach Hillesheim von Ahrdorf nach Ahütte auf uns wartete. Und er wartete teuflischerweise präzise an dem Punkt, an dem nach rechts ein traumhaft schöner Weg in das Unkental abzweigt. Er konnte an diesem Punkt ganz sicher sein, daß es erstens so gut wie keinen Verkehr gab und zweitens niemand seine Schüsse hören würde. Zusätzlich hatte er den Vorteil, daß er querfeldein auf guten Wald- und Feldwegen Üxheim und Leudersdorf erreichen konnte, wo er von niemandem gesehen werden würde.

Auf der Strecke zwischen Ahrdorf und Ahütte gebe ich grundsätzlich Vollgas, die Strecke ist eine einzige Steigung, ideal geeignet zu testen, ob das Fahrzeug gut in Schuß ist. Und da mein Wagen gut in Schuß war, kamen wir mit etwa einhundertzwanzig Stundenkilometern auf der sehr breiten Piste herangefegt und sahen den Mann viel zu spät.

»Da!« schrie Marion. Es klang hoch und ganz atemlos.

Der Mann kniete hinter einer kleinen Weide, die nicht höher als sechzig oder siebzig Zentimeter war. Er wirkte unglaublich ruhig und profihaft, und die Angst peitschte wie eine steile Welle in mir hoch. Aus irgendeinem Grund war meine erste Reaktion richtig: Ich schaltete in den vierten Gang zurück. Im vierten Gang kann ich bei rund 5500 U/min bequem auf einhundertfünfzig km/h beschleunigen. Ob die zweite Reaktion richtig war, weiß ich nicht, aber letztlich blieb Marion ja am Leben – also muß es richtig gewesen sein. Ich griff nach rechts, bekam ihre Haare zu fassen und zog sie brutal nach unten. Der Mann feuerte jetzt schon die zweite Salve, wobei ich heute nicht einmal mehr sagen kann, was seine erste Salve alles zerdepperte. Die zweite Salve erlebte ich bewußter und schaltete gleichzeitig alle vier Scheinwerfer an. Er stand jetzt voll im gleißenden Licht. Und er schoß zum dritten Mal Dauerfeuer. Ich weiß nicht, ob die Frontscheibe unter der zweiten oder dritten Salve pulverisiert wurde, ich erinnere mich dunkel, daß ich den Fahrtwind plötzlich als schneidend kalt erlebte und daß die Scheinwerfer erloschen waren. Wir rasten steil auf den Mann zu, ich hatte bis jetzt nicht zu bremsen begonnen. Jeden Moment mußte ich auf ihn aufprallen und ihn buchstäblich in Stücke schmettern. Aber es passierte nichts. Der Wagen rollte blitzschnell an ihm vorbei, und ich sah sein Gesicht, ein gehetztes, verblüfftes Männergesicht. Dann bemerkte ich, daß ich die Innenbeleuchtung angeknipst hatte, und war den Bruchteil einer Sekunde sehr erstaunt darüber. Der Jeep stand plötzlich schräg, dann stieg die Schnauze senkrecht in die Höhe, wir machten einen Salto rückwärts wie in einer Achterbahn, und Marion schrie hoch und gellend. Es krachte entsetzlich, und alles wurde schwarz.

Viel später erst begriff ich, daß ich höchstens eine halbe Minute bewußtlos gewesen sein konnte. Marion stieß wiederholt gegen meine rechte Schulter und schluchzte laut etwas von aufwachen und zu mir kommen.

»Wo ist er?« fragte ich.

»Er ist weggefahren«, sagte sie und hatte Mühe, Luft zu schnappen.

»Bist du verletzt?«

»Was weiß ich. Und du? Bist du verletzt?«

»Weiß ich nicht. In meiner Weste ist das Handy.«

Sie fummelte an mir herum, und ich registrierte dabei, daß ich nicht im Wagen lag, sondern neben dem, was einmal mein Auto gewesen war. Schräg über mir war der Scherenschnitt einer Kiefer.

»Wie ist die Nummer?« fragte die junge Frau zittrig.

Ja, wie war die Nummer? »Welche Nummer?« fragte ich idiotischerweise.

»Du wolltest anrufen«, erinnerte sie mich.

»Ach so, ja.« Ich diktierte ihr meine Nummer

Rodenstock meldete sich knapp mit: »Bei Baumeister.«

»Hol uns hier mal aus der Scheiße, wir sind nicht so gut drauf, wir brauchen Verbandszeug und so was. Wir sind zwischen Ahütte und Ahrdorf. Wenn du Gas gibst, bist du in fünfzehn Minuten hier. Ach so, ja, und ich habe unheimlichen Durst. Aber keine Bullen, bitte.«

Er hauchte etwas wie »Mein Gott« und hatte schon wieder aufgelegt.

Dann hörte ich einen merkwürdigen Laut. Erst dachte ich, Marion schluchzt wieder. Aber sie schluchzte nicht, sie kicherte. Sie fragte: »Hast du wirklich Durst?«

»Ich habe wirklich Durst. Rechts in der Tasche ist eine Pfeife. Kannst du eine Pfeife stopfen?«

»Bestimmt«, sagte sie zuversichtlich. Sie fummelte erneut an mir herum und brachte stückweise Hölzernes zutage.

»Zwei Pfeifen sind zerbrochen«, sagte ich ernstlich erschüttert. »Und ausgerechnet die dänische Pfanne von Stanwell. Scheiße, hoffentlich ist das Schwein versichert.«

Marion kicherte erneut, konnte sich nicht zusammenreißen und lachte schließlich grell. »Mann, du bist vielleicht eine Type. Jetzt soll dein Mörder auch noch eine Haftpflicht haben. O Gott, du bist ja noch schlimmer als die CIA-Fritzen.«

Ich überlegte und lachte mit. Irgendwie hatte sie recht. »Pump mir eine Zigarette«, sagte ich. »Ich muß rauchen.«

»Vielleicht solltest du erst mal aufstehen«, schlug sie vor.

»Aufstehen? Nicht so gern.« Ich hatte tatsächlich Angst vor einem solchen Akt, ich dachte, daß ich irgendwo bluten müsse, daß garantiert irgendein Knochen gebrochen war. Ich bewegte mich vorsichtig und stellte fest, daß jede Bewegung weh tat, aber eine Wunde oder einen Bruch konnte ich nicht feststellen. »Hilf mir mal«, murmelte ich.

Irgendwie hievte sie mich hoch und steckte mir dann eine brennende Zigarette zwischen die Lippen.

»Hast du den Mann erkannt?«

»Na sicher«, sagte sie erstaunt. »Du etwa nicht? Der stand doch voll im Scheinwerfer. Eine Ewigkeit lang.«

»Wir sind also gegen diesen Steilhang da gedonnert?«

»Ja. Du hast ja überhaupt nicht gebremst.«

»Das stimmt«, nickte ich, »das tut mir leid. Beim nächsten Mal bremse ich.«

Sie kicherte wieder, erst stoßweise, dann unentwegt. »Mein Gott, bist du eine Nummer.«

Allmählich wurde es beleidigend, fand ich. »Du würdest den Mann also wiedererkennen?«

»Ich glaube schon.«

»Hm.« Ich mußte mich wieder setzen, meine Beine zitterten zu stark.

»Vielen Dank übrigens, daß du mich auf den Sitz gezogen hast.«

»Oh, keine Ursache, das mache ich immer so. Aber kichere jetzt bitte nicht mehr.«

Sie starrte mich an und lachte schallend, als hätte ich einen besonders dreckigen Witz erzählt. Irgendwie steckte das an, und ich begann auch zu lachen und spürte, wie mich eine geradezu euphorische Erleichterung überfiel. Um es einfach zu machen: Wir hätten beide tot sein können, mausetot. Und angesichts dieser Möglichkeit ging es uns phantastisch. Ich war so aufgedreht, daß ich mir vor Vergnügen auf den rechten Oberschenkel schlug. Das hätte ich besser nicht getan, denn an dieser Stelle war meine Jeans klatschnaß. Sekundenlang dachte ich, ich hätte mir vielleicht vor Angst in die Hosen gemacht, was sogar christlichen Politikern schon passiert sein soll. Aber das war es nicht: Meine Hand war blutrot.

»Scheiße!« stammelte Marion.

Brav legte ich mich auf den Rücken und fummelte mir das Opinel aus der Tasche, ein richtig solides französisches Erzeugnis. Ich klappte es auf, hielt es ihr hin und murmelte mannhaft: »Schneide mir die Jeans vom Bein.«

»Das tue ich nicht«, sagte sie empört. »Ich kann kein Blut sehen. Dann wird mir sofort schlecht.«

»Dann wird dir eben schlecht«, sagte ich, und eine erste, noch vage Welle von Schmerz schwappte durch das Bein. »Los, Mädchen, wir müssen wenigstens nachgukken.«

»Tut es denn weh?« fragte sie.

»Wenn du mich noch dreimal fragst, wird es vermutlich weh tun. Nun mach schon.«

Sie machte. Sie schnitt den Stoff so hoch an, daß ich die Jeans vielleicht noch als Minishorts tragen konnte, aber da ich krumme Beine habe, würde das ausfallen. Dann schnitt sie Richtung Fuß und bekam schrecklich blutrote Hände. Natürlich keuchte sie, weil sie nicht wollte, daß ihr schlecht wurde.

»Du bist richtig klasse«, sagte ich. »Ein richtiger Jeanskiller, ein weiblicher.«

»Das muß doch weh tun«, hauchte sie.

»Das würde ich nicht abstreiten.«

»Jetzt ziehe ich mal den Stoff runter, ja?«

»Sei so nett«, knurrte ich und jaulte wie ein getroffenes Babyschwein. Sie hielt triumphierend ein großes Stück Jeanstuch hoch, vollkommen durchblutet, tropfend, alles in allem eine ekelhafte Sache.

Eine schwere Verletzung war es sicherlich nicht, aber eine große. Ich mußte an einer scharfen Kante entlang geschrammt sein, die Wunde war satte fünfzehn mal zwanzig Zentimeter groß, sehr flach und eine einzige blutende Fläche ohne eine Spur von Haut.

»Hoffentlich ist er haftpflichtversichert«, wiederholte sie und ließ das Stück Tuch in den Dreck fallen. »Hast du einen Verbandkasten?«

»Habe ich.«

Sie kroch in das Wrack hinein und fummelte ächzend darin herum. »Ich finde nichts«, meinte sie muffig. »Hier kann man auch nichts finden, hier ist alles im Arsch.«

»Na prima«, sagte ich. »Gleich kommt Rodenstock. Laß ihm noch ein bißchen Arbeit. Komm her und zünde mir noch eine Zigarette an. Ich war noch nie in einem Feldlazarett mit eingebauter Krankenschwester.«

Ich bekam die Zigarette, während der Schmerz des angeschabten Oberschenkels sich munter ausbreitete und mich dazu zwang, von Zeit zu Zeit scharf einzuatmen.

Es war eine sehr friedliche, lauwarme Sommernacht in der Eifel.

Rodenstock kam etwa zwanzig Minuten später mit Emmas Volvo-Kombi angerast und hätte uns um ein Haar über den Haufen gefahren, weil wir so schön in Deckung lagen, aber das Wrack meines Autos hochragte wie der Rest einer bombengeschädigten Brücke.

Rodenstock und Emma stiegen aus. Sie bewegten sich zögerlich, wie nur Beamte sich bewegen können.

»Hey!« sagte Emma trostlos. »Was machst du denn, Junge?« Sie musterte Marion mit tiefem Mißtrauen.

»Das ist Marion«, erklärte ich. »Die junge Frau, die Carlo im Munitionslager gemalt hat. Sie wollten heiraten. Marion hat eine irre Geschichte zu erzählen.«

Rodenstock stand etwa anderthalb Schritt seitlich neben Emma, wie Prinz Philipp hinter der englischen Queen. Er deutete etwas fassungslos auf die Reste meines Autos. »Was soll das?«

»Das war eine Maschinenpistole«, sagte Marion. »Der Mann ist verschwunden.«

»Auto erkannt?« fragte Rodenstock schnell. Jetzt war er angekommen, jetzt setzte sich sein Hirn in Bewegung.

»Nein«, antwortete ich. »Er muß es hinten im Tal abgestellt haben. Er kann von da aus über Feldwege nach Üxheim und Leudersdorf. Es kann nur jemand sein, der genau Bescheid wußte. Nicht nur theoretisch ist er jetzt dreißig oder vierzig Kilometer weit weg.«

»Also eine Jeep-Form?«

»Genau das«, nickte ich.

»Auf wen tippst du?«

»Ich weiß es nicht. Ich glaube, ich habe das Gesicht des Mannes schon einmal gesehen, weiß aber nicht, wo.«

»Und es war einwandfrei eine Maschinenpistole?«

»Einwandfrei. Kann sein, eine Sonderanfertigung, fähig zu Dauerfeuer und Einzelfeuer, würde ich sagen. Kaliber weiß ich nicht, wird man aber schnell feststellen können. Wahrscheinlich neun Millimeter, wie bei den anderen auch. Uzi hat eine Polizistin gemeint.«

»Falsch«, sagte er scharf. »Das ist geklärt. Es war eine Heckler & Koch, also ein deutsches Fabrikat. Erinnerst du dich? Der Tod ist ein Meister aus Deutschland, heißt es so schön. Wahrscheinlich handelt es sich um eine Spezialanfertigung, und noch viel wahrscheinlicher ist es, daß die Spezialanfertigung nicht im Werk Heckler & Koch erfolgte. Das Gerät hat irgendein Waffennarr umgeformt. Mit 72-Schuß-Magazin, verkürztem Lauf und doppelter Schallgeschwindigkeit der Geschosse an der Mündung des Laufes. Sozusagen was für Hollywood. Wie geht es dir?«

»Schmerzen«, sagte ich.

»Okay, okay. Wir legen dich hinten rein«, meinte Rodenstock. »Blutungen?«

»Offene Wunde rechter Oberschenkel, Papi, aber stark zurückgehend.«

»Na gut, der Peuster erwartet dich schon.«

»Wie bitte?« fragte ich schrill.

»Ich bin der Ältere, ich verdiene Respekt. Halt also die Schnauze und krieche ins Auto.« Er weidete sich an meinem Anblick. Es hatte keinen Sinn, ihm zu widersprechen. Er half mir zum Auto. Ich mußte mich hinten langmachen und bekam eine Decke unter meinen Kopf.

Sie setzten sich vorn zu dritt nebeneinander, und ich hörte, wie Emma zu Marion sagte: »Sie müssen mir alles erzählen, meine Liebe. Das ist ja wohl wahnsinnig aufregend, was Sie da erlebt haben.«

»Das kann man sagen«, murmelte Marion. »Aber du kannst mich ruhig duzen. Ich bin eine von der Straße.«

Einen Augenblick herrschte Stille, dann sagte Emma gutgelaunt: »Weißt du, Mädchen, ich weiß ziemlich genau, daß dein Beruf keinen Unterschied macht zwischen dir und mir.« Dann setzte sie hinzu: »Aber eigentlich habe ich keine Neigungen zum Handwerk.« Beide lachten, und ich konnte hinten im Dunkel des Wagens zusehen, wie ich meinen Schmerz in den Griff kriegte.

Rodenstock gab Gas und schaltete das Radio ein. Wie immer diesen fürchterlichen Oldiesender von *RTL*, auf dem selbst Werbung so klingt, als hätten sie das Deutsche neu erfunden.

»Mach *RPR*«, sagte ich laut. »Die sind besser. Was schreiben eigentlich die Tageszeitungen?«

»Die schwimmen«, schnaubte Rodenstock. »Kein Mensch weiß etwas, aber jeder behauptet, alles zu wissen.«

»Und wie wird der tote BND-Mann erklärt?«

»Überhaupt nicht«, sagte Emma. »Von dem werden wir erst morgen lesen können. Der ist doch erst heute morgen erschossen worden.«

Das verwirrte mich einen Augenblick, ehe ich begriff, daß sie recht hatte. Tatsächlich waren seit dem Mord am BND-Meier erst einige Stunden vergangen. Mir erschien das alles wie die Ewigkeit.

Rodenstock fuhr zügig. »Wie sah denn der Tatort des BND-Beamten aus?«

Ich versuchte, so klar wie möglich zu denken: »Es sieht so aus, als sei der Mörder des Generals, des alten Küsters und Carlos auch der Mörder des BND-Meier. Und das alles verwirrt mich. Vor allem verwirrt mich das, was die Motive betrifft. Gut, der General war irgendwie ein gefährlicher Mann, weil er etwas wußte, was alle anderen nicht wußten, was aber die Geheimdienste offensichtlich in Gefahr brachte. Aber warum sollte nun jemand hingehen und den Meier töten?«

»Wir haben etwas ganz anderes überlegt«, mischte sich Emma ein. »Es ist nämlich so«, dozierte Emma. »Dein Freund Rodenstock und ich sind der Meinung, daß wir zwei Mörder haben. Oder aber, daß – wenn es denn nur einen Mörder gibt – alle Anzeichen auf etwas vollkommen anderes hindeuten als auf einen politisch motivierten Mord.«

»Und was wäre das?« fragte ich angriffslustig.

»Auf einen Serienmörder«, sagte Rodenstock heiter. »Mich wundert eigentlich, daß du nicht selbst darauf gekommen bist.«

»Auf einen was?« Er hatte es tatsächlich fertiggebracht, mich vollkommen aus dem Konzept zu bringen.

Emma räusperte sich vernehmlich. »Du weißt nicht, daß ich in Quantico auf der FBI-Academy geschult worden bin, oder?«

»Nein«, gab ich zu.

217

»Nun gut, dort habe ich eine Menge über Täterprofile zu hören bekommen. Mit anderen Worten, wie sieht bei dem und dem Mord wahrscheinlich der Täter aus? Und die Antworten, die das FBI zu geben imstande ist, sind erstaunlich, ganz erstaunlich.«

»Ein Serienmörder, ein stinknormaler Serienmörder?« Ich konnte es immer noch nicht fassen.

»Und wie!« trumpfte Emma auf. »Stell dir vor, jemand will ein Zeichen setzen, jemand ist davon überzeugt, die großen Weltfragen lösen zu können. Zum Beispiel die von Krieg und Frieden. Durch Zufall erfährt dieser Mensch, daß da in einem Jagdhaus einer der mächtigsten Soldaten der Welt hockt und Holz haut: Otmar Ravenstein. Der Täter konzentriert sich auf diesen Mann und beschließt, ihn zu töten. Das tut er auch. Und zwar deutlich durch zwei Salven aus einer hochentwickelten Maschinenpistole. Peinlicherweise trifft er nach der Tat den alten Küster und den jungen Carlo. Die sind nicht wichtig, die sind Beiwerk. Der Täter zieht logischerweise die Schlußfolgerung, daß er die beiden töten muß. Denn sie haben ihn gesehen. Er macht es kurz, und jeder bekommt nur eine Kugel. Ist es möglich, daß dieser Täter dann weiter verfolgte, was am Jagdhaus vorging?«

»Das kann sein«, gab ich widerwillig zu. »Er konnte irgendwo hocken und das Haus beobachten.«

»Gut.« Emma schnurrte jetzt wie meine Katzen, wenn sie zufrieden sind. »Da fällt dem Mann ein weiterer Mächtiger auf, der Meier vom BND. Meier scheint alles zu steuern, Meier scheint die Ermittlungen zu leiten. Und ein zweiter Mann, der offensichtlich nichts mit diesem Meier zu tun hat, scheint auch mächtig zu sein. Du, Baumeister, du. Also wartet der Täter in unmittelbarer Umgebung des Hauses und trifft auf Meier, den er tötet. Dann lauert er dir auf und hat – Gott weiß woher – genaue Kenntnisse darüber, auf welchen Straßen in der Eifel du dich vorwiegend bewegst. Er wartet und weiß nicht, daß Marion in deinem Wagen mitfährt. Er will dich, er will dich gründlich töten. Leuchtet dir ein, daß da eine gewisse Systematik erkennbar wird?«

»Das leuchtet mir ein«, murmelte ich widerwillig. »Aber ich glaube nicht daran.«

»Warum denn nicht?« fragte Rodenstock sanft und schnitt dabei eine Linkskurve, daß die Reifen quietschten. »Alle Welt sucht den Mörder des Generals, und alle Welt ist überzeugt, daß der Mord einen politischen Hintergrund hat. Was ist denn, wenn der Mörder einfach ein Serienmörder ist? Ob er verrückt ist oder nicht, sei einmal dahingestellt. Mit einem Serienmörder kannst du auf jeden Fall alle Vorkommnisse sehr gut erklären. Er ist messianisch, seine Obsession heißt Frieden auf der Welt und Tod allen Kriegern. Er ist von seiner Mission erfüllt, er will die Mächtigsten töten.«

»Sag mal, glaubst du selber an den Stuß, den ihr da erzählt?«

Er schüttelte den Kopf. »Das ist eine völlig andere Frage«, erklärte er. »Tatsache ist, daß ein Serienmörder in Frage kommt. Dann ist auch Tatsache, daß der Täter erst am Anfang der Serie steht. Das heißt: Er ist auf der Suche nach weiteren Opfern.«

»Wie kommt ihr auf eine solche Schnapsidee?« klagte ich.

»Ganz einfach«, sagte Emma hell. »Alle Toten fanden sich am Jagdhaus. Wieso dort? Weil das Haus das Zentrum der militärischen Macht war? In dein Hirn, Baumeister, mag das nicht reingehen. In das Hirn des Täters könnte es aber sehr wohl passen.«

»Ihr seid verrückt«, wehrte ich ab.

»Wieso denn?« fragte Emma etwas arrogant. »Er hat jetzt versucht, dich zu töten. Er wird wiederkommen. Wetten, Baumeister?«

»Ich habe kein Kleingeld bei mir«, sagte ich. »Und wieso zwei Mörder?«

Mit leiser Stimme antwortete Rodenstock: »Ganz einfach. Der General wurde erschossen, weil er irgend etwas herausfand, was eine oder mehrere Personen in existenzgefährdende Bedrängnis bringt. Dann ist jemand hingegangen, mit einem möglicherweise ganz anders gestalteten Motiv, hat den BND-Meier umgelegt und dich dann zu töten versucht. Also paßt der Mord an dem General dem Täter Nummer zwei insofern ins Konzept, weil er die Tötungsart kopieren kann und dadurch der ganzen Affäre einen zusätzlichen Schleier verpaßt. Kapiert?«

»Nicht die Spur«, brummelte ich. »Ich will nur, daß Dinah zurückkommt.«

Emma drehte sich um und sah mich lächelnd an.

NEUNTES KAPITEL

Es war Wochenende, und niemanden kümmerte mein Gezeter. Tilman Peuster gab mir eindringlich zu verstehen, ich möchte meine Anstrengungen verdoppeln, endlich erwachsen zu werden. Ich bekam den Oberschenkel verbunden und zahllose Spritzen gegen Tollwut, Fieber, die Papageienkrankheit, wahrscheinlich auch gegen Mumps. Dann mußte ich mich splitternackt ausziehen und dem Peuster zur Verfügung stellen, was einfach besagt, daß er mich drehte, wendete und faltete und mit Hilfe seiner ungemein kräftigen Finger mit aller Gewalt in meinen Körper einzudringen versuchte. Dazu murmelte er Erhellendes wie zum Beispiel »Ha!« oder »So-so!« oder »Dachte ich mir doch!« Schließlich erklärte er ohne Umstände: »Also, kaputt ist wahrscheinlich nichts.«

Das ließ mich dankbar aufatmen, und ich wollte mit der mir eigenen Begeisterung von seiner Untersuchungsliege springen. Das mißlang gründlich. Ich kam zwar in den Stand, aber mein Kreislauf machte nicht mit und entschied sich für den spiegelnden Fußboden.

Peuster sah ungerührt zu, wie ich mich aufrappelte. »Nur eine Spritze noch«, sagte er freundlich, »dann können wir uns dem Restprogramm zuwenden.«

»Wieso Restprogramm?« fragte ich mißtrauisch.

Er antwortete nicht, entschwand und tauchte mit einer kleinen gefüllten Spritze in der Rechten wieder auf. »Das pikt etwas«, warnte er und rammte mir das Instrument in den Hintern. Zufrieden ging er wieder hinaus, und ich hörte ihn telefonieren.

Rodenstock steckte seinen Kopf durch den Türspalt und grinste diabolisch. »Wir fahren schon mal«, sagte er.

»Was soll das?«

»Na ja, du kriegst einen Prominententransport«, antwortete er und war schon verschwunden.

Ich wurde in meinen üblen Vorahnungen bestätigt, ich schlief ein, obwohl ich partout nicht einschlafen wollte. Mediziner sind eben hinterhältig, seit der Gesundheitsreform geradezu hinterlistig.

Ich wurde wach, weil jemand Weibliches flötete: »Dann wollen wir mal zum Röntgen, Herr Baumeister.«

»Wie? Wieso? Was soll das?«

»Sie sind hier im Maria-Hilf-Krankenhaus in Daun. Wir müssen uns doch anschauen, was der Unfall angerichtet hat, nicht wahr?«

»Ja, Mami«, sagte ich und hatte einen unglaublich dikken Hals. Ich schwor der gesamten Welt Rache. Aber die Götter hatten davor die Spritze des Tilman Peuster gesetzt. Ich schlief einfach wieder ein. Das Letzte, was mich störte, war die Erkenntnis, daß ich schon wieder nackt war oder immer noch. Ich wurde im Röntgenraum nur widerwillig wach, weil ich träumte, Dinah wäre heimgekommen.

»Aha, er kommt zu sich«, sagte eine Männerstimme.

»Macht nix«, erwiderte eine Frau. »Dreh ihn mal, damit ich den Schädel von der Seite kriege. Und mach diesen blöden Verband vom Oberschenkel ab.«

»Hast du eine Ahnung, ob es heute auch Würstchen gibt?«

»Frikadellen!« murmelte die Frau. »Frikadellen!«

Dann nahm sie meinen Kopf und legte ihn so, wie ich ihn mein ganzes Leben lang noch nie gelegt hatte. Und es tat weh, und ich glaube, ich schrie.

»Na, na«, sagte die Frau, »wir wollen doch nicht meine Arbeit stören, oder?«

Ich muß wieder eingeschlafen sein, denn ich kam erst wieder zu mir, als ich in einem sehr weichen und bequemen Bett lag und entdeckte, daß ich eine Art Engelshemdchen trug, hinten offen, schutzlos der Witterung preisgegeben. Ich entdeckte auch, daß ich allein in diesem Zimmer lag und daß mein hilfloses Krächzen niemanden erreichte.

Endlich erschien wie von einer Rakete gestartet eine stämmige Eiflerin in Schwesterntracht, die eine Spritze vor sich hertrug wie andere Leute ein Glas Sekt. »Wie geht es uns denn?« flötete sie.

»Ich weiß nicht, wie es Ihnen geht«, sagte ich störrisch.

»Das kriegen wir hin, Herr Baumeister, das kriegen wir hin. Und nun drehen wir uns mal zur Seite. So! So ist es schön, dann gibt es einen Piks ... sehen Sie? Und schon fühlen wir uns himmlisch wohl.«

»Sie sollten in die Werbung gehen«, sagte ich und zog die Bettdecke wieder hoch.

Ehe ich einschlief, kam noch jemand aus der Verwaltung vorbei, und zufällig war dieser jemand Günther Leyendecker, der hinterhältig grinste. »Wie geht es dir denn?«

»Prima«, sagte ich. »Jemand hat eine Maschinenpistole ausprobiert, und ich stand zufällig im Weg.«

»Na so was«, murmelte er, und in seinen Augen stand die Behauptung: Der Baumeister tickt nicht richtig. »Wo bist du denn versichert?«

»DKV Gruppenversicherung privat. Journalisten-Besonderheit.«

»Das ist schön«, nickte er. »Dann können wir richtig zulangen.«

»Hat irgendein Arzt denn gesagt, was ich habe? Ich meine, es wäre doch erhellend, wenn man mir Auskunft geben würde, oder?«

»Totaler Erschöpfungszustand«, murmelte er und notierte etwas auf einem Vordruck. »Du mußt mal Pause machen, Junge.«

»Ich will hier raus«, wagte ich zu fordern.

»Immer langsam mit den jungen Pferden«, erwiderte er. »Ich guck mal nach dir, ich komme wieder vorbei.« Und raus war er.

Mein Bewußtsein wurde schon wieder schwammig, und ich glitt übergangslos in einen Traum, in dem ein älterer Mann fortwährend sagte: »Mein Chef wird auch Zuckerstückchen genannt, mein Chef wird auch Zuckerstückchen genannt.« Plötzlich wußte ich, wer auf mich geschossen hatte, und ich wollte es brüllen oder es zumindest jemandem sagen. Aber ich sackte in eine große tiefe Dunkelheit, und alles war ausgelöscht.

Mir schien nur ein Augenblick vergangen zu sein, tatsächlich war es bereits sechs Stunden später: Die Tür öffnete sich mit einem explosionsartigen Knall, und ein Weißkittel stürmte hinein, als ginge es darum, mich möglichst schnell mattzusetzen.

»Wie geht's?« Er strahlte und reichte mir eine Hand.

»Wenn Sie mich entlassen, würde ich sagen, es geht mir gut.«

»Schmerzen?«

»Keine im Augenblick. Sagen Sie mal, was habe ich eigentlich? Mal abgesehen von der Wunde am Bein?«

»Eigentlich nix«, sagte er.

»Wie schön. Dann kann ich verschwinden.«

»Geht nicht«, widersprach er. »Zwei, drei Tage noch. Sie sind, wenn ich mir die Bemerkung erlauben darf, richtig abgewirtschaftet. Ihr Freund, der sehr nette Herr Rodenstock, hat mir berichtet, daß Sie sich die Wunde am Oberschenkel durch einen Sturz zugezogen haben. Er ist der Ansicht, es sei ein Schwächeanfall gewesen.«

»Dieser Sauhund«, explodierte ich.

Er war ein wirklich netter Medizinmann, auch wenn sein Atem ein wenig streng roch. »Nicht ärgern«, sagte er. »Es ist doch gut, so einen Freund zu haben.«

»Richtig gut!« bestätigte ich. »Und was mache ich mit der Wunde?«

»Nichts«, meinte er lapidar. »Ab und zu den Verband auswechseln, eine gute Salbe drauf. Alles paletti.«

»Welche Salbe denn?«

»Heilsalbe. Nichts Kompliziertes, einfach Hamamelis.«

»Na prima«, sagte ich. »Dann besorgen Sie sich mal den Zettel, auf dem ich unterschreiben kann, daß ich gegen den ärztlichen Rat die Klinik verlasse. Und zwar jetzt.«

»Da erhebe ich Einspruch.« Aber er wußte, daß er verloren hatte, und er ging, sich den Vordruck zu besorgen.

Eine halbe Stunde später stand ich im milden Abendlicht auf einer Straße in Daun und fühlte mich großartig. Die Konditorei *Schuler* hatte noch auf, und ich ließ mir zwei Stück Torte von der ganz kriminellen Sorte servieren – mit Schokolade und Sahne – zusammen wahrscheinlich sechstausend Kalorien. Dann marschierte ich weiter ins *Buchlädchen* und kaufte mir *Nachricht von einer Entführung* von Marquez. Von dort rief ich zu Hause an und fragte Rodenstock, ob Dinah schon aufgetaucht sei.

»Negativ«, sagte er. »Wie geht es dir?«

»Oh, prima«, gurrte ich. »Ich habe meinen Schwächeanfall fest im Griff.«

»Das mußt du verstehen«, erklärte er hastig. »Ich kann denen doch nicht sagen, daß irgendein Irrer mit der Maschinenpistole auf dich losgegangen ist. Dann müßte er die Bullen benachrichtigen. Erhol dich gut, mach ein paar Tage blau.«

»Gibt es sonst was Neues?«

»Nichts. Wir versuchen, die einzelnen Teile des Puzzles aneinanderzusetzen. Aber es entsteht kein logisches, geschlossenes Bild. Der General muß etwas entdeckt haben, was seinen Tod bedeutete. Und genau das finden wir nicht. Ist dir denn etwas eingefallen?«

»Mir ist eingefallen, wer auf mich geschossen hat, aber es ist verschwunden. Die Idee war gut und richtig, sie ist irgendwo in meinem Gehirn abgespeichert worden, doch ich habe noch keinen Zugang.«

»Hoffen wir das Beste«, sagte er abwesend.

»Bis gleich«, grüßte ich, und ehe er explodieren konnte, hatte ich aufgehängt.

Angela Schüll vom *Buchlädchen* hatte mir den Marquez eingepackt, und ich bezahlte und verabschiedete mich, um zu Ganser zu laufen und ein Taxi zu besteigen. Unterwegs kaufte ich mir eine Waffel Eis und fühlte mich noch besser, als ich Eis lutschend durch den Abend ging. Es sind eben die kleinen Dinge, die Tage schön machen können.

»Das ist leichtsinnig!« sagte Emma lächelnd. Aber sie nahm mich in den Arm und gestand: »Es ist eigentlich gut, dich wieder hierzuhaben.«

Seepferdchen war auch da, Germaine lümmelte in einem Sessel herum, Marion saß auf dem Fußboden und las eine meiner Reportagen. Auf daß mein Haus voll werde.

»Wo ist denn Rodenstock?«

»Im Arbeitszimmer«, gab Germaine Auskunft. »Er hört gar nicht mehr auf zu arbeiten.«

Rodenstock hatte eine Wand von den Bildern befreit und Packpapier draufgezogen. Er sah mich kurz an, sagte aber nichts. Er hatte alle wichtigen Komponenten des Falles in großen Druckbuchstaben festgelegt und versuchte, durch Kreuz- und Querverbindungen so etwas wie ein durchgängiges Muster zu entwickeln.

»Was hat eigentlich Seepferdchen erzählt?«

»Nichts Konkretes, aber sehr Wichtiges. Es gab zwei Tage, an denen der General schier ausflippte. Der erste Tag war der, als vor mehr als vier Wochen *dpa* meldete, Herterich sei samt Fahrer in die Luft gesprengt worden. Herterich war ein enger Freund, der General begreiflicherweise von der Rolle. Der zweite Tag lag vierzehn Tage später und muß laut Seepferdchen ebenfalls mit Herterich zu tun haben. Der General war kurz bei der Bundeswehr in Daun, also bei dem Horchposten gewesen. Er kam wieder, stand vor seinem Schreibtisch und sagte mehrere Male: ›Mein Gott, Herterich! Mein Gott, Herterich!‹ Dann übergab er sich. Er meldete sich für drei Tage in sein Jagdhaus in der Eifel ab. Seepferdchen sagt, daß sie genau weiß, daß er bei dieser Gelegenheit erneut in der Kaserne in Daun war. Und sie weiß auch definitiv, daß er zusätzlich noch woanders gewesen ist, aber sie weiß nicht, wo. Sie sagte, er habe so gelitten, daß sie Angst vor einem Herzinfarkt gehabt habe.«

»Daß Herterich an beiden Tagen die Hauptrolle spielte, ist sicher?«

»Ganz sicher«, nickte er.

Wir starrten uns an und erschraken beide gleichzeitig.

»Das kann nur bedeuten, daß der General herausgefunden haben muß, wer den Herterich in die Luft gejagt
hat.« Rodenstock führte eine Hand an sein Kinn und
kratzte sich leicht, wie er es immer tut, wenn er in höchster Konzentration plötzlich eine Lösung sieht.

»Na sicher, das ist es!« Ich glaube, ich brüllte fast. »Der
General hat herausgefunden, wer es getan hat. Und er
wollte es dem *Spiegel*-Redakteur erzählen ...«

»Nicht so einfach, nicht so einfach«, wehrte Rodenstock ab. »Geh langsamer und systematischer vor. Was
ist denn in den Zeitungen zu lesen gewesen, als Herterich zu Tode gesprengt wurde?«

»Selbstverständlich waren die Täter serbische Moslems
oder serbische Christen. Beide Gruppen mußten diesen
Mann hassen, weil er sie dazu zwang, sich zumindest
einigermaßen zu vertragen, obwohl sie sich auf den Tod
haßten. Es gab aber kein Bekennerschreiben, also blieb es
letztlich gleich, welche Gruppe die Sprengung arrangierte. Kriminaltechnisch gab es ohnehin nichts zu beweisen. Es war TNT, wahrscheinlich aus Österreich. Es
war ein herkömmlicher Zünder, der einfach durch einen
Wecker aktiviert wurde. Das ganze Paket hing unter dem
Mercedes von Herterich, war auf einen hinteren Motor-
träger geschraubt. Von Herterich und seinem Fahrer
blieb nichts übrig, sie wurden vollkommen zerrissen.«

»Wie reagierte die Bundesregierung?« fragte Rodenstock weiter.

»Wie üblich. Der Außenminister sonderte einige galli-
ge Bemerkungen ab und stellte angeblich Bedingungen.
Der Regierungschef der Serben entschuldigte sich ein
paarmal. Der Mann ist windige Entschuldigungen gewöhnt, der hat gewissermaßen Übung, weil er sowieso
nicht koscher ist. Um es kurz zu machen: Herterich war
tot, ein Verantwortlicher wurde nicht gefunden, man
konnte zur Tagesordnung übergehen. Und letztlich
stimmte die Bundesregierung wieder zu, als es darum
ging, beim Wiederaufbau den Serben mit Rat und Geld
zur Seite zu stehen. Alles wie gehabt. Es gab Kollegen,
die geradezu saumäßige Kommentare schrieben. Zum

Beispiel: Die Serben seien nach den langen Kriegsjahren so verroht, daß es auf einen Mord mehr oder weniger nicht ankomme, und es sei eben peinlich, daß es diesmal ausgerechnet einen Deutschen erwischt hätte. Mit anderen Worten, der Serbe an sich als Untermensch. Ekelhaft, einfach ekelhaft.«

Rodenstock breitete beide Arme aus. »Hör auf. Also, da wird dieser Herterich in die Luft gejagt. Selbstverständlich sucht man die Täter unter Moslems oder Christen. Der General kriegt heraus, wer der wahre Mörder ist, und wird deshalb erschossen. Das kann nur bedeuten, daß ...« Er schloß die Augen, und ich wollte gerade wetten, daß er an Kaffee, eine Brasil-Zigarre und Bitterschokolade dachte, als er leise sagte: »Ich hätte gern einen starken Kaffee, ein Stück Bitterschokolade ...«

»Ich gehe schon«, seufzte ich. Ich arrangierte alles hübsch auf einem Tablett, stellte noch eine brennende Kerze daneben und trug es ins Arbeitszimmer. »Die Kerze ist als Beschleuniger für deine grauen Zellen gedacht. Du hast mit den Worten geendet: Das kann nur bedeuten, daß ... Ja, was bedeutet denn das?«

»Weiß ich noch nicht«, murrte er, »ich bin ja kein stimmungsloser Computer. Es ist wirklich ein komischer Fall.« Er lutschte an einem Stück Bitterschokolade, trank einen Schluck Kaffee und schloß einen Moment lang vor Wonne die Augen. Dann zündete er geradezu feierlich die Zigarre an und paffte gewaltige Wolken vor sich hin, die gelinde ausgedrückt bestialisch stanken. Als Gegenmittel stopfte ich mir eine Morena aus Olivenholz.

»Ich frage mich«, fuhr er fort, »wieso man plötzlich dich töten will.« Er musterte mich mit zusammengekniffenen Augen. »Kannst du dir gar nicht vorstellen, weshalb du in die ewigen Jagdgründe geschickt werden sollst?«

»Ich habe darüber nachgedacht. Ich muß etwas wissen, dessen Bedeutung mir nicht klar ist. Aber ich weiß nicht, was ich weiß.«

Er nickte nachdenklich. »Wahrscheinlich ist das so. Eines steht fest: Der General muß die Lösung des Falles, also die Identität des Mörders hier in der Eifel erfahren haben.«

»Das ist richtig«, nickte ich. »Was will uns der Dichter damit sagen?«

Wie immer, wenn Rodenstock messerscharfe Schlüsse zog, lächelte er leicht verlegen. »Es ist ganz einfach, mein Sohn. Die Tatsache, daß alle Geheimdienste plötzlich aufgescheucht an der Leiche standen, besagt nichts anderes, als daß Herterich nicht von Moslems und nicht von Christen in die Luft gejagt wurde, sondern von Deutschen. Und bei denen ist scheißegal, ob sie katholisch oder evangelisch oder jüdischen Glaubens sind, auf Bhagwan schwören und heimlich zu Uriella beten. Was glaubst du, habe ich recht?« Er lehnte sich zurück, griff erneut zur Kaffeetasse, starrte angeekelt auf das Getränk und wechselte es dann gegen Kognak aus.

»Wir haben keinen Beweis, aber ich wette, du hast recht. Gut gemacht, mein Alter. Es waren also Deutsche, die Herterich in die Luft geblasen haben. Warum, verdammt noch mal?«

»Das weißt du genau«, grinste er. »Du bist angeschlagen, und dein Gehirn ist noch in Reparatur. Aber du weißt es, weil sich jetzt ein Bild ergibt.«

Wenn er den Pauker spielte, haßte ich ihn zuweilen, aber diesmal forderte er mich heraus, und ich mußte die Herausforderung annehmen. »Herterich wurde in die Luft gejagt, weil er in Kürze nach Deutschland zurückkehren wollte, um einen höchst wichtigen Job anzutreten: die Leitung des Bundesnachrichtendienstes.«

»Dafür gibt es keinen Beweis!« warnte Rodenstock. »Aber ich glaube, daß es sich so verhält. Hast du eine Ahnung, welche Einstellung Herterich zu Geheimdiensten hatte?«

»Keine Ahnung. Das könnte Seepferdchen wissen. Ich hole sie.«

Die alte Dame stand in der Küche und versuchte mit aller Gewalt, von einem sehr harten, geräucherten Eifelschinken eine Scheibe herunterzuschneiden – das Ganze mit versunkener Miene und feuchten Lippen.

»Ich helfe Ihnen.« Der Eifelschinken war delikat, aber ebenso hart. Nach etwa drei Minuten hatte ich eine Scheibe erobert. »Haben Sie eine kurze Weile Zeit für uns?«

Sie nickte und folgte mir in das Arbeitszimmer. Rodenstock bugsierte sie sanft, aber energisch auf den Schreibtischsessel vor dem Computer.

»Junge Frau«, sagte er. »Seien Sie locker, nicht verkrampfen!«

»Macht der das immer so?« fragte sie mich.

»Immer«, nickte ich.

»Es geht um Herterich, der in Ex-Jugoslawien getötet wurde. Sie haben gesagt, er sei ein echter Freund von General Ravenstein gewesen. Das wurde zwar von Frau Herterich bestätigt, ich frage Sie trotzdem, ob Sie bei dem Begriff Freund bleiben?«

»Bleibe ich«, sagte sie entschieden.

»Sie haben auch gesagt, die beiden Männer hätten die gleiche Wellenlänge gehabt. Ist das richtig?«

»Das ist richtig.«

»Meinen Sie das politisch oder ganz allgemein?«

Sie lächelte fein. »Das können Sie sich aussuchen. Natürlich ist das auch immer politisch gemeint.«

»Auf welchen Sektoren kamen denn die Gemeinsamkeiten besonders klar heraus?«

»Na ja, auf dem Sektor Geheimdienste. Der General hat schließlich dafür gesorgt, daß Herterich den Chefsessel beim BND bekommen sollte. Habe ich das nicht schon erzählt?« Sie starrte mich hilflos an.

»Oh Gott, nein«, sagte ich. »Wieso hat der General ihm den Job besorgt? Ich denke, das war ein Einverständnis aller Fraktionen des Bundestages.«

»Das war es auch. Aber erst später«, nickte sie. »Der General hat die ganze Vorarbeit gemacht, Werbung für Herterich. Das war ein hartes Stück Arbeit.« Sie blinzelte erneut. »Sollte ich das vergessen haben zu erwähnen?«

»Sie haben es vergessen«, murmelte Rodenstock freundlich. »Aber das macht nix. Ihr General hatte also einen Favoriten für das Amt, und der hieß Herterich.

229

Warum? Ich meine, in welchem Verhältnis stand der General zu diesen Geheimdiensten?«

»Er meinte, das seien lauter Irre mit einer Paranoia.«

»Wörtlich?« fragte Rodenstock.

Sie nickte. »Und wie! Er war ja Spezialist auf dem Gebiet. Als junger Mann, das hat er immer zugegeben, war er begeistert von Geheimdiensten. Er stellte sich das Leben eines Agenten unheimlich spannend vor. Irgendwann in späteren Jahren hat er mal in die Arbeit des militärischen Abschirmdienstes reingerochen. Da kam er dann ins Büro und hat geflucht, daß erwachsene Männer Patronenhülsen suchen müssen, die beim Scheibenschießen verschwunden sind oder ähnlicher Blödsinn. Das, was ihn bei allen Geheimdiensten aufregte, war die Tatsache, daß die niemals zu kontrollieren sind, daß sie eigentlich tun, was sie wollen. Erinnern Sie sich, daß der BND mal Jeeps und ähnliches Zeug nach Israel geliefert hat und das Zeug als ›landwirtschaftliche Geräte‹ durch den Zoll gehen ließ? So was haßte er.«

»Er war also gegen Geheimdienste?« fragte ich.

»Nein«, sagte sie. »Das war er nicht. Er wußte genau, daß man Geheimdienste nötig hat, weil man in dieser komplizierten Welt Nachrichten sammeln muß, um noch einigermaßen klarzusehen. Aber er sagte auch: Jeder Geheimdienst ist nur so gut wie sein Chef! Wenn der Chef seinen Dienst politisch mißbraucht, ist der Dienst schlecht.«

»Ich verstehe«, Rodenstock zwinkerte freundlich. »Er wollte also jemanden an der Spitze des BND haben, der ein Profi ist und nicht bestechlich?«

»Ja«, stimmte sie zu. »Er mochte Politiker nicht, die dauernd rumtönen, man müßte die Geheimdienste besser an die Kandare nehmen. Er sagte, das wären Schaumschläger, die von dem Beruf keine Ahnung hätten.«

»Und Herterich war sein Mann?« fragte ich.

»Ja, der war sein Mann. Er tat ja auch alles, um den durchzusetzen.«

»Das verstehe ich nicht ganz«, wandte Rodenstock ein. »Er war General der Bundeswehr, er arbeitete also im

230

Bereich des militärischen Abschirmdienstes. Was hatte er mit dem Bundesnachrichtendienst zu tun?«

»Eine Menge«, sagte sie. »Weil die sich alle gegenseitig als ›Hilfsdienste‹ benutzen.«

»Mir wird etwas klar, mir wird endlich etwas klar.« Ich war aufgeregt, ich sah ein wenig Licht am Ende des langen Tunnels. »Sie meinen, auf Spezialgebieten fragt einer den anderen? Sie tauschen Erkenntnisse aus?«

»Ja«, nickte sie. »Wenigstens bis zu einem bestimmten Grad.«

»Was ist denn nun mit Heiko Schüller, dem anderen Bundestagsabgeordneten, der sich für Geheimdienste begeistert?« fragte ich.

»Das war der Konkurrent von Herterich. Schüller war ja von der gleichen Partei, aber ein Konkurrent um das Amt beim BND. Die Tauben wollten Herterich, die Falken den Schüller.« Sie hatte plötzlich etwas begriffen, sie wollte sich korrigieren. »Nicht, daß Sie denken, der Schüller hätte den General erschossen. Der? Der nie! Der ist viel zu dämlich.«

»Aber irgend jemand hat den Abzug einer Maschinenpistole gezogen«, sagte Rodenstock. »Wer könnte das gewesen sein?«

»Ich weiß es nicht«, sagte sie kläglich. »Ich weiß es wirklich nicht.«

»Nun gut, hören wir auf, mir dröhnen die Ohren von ungelösten Fragen«, meinte Rodenstock. »Wie kommen wir in diese Bundeswehreinheit nach Daun hinein? Und wie kriegen wir einen Faden in das Amt für Fernmeldewesen?«

»Ich weiß es nicht.« Ich war müde, und die Schmerzen kamen wieder.

»Aber ich«, strahlte Seepferdchen. »Im Amt für Fernmeldewesen gibt es ein Koordinationsbüro. Das leitet eine Frau, mit der habe ich öfter telefoniert. Regierungsrätin, oder so. Ursula Zimmer heißt die.«

»Dann würde ich sagen, wir rufen sie morgen früh an«, entschied Rodenstock. »Und wen haben wir in der Bundeswehr in Daun?«

Die alte Dame drehte sich ab, weil sie eine Lösung hatte, aber nicht preisgeben wollte. Ihr Leben lang hatte sie Schweigen geübt, jetzt sollte sie plötzlich alles preisgeben.

»Sie wissen es doch!« lächelte Rodenstock.

Sie nickte zögerlich. »Da ist in der Dauner Kaserne ein junger Offizier, der bis jetzt Verbindungsoffizier der Kaserne zum General in der NATO war. Er heißt Rolf Mehren. Dieser Mehren sollte als Herterichs Adjutant mit zum BND gehen. Der Junge ist nämlich helle.«

»Den rufen Sie auch an«, Rodenstock seufzte lange und intensiv.

»Es ist phantastisch, alles im Haus zu haben«, murmelte ich. »Seepferdchen ist eine richtige Vielzweckwaffe. Sie weiß alles, aber wenn wir Pech haben, erinnert sie sich erst, wenn der Fall gelaufen ist.«

Sie starrte mich an und kicherte etwas irre. »So ist das Leben, junger Mann. Was gibt es denn zu essen?«

»Emma hat sich für Kartoffelpuffer entschieden.« Rodenstock war entzückt. »Kartoffelpuffer mit viel Apfelmus und Zimt. Eine Sauerei jagt hier die andere. Danach werde ich ein Kilo mehr wiegen. Und anschließend gibt es Pfirsicheis mit einem Hauch alten Kognaks.«

»Wie schön!« freute sich Seepferdchen. »Was Sie übrigens vergessen haben: Sie haben mich gar nicht nach der CIA gefragt, nicht wahr?«

»Was müssen wir denn fragen, wenn wir nach der CIA fragen?« fragte ich.

»Na ja, was denn die CIA von Herterich hält«, sagte sie allerliebst.

»Dann fragen wir das doch mal«, brummelte Rodenstock. Er war mit den Nerven am Ende, um es simpel auszudrücken.

»Die CIA wollte mit aller Gewalt den Schüller, der Verfassungsschutz auch. Der Zoll hält sich raus, weil er den Sieger als Verbündeten will. Das machen die immer so.«

»Ich wußte genau«, klagte Rodenstock, »daß am Ende eine Riesenschweinerei herauskommen würde.«

»Was hast du erwartet?« fragte ich. »Haferschleim?«

232

»Dann ist da noch wer«, setzte die Sekretärin nach. »Der Mossad, der Geheimdienst der Israelis, der war auch für Schüller.«

»Reden die etwa alle mit?«

»Oh, nein«, entrüstete sie sich. »Das ist ja eine streng deutsche Angelegenheit. Doch sie geben ihre Meinung kund, was sie von dem Herterich oder dem Schüller halten. Und sie sind der Ansicht: Zur Kooperation ist der Schüller besser. Na klar, der steckt ja auch dauernd in jedem passenden Rektum ... oh, ich entschuldige mich.«

»Verdammt noch mal, wer ist denn dann überhaupt für Herterich gewesen?« Rodenstock fuchtelte mit beiden Armen.

»Der General und ziemlich viele Bundestagsabgeordnete. Deshalb haben sie sich auch für Herterich entschieden. Als er noch lebte.«

»Und jetzt heißt unser Mann Schüller, und wir lieben ihn alle«, stöhnte ich. »Ich will jetzt endlich fettige Kartoffelpuffer mit einem Haufen Apfelmus.«

»Ich würde gern mit Schüller reden«, sagte Rodenstock.

»Ich auch«, nickte ich.

»Na, dann rufe ich ihn eben an. Wann?«

»Übermorgen«, bestimmte ich. »Wir müssen irgendwann mal schlafen. Nicht viel, aber diese oder jene Sekunde. Was machen wir, wenn er nicht will?«

»Er wird wollen«, Rodenstock straffte sich. »Ich werde ihm keine Wahl lassen.«

»Na ja, ein bißchen Erpressung hat noch niemandem geschadet.« Ich sah Seepferdchen an. »Haben wir sonst noch was vergessen?«

»Im Moment sehe ich nichts«, versicherte sie ernsthaft und zupfte eine Locke von ihrem blauen Haar schelmisch vor das rechte Auge. »Ach ja, da fällt mir ein, daß dieser Amerikaner Tom Becker von der CIA wahrscheinlich nur nach Bonn versetzt wurde, damit Herterich nicht der Chef vom BND wird.«

»Können Sie das beweisen?« fragte Rodenstock verblüfft.

233

»Na ja, nicht schriftlich«, antwortete sie. »Aber der General hat mir einen Brief diktiert, in dem das drin stand. Doch ich darf ja mein Büro nicht mehr betreten.«

»Noch etwas?« fragte Rodenstock mißtrauisch.

»Nicht direkt«, Seepferdchen wirkte leicht verlegen. »Aber ich weiß, daß der BND den Antrag gestellt hat, das Gebiet in Jugoslawien abzuhören. Ich meine das Gebiet, in dem Herterich die zivile Verwaltung wieder aufbauen sollte.«

»Aha!« sagte ich tonlos. »Und wann war das?«

»Das ist es ja eben. Das geschah genau zu dem Zeitpunkt, als Herterich explodierte, also als ... Die Überwachung setzte eine Woche vor Herterichs Tod ein und endete eine Woche nach seinem Tod.«

»Woher wissen Sie das?« fragte Rodenstock.

»Weil ich einen Brief darüber geschrieben habe«, sagte sie. »Der General wollte sich nämlich beteiligen. Er wollte an die Abhörergebnisse kommen, um dem Geheimdienst der NATO die Möglichkeit zu geben, an einem praktischen Beispiel zu lernen, wie undurchsichtig die Szene in Ex-Jugoslawien ist.«

»Und? Durfte er mitmachen?«

»Nein«, sagte sie und hielt den Kopf gesenkt.

»Ich will jetzt Reibekuchen und kein Wort mehr«, sagte Rodenstock energisch. Er sah mich an. »Wir gehen heißen Zeiten entgegen, mein Sohn.«

Ich erwiderte: »Ja, Papi.« Was soll man da auch anderes erwidern?

Ich kann die Leserin und den Leser verstehen, die an diesem Punkt des Berichtes glauben, sie seien einer Lösung nahe. Es ist ja auch verführerisch, so viele Rätsel plötzlich gelöst zu haben. Aber Rodenstock und ich schauten uns nicht einmal vielsagend an. Seepferdchen hatte dankenswerterweise sehr viel zur Erhellung beigetragen, aber nichts von dem, was sie sagte, war auch beweisbar. Ich hörte den Redakteur Sibelius spöttisch fragen: »Sollen wir vielleicht eine Gerüchtenummer fahren und ein paar Millionen Entschädigung zahlen?«

Emmas Reibekuchen waren ein voller Erfolg. Wir hockten einträchtig um den Küchentisch und erzählten Geschichten.

Nur Dinah fehlte, und das tat weh.

Als wir die Runde auflösten, war es immerhin zehn Uhr, und ich hatte Schwierigkeiten, mir einen Schlafplatz zu ergattern, weil Seepferdchen sich plötzlich entschieden hatte, keineswegs in das *Dorint* zurückzukehren. Sie sagte lebhaft: »Hier spielt die Musik, oder?«

Ich dachte daran, mich vielleicht zu Günther nach nebenan zu verziehen oder zu Udo oder den Lattens – irgend jemand würde ein altes Bett haben. Aber dann fiel mir mein Schlafsack ein, und ich packte mich in den Garten. Es war eine Premiere, denn in diesem Garten hatte ich noch nie geschlafen. Ich nahm zwei Tabletten gegen die Schmerzen und wurde erst wach, als Marion sich zu mir gesellte und einen Becher Kaffee bereithielt.

»Du bist wirklich ein As«, sagte ich, und sie wurde verlegen. »Es ist schön hier.«

Es gelang mir nicht, mich zu rasieren, weil vier Frauen im Haus bei nur einem Badezimmer eine komplette Besatzung darstellen. Aber immerhin gelang es mir, in meinem Schlafzimmer ein neues Hemd zu ergattern und ähnlich Wichtiges. Der Vollständigkeit halber öffnete ich Dinahs Schrank und atmete ihren Duft ein, weil der Mensch von irgend etwas leben muß. Dann fiel mir ein, was ich tun könnte. Wenigstens Emmas Auto war frei, und ehe jemand auf die Idee kommen konnte, es zu benutzen, fuhr ich vom Hof.

Ich gebe zu, daß es ein Unding ist, morgens um neun Uhr, an einem ganz gewöhnlichen Montag, Baumeister in einer Parfümerie zu erleben. Ich ging in die der Oberstadtfelderin Elke Mayer an der Lindenstraße in Daun, die der Einfachheit halber *Mademoiselle* heißt und Schönheitspflege rund um den Körper anbietet.

Ich eröffnete die schwierige Transaktion mit der ungemein intellektuellen Feststellung: »Lange nicht gesehen.« Angesichts der Tatsache, daß ich den Laden noch nie betreten hatte, war es eine wirklich köstliche Bemerkung. Tapfer fuhr ich fort: »Meine äh, meine äh, äh, also meine Lebensgefährtin kauft bei Ihnen zuweilen einen Duft, so ein Eau de toilette. Ich weiß nicht, wie das Zeug heißt, aber ich hätte gern eine Pulle davon käuflich erworben.« Dann atmete ich aus und fand, ich hatte es gut gemacht.

Sie war jung, unbeschwert und gutgelaunt. »Wie wäre es, wenn Sie die Dame beschreiben. Dann hätte ich einen Anhaltspunkt.«

»Das ist sinnvoll«, nickte ich weltmännisch. »Sie geht mir bis dahin!« Ich legte mir selbst eine Hand auf die Schulter. »Sie hat dunkles schulterlanges Haar, trägt eine Brille, minus drei Dioptrien, und sie ... Ich weiß nicht mehr. Aber ich glaube, sie liebt es süß und leicht.«

Sie sah mich an, als hätte ich etwas Wesentliches vergessen, mein Gehirn zum Beispiel. »Wie alt ist sie denn?«

»Also, alt ist sie nicht gerade. So fünfunddreißig. Und, halt, da fällt mir etwas Wichtiges ein. Sie redet sehr viel mit den Händen. Das tun viele Leute, aber sie hat eine ganz merkwürdige Methode. Sie sticht, um überzeugender zu wirken, immer mit beiden Zeigefingern auf ihre Gesprächspartner ein. Natürlich ohne sie zu verletzen.«

»Aha!« Ihre dunklen Augen schienen ein wenig heller zu werden. »*Gio* von Armani?«

»Weiß ich nicht.«

»Könnten Sie denn den Geruch wiedererkennen?«

»Sicher!« sagte ich.

Sie verschwand in Richtung eines kleinen Tischchens, auf dem eine ganze Batterie höchst wunderbar geformter Flakons stand. Sie kam mit einer Flasche zurück, sprühte etwas auf ein Stück Papier und hielt es unter meine Nase.

»Könnte sein«, sagte ich.

»Da gibt es noch was Ähnliches«, meinte sie und kam mit drei neuen Flaschen zurück.

»Auf der Haut riecht so was alles anders«, wagte ich zu sagen und ließ mir die Düfte auf die Hand sprühen.

Wir einigten uns auf das von Armani. Ich kaufte es und zog wieder davon.

Als ich im Hausflur auf Rodenstock traf, sagte er verächtlich: »Wieso stinkst du wie ein Männerpuff?«

»Gute Frage«, sagte ich. »Erzähl mal, wie stinkt denn ein Männerpuff?«

»Im Ernst, hat dich eines der anwesenden Weiber infiziert?«

»Nein. Es ist das Zeug, das Dinah benutzt. Und weil ich angemessen trauern will, habe ich es besorgt.«

Er sah mich an und lächelte leicht. »Das ist gut. Wir haben noch keinen Termin bei Heiko Schüller. Er ist mit den Kanzler in Asien und beglückt China. Heute nachmittag treffen wir uns im *Café Schuler* mit diesem Bundeswehrmenschen aus Daun. Diese Regierungsrätin im Amt für Fernmeldewesen macht Kummer, ich kann sie nicht erreichen. Ihre Sekretärin sagt, sie hat Urlaub. Drei Wochen, und die haben gerade erst angefangen. Sie hat auch keine Ahnung, wo ihre Chefin steckt, aber sie sagte, ihre Chefin sei eine Reisetante.«

»Hast du denn ihre private Adresse?«

»Nein. Kann aber keine Schwierigkeit sein, oder? Ich wollte jetzt Brötchen kaufen. Kommst du mit?«

»Einverstanden.«

Wir saßen kaum im Wagen, als er fragte: »Wie sieht es eigentlich mit dem Bildmaterial aus?«

Normalerweise interessierte sich Rodenstock für diesen journalistischen Aspekt nicht, normalerweise war das ausschließlich meine Sache. Ausgerechnet jetzt fragte er danach.

»Halt an, und fahr allein zu den Brötchen. Ich glaube, ich weiß jetzt, wer auf mich und Marion geschossen hat.«

Er fragte nicht, er hielt an, und ich ging die paar Schritte zurück.

Als er mit den Brötchen auf den Hof rollte, war ich dabei, den vierten Schwarzweißfilm zu entwickeln, die Filme, die ich am Tatort inmitten der Schar von Geheimdienstleuten geschossen hatte. Der Mann, das war ganz sicher, hatte richtig haßvoll von einem Zuckerstückchen geredet und damit seinen Chef, den BND-Meier, gemeint. Ich versuchte, die Szene zu rekonstruieren, aber es gelang mir noch nicht. Ich suchte auf den Negativen sein Gesicht, war mir aber nicht sicher, ob ich es auf Anhieb wiedererkennen würde.

Rodenstock klopfte an die Tür.

»Nicht jetzt«, sagte ich. »Ich habe noch das Rotlicht an.«

»Du hast ihn fotografiert, nicht wahr?«

»Ja, möglich. Ich suche und komme dann.«

Wie hatte sich dieser Mann ausgedrückt, was genau hatte er gesagt? Und was hatte ich darauf geantwortet, in welche Szene der vielen Szenen neben der Leiche von Otmar Ravenstein paßte dieser Mann?

Dann hatte ich es. Der dicke BND-Meier hatte gedroht, mir die Eier abzureißen, falls ich recherchieren sollte. Er hatte mich stehenlassen und war zu dem Gespräch mit den leitenden Männern zurückgekehrt. Und im gleichen Moment hatte neben mir in einem Pulk von Männern dieser gesuchte Mann gesagt: »Das, was mein Chef ist, wird auch Zuckerstückchen genannt.« Ich hatte irgend etwas geantwortet, mich umgedreht und wollte hinausgehen. Es folgte die Überlegung, daß ich das Gesicht dieses Mannes nicht vergessen wollte. Ich drehte mich um und schoß das Foto, wahrscheinlich aus der Hüfte ohne Sucher. Das Einzige, was mich an diesem Mann stutzig gemacht hatte, war die Tatsache, daß er die Bemerkung über seinen Chef seltsam hatte fallenlassen, nicht heiter, nicht so, als erzähle er einen Scherz. Ich versuchte mich weiter zu erinnern, wie hatte der Raum aus dieser Perspektive ausgesehen? Natürlich, im Hintergrund mußten zwei Türen zu erkennen sein: die zur Küche und die zum Bad.

Ich erinnerte mich plötzlich, daß ich beim Hinausgehen aus dem Haus des Generals nur wenige Fotos gemacht hatte. Die meisten hatte ich beim Hineingehen und Herumstehen gemacht. Daher mußte es eines der letzten Fotos auf dem Film Nummer drei sein.

Endlich hatte ich ihn und zog ihn auf vierundzwanzig mal achtunddreißig. Es dauerte nur Minuten, bis auf dem Hochweiß des Papiers sein Gesicht geformt wurde.

Im Grunde war es kein besonderes Gesicht, fiel durch absolut nichts auf. Er konnte vierzig oder fünfzig Jahre alt sein, und soweit ich mich erinnerte, war er von gleicher Größe wie ich, also etwa 175 Zentimeter groß. Ich nahm eine Klammer und hängte den noch klatschnassen Abzug zum Trocknen auf. Dann machte ich Licht und rief nach Marion.

Sie kam, ein Brötchen kauend, die Treppe hinauf. »Brötchen mit diesem Eifelschinken sind ein Gedicht«, sagte sie.

»Du solltest nach Strohn fahren und zum Otten gehen. Da hängen diese Dinge gleich doppelzentnerweise herum. Dort kriegst du auch die Eier von Jahnsen frisch und Premiumbrände, die dir das Wasser im Munde zusammenlaufen lassen, falls du wirklich gute Schnäpse liebst. Das war die Werbung, jetzt die Frage.« Ich stellte die Frage nicht, sondern deutete mit dem Kopf auf das an der Leine baumelnde Foto.

»Ich werd verrückt!« hauchte sie. »Das ist der Mann.«

»Ganz sicher?«

»Ganz sicher. Ich schwöre.«

»Gut.«

»Und wie kommst du an sein Foto?«

Ich erzählte es ihr und überlegte dabei krampfhaft, ob man an einen solchen Mann herankommen könnte.

Schließlich gingen wir hinunter in die Küche. Sie saßen alle um den Tisch herum und waren gutgelaunt. Germaine fütterte Paul mit Leberwurst, Momo hockte auf Emmas Schoß und bekam Käse mundgerecht in die Schnauze gesteckt.

»Das ist der Mann, der Marion und mich erschießen wollte«, sagte ich und hielt das Foto hoch. »Er ist es ohne jeden Zweifel. Er ist ein Mann des Bundesnachrichtendienstes, wahrscheinlich in Bonn stationiert. Er war am Tatort des Mordes an dem General. Hat einer von euch eine Ahnung, wie wir an einen solchen Mann herankommen können?«

»Ich habe Verbindungsleute da«, murmelte Rodenstock. »Ich würde es herausfinden, aber ich würde auch

239

sämtliche Pferde scheu machen und den ganzen Fall versauen.«

Seepferdchen saß rechts von ihm und löffelte ein Ei. »Ich habe Vertraute dort, Leute, die es nicht unbedingt weitersagen würden, falls ich sie um etwas bitte.«

»Ich könnte zu Tom Becker gehen und ihn einfach fragen«, meinte Marion. Aber ihr Gesicht sah nicht so aus, als wolle sie es begeistert riskieren.

Emma nahm das Foto und starrte darauf. »Er ist richtig ideal für den Geheimdienst. Der Mann ohne Eigenschaften. Sieh dir diese Augen an, absolut wie Steine. Er ist sicher ein brutaler Mann.« Sie stellte die Fotografie an die Warmhaltekanne vom Kaffee. »Müßte ich nach Bonn oder nach München-Pullach?«

»Das weiß ich nicht«, brummte Rodenstock. »Was schlägst du vor?«

»Ich bin ja eine höhere Polizeibeamtin«, sagte sie vergnügt. »Ich könnte behaupten, daß dieser Mann in meiner holländischen Heimatstadt s'Hertogenbosch gewildert hat. Das tun die manchmal, weil wir es auch tun. Ich könnte die empörte Polizeichefin sein, die kleingeistig und spießbürgerlich mit einer Anfrage kommt: Wer, verdammt noch mal, ist dieser deutsche Kerl?« Sie strahlte uns an.

»Es müßte schnell gehen«, überlegte Rodenstock. »Was ist mit dem Bundeskanzleramt? Da sitzt der Verbindungsmann zum BND ...«

»Ich fahre dorthin«, sagte Emma entschlossen. »Und Seepferdchen kann mitkommen und die Szene mit dem ganzen Charme einer Großmutter entschärfen. Ist der Verbindungsmann wenigstens schön?«

»Er ist so schön, daß er ohne Spiegel nicht leben kann«, sagte Rodenstock.

ZEHNTES KAPITEL

Im Grunde passierte das, was jedesmal passiert, wenn irgendeine Recherche in eine ganz entscheidende Phase tritt. Alle waren furchtbar beschäftigt oder taten zumindest so, nur ich ging in den Garten, legte mich in die Sonne und machte nichts.

Ich dachte darüber nach, welche Frage ich stellen müßte, um die Lösung des Rätsels im Kern zu treffen. Lautete die Frage: Was hat der General herausgefunden? Oder: Ist er umgebracht worden, weil er etwas herausfand? Oder lautete sie: Hat der General gewußt, was er herausfand? Folgte eine ganze Reihe anderer Fragen: Wußte der General, in welcher Gefahr er schwebte, als er irgend etwas herausgefunden hatte? Kann es sein, daß nicht der General das Opfer war, sondern Carlo? Oder der alte Küster? Aber was kann einen alten Küster so wertvoll machen, daß er getötet werden muß? Wußte der General eigentlich, daß man ein Netz um ihn gewoben hatte? Daß die CIA ihn nicht aus den Augen ließ? Kann es nicht sein, daß auch der BND-Meier zufällig ermordet wurde? Scheinbar gab es auf jede dieser Fragen eine schnelle Antwort, aber wenn man nur sechzig Sekunden darüber nachdachte, war jede Antwort falsch, konnte völlig in die Irre führen. Natürlich ist es einfach zu behaupten: Der Sprengstoffmord an Herterich ist ein Werk der Deutschen! Aber welcher Deutschen? Und warum? Und was wußte Herterich, das ihn einen Mord wert sein ließ? Und: Hatte der General den gleichen Wissensstand? Oder hatten die Mörder das nur angenommen? Wieviel wußte Becker von der CIA?

Marion kam durch die Wiese auf mich zu und reichte mir das Telefon. »Irgendwer will was von dir.«

»Gut, danke. Bleibst du mal eine Weile?«

»Ja, bitte?«

»Hier ist noch mal Hermes aus Jünkerath«, krähte fröhlich ein weibliches Wesen. Ich stellte sie mir korpulent vor. »Ich wollte noch mal fragen, wann Sie denn über diese Baustelle schreiben, die hier seit Monaten, Sie wissen schon, und der Sport-Brang hat schon ein Schild im Fenster von wegen Baustellenpreise und so. Und mein Mann sagt, ich soll noch mal anrufen. Und wir wollen Ihnen sagen, daß wir das auch gut bezahlen.«

241

»Können Sie mir die Unterlagen schicken?« Unterlagen schicken lassen ist immer gut, weil sie meist keine Unterlagen haben und völlig verdattert sind.

»Aber sicher, wir haben die ganze Schublade voll. Mein Mann sagt, wenn es nach ihm geht, geht dieser Bürgermeister den Bach runter, hat mein Mann gesagt.«

»Vielleicht kann der schwimmen«, murmelte ich. Dann laut: »Schicken Sie mir die Unterlagen zu?«

»Sicher, machen wir. Tschökes denn auch!« Und weg war sie aus meinem Leben.

Marion hockte zwischen drei Büscheln goldgelber Löwenzahnblüten. »Die Frau hat mich auch schon totgequatscht«, sagte sie.

»Ich will etwas von dir wissen«, sagte ich und musterte sie aufmerksam. »Deine Geschichte mit Carlo ist tot, weil Carlo tot ist. Also kann es dir egal sein, wie es weitergeht. Aber ich bin der Meinung, es gibt auch noch ethische und moralische Probleme dabei. Jedenfalls möchte ich gerne den Mörder oder die Mörder kennenlernen. Um zu kapieren, was da eigentlich gelaufen ist, reicht es nicht mehr, wenn du erzählst, wie die letzten Tage mit Carlo waren, ich muß auch wissen, wie das Netz aussah, das du mit Carlo um den General geworfen hattest. Und zwar ganz genau.«

»Das erzähle ich nicht, auf keinen Fall.« Sie wurde hastig, wirkte gequält, es war offensichtlich eine Erinnerung, die sie maßlos quälte.

»Aber warum?« fragte ich wütend.

»Weil ich begriffen habe, wie beschissen das alles war. Und Bad Godesberg ... na ja, ich habe immer gedacht: Sobald ich kann, haue ich da ab. Es war ja nicht die Stadt oder so, es war eigentlich mein Vater und ...«

»Scheiße!«

»Richtig«, nickte sie. »Ich hab in Köln am Eigelstein angefangen. Erst mal sittsam im Eros-Center, verstehst du, dann Privatpuffs. Später bin ich zurückgegangen zu meinen Eltern, weil das viel billiger war. Und mein Vater dachte auch, das wäre billiger.« Sie wirkte hart und unerbittlich. »Ich bin Serviererin geworden, weil das noch einigermaßen was brachte, wenn du gut drauf warst und richtig gearbeitet hast. Das mit meinem Vater konnte ich erst erledigen, als Tom auftauchte, ich meine Jonny. Der hat meinem Vater gesagt, er soll mich in Ruhe lassen. Aber er ließ mich nicht in Ruhe. Da hat Tom wen geschickt, und der hat meinen Vater auflaufen lassen. Hinterm Haus, wo die Autos stehen. Es sah später so aus, als ob mein Vater unter das Auto gekommen ist. Er hatte jedenfalls beide Beine gebrochen. Und nie mehr hat er mich angerührt, nie mehr. Dann hat Jonny, also Tom, mir die Bude gekauft und eingerichtet.«

»Aber da lief die Sache mit dem General schon?«

»Darüber kann ich nicht reden, Siggi. Wenn ich es erzähle, kann ich nie wieder zurück. Wenn ich den Mund aufmache, bin ich tot. Die kriegen mich doch überall. Das geht nicht, Siggi, wirklich nicht. Die Leute sind von der CIA, nicht von irgendeinem Männergesangverein.«

»Schon gut, schon gut«, nickte ich. »Du warst auch so schon mutig genug. Ich werde es auch ohne dich herausfinden.«

Der Dompfaff und seine Frau ruhten sich in dem Efeudickicht aus, das die ganze Mauer wie ein warmer Mantel umhüllte.

»Wir werden ein Gewitter kriegen«, sagte ich. »Sieh mal, die Spatzen und Buchfinken, Sperlinge, Schwalben und Amseln und weiß der Henker was noch alles sammeln sich da auf dem Kirchdach. Sie fliegen in die Schalllöcher vom Turm, wenn es losgeht. Wenn es blitzt und donnert und der Regen fällt, hocken sie da und halten ein Schwätzchen, starren hinaus und warten drauf, daß es aufhört. Denn nach dem Regen kommen die Insekten. Verstehst du?«

»Echt?« Sie starrte mich an und fing an zu lächeln. »Ach, so ist das?«

»So ist das. So ist das schon eine ganze Weile.«

»Wenn du dein Brot parterre verdienst, dann weißte so was nicht.«

»Irgendwann hörst du damit auf. Weil es langweilig wird.«

»Glaubst du, daß deine Dinah wiederkommen wird? Also, ich würde wiederkommen.«

»Ich weiß es nicht. Ich bin sehr unsicher.«

»Heiratest du sie?«

»Na klar, wenn sie es will.«

»Und wenn sie es will und nicht sagt?«

»Dann sage ich es.«

»Das ist gut.« Sie steckte sich einen Grashalm in den Mund. »Das mit dem General war eine richtige Sauerei. Jonny hat gesagt, sie wollten eigentlich eine Professionelle einsetzen, also eine Agentin, aber irgend jemand hat ihm erzählt, ich hätte schon mal was für den BND erledigt. Kleine Sache, nichts Besonderes, behaupteten sie damals. Aber es war eine Sauerei, es war die erste Sauerei. Ich habe einen Japaner verbrannt, Siggi. Du weißt nicht, was das ist. Mir haben sie gesagt, der Japaner sei ein Geheimer und sie könnten ihn nicht überführen. Deshalb sollte ich den ins Bett kriegen. Sie fotografierten und filmten. Dann las ich in der Zeitung, daß ein Mitglied des japanischen diplomatischen Corps sich das Leben genommen hätte und daß die Polizei auf geistige Verwirrung tippte. Du weißt schon. Na ja, das war mein Japaner. Und er war gar kein Geheimer. Er war ein Vater von vier Kindern und ziemlich glücklich mit seiner Frau. Aber er war im Weg, er war ein Spezialist für irgendeine Wirtschaftssache, Autos, glaube ich. Na ja, jedenfalls erschien wenig später Jonny, also Tom Becker. Ich mußte auf einen Lehrgang nach Irland. Vierzehn Tage. Sie brachten mir bei, wie ich mich ranmache, was ich sagen muß, wie ich Berichte schreibe oder so telefoniere, daß kein Mensch verstehen kann, was ich sage. Nur der, mit dem ich telefoniere, der versteht mich. Manchmal sieht man so einen Quatsch im Fernsehen. Ich dachte immer, die saugen sich das aus den Fingern, aber das tun die gar nicht. Meine Lehrer waren Frauen, nur Frauen.«

Sie schwieg eine Weile. Dann sagte sie leise: »Und jetzt ist der General tot ... oh Scheiße, ich schäme mich so.«

»Du bist eine ehrbare Frau«, sagte ich. »Und du hast viel Mut, wenn du da raus willst, schaffst du es auch. Du

weißt, daß Macker immer sagen: Das ist kein Beruf für
dich! Aber sie tun nie etwas, sie labern nur, glaub ihnen
nicht. Du mußt es selbst wollen und dann tun. Aber nur,
wenn du es wirklich willst. Wenn es zu dick kommt,
dann steuerst du dieses alte Eifelhaus an und redest und
schläfst dich aus.«

»Das kann ich nicht annehmen. Ich bin kein Umgang
für Leute wie dich.«

»Vergiß es. Ich mag dich, und Dinah wird dich auch
mögen. Mit der deutschen Hausfrau, die glaubt, sie wäre
der bessere Mensch, haben wir sowieso nichts am Hut.
Diese Damen sind zum Kotzen langweilig.« Ich wußte
nicht recht, ob ich diesen trivialen Blödsinn selbst glaubte.

Sie wich aus: »Ich habe Küchendienst, ich wollte fragen, ob du einverstanden bist, wenn ich grüne Bandnu-
deln mit einer grünen Pfeffersauce mache.«

»Das klingt sehr gut.«

Sie nickte und ging in das Haus zurück, ich blieb in der
Sonne hocken und sah zu, wie sich gewaltige Gewittertürme über der Mosel auftürmten. Es kam Wind auf, er
wehte schwach aus Südwest, und die kleine Linde, die
Corny mir zum Einzug geschenkt hatte, ließ ihre Blätter
flirren. Im Efeu an der Mauer raschelte es, und ich wußte,
daß es die Smaragdeidechsen sein mußten. Drei hatte ich
gezählt, und zuweilen, wenn ich Unkraut ausstach, sahen sie mir zu und blinzelten. Wahrscheinlich amüsier-
ten sie sich über mich.

Rodenstock kam heraus und rief: »Wir brauchen Autos, verdammt noch mal, wir kommen hier nicht weg,
wenn wir weg müssen.«

»Dann miete doch zwei und laß sie herbringen«,
schlug ich vor. »Ich habe Spesengelder. Der Verleih heißt
Ganser. In Daun.«

»Mache ich.« Er pfiff etwas vor sich hin und verschwand um die Ecke.

Der Wind wurde heftiger, die Gewittertürme nahmen
jetzt den halben Eifelhimmel ein, es war beängstigend
schwül. Die Katzen schlichen durchs Gras, als müßten sie

sich von einer schweren Krankheit erholen. Paul streifte dicht an mir vorbei, ohne mich eines Blickes zu würdigen. Er hatte einen Platz gefunden, an dem man es aushalten konnte: eine Höhle zwischen dem dichten Efeuvorhang und der Mauer aus alten Bruchsteinen, in die kein Sonnenstrahl fallen konnte. Als Momo versuchte, sich neben ihn zu legen, wurde er sauer und haute Momo eine runter, der so grell aufjaulte, als ginge es ans Sterben. Dann starrte er mich an, als wolle er sagen: Sorge gefälligst für mich!

»Ist ja schon in Arbeit«, sagte ich. Ich drückte das Efeu einen Meter von Paul entfernt etwas zur Seite, rupfte Gras aus und polsterte die kleine Höhle. Momo sah mir dabei zu und besichtigte dann seinen Unterschlupf. Er maunzte laut, und ich begriff, daß die Höhle vielleicht um einige Zentimeter zu klein geraten war. Also rupfte ich noch einmal Gras und machte sie etwas größer. Dann hatten wir das nächste Problem, weil die Sonne im senkrechten Stand einen grellen Fleck in diese Behausung warf. Ich legte zwei Efeuranken in die Lücke und schuf so die gleiche Dunkelheit, in der Paul nebenan sich suhlte. Katzen sind eben verrückt, aber nett verrückt.

Rodenstock tauchte erneut auf und stellte fest: »Wir müssen dringend die Frage beantworten, was der Bundesnachrichtendienst in Pullach zu erwarten hatte, wenn Herterich der Chef wurde.«

»Eine vollkommen andere Gangart«, vermutete ich. »Wahrscheinlich sehr viel mehr Transparenz und weniger Sprüche, an die sowieso kein Mensch glaubt.«

»Also eine Veränderung der inneren Struktur?« fragte er sich selbst und gab sich gleich die Antwort. »Natürlich. Und Seepferdchen sagt, er habe vorgehabt, jede Menge junger Frauen und Männer systematisch zusammenzuziehen und zu schulen.« Er nickte, starrte mich an, sah mich aber nicht, machte auf dem Absatz kehrt und ging davon. Rodenstock live.

Fünf Minuten später begann das Gewitter. Schon die ersten Tropfen waren groß und klatschten mir auf die Haut. Ich zog das Hemd aus, dann die Jeans und ließ es auf mich rauschen. Es war ein herrliches Gefühl. Momo und Paul beobachteten mich aus ihren Efeuhöhlen, und wahrscheinlich dachten sie: Der Alte spinnt mal wieder. Es donnerte und blitzte in immer schnellerer Reihenfolge; ich begann zu frieren, ging ins Haus und besorgte mir ein Handtuch.

Germaine stand im Flur, stemmte die Arme in die Hüften und sagte: »Baumeister, in diesen Unterhosen siehst du gräßlich aus. Wie ein teutonischer Giftzwerg.«

»Wahrscheinlich bin ich einer.« Das Fiepsen des Handies unterbrach unseren außergewöhnlich interessanten Dialog.

»Baumeister in Brück.«

»Emma in Bonn.« Ihre Stimme schien seltsam flach. »Also, diesen Verbindungsonkel der Bundesregierung zu den Geheimdiensten, diesen sogenannten Koordinator – Gott segne Arnold Schwarzenegger – haben wir natürlich nicht getroffen. Der Mann steht so hoch über den Köpfen der Normalsterblichen, daß er mit uns nur sprechen würde, wenn wir ihm die letzte Ölung bringen. Aber wir haben einen Mann aufgetan, den Seepferdchen gut kennt. Und den haben wir ein bißchen erpreßt, nicht schlimm. Der Mann, der auf dich geschossen hat, dieser Mensch vom BND, heißt Wilhelm Cottbus. Cottbus wie die Stadt. Die Frage ist allerdings, ob er diesen Namen auch benutzt. Wahrscheinlich hat er seine Wohnung nicht einmal unter seinem bürgerlichen Namen gemietet. Wir wissen, er lebt allein und daß er vor fünf Jahren massive Schwierigkeiten mit Alkohol und Tabletten hatte. Er hat keine Kinder, seine geschiedene Frau lebt in einem Nest in der Eifel, so klein ist die Welt. Das Nest heißt Rockeskyll, kennst du das?«

»Wer das nicht kennt, war niemals hier. Da kommt die Eifelhexe her, ein bekannter Kräuterschnaps. Das ist gleich um die Ecke. Hast du herausgefunden, was dieser Wilhelm Cottbus zur Zeit macht?«

»Das weiß unser Verbindungsmann nicht. Er sagt, daß im Kanzleramt große Aufregung herrscht, weil die Affäre um den General die Größenordnung eines normalen

Skandals weit übersteigt. Angeblich hat der Kanzler strikte Nachrichtensperre verhängt, was die Meute natürlich erst richtig durstig gemacht hat. Ich habe mal alle Zeitungen gekauft, die ich kriegen konnte. Es gibt kaum Berichte, die von Überblick zeugen. Kein Mensch kann die Teile des Puzzles aneinanderfügen.«

»Außer dem Namen Wilhelm Cottbus gibt es also keine neuen Erkenntnisse?«

»Nein. Wir kommen jetzt zurück nach Brück.«

»Bis später.« Es war elf Uhr, es war im Grunde die ideale Zeit, eine Scheidungshinterbliebene aufzusuchen.

Ich schrie nach Rodenstock: »Wir sollten dorthin, wir sollten sofort nach Rockeskyll.«

»Wir haben kein Auto. Die werden erst in einer Stunde gebracht. Keine Hektik, meine Junge, reg dich ab. Dabei fällt mir ein: Hast du eigentlich dein zertrümmertes Auto abschleppen lassen und die Versicherung angerufen?«

Ich fluchte leise und rief meinen Versicherungsmenschen an, den Helmut Zurheiden in Wiesbaum. »Hm, ich hätte da was«, begann ich vorsichtig.

»Sie müssen mir gar nichts sagen«, röhrte er freundlich. »Sie haben die Karre kaputtgefahren. Das weiß ich schon. Die Bullen haben mich angerufen und gesagt, das Ding sähe so aus, als wäre es in eine Schrottpresse geraten. Die Versicherungslage ist ja eindeutig, Vollkasko. Aber ich habe mir Sorgen gemacht, was mit Ihnen ist. Krankenhaus?«

»Ja.« Wie sage ich es meinem Kinde? »Ist es notwendig, den Wagen begutachten zu lassen?«

»Eigentlich schon.«

»Da sind aber lauter kleine runde Löcher drin, die eigentlich nicht dahin gehören.«

»An Kleinigkeiten sind die nicht interessiert«, beruhigte er mich. »Ich schlage vor, ich lasse das Wrack abtransportieren, damit das nicht mehr so rumliegt. Dann ziehen wir einen Gutachter hinzu. Den Totalschaden melde ich sofort, und Sie können ein neues Fahrzeug ordern. Sie brauchen schließlich schnellstens ein Auto, oder? Oder liegen Sie noch lange im Krankenhaus?«

248

»Nein, nein, das nicht. Auf das Auto ist mit einer Maschinenwaffe gefeuert worden, wissen Sie? Und das macht die Sache so, na ja, komisch.«

»Aha!« sagte er, als könne er kein Wässerchen trüben. »Na ja, dann melden wir eben, daß es ein Totalschaden ist, und reden nicht erst über komische Löcher. Was war es denn? Ein Maschinengewehr?«

»Nein, weniger. Es war wahrscheinlich die Spezialversion einer Maschinenpistole von Heckler & Koch, neun Millimeter.«

»Wenn ich Sie richtig verstehe, wollen Sie über diesen Teil der Sache nicht reden.« Er sprach sehr vorsichtig, wie gute Versicherungsleute das zuweilen tun.

»So ist es.«

»Dachte ich mir doch«, schloß er zufrieden. »Wir melden Totalschaden und übersehen die kleinen Löchelchen. Geht uns gar nix an.«

»Sie sind ein Schatz«, meinte ich dankbar.

»Na ja«, entgegnete er, »sagen wir, die Hälfte.«

»Es gibt einen Punkt, der mir Schwierigkeiten macht«, erklärte Rodenstock im Dämmerlicht des Treppenhauses. »Hatte der General den kompletten Text, oder hatte er nur einen Teil?«

»Verstehe ich nicht«, stöhnte ich. »Welcher Text? Ach so, den des Amtes für Fernmeldewesen?«

Er nickte. »Es muß ja einen Text gegeben haben, sonst hätten die Geheimdienste die Häuser nicht abgefackelt, nachdem sie den Text nicht fanden. Was ist, wenn der General den Text gar nicht besaß, sondern nur von seinem Inhalt wußte?«

»Dann war das Abfackeln umsonst, dann ... um Gottes willen, dann war alles umsonst.«

»Du sagst es«, nickte er befriedigt. »Viel Tod um nichts.« Er verschwand in Dinahs Zimmer, um weiter zu überlegen.

Ich war plötzlich wütend, weil ich in meinem eigenen Hause keinen Raum hatte, in dem ich wirklich allein sein konnte. Besuch ist etwas Feines, aber manchmal kann mich Besuch kreuzweise. Vielleicht war es eine gute Idee, nebenan bei Dorothee Froom ein möbliertes Zimmer zu mieten. Vielleicht könnte ich dann ihre Schwiegermutter dazu überreden, mir gelegentlich ein Frühstück zu machen. Es geht doch nichts über den ständigen Versuch aller Machos, sich bedienen zu lassen.

Mein Handy gab wieder Laut, und Sibelius fragte atemlos: »Haben Sie die Lösung?«

»Die halbe haben wir«, sagte ich vorsichtig. »Ich bin unterdessen ein bißchen beschossen worden. Mit einer Heckler & Koch, neun Millimeter. Mein Auto ist im Arsch. Was hat denn die Redaktion herausgefunden?«

»Wir haben Seitenrecherchen vorliegen. Nichts Dolles.«

»Fragen Sie Ihr Archiv nach einem Mann namens Wilhelm Cottbus.«

»Was ist mit dem?«

»Wissen wir noch nicht. Könnte im Zusammenhang mit dem Stichwort Bundesnachrichtendienst auftauchen. Dann noch ein Name: Regierungsrätin oder Oberregierungsrätin Ursula Zimmer im Amt für Fernmeldewesen.«

»Haben Sie eine ungefähre Ahnung, wie lange Sie noch brauchen?«

- »Ja. Ein paar Tage, mehr nicht.«

»Ist das eine Titelgeschichte?«

»Das sind eigentlich drei Titelgeschichten.«

»Noch eine Frage: Die *Bild* schreibt heute, daß nach ihren Informationen am Tatort, also in diesem Jagdhaus des Generals, so ziemlich alles vermasselt wurde, was man vermasseln kann. Ist das richtig?«

»Vergessen wir mal unsere natürliche Arroganz, die Kollegen sind manchmal wirklich gut. Ja, das stimmt in vollem Umfang.«

»*Bild* schreibt auch, daß möglicherweise der Mord an dem BND-Abteilungsleiter ein Mord aus Versehen war. Ist das möglich?«

»Das halte ich für ausgeschlossen, aber ich muß zugeben, daß ich keine Alternative anbieten kann.«

»Wie tief sitzt die CIA in dem Fall?«

»Oberkante Unterlippe. Ohne CIA ist der Fall nicht denkbar. Die CIA hat nachweislich mit der ganzen

250

Schweinerei begonnen. Sie sitzt immer noch drin, aber sie hält sich zurück. Sie hätten mich beiseite räumen können, taten es aber nicht. Das war keine Nächstenliebe, sie sind wahrscheinlich von der Überlegung ausgegangen, daß es zweckmäßiger ist, mich weiter recherchieren zu lassen, weil ich möglicherweise Dinge herausfinden kann, an die sie nicht rankommen.«

»Und wenn der Mohr seine Schuldigkeit getan hat?«

»Dann kann es sein, daß sie versuchen werden, mich auszuschalten.«

»Worum geht es denn bei der Geschichte?«

»Es fehlen noch Beweise und zitierbare Aussagen, aber vermutlich geht es um folgendes: Wahrscheinlich hat der General im Zusammenhang mit seinem persönlichen Freund Herterich einen Skandal aufgedeckt. Wir wissen aber nicht einmal, ob er es wollte. Tatsache ist, daß in Erwartung eines Riesenskandals jemand hinging und die Ermordung des Generals arrangierte.«

»Wackelt die Regierung?«

»Nein, das glaube ich nicht. Sie werden sagen, von allem nichts gewußt zu haben. Wie immer.«

»Wenn Sie fertig sind mit dem Fall, sollten Sie vielleicht abtauchen. Irgendwo Ferien machen.«

»Das wäre zu überlegen«, sagte ich und dachte an Dinah.

»Wir könnten ja so etwas wie einen Erholungsurlaub mitfinanzieren.«

»Es wäre mir erst einmal lieber, wenn ich die offenen Fragen klären könnte.«

»Dann klären Sie mal, und passen Sie auf sich auf.«

Rodenstock kam aus Dinahs Zimmer, er sah ganz grau aus. »Die Autos kommen gleich«, sagte er. »Ich rasier mich mal.«

»Wie geht es dir eigentlich?« fragte ich.

»Eigentlich ganz gut. Ich habe die Erfahrung machen müssen, daß ich doch nicht impotent bin.«

»Das ist doch sehr erfreulich.«

»Das weiß ich noch nicht«, brummte er. Er schien einen rabenschwarzen Tag erwischt zu haben. »Der BND-

251

Meier macht mir am meisten zu schaffen. Wieso er?«

»Vielleicht aus Versehen, meint die *Bild*.«

Er dachte drüber nach. Dann schüttelte er den Kopf und verschwand im Bad.

Marion rief zum Essen, wir mümmelten lustlos und schwiegen uns an. Endlich kamen die beiden VW Polo, und ich lud Rodenstock ein, um nach Rockeskyll zu fahren. Unser Ziel hieß Selma Cottbus, ehemals Frau des BND-Agenten Wilhelm Cottbus.

Sie war wesentlich jünger, als ich mir vorgestellt hatte. Vielleicht vierzig Jahre alt. Sie starrte uns mißtrauisch an. »Ja, bitte?«

Rodenstock sagte energisch: »Es geht um Ihren Ex-Mann. Wir müssen kurz mit Ihnen sprechen.« Dabei zeigte er kurz eine Plastikfolie mit einem Kärtchen darin. »Dürfen wir? Es dauert nur Minuten.«

»Ja, natürlich«, erwiderte sie eingeschüchtert und verwirrt. Sie war eine dunkelhaarige Frau, die einmal sehr schön gewesen sein mußte. Jetzt war sie nur noch verbittert, rauchte Kette und trank offensichtlich, denn ihre Wohnung roch wie eine Destille, und ihre Stimme war heiser wie die einer Absinthtrinkerin. Sie ging voraus in ein Wohnzimmer, das den ganzen Charme völliger Aussichtslosigkeit aufbot. Uralte Anrichte, uralte Stühle, Sessel und Sofa, uralte Lampen, eine Tapete voller Flecken und Risse.

»Nehmen Sie Platz«, sagte sie. »Entschuldigung, ich habe nicht aufgeräumt. Aber ich kriege auch nie Besuch.«

Rodenstock blieb mitten im Zimmer stehen, während ich mich in einen der Sessel verdrückte, dessen Ursprungsfarbe nicht mehr feststellbar war. Es war Rodenstocks Spiel.

»Frau Cottbus, entschuldigen Sie die Störung. Wir tun es wirklich nicht gern, aber wir müssen Sie fragen, ob Ihr Mann für Sie aufkommt?«

Sie hockte sich abseits auf einen Stuhl, als gehöre sie nicht hierher. »Er müßte das eigentlich, aber er zahlt seit Jahren keinen Pfennig.«

Rodenstock sah mich eindringlich an. »Ich hab es dir

doch gesagt. Wann hatten Sie denn den letzten persönlichen Kontakt zu ihm?«

»Bei der Scheidung, damals in München. Das ist jetzt ungefähr, warten Sie mal, acht Jahre her. Er muß eigentlich jeden Monat rund siebenhundert Mark rüberwachsen lassen. Er zahlt nichts, keinen Pfennig. Ich gehe putzen und kellnere in Gerolstein.«

»Haben Sie denn nicht versucht, an ihn heranzukommen?« Rodenstock stand noch immer mitten im Raum und wirkte bedrohlich.

»Sicher. Aber die meiste Post kommt zurück. Da ist immer der Stempel drauf, daß der Empfänger unbekannt verzogen ist. Doch das kann eigentlich nicht sein.«

»Warum kann das nicht sein?« fragte Rodenstock eine Spur freundlicher.

»Na ja, weil er doch im bayerischen Kultusministerium arbeitet«, sagte sie naiv. »Er ist da schon seit Ewigkeiten, er hat da als Lehrling angefangen.«

»Und wie kommen Sie hierher in die Eifel?«

»Er hat mich hier abgeladen«, meinte sie trocken. »Er hat gesagt, er hätte hier alte Freunde. Aber das stimmte nicht. Nichts an ihm hat jemals gestimmt. Sind Sie vom Ministerium? Sind Sie hinter ihm her? Ich habe immer geahnt, der wird mal was drehen. Irgendein krummes Ding.«

Rodenstock setzte sich bedachtsam auf einen der alten Stühle. »Nein, nein, irgendein krummes Ding hat er nicht gedreht. Sagen Sie mal, und reden Sie mit keinem Menschen drüber, hat Ihr Mann jemals eine Vorliebe für Waffen gezeigt? Pistolen, Revolver, so einen Kram?«

»Daß Sie das erwähnen!« Sie war erstaunt, sie erinnerte sich lebhaft. »Er war ja in der Münchner Zeit im Sportschützenverein in München-Giesing. Er schoß Pistole und dann noch so ein abartiges Ding, Maschinengewehr oder Maschinenpistole, ich weiß nicht, wie man das nennt. Ich weiß noch, daß ich immer gefragt habe: Was willst du mit diesen Sachen im Kultusministerium? Aber er lachte nur, er hätte von klein auf schon ein Gewehr gehabt.«

»Was ist mit seinen Eltern?« fragte Rodenstock.

»Die sind tot. Die waren schon tot, als wir uns kennenlernten. Das war wohl ein Unfall. Was hat er denn angestellt?«

»Darüber dürfen wir nicht sprechen«, erklärte Rodenstock lächelnd.

»Oh ja, natürlich«, haspelte sie zittrig. »Datenschutz.«

»Richtig.« Rodenstock neigte sein Silberhaar. »Sagen Sie mal, Frau Cottbus, können Sie sich vorstellen, daß Ihr Ex-Mann auf andere Männer oder Frauen schießt?«

Es war eine Weile still, nur eine Schmeißfliege summte in den alten Fenstervorhängen.

»Sie müssen nicht antworten. Wenn Sie meinen, Sie würden durch Ihre Aussage Ihren Ex-Mann belasten, können Sie die Auskunft natürlich verweigern. Allerdings würden Sie dann vorgeladen, wenn es soweit ist.«

Wieder Stille.

»Also, ich könnte es mir schon vorstellen«, sagte sie und strich sich dabei eine Haarsträhne aus der Stirn. Unvermittelt wurde sie lebhaft. »Trinken die Herren einen Kognak?« Ohne auf eine Antwort zu warten, lief sie hinaus und kam kurz danach mit einem Tablett wieder. Darauf stand eine Flasche billigster Fusel mit drei kleinen Schnapsgläschen. Sie murmelte verlegen: »Dann redet es sich besser.«

»Danke«, sagte Rodenstock sehr freundlich. »Ich nehme einen.«

»Ich nicht, ich muß fahren«, wehrte ich ab.

Rodenstock schüttete den Kognak hinunter, verzog schnell das Gesicht und räusperte sich. »Also Ihrer Ansicht nach ist Ihr Ex-Mann fähig, auf andere Menschen zu schießen?«

»Sicher, warum nicht?« Sie goß sich einen zweiten Kognak ein, sah uns an und sagte beinahe flüsternd: »Entschuldigung, aber das regt mich so auf.« Dann trank sie und goß sich sofort den dritten ein.

»Trinken Sie ruhig.« Rodenstock wirkte väterlich. »Das kann ich verdammt gut verstehen.«

Sie goß sich den vierten ein und schluckte auch den hinunter. Dann zündete sie eine Zigarette an, eine *Gitanes* ohne Filter. Sie rauchte wie ein Mann. »Kennen Sie den Film *Taxidriver*?«

»Sicher«, nickte ich.

»Da spielt Robert de Niro einen Taxifahrer, der aus Vietnam heimkommt und eigentlich nicht weiß, was er mit seinem Leben machen soll. Mein Mann war genauso. Ich dachte oft: Irgendwann knallt er durch und legt ganz Giesing um. Es war so ein Gefühl.«

»Wie lange waren Sie verheiratet?«

»Vier Jahre, vier Ewigkeiten«, sagte sie tonlos.

»Sie haben keine Kinder. Wollten Sie keine?«

»Ich wollte schon. Aber er konnte keine zeugen. Sein Sperma war sozusagen zu dünn. Doch er hatte versprochen, daß wir eins adoptieren, natürlich wurde nie was draus.«

»Woraus schließen Sie, daß er auf andere Menschen schießen könnte?«

»Ich bin eigentlich durch Zufall drauf gekommen. Manchmal stand er im Wohnzimmer hinter der Gardine und zielte auf Passanten. Dabei erklärte er mir, daß es am schwierigsten sei, einen Menschen so zu treffen, daß er nicht mehr weiterlaufen könne und gleichzeitig zu Boden ginge. Dann kam ich eines Tages in den Keller. Mein Mann hatte damals einen Riesenstreit mit irgendeinem Abteilungsleiter vom Ministerium. Der hieß Olschak. Wilhelm hatte eine Figur aus Pappe ausgeschnitten und Olschak daraufgeschrieben. Der Kellerverschlag war mit Styropor ausgekleidet. Auf der Waffe hatte er einen Schalldämpfer. Und er schoß mit scharfer Munition. Ab und an fuhren wir auch raus, abseits vom Starnberger See, in die Gegend vom Worthsee. Da ballerte er dann richtig rum. Im Wald vor Unering, das war dicht am Kloster Andechs.«

»Und Sie hatten Angst«, nickte Rodenstock.

»Ich hatte Angst«, bestätigte sie. »Hat er auf jemanden geschossen?«

»Darüber darf ich nicht sprechen«, sagte Rodenstock erneut. »Vielen Dank für Ihre Zeit. Das war es auch schon.« Er stand auf und ging einfach hinaus.

»Danke schön«, sagte ich brav und folgte ihm.

Sie blieb auf dem Stuhl hocken und dachte vermutlich an alte Zeiten. Mit ziemlicher Sicherheit würde sie bis zur Besinnungslosigkeit trinken.

»Der Mann würde passen«, sagte Rodenstock im Auto. »Wenn jemand gewußt hat, wie er ist, dann war er sogar ideal als Mörder ...«

»Kalt und haßvoll«, nickte ich. »Genau der Mann für diese Sorte Arbeit.«

»Kannst du irgendwo halten, wo Schatten ist? Wir treffen Mehren erst in einer Stunde.«

Ich fuhr auf die schmale Nebenstraße zwischen Betteldorf und Zilsdorf und hielt an einem Wäldchen. Wir packten uns in den Schatten, stierten auf die Landschaft und sprachen kein Wort. Nur einmal fragte ich: »Was für eine Sorte Ausweis hast du eigentlich der Frau Cottbus unter die Nase gehalten?«

»Meine Jahreseintrittskarte für das Hallenbad in Cochem an der Mosel«, antwortete Rodenstock.

Der Soldat Rolf Mehren war einer der Schneidigsten, die ich je gesehen hatte. Alles an ihm war makellos, vom Haarschnitt bis zu den blankgewichsten Schuhen. Selbst sein Gesicht paßte in diese Makellosigkeit. Im Grunde war es nichtssagend, im Grunde war es das Gesicht, das bestimmte Amerikaner seit Ewigkeiten dem Neuling zuweisen. Es war ein Gesicht, in dem der sprießende Bart nicht erkennbar war. Blanke Knopfaugen von seltsamer Wässerigkeit, aber alles in allem der bemühte Ausdruck eines Strahlemanns. Er hockte in der hintersten rechten Ecke des Cafés, stand auf, stand beinahe stramm und schnarrte: »Mehren, mein Name.« Dazu reichte er uns eine kühle, ganz trockene Hand. »Was kann ich für Sie tun?«

»Das wissen wir noch nicht«, antwortete ich.

»Das kommt wirklich auf Sie an«, murmelte Rodenstock.

»Setzen wir uns doch«, sagte er leutselig wie ein junger Tanzlehrer und setzte sich.

Wir bestellten uns jeweils eine Riesenportion Eis mit Sahne, und Rodenstock startete mit: »Sie wissen, daß wir von Seepferdchen kommen, von der Sekretärin des Generals Otmar Ravenstein?«

»Das sagten Sie am Telefon«, nickte er.

»Ist nach dem Mord an Ravenstein Ihr Job beim BND verloren?« fragte ich.

Er nickte bekümmert, sagte aber nichts.

»Was für ein Soldat sind Sie?«

»Logistiker mit Spezialisierung auf geheimdienstliche Tätigkeiten.«

»Und Ravenstein hatte Sie ausgewählt?«

»Als persönlichen Adjutanten!« betonte er.

»Hätten Sie beim BND mehr verdient?« fragte Rodenstock genüßlich.

»Das Doppelte«, sagte er nicht ganz ohne kleinen Seufzer.

»Wir recherchieren den Mord«, erklärte Rodenstock. »Sie wissen es nicht, aber ich bin Kriminalrat a. D. Hier ist meine Karte.« Er reichte sie dem Soldaten hinüber, der sie las und zurückgeben wollte. »Behalten Sie sie«, sagte Rodenstock.

»Ich dachte, der Herr General sei Ihr guter Bekannter«, sagte Mehren.

»Mein guter Bekannter«, stellte ich richtig. »Ich habe ihn gefunden. Ich bin Journalist und werde wohl für den *Spiegel* drüber schreiben.«

»*Spiegel*?« fragte er, als handle es sich um eine besonders giftige Art der Vogelspinnen.

»*Spiegel*«, nickte Rodenstock. »Wir haben uns gedacht, wir könnten Sie nach einem bestimmten Tag fragen.«

»Welchen Tag?« fragte er schnell.

»Den Tag, als der General zum letzten Mal in der Kaserne in Daun war. Präzise, als Herterich in die Luft geflogen ist und der General hier in der Kaserne auftauchte, was er ja öfter tat. Bei der Gelegenheit muß er etwas entdeckt haben, was seinen Tod zur Folge hatte. Was hat er entdeckt? Außerdem ist er mit an Sicherheit grenzender Wahrscheinlichkeit beim Amt für Fernmeldewesen auf-

257

getaucht. Vermutlich, weil er nicht fassen konnte, was er entdeckt hatte. Wenn General Otmar Ravenstein Sie dazu auserkoren hatte, den Bundestagsabgeordneten Herterich zu den luftigen Höhen des BND-Chefsessels zu begleiten, dann müssen Sie wissen, was geschehen ist. Denn Sie sind todsicher sein Verbindungsmann in die Dauner Kaserne gewesen.«

»Darüber darf ich aber nicht sprechen, meine Herren«, sagte er beinahe leutselig.

»Sie werden es müssen«, antwortete Rodenstock. »Sie werden garantiert vor einem Ausschuß des Bundestages aussagen müssen und ebenso garantiert in einem oder wahrscheinlich mehreren Strafprozessen wegen Mordes und Beihilfe zum Mord.«

»Vorausgesetzt«, wandte er nicht sehr listig ein, »ich werde von meinem Schweigegelöbnis entbunden, vorausgesetzt, ich darf überhaupt aussagen.«

»Sie sind ein Arsch«, sagte ich wütend. »Der General muß Ihnen doch etwas bedeutet haben. Er muß doch so etwas wie ein Vater gewesen sein.«

Das war ein für ihn verheerender Einwand, denn abseits jeder Logik und Beamtenhaltung war das der einzige Punkt, den er niemals würde steuern können. Das war Gefühl, keine Vorschrift.

»Ich bin dem General dankbar«, sagte er steif.

»Ich wiederhole, was Baumeister sagte: Sie sind ein Arsch!« murmelte Rodenstock. »Da werden insgesamt vier Menschen umgelegt. Sie wissen etwas, was alle anderen nicht wissen. Und Sie berufen sich auf Ihren Status als Bundeswehrsoldat. Ist das nicht 1880 statt 1996?«

Mehren zerknüllte eine Papierserviette: »Das ist mir egal. Die Bundeswehr ist mein Arbeitgeber. Ich diene diesem Land.«

»Machen Sie sich nicht lächerlich.« Rodenstock, das wußte ich genau, wollte jetzt eine Zigarre und ähnliches. Er hob die Hand, und die junge blonde Frau, die im *Schuler* schon fast zum Inventar gehört, fragte: »Was kann ich tun?«

»Eine dicke Brasil, einen dreifachen Espresso, eine Ta-

258

fel Bitterschokolade, einen dreifachen, nein vierfachen Remy Martin.«

»Geht in Ordnung. Äh, wir haben keine dicke Brasil, wir haben nur eine dünne lange Brasil.«

»Das ist doch scheißegal«, schnaubte Rodenstock.

»Er meint es nicht so«, warf ich ein.

»Entschuldigung«, lächelte er.

Die Bedienung schaute ihn aufmerksam an. »Schon gut.«

An diesem Punkt machte jetzt Rolf Mehren einen entscheidenden Fehler. Er lächelte ein wenig überheblich, spielte weiter mit der Papierserviette und sagte halblaut auf das rosafarbene Tischtuch: »Sie sind aber sehr aufgeregt, Herr Rodenstock!«

Rodenstock bereitete sich auf den tödlichen Stoß vor, nickte sehr bekümmert und griff zu einem der ältesten Tricks aller Verhörspezialisten. »Sie haben ja so gottverdammt recht, Mehren. Wir kommen ohne Ihre Hilfe einfach nicht weiter. Wir wissen nicht mehr, wo in diesem Fall oben und wo unten ist. Wir wissen nur, Ihr Ziehvater ist tot, brutal ermordet. Es geht schließlich auch um sein Ansehen.«

Stille, durch die jetzt das Gemurmel der anderen Gäste drang. Eine Frau begann grell zu lachen, ein Baby in einem Buggy knötterte vor sich hin, jemand am Nebentisch räusperte sich und fragte: »Gehen wir heute abend baden?«

Mehren schreckte hoch, drehte schnell seinen Kopf, um festzustellen, ob irgendwer in diesem Raum Interesse zeigte. Niemand zeigte Interesse. Er sackte etwas in sich zusammen, wurde ein paar Zentimeter kleiner. »Es geht nicht«, sagte er ohne Ton.

»Es geht«, sagten Rodenstock und ich gleichzeitig.

»Aber nicht hier«, entgegnete er.

»Wo?« fragte Rodenstock.

»In zehn Minuten in Pützborn auf dem Parkplatz vom Grenzlandmarkt.« Er stand auf und ging.

Wir folgten ihm, bezahlten an der Theke und gingen dann schnell auf den Parkplatz unterhalb des *Forum*.

259

»Mein Gott«, murmelte Rodenstock. »Wer hat denn diese Arie in Holz auf dem Gewissen?«

»Jemand im Stadtrat hat gefordert, man müsse den Architekten dazu zwingen, zehn Jahre lang zur Miete im *Forum* zu wohnen. Komm jetzt, Mehren ist erst halb gar.«

Völlig unangemessen fuhr ich Vollgas, bis Rodenstock sagte: »Mein junges Leben ist in massiver Gefahr. Kannst du etwas langsamer fahren, Siggi?«

»Entschuldige. Glaubst du, Rolf Mehren hat den Schlüssel?«

»Ganz fest. Alle diese Abhöraktivitäten sind geheimdienstlich so abgesichert, daß der General Indiskretionen nur von dem zu erwarten hatte, der einfach solidarisch war. Und der Mann heißt Rolf Mehren, denn Rolf Mehren hatte nur einen Garanten für seine persönliche Karriere: den General.«

Ich bog nach rechts in das Gewerbegebiet ein, dann nach links auf die unglaublich öde Fläche des großen Parkplatzes vor dem Grenzlandmarkt.

Mehren fuhr einen schwarzen Golf GT, hatte sich rechts neben das Gebäude gestellt und lehnte an der Kühlerhaube, als sei alles auf dieser Welt vollkommen in Ordnung.

Wir stiegen aus und schlenderten zu ihm.

»Was wissen Sie eigentlich?« begann er.

»Eine Menge«, sagte ich. »Kennen Sie Ursula Zimmer, die mächtige Dame aus dem Amt für Fernmeldewesen?«

Er antwortete nicht.

»Sie müssen sie kennen.« Rodenstock verstärkte den Druck. »Wenn Sie die Dame nicht kennen, taugen Sie für uns als Informant überhaupt nichts.«

»Wieso das?« fragte er beinahe beleidigt.

»Fangen wir mal anders an. Die Bundeswehr in Daun bekam eine Bitte um dienstliche Hilfe vom Bundesnachrichtendienst. Das passiert nicht alle Tage, aber auch nicht eben selten. Abgehört werden sollte ein bestimmtes Gebiet in Ex-Jugoslawien, das Gebiet, in dem Herterich, tätig als Zivilverwalter einer kleinen Stadt im Auftrag der UNO und NATO, lebte und arbeitete ...«

»Wenn Sie das doch schon wissen«, meinte Mehren gequält, »wieso bringen Sie mich in Schwierigkeiten?«

»Das sind keine Schwierigkeiten«, sagte Rodenstock zornig. »Wir können veranlassen, daß Sie als Zeuge durch sämtliche Gremien geschleppt werden, bis kein Mensch mehr etwas mit Ihnen zu tun haben will, weil Sie dem Mann, der Sie förderte, die Solidarität verweigerten. Kapieren Sie endlich, junger Mann: Wenn Sie die Schnauze nicht aufmachen, ist Ihre Karriere am Ende, dann sind Sie im Arsch, dann können Sie sich arbeitslos melden. Ist das endlich klar?« Er schrie jetzt. »Sie werden von den oberen Chargen der Bundeswehr nicht einmal mehr ignoriert. Und ich finde es erstaunlich, daß Sie so lange brauchen, um das zu begreifen. Noch etwas, Sie Geheimdienstlehrling: Treffen Sie niemals bei einem heiklen Unternehmen Ihre Verbindungsleute auf einem leeren Parkplatz wie diesem. Hier kann uns jeder aus dreihundert Metern Entfernung das Lebenslicht auspusten. Sie verstoßen im Augenblick gegen elementare Regeln, Sie sind, um es einfach zu formulieren, ein Non-Professional. Beeilen Sie sich, verdammt noch mal.«

Flüsternd und mit grauem Gesicht sagte Mehren: »Also, es waren insgesamt 167 Seiten DIN A4, durchlaufend numeriert. Der Titel lautete *Greybird*, also grauer Vogel. Die entscheidende Seite war die Seite 92. Auf dieser Seite war ein zwischen zwei Funktelefonen abgehörtes Gespräch dokumentiert. Im Klartext, unverschlüsselt. Einer der Teilnehmer sprach deutsch. Er sagte: ›Wir machen es in drei Tagen an der Brücke.‹ Keiner von uns hat begriffen, was das hieß.«

»Wo ist diese Seite?« fragte Rodenstock.

»Das weiß ich nicht. Der General muß sie gesehen haben, aber nicht bei uns.«

»Wieso nicht?«

»Weil ich das Material persönlich zu Frau Zimmer gebracht habe. Die Seite 92 wurde mir quittiert, sie war dabei. Frau Zimmer gab das Material einem Eilboten des Dienstes in Pullach. Als der Mann in Pullach ankam, fehlte die Seite 92.«

»Was bedeutet das alles?« fragte Rodenstock. »Was meinen Sie persönlich?«

Er neigte den Kopf und sprach hinunter auf den Asphalt. »Das bedeutet, daß wir ein Gespräch abgehört hatten, in dem das Attentat auf Herterich geplant wurde. Ganz klar. Und das bedeutet, daß jemand das Protokoll verschwinden ließ, damit Herterich nicht überlebte.«

ELFTES KAPITEL

Das also war es, was den General dazu gebracht hatte, sich an seinem Schreibtisch zu übergeben.

Die Sonne stand wieder steil, der Asphalt unter meinen Füßen schien schwammig. »Werden Sie jetzt irgendwo erwartet?«

Er sah mich an. »Nein. Mein Dienst beginnt erst heute abend. Ich habe Nachtschicht.«

»Vermißt Ihre Frau Sie nicht?«

Er schüttelte den Kopf. »Ich wohne nicht hier, ich wohne in Briedel an der Mosel. Meine Schwiegereltern sind Winzer. Ich habe meiner Frau gesagt, ich treffe heute nachmittag einen Kumpel.«

»Hm«, sagte Rodenstock leise und schaute sich um. »Wie viele Leute außer Ihnen wissen von der Geschichte?«

»Bei uns in der Kaserne niemand«, er klang sehr bestimmt. »Wir hören oft irgendwelche Gesprächsfetzen, die wir nicht zuordnen können. Sie werden trotzdem mitgeschnitten und ins schriftliche Protokoll aufgenommen. Es kann ja sein, daß der auftraggebende Dienst sehr wohl etwas damit anfangen kann. Es war eben eine der vielen NZZOs, niemand hat darauf geachtet, und ich wurde erst stutzig, als der General mich fragte, ob bei dieser Aktion etwas Effektives herausgesprungen sei. Ich war Offizier vom Dienst, ich mußte Seite um Seite abzeichnen. Ich erinnerte mich an die Seite 92 und erzählte ihm davon. Er sah mich an, wurde blaß und verschwand sofort. Seitdem habe ich ihn nicht mehr gesehen. Erst

262

nach seinem Tod habe ich überlegt, was diese Nachricht bedeuten könnte.«

»Was, bitte, ist NZZO?« fragte ich.

»Das heißt einfach: nicht zuzuordnen. Beinahe hätte ich der Seite ein NW gegeben, was nicht wichtig heißt. Das hätte dazu führen können, daß der letzte Filter die Seite einfach rausschmeißt.«

»Wer ist der letzte Filter?« fragte Rodenstock geduldig.

»Ursula Zimmer, Oberregierungsrätin.«

»Ich hätte gern etwas über das Prozedere der Abhöraktionen erfahren«, sagte ich. »Wie läuft so etwas genau ab, wer entscheidet was, wer legt die Ziele fest, wohin gehen die Dokumente, wer verfügt über deren Inhalt und so weiter und so fort.«

»Das ist ziemlich einfach. Nehmen wir diesen Fall. Der Bundesnachrichtendienst bittet uns, einen bestimmten regionalen Abschnitt Ex-Jugoslawiens abzuhören, also alles zu registrieren, was wir abhören können. Diese Bitte wird schriftlich an das Amt für Fernmeldewesen gerichtet. Es kann sein, daß sie einfach einen Überblick über die gesamte Region verlangen. Es kann aber auch sein, daß sie eine bestimmte Einheit irgendeiner kriegsführenden Partei suchen. Es ist ebenfalls möglich, daß sie eine bestimmte Person suchen, von der sie glauben, daß sie sich im Krisengebiet aufhält. Klar?«

»Das wäre also eine Definition des Zieles«, sagte Rodenstock. »Was für ein Ziel war im Fall Herterich gesetzt?«

»Sie suchten eine Figur, eine Zielperson, und sie bezeichneten sie als ›Bruder‹. Die gesamte Aktion bekam den Namen Greybird, das sagte ich schon. Die Aktion sollte über zwei Wochen laufen. Uns wurde von diesem Bruder nur gesagt, daß er ein Handy benutzte, daß er deutsch sprach, durchaus tschechisch verstand, aber niemals tschechisch sprach. Bruder war also jemand, der leicht zu orten war, weil er eben unverschlüsselt deutsch redete. Wir orteten ihn schon am zweiten Tag. Seine Gespräche waren ausgesprochen nichtssagend. Er orderte ein Hotel, einen Mietwagen, er ließ sich Geld wechseln und so weiter. Dann schwieg er und benutzte sein Handy nicht mehr. Wir vermuten, daß er auf Telefonzellen auswich. Nur einmal tauchte er noch auf: Drei Tage vor Herterichs Ermordung sagte er einem tschechisch sprechenden Teilnehmer: Wir machen es in drei Tagen an der Brücke ...«

»Moment«, unterbrach Rodenstock. »Der Partner muß doch etwas geantwortet haben.«

Mehren schüttelte den Kopf. »Nicht einen Ton. Er nahm diesen einen Satz entgegen und unterbrach die Verbindung. Aus diesem Grund bekam dieser eine Satz auch die Kennzeichnung NZZO.«

»Was passiert, wenn eine solche Abhörung zu Ende ist?« fragte Rodenstock.

»Wir nehmen die Bänder und schließen sie in den Safe. Die Bänder werden vorher durch einen simultan arbeitenden Computer ausgedruckt. Dieser Ausdruck erfolgt zweimal. Einmal für unser Archiv, zum zweiten für den Auftraggeber. Der Auftraggeber bekommt also die Bänder nicht. Ich als Offizier muß die Abhöraktion genau durchgehen und jede Seite mit meiner Unterschrift versehen. Dann bringe ich persönlich die Abschrift ins Amt für Fernmeldewesen. Dort wird mir jede Seite quittiert. Meine Quittung belegte also genau, welche Seiten sie dort in Empfang genommen haben. In diesem Fall waren es alle Seiten, eindeutig auch die Seite 92.«

»Woher, verdammt noch mal, wissen Sie denn, daß die Seite 92 gar nicht beim Auftraggeber in Pullach ankam?« Ich war verwirrt.

»Das ist doch ganz einfach«, sagte er, als hätte er es mit einem unverständigen Kind zu tun. »Ich habe einen Verbindungsmann in Pullach. Bei irgendwelchen Unstimmigkeiten rufen wir uns einfach an und reden drüber. Natürlich über eine verwürfelte Leitung, also abhörsicher. Als ich begriff, daß der General etwas Schlimmes entdeckt hatte, ging ich in unseren Tresor und sah nach: Es mußte die Seite 92 sein. Also rief ich in Pullach an und fragte: Habt ihr die Seite 92 bekommen? Und mein Verbindungsmann antwortete: Negativ, negativ. Irgend jemand muß also die Seite 92 herausgenommen haben. Der General vielleicht, ich weiß es nicht. Eins ist jedenfalls ganz sicher: Wir haben den Auftrag vom BND nur deshalb bekommen, damit die den Ablauf der Sprengung an der Brücke genau verfolgen konnten. Das heißt: Herterich wurde in die Luft gejagt, und die Bundeswehr hat im Auftrag des BND die Aktion überwacht. Damit niemand in der Lage sein würde, so etwas Schreckliches zu behaupten, wurde aus der Abhörakte die Seite 92 getilgt. Oder sehen Sie das anders?«

»Nein«, Rodenstock schüttelte den Kopf. »Vermutlich ist es genauso gewesen. Gibt es noch einen Hinweis auf Bruder?«

»Ja, es gab noch einen. Wir bekamen ein weiteres NZZO. Bruder rief jemanden an und sagte: Okay, ich mache mich auf den Heimweg. Nur dieser eine Satz ohne eine Antwort des anderen Teilnehmers. Ebenfalls auf deutsch in Klartext. Aber diesen Schnipsel habe ich nicht durchgehen lassen, ich habe ihn aus der Abschrift herausgenommen. Wenn ich genau überlege, weiß ich nicht warum. Ich hielt ihn für gänzlich unwichtig.«

»Wann hat Bruder über Handy gesagt, ich mache mich auf den Heimweg?«

»Einundvierzig Minuten nach der Explosion an der Brücke.«

»Ich habe immer gedacht, Handies kann man nicht abhören«, sagte ich.

Er sah mich an. »Ihre Naivität in Ehren, Sir, aber natürlich können wir das.«

»Mich irritiert noch etwas anderes«, sagte Rodenstock versunken. »Wieso haben aber alle Geheimdienste ein ungefähr dreißig Seiten umfassendes Dokument gesucht?«

Er überlegte. »Es könnte sein, daß der General einen Teil des abgehörten Materials bekam. Nämlich genau den Teil, in dessen Mitte dieser eine Satz erwähnt wird, daß man in drei Tagen an der Brücke tätig werden wird. Irgend jemand aus dem Amt für Fernmeldewesen hat ihm das Material gegeben oder hat es ihn lesen lassen.

265

Wie auch immer. Herterichs Ermordung wurde von Deutschland aus gesteuert, Bruder ist sein Mörder, und der Bundesnachrichtendienst hat es gewußt.« Er begann unruhig auf der Stelle zu treten. »Ich muß weg.«

»Gut«, sagte Rodenstock. »Wir bedanken uns.«

Rolf Mehren setzte sich in seinen Golf und fuhr langsam an. Es machte den Eindruck, als wolle er bremsen und sagen: »Ich bleibe noch etwas.«

Rodenstock und ich begaben uns auf direktem Weg nach Hause. Wir waren so betroffen, daß wir kein Wort wechselten.

Zwei Stunden später fand ein Pärchen, das allein sein wollte, Rolf Mehren an einem Holztisch auf dem Rastplatz unmittelbar vor Waldkönigen an der B 421. Sein Kopf war auf die Tischplatte gesunken. Jemand hatte ihm eine Neun-Millimeter-Kugel in die linke Schläfe geschossen. Er sah wohl nicht einmal erschrocken aus, nicht erstaunt. Es war ein sehr kurzer schmerzloser Abschied aus dieser Welt, und der Polizist, der mich hin und wieder freundlicherweise von derartigen Abstrusitäten informiert, war ganz erstaunt: »Siggi, du kannst mir glauben. Der Mann hatte ein so ruhiges Gesicht wie ein Baby im Schlaf.«

Rodenstock starrte aus dem Fenster in meinen Garten. »Da spielt jemand verrückt«, sagte er trocken. »Emma, nimm alle diese netten Damen und hau ab.«

»Wohin?« fragte sie sachlich.

»In dein Haus, in dein schönes niederländisches Haus.«

»Ist das nicht übertrieben?« fragte Germaine.

»Nicht die Spur«, sagte ich. »Offensichtlich wird jeder, der den gesamten Vorgang kennt, getötet. Wir sind die nächsten.«

»Das ist doch verrückt!« meinte Seepferdchen schrill.

»Na sicher ist das verrückt«, nickte Rodenstock. »Also, haut ab. Sofort!«

»Und was machst du?« fragte Emma.

»Wir verschwinden auch«, versprach Rodenstock.

Sie fuhren eine halbe Stunde später in Emmas Wagen und einem der beiden Polos.

»Was schlägst du vor?« fragte er mich.

»Ich will an die Dame Ursula Zimmer heran.«

»Gut, einverstanden. Und was machen wir, wenn sie an irgendeinem Strand auf Teneriffa liegt?«

»Dann fliegen wir dorthin«, bestimmte ich.

Wir packten jeder eine Tasche mit dem Notwendigsten für die nächsten Tage und fuhren los, nachdem ich das Haus abgeschlossen und den Katzen genügend Futter in die Schüsseln getan hatte. Sie drückten sich beleidigt in meiner Nähe herum, kamen aber nicht, um sich streicheln zu lassen. Sie wußten, daß sie im Augenblick keine große Rolle spielten, und waren sauer deswegen.

»Vielleicht sollten wir erst einmal etwas essen«, schlug ich vor. »Wir könnten nach Manderscheid in die *Alte Molkerei* fahren und Flammkuchen essen. Dann auf die Autobahn über Koblenz nach Bonn.«

»Wieso Autobahn?« fragte er.

»Weil wir da am schnellsten merken, ob wir beschattet werden«, sagte ich.

Er schnalzte mit der Zunge. »Du bist wirklich gut«, lobte er.

Also fuhren wir zu Beate und aßen Elsässer Flammkuchen, ehe wir uns zur A 48 aufmachten und Bonn ansteuerten. Wir entdeckten niemanden, der uns folgte, obwohl wir uns alle Mühe gaben.

Die Adresse von Ursula Zimmer in Bonn herauszufinden war einfach. Sie stand im Telefonbuch, sie wohnte am Domfreihof in Bad Godesberg und machte keinerlei Geheimnis um ihre Existenz, was in dieser Stadt sehr selten ist. Sie hatte sogar ihren Titel angegeben. *ORegR.* stand da.

»Fahren wir sofort hin?« fragte ich.

»Selbstverständlich«, antwortete Rodenstock aufgebracht. »Sie ist doch auch in Gefahr, oder?«

Es war ein altes schmales Haus, frisch renoviert. An der Seite eine kleine Garage, davor ein BMW Boxter, offensichtlich hinter dem Haus ein Gartenstreifen, von irgendwoher erklang getragene Musik, Meditationsklänge.

Ich schellte. Keine Reaktion.

»Gehen wir herum«, sagte Rodenstock resolut.

Wir schlängelten uns an dem BMW vorbei und erreichten einen schmalen Durchgang zwischen Haus und Garage. Der führte zu einer kleinen Rasenfläche an einem kleinen Teich mit einer weißen hölzernen Sitzgruppe. Die Hausherrin lag auf einer flachen Liege auf einem bunten langen Kissen.

»Hallo«, grüßte Rodenstock jovial. »Ich vermute mal, Sie sind Ursula Zimmer.«

»Das bin ich«, sagte sie etwas gequält. Sie trug einen Bikini, sie war eine schöne Frau mit einer schönen Figur. Sie nahm die Sonnenbrille ab.

»Etwas merkwürdig, einfach aufzutauchen«, erklärte Rodenstock, »ich weiß das. Aber wir möchten uns mit Ihnen über den General Ravenstein unterhalten. Und über eine gewisse Seite 92 aus einem Dossier, das den Namen Greybird trägt. Wir nehmen an, daß Sie das interessieren könnte.«

Sie war hellwach. »Irrtum«, sagte sie. »Das interessiert mich nicht im geringsten.«

»Das glaube ich. In dieser Sache lieben Sie die Friedhofsruhe, nicht wahr?« Ich betrachtete ihren Garten. »Wenn Sie allerdings weiter so verharren, sind Sie buchstäblich bald Teil der Friedhofsruhe. Hier rennt jemand durch die Gegend und tötet Menschen. Der letzte war Rolf Mehren, Adjutant des Generals. Sie kennen Mehren, er brachte Ihnen Greybird.«

Sie antwortete nicht, sie ließ die Sonnenbrille elegant vom Haaransatz auf die Nase rutschen.

Rodenstock schloß an: »Wer hat die Seite 92 aus dem Dossier genommen? Sie wahrscheinlich, oder? War das abgesprochen mit irgendeinem Wichtigtuer in Pullach? Sind Sie dafür bezahlt worden?« Er trat drei Schritte vor und setzte sich in den Sessel ihr gegenüber. »Wir warten«, sagte er in einem Ton, der eindeutig klarstellte, daß er nicht gewillt war, ihr eine Chance zu geben.

»Wer sind Sie eigentlich?« fragte sie heiser. Sie war vielleicht fünfzig, vielleicht ein wenig jünger, und ihr Gesicht besagte, daß sie viel Menschliches erlebt hatte von der guten wie von der schlechten Art. Wir reagierten überhaupt nicht auf die Frage, statt dessen trommelte Rodenstock mit den Fingern der rechten Hand ein schnelles Stakkato auf den Gartentisch.

»BND?« fragte sie. Als keine Antwort kam: »Verfassungsschutz?« Und dann: »Wenn das nicht, vielleicht MAD? Oder von der NATO?«

»Ich recherchiere im Auftrag des *Spiegel*«, sagte ich nun doch.

»Ich bin Kriminalrat und helfe ihm«, setzte Rodenstock hinzu.

Das traf sie, das traf sie wirklich. Trotz ihrer Sonnenbräune wurde sie blaß, und sie begann, sich unruhig auf ihrer Liege zu bewegen. Sie richtete sich auf, schwang die Beine zur Seite und bat: »Kann ich etwas anderes anziehen?«

»Das müssen Sie sogar«, knurrte Rodenstock. »Wir nehmen Sie nämlich mit.«

»Verhaftung.« Sie kostete das Wort aus. »Kann ich meinen Anwalt vorher anrufen?«

»Das können Sie nicht«, beschied sie Rodenstock. »Wir verhaften Sie nicht, wir bringen Sie in Sicherheit. Sie sind sonst wahrscheinlich tot.« Die Zimmer stand auf und ging langsam in das Haus. Rodenstock folgte ihr ungeniert und sagte in der Tür: »Tut mir leid, aber Sie sind clever genug, vorne raus zu marschieren, in Ihr Auto zu steigen und abzudüsen.«

»Da haben Sie nicht unrecht«, meinte sie gleichmütig.

Ich stopfte mir die Punto oro von Savinelli und paffte gemütlich vor mich hin, bis die beiden wieder aus dem Haus herauskamen. Ursula Zimmer trug jetzt ein hübsches geblümtes Sommerkleid

»Also, was wollen Sie wissen?« fragte sie und setzte sich an den Tisch.

»Alles«, gab ich zur Antwort. »Was war eigentlich das Ziel dieser Abhöraktion?«

»Wir wollten Bruder überwachen, damit er nicht in Gefahr geriet. Aber kein Mensch von uns wußte, daß Bruder den Herterich in die Luft jagen sollte.«

»Was war Ihnen denn gesagt worden?« fragte Rodenstock.

»Wir dachten, Bruder würde Herterich einen großen Schrecken einjagen und ihn dazu bringen, auf den Job beim Bundesnachrichtendienst zu verzichten. So daß Schüller dann nachrücken könnte.«

Rodenstock nickte bedächtig. »Und was wurde Ihnen versprochen?«

»Abteilungsleiterin beim BND in Pullach, wenn Schüller seinen Dienst antritt.«

»Sonst noch etwas?« fragte Rodenstock.

»Hunderttausend Dollar in bar«, erwiderte sie knapp.

»Rodenstock, hör mal!« sagte ich erregt. »Wieso gibt sie das alles auf Anhieb zu? Wieso? Ist sie verrückt geworden? Was soll das?«

»Sie hat vorgesorgt«, flüsterte Rodenstock und starrte Ursula Zimmer an. »Sie war allein im Bad.«

»Es ist ein Gift«, erklärte sie heiter. »Ich wußte, daß das alles schiefgeht.«

Dann schien sie plötzlich so etwas wie einen brennenden Schmerz zu spüren und schnappte nach Luft, was Mediziner gelegentlich die finale Schnappatmung nennen. Ihr Oberkörper klappte nach vorn auf den Tisch. Weil sie unglücklich auf der vorderen Kante des Stuhls saß, fiel sie zur Seite auf den Rasen.

»Bringen wir sie ins Haus?«

»Nein«, sagte Rodenstock hastig. »Gib mir mal die Decken da. Wir rühren hier nichts an und schon gar nicht die Frau.« Er nahm die Decken und drapierte sie in Sekunden mit großem Geschick so um die Tote, daß niemand vermuten würde, daß jemand darunterlag. »Wir haben noch etwas Zeit«, meinte er kühl. »Wir sollten uns umsehen.«

»Wieso einhunderttausend Dollar?« fragte ich verwirrt. »Wieso nicht Mark?«

»Wir werden es vielleicht nie erfahren«, sagte er. »Du

270

weißt doch, daß man Geheimdienstgeschichten nie komplett aufdecken kann. Es bleiben immer Fragezeichen. Komm, wir sehen uns um.«

Es war das Haus einer Dame von Welt. Es war so eingerichtet, es roch so. Ihre Garderobe war erlesen, nichts, aber auch gar nichts war Tinnef, jedes Detail schien Bedeutung zu haben, und in ihrem Nachttisch lag ein Päckchen Kondome *Gefühlsecht*. Sie hatte die Fotos von Papa und Mama, von Schwestern und Brüdern, von Nichten und Neffen in silberne Rahmen gepaßt und sie an die Wand über ein englisches Teetischchen gehängt. Die Bücherregale waren aus Rosenholz, und ihre Bücher zeugten von erlesenem Geschmack. Sie hatte alte Stiche von London im Original an den Wänden hängen, und neben ihrem Schreibtisch gab es eine Fotogalerie mit den Großen der Zeit von Henry Kissinger über Hans Dietrich Genscher, Helmut Schmidt, Helmut Kohl, Oskar Lafontaine und dem Ehepaar Clinton vor dem Weißen Haus. Die Dame war echt herumgekommen, die Dame war von Welt, die Dame war bestechlich.

»Ich habe das Zeug«, meldete Rodenstock dumpf aus dem Nebenraum. Er tauchte mit einer alten Aktentasche auf, stellte sich neben ein chintzbezogenes Sofa und ließ den Inhalt herausfallen. Darin lagen hunderttausend Dollar. »Es wirkt irgendwie so hilflos«, sagte er leise. »Es wirkt so, als habe ihr jemand geraten, doch zwischendurch auch mal bestechlich zu sein wie alle anderen. Irgendwie rührend.«

»Scheiße!« sagte ich wütend.

»Aber sie hatte Format«, beharrte er.

»Was tun wir jetzt? Die Mordkommission anrufen?«

»Das wäre nicht so gut«, riet Rodenstock ab. »Ich plädiere auch nicht dafür, den BND zu unterrichten. Ebensowenig wie den MAD, der Verfassungsschutz kommt gar nicht in Frage, der ist zu kleinkariert. Wie wäre es mit den Jungs von der CIA?«

»Nicht schlecht.«

»Also, die CIA.« Er griff zu dem Telefon, das neben einem Empire-Schreibtisch an der Wand hing. Er wählte eine Nummer und verlangte: »Tom Becker, bitte. Dringend.«

Es dauerte eine Weile, dann war jemand in der Leitung. »Mister Becker? Ach, das ist gut. Hören Sie zu: Die Frau Zimmer, Ursula Zimmer, Sie wissen schon, die Dame aus dem Amt für Fernmeldewesen –« ... »Ja, ja, die liegt hier tot in ihrem Garten herum. Selbstmord durch Gift.« ... »Wer ich bin? Ach, du lieber Gott, das ist doch unwichtig. Warum haben Sie ihr denn die hunderttausend Dollar gegeben?« ... »Wie bitte? Ein Kredit. Ein Kredit über hunderttausend von der CIA? Wollen Sie mich verarschen, Sir? Also, kommen Sie her und sammeln Sie die Leiche ein.« ... »Nein, nein, nein, ich habe niemanden außer Sie davon informiert. Und unterbrechen Sie mich doch bitte nicht dauernd.« ... »Wie bitte? Wer ist außer Kontrolle? Können Sie das wiederholen, Sir?« ... »Ja, ja, den Namen Cottbus kennen wir gut. Das ist der Narr mit der Maschinenpistole, nicht wahr?« ... »Lenny läßt er sich nennen? Lenny ist außer Kontrolle? Wie lange schon, Sir?« ... »Seit drei Tagen, soso. Lenny Cottbus – ein schöner Name, Sir, zeugt wirklich von erlesenem Geschmack, Sir.« ... »Nein, Sir, ich habe keinen Namen, ich komme sozusagen namenlos über Sie und scheiße Ihnen in Ihr Geschäft, Sir.« ... »Wen soll ich grüßen?« ... »Baumeister? Ich kenne keinen Baumeister. Halten zu Gnaden, Sir.«

Dann unterbrach er die Verbindung und wandte sich zu mir: »Dieser Cottbus ist seit drei Tagen außer Kontrolle. Becker sagt, der Mann ist wahnsinnig. – Wir sollten sehen, daß wir heil aus dieser Mausefalle herauskommen.«

»Die Dollar?«

»Die Dollar nehmen wir mit«, sagte er. »Es ist immerhin ein sehr überzeugender Beweis. Laß uns verschwinden, und überlassen wir die Dame dem Gerichtsarzt.«

Aber wir konnten die Mausefalle nicht mehr verlassen. Als wir den schmalen Durchgang zwischen Hauswand und BMW betraten, schoß Lenny Cottbus die erste Salve. Es war nicht laut, wahrscheinlich hatte er einen Schalldämpfer aufgeschraubt. Neben uns platzten die Scheiben

272

des BMW, und Rodenstock vor mir griff sich in die Haare und fluchte. Seine Hand war ganz rot.

Wir drehten um und rannten in den Garten. Der Garten endete an einer alten roten Backsteinmauer, mindestens zwei Stockwerke hoch und ohne Fenster. Nach links konnten wir nicht, weil dort ein drei Meter hoher Zaun vor einer Baugrube aufragte. Nach rechts? Rechts war ein ähnliches Grundstück, aber wir wußten nicht, was danach kam.

»Los, rechts!« zischte Rodenstock.

Wir sprinteten los und kletterten über eine Bretterwand. Dahinter ließen wir uns auf einen Rasenfleck fallen, und Rodenstock verlor dabei die Aktentasche mit den Dollar. Ich nahm sie: »Okay, okay, weiter im Text.«

Es gab eine Möglichkeit, auf ein drittes Grundstück zu steigen. Aber dieses Grundstück war äußerst bevölkert. Jemand gab eine Party, und ein Gast hatte uns erspäht. Er klatschte eifrig und schrie: »Los! Los! Los!«, und sofort hatte er Mitklatscher, die uns anfeuerten.

»Das ist aber reizend!« keuchte Rodenstock und spazierte zwischen ihnen durch, als sei das Ganze ein herrlicher Spaß.

»Habe die Ehre«, sagte ich und zog einen imaginären Hut.

Wir kamen in ein Wohnzimmer, das genauso geschnitten war wie das der gerade verblichenen Ursula Zimmer. Ein älterer Herr starrte uns verblüfft an und wollte etwas fragen. Rodenstock klopfte ihm begütigend auf die Schulter und sagte: »Nicht reden. Erst sammeln!«

Dann gingen wir an ihm vorbei aus dem Haus. Draußen war es wieder friedlich und Lenny Cottbus nirgendwo zu sehen.

»Wenn die ARD einen Film mit solchen Szenen dreht, wirft man ihr Klamotte vor«, sagte Rodenstock. »Da kannst du mal sehen, wie engstirnig Kritiker sind. Hast du den Zaster?« Er zitterte heftig, und sein Atem war unendlich mühsam.

Für sein Alter leistete er Erstaunliches, würde es aber selbstverständlich ›normal‹ nennen. Mein Rodenstock würde nach seinem Tod auch noch sein Sterben normal nennen, egal wo und wie es ihn erwischte.

»Natürlich, Papi«, erwiderte ich. »Und, wohin jetzt?«

»Ich weiß es nicht. Erst einmal fort von hier.«

Nach wenigen Kilometern allerdings war die Fahrt schon wieder zu Ende, denn Rodenstock bat gemütlich: »Stell dich mal irgendwo auf einen Parkplatz. Wir haben nicht den Hauch eines Planes, und das gefällt mir nicht.«

Kurz vor der Autobahn in Meckenheim-Merl erwischte ich einen solchen Platz, auf dem gewöhnlich die Jogger in hellen Scharen parkten. »Laß hören.«

»Also, daß dieser Cottbus auf dich geschossen hat, ist klar. Daß Cottbus außer Kontrolle ist, wie Becker behauptet, können wir ruhig glauben. Das paßt in das Bild, das uns seine Ex-Frau gemalt hat. Aber was ist, verdammt noch mal, mit dem Tod des BND-Meier? Ich habe dafür immer noch keine Erklärung.«

»Ich auch nicht, es sei denn, das war eine Panne. Können wir nicht heimfahren nach Brück und uns eine Weile ausruhen? Ich bin hundemüde, ich habe Hunger, ich kann mich nicht mehr konzentrieren.«

»Wenn Cottbus außer Kontrolle ist, wird er in jedem Fall auch nach Brück gehen, um nachzuschauen, was wir so treiben und ob er uns nicht in einem günstigen Moment erschießen kann. Nein, wir müssen uns ein Hotelzimmer nehmen. Eigentlich will ich diese Stadt auch nicht verlassen, bevor ich nicht genau weiß, wie dieser Cottbus operiert.«

»Und wer um Gottes willen wird dir ausgerechnet das verklickern?«

Er sah mich von der Seite an. »Wir könnten uns ja seine Wohnung vornehmen. Da sucht er uns garantiert nicht.«

»Was ist, wenn er plötzlich auftaucht?«

»Dann haben wir den Vorteil der Überraschung.«

»Also Hotel, ein bißchen ausruhen, ein bißchen essen und dann in die Wohnung von diesem Irren?«

»Genau so«, nickte er.

Wir gingen ins *Holiday Inn*, aßen, verschwanden in unseren Zimmern, schliefen ein und wurden wieder wach, weil wir gebeten hatten, uns um sechs zu wecken. Wir trafen uns im Frühstücksraum bei einer Tasse Kaffee und mümmelten ein Brötchen.

»Gib mir mal das Handy«, bat Rodenstock.

Ich hörte erst zu, als er gutgelaunt und forsch fragte: »Sie sind sicher noch die Nachtschicht, nicht wahr? Na ja, ich habe selber Bereitschaft. Das Bundeskanzleramt hier. Ich brauche dringend einen persönlichen Kontakt zu Cottbus, wie die Stadt, Vorname Wilhelm. Wo finde ich den?« ... »Aha, also ist er seit vier Tagen krank gemeldet. Na gut. Ist es was Schlimmes?« ... »Geben Sie mir doch sicherheitshalber mal seine Adresse, ich schicke einen Fahrer vorbei.« ... »Wie war das? Magdalenenstraße sechs? Ich bedanke mich.« Er sah mich grinsend an. »Wir können los.«

Die Magdalenenstraße lag nahe am Zentrum Bonns und war eine ruhige Wohnstraße, deren Gehwege beidseitig voll zugeparkt waren. Beim Haus Nummer sechs handelte es sich um einen fünfgeschossigen großen Bau mit zwölf Wohnungen. Auf dem Klingelschild stand *Cottbus W.*

Rodenstock hatte aus dem Bordwerkzeug einen schweren Schraubenzieher mitgenommen. Mit einer einzigen Bewegung brach er die Haustür aus dem Schloß.

»Jetzt sollte es schnell gehen«, sagte er.

Cottbus wohnte im zweiten Stockwerk links. Die Wohnungstür war aus Holz und wirkte schwer.

»Was ist, wenn er im Bett liegt?«

»Wird er nicht«, sagte Rodenstock. »Wenn er außer Kontrolle ist, wird er überall auftauchen, nur nicht hier.« Er stieß den Schraubenzieher in Höhe des Schlosses in den Spalt und drückte die Tür auf. »Schnell rein, und Tür zu.«

Es stank bestialisch.

»Die nächste Schweinerei!« fluchte Rodenstock dumpf.

Ich hielt mich an der Wand fest und hörte, wie er nach dem Lichtschalter tastete. Er setzte hinzu: »Verwesung«, dann ging das Licht an. Der kleine, schmale Flur wurde von einer trüben Funzel erhellt. Es gab nichts als eine dunkelbraune Garderobe mit integriertem Spiegel und einem Schuhschränkchen. Vier Türen gingen von dem Flur in die angrenzenden Räume. Sie standen alle offen.

»Bleib hier stehen«, murmelte Rodenstock. »Ich gehe die Leiche suchen.« Er ging durch die nächste Tür, deren Füllung aus Milchglas war. Als das Licht aufleuchtete, sah ich, daß es die Küche sein mußte.

Dann hörte ich Rodenstock lachen. Er rief erheitert: »Richtige Junggesellenbude. Komm her, und sieh es dir an.«

Ich hatte immer noch Furcht, mich übergeben zu müssen. Auf dem Küchentisch lag in wächsernem Papier ein geradezu furchterregender Haufen Maden. Sie waren sicherlich vier bis fünf Zentimeter lang.

»Er hat Gehacktes gekauft und es vergessen. Ich schmeiß das in den Lokus. Du siehst aus wie eine Wasserleiche.«

»So fühle ich mich auch.« Ich wartete mit abgewandtem Gesicht, bis er den ekelhaften Fund in die Toilette transportiert hatte. »Was hoffst du eigentlich, hier zu finden?«

»Das weiß ich nicht, ich gebe mich keiner Phantasie hin. Wir wissen von der Ex-Frau, daß er ein Waffennarr ist. Also werden wir vielleicht Waffen finden. Und vielleicht auch Dollars.«

»Wieso Geld?«

Er lächelte matt. »Ich nehme an, Cottbus ist Bruder und hat Herterich in die Luft gejagt. Das wird er nicht umsonst getan haben, oder?«

»Sehr unwahrscheinlich«, stimmte ich zu. »Nach was habe ich noch Ausschau zu halten?«

»Nach jeder Form von Dokumenten. Rechnungen, Quittungen, Briefe, persönliche Unterlagen. Ich fange mit der Küche an, du nimmst das Bad.«

Das Bad war dreckig, mit Sicherheit seit Monaten nicht geputzt worden. Die Toilettenartikel des Cottbus stammten ausnahmslos aus Läden wie Aldi, Toilettenpapier fehlte, die Seife war ausgetrocknet und gerissen.

»Er muß wie ein Penner gelebt haben«, rief ich.

»Das kannst du sagen«, bestätigte Rodenstock. »Und er hat gesoffen wie verrückt. Vor allem Schnaps, Wacholder. Er hat viel im Penny-Markt gekauft. Sonst etwas Auffallendes?«

»Nichts«, sagte ich. »Hast du eine Ahnung, was so ein Mann in seinem Alter verdient?«

»Er müßte mindestens um die fünf netto haben.«

»Aber was hat er dann mit seinem Geld gemacht?«

»Irgendwann werden wir es wissen«, sagte er. »In der Küche findet sich nichts. Gehen wir das Wohnzimmer gemeinsam an.«

Das Wohnzimmer wurde von einer Sitzgarnitur beherrscht, die einstmals bunt und fröhlich gewesen sein mußte, jetzt nur noch braun-verwaschen und schmutzig war. Dazu gesellte sich ein kleines Bücherregal, ein Schreibtisch mit einem Stuhl davor. Kein Teppich, an der Decke eine mindestens zwanzig Jahre alte Lampe, besetzt mit 25-Watt-Birnen.

»Es sieht so aus, als sei das nur ein Schlafplatz gewesen«, sagte Rodenstock. »Vielleicht hatte er ja eine Freundin irgendwo in der Stadt.«

»Was mir hier auffällt, ist, daß er kein Telefon hatte.«

»Komisch«, nickte Rodenstock. »Aber vielleicht benutzte er nur Handies.« Er sah sich aufmerksam um, bewegte sich aber nicht. »Von der vielbeschworenen Blutsbrüderschaft unter den Staatsdienern des Amtes wirst du hier nichts erleben. Der Mann konnte noch nicht einmal einen Kollegen mit hierher nehmen. Ich gehe jede Wette ein, daß er ein ausgesprochener Einzelgänger ist, eigenbrötlerisch, schweigsam, scheinbar desinteressiert. Er hat keine Freunde, hat nicht einmal gute Bekannte, er lebt in einem Nichts menschlicher Beziehungen. Das Problem liegt wahrscheinlich in seiner Kindheit. Entweder ist er viel bestraft und verprügelt worden, oder er hatte Eltern, die ihm wortlos klarmachten, daß sie an ihm nicht im geringsten interessiert waren. Die Ehe war für ihn wahrscheinlich ein Martyrium, weil er überhaupt nicht begreifen kann, warum er auf einen anderen Menschen Rücksicht nehmen soll. Wahrscheinlich hat er niemals in diesem Zimmer gehockt und ein Buch gelesen.« Rodenstock machte ein paar Schritte zu dem kleinen Schreibtisch hin und versuchte, die beiden kleinen Schranktüren rechts und links zu öffnen. »Wahrscheinlich ist er aber zwanghaft genug, diese nichtsnutzigen Schlösser zu schließen. Es kann sein, daß wir nichts in diesem Schrank finden, absolut nichts. Trotzdem schließt er ab.« Er nahm den Schraubenzieher und hebelte den rechten Schrank auf. »Papierkram, jede Menge Papierkram. Das hat Zeit.« Er hebelte auch den linken Schrank auf. »Hier sind Waffen, wirklich viele Waffen. Das hat auch Zeit. Ich gehe jede Wette ein, daß keine einzige dieser Waffen ordnungsgemäß gekauft und eingetragen wurde.«

»Aber so ein Mann, so ein verbissener Einzelgänger kann doch unmöglich beim Bundesnachrichtendienst arbeiten«, sagte ich.

Er drehte sich herum: »Ich appelliere an deine Intelligenz. Der BND hat ihn nicht engagiert, damit er komplizierte Verhöre durchführt oder in den Kreisen der Upper Ten recherchiert. Dieser Mann macht jede Drecksarbeit, dieser Mann ist unfähig, in einem Team zu arbeiten, aber allein auf sich gestellt, ist er brillant, genial, sehr instinktsicher. Du kannst ihm sagen, er soll zu Fuß bis zum russischen Ural laufen, ohne von einer Menschenseele entdeckt zu werden. Wahrscheinlich wird er es schaffen. Mit einfachen Worten ausgedrückt, ist dieser Mann für den BND mit Sicherheit kostbarer als ein Dutzend fähiger Abteilungsleiter. Er ist nämlich ein absolut sicherer Mörder.« Er machte eine Pause. »Das war eine lange Rede. Ich hoffe, ich habe verständlich machen können, weshalb diese scheinbar asozialen Typen in einer Organisation wie dem BND unverzichtbar sind. Das übrigens ist auch einer der wirklichen Gründe, weshalb Geheimdienste niemals ganz zu kontrollieren sind. Cottbus bekommt einen Auftrag und erledigt ihn. Aber er schreibt keinen Bericht, oder er schreibt den Bericht so, wie sein Chef es will. Glaubst du, er hat einen Bericht verfaßt, in dem er beschreibt, wie er den General, den Küster und den Carlo umbrachte?«

»Und was geschieht, wenn so ein Mann durchknallt?«

»Das weiß ich nicht. Aber von seiner Struktur her kann er beschlossen haben, jeden zu töten, der sich in den Mordfall an dem General eingemischt hat. Das würde auch deshalb zu ihm passen, weil ihm diese Einmischung Fremder, also von Journalisten oder Ermittlern, einen Grund liefert, sie zu töten. Er verteidigt seinen Geheimdienst, er fühlt sich als Rächer und Vollstrecker. Er ist der festen Überzeugung, recht zu haben und ein gerechter Richter zu sein. Selbst sein unmittelbarer Vorgesetzter kann ihn wahrscheinlich nicht mehr bremsen.«

»Also ist er krank?«

Rodenstock kniff die Lippen zusammen. »Das ist eine Frage, die ich nicht beantworten kann. Das müssen Psychiater entscheiden. Fällt dir an diesem Raum nichts auf?«

Ich schüttelte den Kopf.

»Auffallend ist, daß dieser Raum einen Fußboden aus stabilen Holzbohlen hat, alle anderen Räume sind mit einfachen PVC-Platten ausgelegt.«

»Also kann er darunter etwas verstecken?«

»Ja. Und da dies eine ausgesprochen ärmliche Wohnung ist, kann niemand auf die Idee kommen, hier könnte irgend etwas Wertvolles versteckt sein. Das heißt, der erbärmliche Zustand dieser Wohnung ist gewollt, ist Teil einer Täuschung. Kannst du dich an die Kleidung dieses Mannes erinnern?«

»Ja, warte mal, ich muß mich konzentrieren. Er trug einen grauen Anzug, seine Krawatte war farbenfroh. Schuhe? Moment ja, seine Schuhe waren teuer.«

»Würdest du sagen, daß die Kleidung des Mannes in diese Wohnung paßt?«

»Niemals«, sagte ich.

»Dann komm mal mit zu dem Kleiderschrank im Schlafzimmer.« Er ging voraus und rief über die Schulter zurück: »Ich habe noch nicht hineingeschaut, aber ich wette, du wirst Kleidung finden, die du nicht hier erwartet hättest.« Er machte beide Türen des Kleiderschrankes auf, und er hatte recht. Es gab keinen Anzug,

279

der nicht mindestens tausend Mark gekostet hatte, die Hemden waren erlesene Markenware, die Unterwäsche bestand aus sündhaft teuren Einzelstücken.

»Das ist irre«, staunte ich. »Das steht aber doch im Gegensatz zu seiner angenommen schrecklichen Kindheit.«

Rodenstock schüttelte den Kopf. »Durchaus nicht, mein Lieber. Für den Mann sind diese Anzüge, diese Hemden, sein Auto nichts als Werkzeuge, die er benötigt, um seine Aufträge möglichst präzise und ohne jeden Fehler abzuspulen. Wahrscheinlich würde er privat Jeans tragen, Holzfällerhemden, Panama-Jack-Schuhe, eine Camel-Uhr. Er ist aber ein Mann, der privates Leben nicht kennt, der es auch nicht will. Der ideale Staatsdiener, der sich unermüdlich ausbeutet und dem dennoch niemals gedankt wird.«

»Außer vielleicht in diesem Fall.«

Rodenstock nickte düster, sagte aber nichts.

Wir gingen wieder zurück in das Wohnzimmer.

»Auf die Knie«, sagte er. »Wir müssen den Zugang finden.« Ein wenig wirkte er wie ein Trüffelschwein, als er, den Kopf dicht über den Dielen, an den Nähten der Bretter entlangkroch. Nach kurzer Zeit murmelte er: »Es ist hier, mitten im Raum. Ganz raffiniert gemacht. Hier sind die Dielen an den Fugen geschraubt. Und diese Schrauben sind Tarnung. Du kannst die Dielen einfach hochkippen und herausnehmen.«

»Jetzt wird es spannend.«

»Langsam, langsam. Leute wie Cottbus sind zwar humorlos, haben aber eine Sorte Humor, die immer auf Kosten anderer geht. Such mal nach einem Hammer und einem Nagel. Im Küchenschrank habe ich so etwas gesehen. Dann brauchen wir noch eine Schnur, eine Paketkordel.«

Ich wühlte eine Weile in der Küche herum und brachte ihm dann, was er wollte.

Er trieb mit einem kräftigen Schlag einen Nagel ziemlich tief in eines der Fußbodenbretter, machte dann die Kordel daran fest. »Geh mal in die Tür.« Er zog an der Kordel.

Die Fußbodendiele hob sich leicht und mühelos. Keinerlei Geräusch entstand. Doch plötzlich war da ein Funken oder so etwas wie ein kleines grelles Licht. Dann sprühten rotgoldene Sterne wie aus einem Sylvesterfeuerwerk bis gegen die Decke.

Rodenstock sagte hastig: »Tränengas!«, rannte zu den beiden Fenstern und öffnete sie. Er kam zurück und schloß die Tür hinter sich. »Zehn Minuten Pause«, lächelte er.

»Erlauben sich solche Leute derartige Scherze oft?«

»O ja. Sie tun es schon deshalb, um zu dokumentieren, was sie handwerklich alles drauf haben. Was hast du gesehen? Da konnte man eine Holzdiele ganz leicht aus dem Fußboden heben. Sie setzte einen Zündmechanismus in Bewegung, der goldene Sterne verschoß und etwas Tränengas freisetzte. Das signalisiert doch: Ich bin gutmütig, ich sehe diesmal von einer Bestrafung ab! Er könnte nämlich mit dem gleichen Mechanismus einen kleinen Hammer auslösen, der eine kleine Glasphiole mit Cyanidgas zertrümmert. Das Gas wird freigesetzt. Ein Tausendstel eines Tropfens davon reicht aus, dich in Sekunden zu töten. – So, wir können jetzt reingehen und nachschauen, was er zu verbergen hat.«

»Danke für den Unterricht«, sagte ich. »Das war phantastisch.«

Und siehe da: Mein Rodenstock wurde rot vor Verlegenheit und Stolz.

Mühelos konnten wir sechs breite Dielen herausheben. Darunter befand sich ein Gitterwerk aus einfachen Dachlatten. Die Zwischenräume waren etwa fünfzig mal fünfzig Zentimeter groß. In den meisten dieser Fächer lagen dunkle Bündel.

»Waffen in Wachstüchern«, erklärte Rodenstock. »Packen wir sie aus. Hast du eine Kamera bei dir?«

»Selbstverständlich«, nickte ich.

Es waren 75 Schußwaffen. Dazu kamen etwa dreißig Eierhandgranaten aus dem Zweiten Weltkrieg, sechs Maschinenpistolen, drei Kilo Plastiksprengstoff.

»Das ist aber wirklich krank«, sagte ich beeindruckt.

»Das muß nicht krank sein«, murmelte er. »Stell dir vor, der Mann kriegt den Auftrag, einen anderen Mann zu töten. Es liegt allein in seiner Verantwortung, die geeignete Waffe herauszusuchen. Er kann also zum Beispiel diese spanische Astra 4000/Falcon nehmen, er kann zu einer italienischen Morini greifen oder zu dieser Zimmerflak von Smith & Wesson mit dem Namen SW 9F. Er kann aber auch diese Ruger benutzen oder hier die Sig Sauer Combat. Was immer er tut, er kann sicher sein, daß diese Waffe niemals identifiziert wird. Denn ich garantiere dir, daß alle diese Waffen sauber sind, daß noch nie jemand damit erschossen wurde. Das weiß natürlich auch der Chef von Cottbus. Der hat zwar dieses Waffenlager garantiert noch nicht gesehen, aber er kann sich darauf verlassen, daß Cottbus eine Waffe benutzt, die keine Geschichte hat. Die Ballistiker werden vor einem Rätsel stehen. Es wäre also leichtfertig, dieses Sammelverhalten als Krankheit zu bezeichnen. Es ist nämlich auch die Perfektionierung eines Handwerks.«

»Eines perversen Handwerks«, sagte ich wütend.

Er nickte, antwortete aber nicht. Statt dessen kniete er nieder und öffnete Pakete, die wir noch nicht untersucht hatten. Eines dieser Pakete war etwa vierzig Zentimeter lang und acht Zentimeter hoch. Als er das Wachstuch entfernt hatte, lag ein Karton vor uns, der bis obenhin mit Dollarnoten gefüllt war.

»Der Lohn für Jugoslawien«, murmelte Rodenstock. »Das nehmen wir mit. In dem kleinen Paket hier sind übrigens acht Pässe. Alle echt, alle auf verschiedene Namen. Die nehmen wir auch mit. Laß uns abhauen. Ich gebe zu, daß soviel Aggression mir Magendrücken verursacht.«

»Willst du das Zimmer etwa in diesem Zustand zurücklassen?«

Er sah mich eindringlich an. »Du mußt konsequent denken, mein Junge. Wir wissen, daß er außer Kontrolle ist. Wir wissen, daß er Leute jagt, von denen er annimmt, sie seien seine Gegner. Wir zwei gehören auch dazu. Welchen Schluß läßt das zu?«

»Er wird nie mehr hierher zurückkommen, weil sie ihn jagen werden, weil er bald tot sein wird, und damit ist es völlig wurscht, ob wir hier aufräumen oder nicht.«

»Du lernst schnell. Aber ich wette, daß du auf einen wirklich wichtigen Rückschluß nicht kommst.«

»Laß mich am Honig deines Wissen saugen, Erleuchteter.«

Rodenstock grinste. »Cottbus dreht durch. Dadurch bekommen alle Beteiligten die Möglichkeit, sich darauf zurückzuziehen, daß die Taten von einem geistig Verirrten verübt worden sind. Es wird keinen Zuständigen und keinen Verantwortlichen geben, kein Kopf wird rollen. Cottbus hat ihnen das perfekte Geschenk gemacht: Er ist ausgerastet. Und wenn es ans Erbsenzählen geht, wird er längst tot sein. Der Geheimdienstkoordinator im Kanzleramt wird von einer ›tragischen Geschichte‹ sprechen, und niemand, wirklich niemand kann eine einzige der Sauereien irgendeinem Dritten beweisen. Cottbus wird an allem schuld sein, Cottbus ist glücklicherweise tot.«

»Aber von wem sind die Dollars?«

»Von der CIA«, sagte er. »Doch was heißt das schon? Kannst du beweisen, daß es Bezahlung für einen Mord oder für das Verschwindenlassen eines Dokumentes war? Die Falken und die Tauben haben sich bis aufs Blut bekriegt, jede Partei wollte einen anderen BND-Chef in Pullach. Die Falken haben gewonnen.«

»Wenn Schüller aus China zurück ist, möchte ich ihn fragen.«

»Richtig«, nickte er. »Aber ich kann dir jetzt schon sagen, was er uns erklären wird: ›Ich hatte von der gesamten Sache nicht die geringste Ahnung. Natürlich war ich ein Konkurrent vom Herterich. Aber Sie können doch nicht behaupten, daß Herterich deswegen sterben mußte. Außerdem war dieser Cottbus doch eindeutig verrückt, oder?‹ Und so weiter und so weiter bis in alle Ewigkeit. Nimm die Dollars, laß uns gehen.«

»Da gibt es noch einen unklaren Punkt«, überlegte ich. »Hat die Zimmer die berühmte Seite 92 unterschlagen, ja oder nein? Vermutlich hat sie sie aus dem Packen Papier herausgenommen und an irgend jemanden in Pullach getrennt weitergeleitet. Damit ganz klar wurde, daß Cottbus erfolgreich war ...«

»Dann tauchte Otmar Ravenstein auf. Er hatte keinen Beweis, aber er wußte, daß eine Seite 92 existierte, aus der klar hervorging, daß der Bundesnachrichtendienst von dem Mord an Herterich wußte – vor der Tat wußte. Rolf Mehren hatte ihm davon berichtet. Es gibt zwei Möglichkeiten. Vielleicht hat die Zimmer sich eine Kopie dieser Seite gemacht, bevor sie sie nach Pullach schickte. Möglicherweise hat sie dem General diese Seite in die Hand gedrückt. Aber es ist gleichgültig, ob der General diese eine Seite hatte oder dreißig Seiten oder gar keine. Er wußte etwas, was seinen Tod bedeutete. Deshalb trat Cottbus auf den Plan.«

»Warum hat denn der General den Rolf Mehren nicht gebeten, ihm einfach eine Kopie der fraglichen Seite zu geben? Dann hätte er den schriftlichen Beweis gehabt.«

»Das wäre für Rolf Mehren zu riskant gewesen. Es reichte völlig, als der General bei Ursula Zimmer auftauchte und sagte: Herterich ist von Deutschen erschossen worden. Im Auftrag des BND! Zu dem Zeitpunkt wurde der Zimmer schon klar, daß der Skandal kochte, daß der Plan gescheitert war.«

»Er ist ja nicht einmal gescheitert, Schüller ist der neue Chef. Die Falken sind wieder dran. Und BND-Meier?«

Rodenstock schüttelte ärgerlich den Kopf. »Der paßt nicht ins Schema, der paßt einfach nicht. Aber vielleicht hat er sein eigenes Süppchen kochen wollen und wurde dabei erwischt. Gott schütze mich vor mächtigen Bürokraten und ähnlichem Gelichter.«

Er öffnete die Wohnungstür, und da standen sie und feixten, als wollten sie Glückwünsche zum Geburtstag bringen.

»Hallo, die Herren.« Rodenstock war durchaus gut gelaunt. »Wir sind eben immer zwei Schritte schneller.«

»Es geht doch nichts über Teamwork!« lobte Tom Bekker, und Sammy setzte hinzu: »Da kann man nur gratulieren.«

Rodenstock drehte sich um und ging in das Wohnzimmer zurück. »Wir haben Ihnen alles so gelassen, damit Sie es einfacher haben.«

»Wow!« sagte Becker laut.

»Haben Sie Cottbus schon?« fragte ich.

»Warum sollen wir ihn denn haben?« fragte Sammy. »Das ist doch Sache der Deutschen.«

»Aber Sammy!« murmelte Becker mit leichtem Sarkasmus. »Du brauchst die Herren nicht zu belügen, die wissen sowieso, was läuft. Nein, wir haben Cottbus nicht. Doch die Treibjagd hat schon begonnen, er ist zum Abschuß freigegeben.«

»Man kann ihm nur wünschen, daß er das auch weiß«, fügte ich fromm hinzu.

»Er weiß es«, versicherte Sammy. »Sieh dir das an, Sir.« Er bückte sich und begann Waffen hochzunehmen und sie zu betrachten. »Eine echte Contender/Center, Sir. Ich wollte immer schon so ein klassisches Stückchen haben.«

»Phantastisch«, nickte Rodenstock. »Sie ist mit neunzehn verschiedenen Läufen lieferbar, und wenn du willst, kannst du sogar die Munition der 44er Winchester verschießen. Aber trotzdem ist sie ein Gerät, das Menschen tötet, oder?«

Tom Becker begann unterdrückt zu lachen. »Sie sind ja ein richtiger Moralapostel, Rodenstock. Was halten Sie davon, Ihre Pension aufzufrischen und für uns zu arbeiten? Sagen wir in gutachterlicher Position?«

Rodenstock preßte die Lippen zusammen. »Ich habe eine Frau«, murmelte er.

»Ja, ja«, nickte Sammy. »Die beachtliche holländische Polizistin. Es würde also in der Familie bleiben.«

Im Bruchteil einer Sekunde wußte ich, daß sie durchaus nicht scherzten, daß es durchaus ein ernsthaftes Angebot war. Es war merkwürdig, plötzlich sehr stolz auf diesen Rodenstock zu sein, es war auch beglückend.

»Tut mir leid«, sagte Rodenstock. »Ich glaube, wir müssen gehen, Siggi. Da ist noch einiges aufzuräumen.«

»Richtig«, stimmte Becker zu. »Und wir sind daran interessiert, daß Sie uns diesmal nicht dazwischenfunken. Sie waren eine ständige Bedrohung für uns, deshalb haben wir beschlossen, Sie hier in dieser hübschen Wohnung ein wenig schmoren zu lassen.«

»Sie wollen lediglich Cottbus so schnell wie möglich erschießen, oder?« fragte ich.

»Du hast recht, Kleiner«, sagte Sammy ernst. »Cottbus war wirklich genial, aber er hatte eben einen Sprung in der Schüssel, eine paranoid schizoide Struktur, du weißt schon.«

»Wo ist eigentlich das Geld?« fragte Becker.

»Welches Geld?« fragte Rodenstock.

»Das Geld, das wir der Zimmer und dem Cottbus gegeben haben. Die Kredite, Barkredite.« Er war sich seines Sieges sehr sicher.

»Eine Frage noch, Becker.« Ich konzentrierte mich. »Hatte der General denn nun eine Kopie der Seite 92, oder nicht?«

»Er hatte keine Kopie«, antwortete Sammy. »Er wußte, was auf der Seite stand und was es bedeutete. Er tauchte bei der Zimmer auf und ließ ihr keine Chance. Sie war eben kein wirklich cooles Weib.«

»Also, wo ist das Geld?« wiederholte Becker.

»Das Geld der Zimmer ist in unserem Auto, das von Cottbus ist in dem Paket draußen im Flur.« Rodenstock kniff die Augen zusammen. Das tat er grundsätzlich immer, wenn ein schneller Entschluß nötig war.

»Eine letzte Frage«, sagte ich etwas heiser. »Warum sind die Häuser abgefackelt worden?«

»Weil einige deutsche Kollegen der Meinung waren, der General habe eine Kopie der Tonbandmitschnitte. Es war nicht in ihr Beamtenhirn zu kriegen, daß er gar keine Kopie brauchte. Sie sind halt Arschlöcher, sie sind halt Deutsche.« Becker nickte Sammy zu. »Wir verpacken euch jetzt ein wenig, Kumpels.«

Sammy zog zwei Rollen Isolierband und Paketband aus der Tasche. »Ich brauche eure Patschehändchen«, seufzte er.

»So einfach geht das aber nicht«, sagte Rodenstock ohne jede Betonung. Er hielt plötzlich eine Waffe in den

Händen. Sie wirkte vorsintflutlich, klobig und unangebracht. Er sah kurz zu mir. »Es ist eine LeMay A 331, wahrscheinlich kannst du die nicht einmal für zwanzigtausend Dollar kaufen. Es wurden weniger als 300 Stück davon gebaut. Bis 1984. Entschuldigung.« Er grinste schmal. »Ich mußte sie einfach klauen.«

»Oh, Scheiße, Mann«, hauchte Sammy.

Becker zeigte nicht die geringste Furcht. »Was soll das, Rodenstock? Es spielt doch für Sie gar keine Rolle mehr, ob Sie hier zwei, drei Stunden herumliegen oder nicht.«

»So sieht's aus«, gab Rodenstock zu. »Aber jemand muß euch zeigen, daß ihr nicht die Herren der Welt seid. Wissen Sie, Becker, Leute wie Sie kotzen mich an.«

In diesem Moment machte Sammy den ersten Zug. Er trat scheinbar absichtslos einen Schritt beiseite und war damit am Rand von Rodenstocks Blickfeld. Dann bewegte sich Becker sanft nach links.

»Vorsicht«, sagte ich.

»Ja, ja«, murmelte Rodenstock kaum hörbar. »Bleiben Sie stehen.«

Sammy bewegte sich trotzdem. Den Bruchteil einer Sekunde später auch Becker. Rodenstock schoß, und die Waffe blaffte leise. Sie griffen sich synchron an die Oberschenkel.

»Sperr sie ein«, sagte Rodenstock. »Erst Becker in das Bad, dann Sammy in die Küche. Und beeil dich. «

»Das werdet ihr bezahlen«, sagte Becker mit schmerzverzerrtem Gesicht.

»So ein Blödsinn!« schnaubte Rodenstock.

Ich brachte also erst Becker weg, dann Sammy. Endlich verließen wir die gastliche Stätte. Auf der Treppe sagte Rodenstock: »Ich habe noch nie auf einen Menschen geschossen, aber die beiden haben mich richtig geärgert. Hast du auch das Geld nicht vergessen?«

»Nein, Sir«, sagte ich. »Hast du deine LeMay wenigstens mitgehen lassen?«

»Aber ja, Sir«, sagte er zufrieden.

Wie er so vor mir her die Treppen hinunterging, sah ich auf seinem Kopf den großen Flecken mit den blutver-

287

krusteten Haaren. Richtig, Cottbus, der sich Lenny nennen ließ, hatte ihn mit einem Streifschuß erwischt, als wir das Haus der Ursula Zimmer verlassen wollten.

»Hast du Kopfschmerzen?« fragte ich.

»Ich kaufe mir ein Aspirin«, meinte er.

ZWÖLFTES KAPITEL

Diesmal nahm ich einen anderen Weg. Ich fuhr von Bonn zum Kreuz Meckenheim und dann die A 61 bis zur Abfahrt Bad Neuenahr. Als wir im Tal der Ahr entlangschaukelten, fragte Rodenstock plötzlich: »Wo fährst du eigentlich hin?«

»Nach Hause«, sagte ich. »Nach Brück. Ich kann die Stadt nicht leiden, ich kann die Städter nicht leiden, ich mag keine Menschen, die vor meinen Augen Selbstmord begehen, ich mag auch keine CIA-Bubis, und durchgeknallte BND-Menschen gehören auch nicht zu meinem Lieblingsumgang. Ich will zu meinen Eiflern, verstehst du? Ich will endlich wieder nach Brück unter normale Leute.«

»Ich wußte, daß du verrückt bist. Aber für so verrückt habe ich dich nicht gehalten. Wir schicken die Frauen eigens nach Holland, weil dein Haus nicht sicher ist. Und du willst dorthin fahren, um dich auszuruhen.«

»Gut, dann sag mir, was wir tun sollen.« Und weil wir gerade an der *Bunten Kuh* vorbeirutschten, fuhr ich dort auf den Parkplatz.

»Ich möchte Emma anrufen«, sagte er. »Wir haben uns lange nicht mehr gemeldet.«

Ich reichte ihm also das Handy, er wählte die Nummer, und seine Stimme wurde etwas knödelig wie die eines schlechten Tenors bei einer Liebesarie. »Hallo, Emma. Wir wollten uns melden. Hier ist alles in Ordnung soweit. Wie geht es euch? Vor allem, wie geht es dir?«

Von dieser Sekunde an bekam er kein Wort mehr dazwischen, nicht einmal ein Komma. Er hörte nur zu, und seine Hand, die das Handy hielt, wurde ganz weiß. Ich verstand kein Wort, aber der Strom an Worten war gewaltig und hörte sich an wie bösartiges Gezwitscher. Dann war das Gespräch unvermittelt zu Ende.

Rodenstock drückte das Handy aus und heiserte: »Lenny Wilhelm Cottbus ist in deinem Haus. Und er hat Dinah.«

Es gibt Tatsachen, die man nicht begreifen will. »Wieso Dinah?« fragte ich. »Was soll das?« Dann: »Dinah ist nicht da, also wieso hat Cottbus Dinah? Willst du mich verarschen?«

Er hockte klein und elend neben mir, sein Gesicht war bleich. »Emma hat gesagt, daß sie vor einer Viertelstunde bei dir zu Hause angerufen hat. Sie wollte einfach wissen, ob wir im Haus sind. Statt dessen meldete sich ein Mann, aber ohne Namen. Emma fragte, ob jemand im Hause sei, und der Mann sagte: ›Moment mal.‹ Dann war Dinah dran. Sie ist vor zwei Stunden heimgekommen, und Lenny Cottbus war schon drin. Er will ihr nichts tun, wenn ihm freier Abzug garantiert wird. Er will nur genügend Geld. Er will einen Hubschrauber nach Bonn-Wahn und von dort eine Maschine nach Warschau. Emma glaubt, daß er dort Kumpel hat, die ihn verstecken. Er will sich wieder melden.«

»Wann?«

»Er will sich in Holland bei Emma melden.«

»Er hat sie jetzt also zwei Stunden?«

»Ja. Aber reg dich nicht auf, Baumeister. Er ist nicht der Typ, der Frauen prügelt oder vergewaltigt.«

»Hör mit dem Scheiß auf«, sagte ich und hatte das Gefühl, ich müsse schreien oder die Frontscheibe eintreten. »Verlaß dich ruhig auf dein Täterprofil. Was ist, wenn du dich täuschst? Was ist, wenn er ihr ... wenn er sie belästigt?«

Er schüttelte den Kopf.

»Was ist, Rodenstock? Was machen wir jetzt? Wenn ich sofort angreife, habe ich vermutlich eine gute Chance.«

»Du hast gar keine Chance«, widersprach er. »Der Mann ist ein Vollprofi, und er will überleben. Wo würdest du überhaupt angreifen wollen?«

Ich überlegte eine Weile und versuchte, meinen Atem unter Kontrolle zu bekommen. »Vom Nebenhaus aus.«

»Wie denn das?«

»Es ist ein Trierer Einhaus, ein langgestrecktes Gebäude. Früher war der Teil, den ich gekauft habe, das Wohnhaus. Daran schließt sich der lange Stall mit dem Heuboden an. Und diesen Teil hat Günther Froom ausgebaut, mit dem Eingang auf der anderen, abgewendeten Seite.«

»Ja, und?« Er brüllte fast, so wütend war er. »Was sollen diese Phantasien?«

»Ganz einfach«, sagte ich. »Ich gehe in Günthers Haus und klettere auf den Heuboden. Von diesem Heuboden aus kann ich durch ein ziemlich großes Loch auf den Dachboden meines Hauses und dann ...«

»Du hast eine Klappleiter da oben!« widersprach er. »Wenn du die herunterklappst, macht das einen Lärm wie ein vorbeifahrender D-Zug. Cottbus kann dich abschießen wie eine stehende Tontaube. Und er wird es tun. Baumeister, bitte, wir müssen überlegen, wir müssen nicht phantasieren. Dies ist kein Film mit Clint Eastwood. Wenn dabei nur ein einziger Fehler passiert, jagt er sich und Dinah samt dem Haus in die Luft. Er hat doch gar nichts zu verlieren, und er ist sowieso der festen Überzeugung, im Recht zu sein.«

Eine Weile herrschte eine bedrückende Stille.

»Es tut mir leid«, sagte ich schließlich.

»Schon gut, vergiß es.« Er starrte mit abgewandtem Gesicht aus dem Fenster. »Du mußt dir jeden Alleingang aus dem Kopf schlagen, hörst du? Kannst du mir das versprechen? Ach, du wirst mir gar nichts versprechen, ich weiß. Vielleicht gibt es einen Weg, vielleicht nimmt er mich.«

»Wenn er clever ist, wird er das nicht tun.« Das war das einzige, was mir dazu einfiel. »Ich kann mich ja auch anbieten.«

»Die Frage ist jetzt, welche Behörde er anruft. Er muß sich an eine Behörde wenden, wenn er Geld, einen Hubschrauber und eine Maschine haben will. Und er ist vom Fach. Das bedeutet, er wird sich an Leute wenden, denen er am meisten traut. Vielleicht die GSG 9, die spukt noch immer im Bewußtsein der Leute.«

»Gibt es für einen solchen Fall eine Sonderkommission?«

»Sicher. Es gibt für einen solchen Fall die Soko 110. Das ist eine Bundessache, keine Ländersache. Gehört Brück eigentlich zu Nordrhein-Westfalen oder zu Rheinland-Pfalz?«

»Rheinland-Pfalz.«

»Dann werden sie die Soko 110 einsetzen und der Höflichkeit halber das Landeskriminalamt in Mainz zuziehen. Wir beide haben keinerlei Einfluß darauf, weil das Ding wichtig und weil eigentlich unwichtig ist, wieviel Leute dabei draufgehen.«

»Red keinen Scheiß!« sagte ich wütend.

»Mach dir nichts vor, mein Sohn.« Er starrte wieder aus dem Fenster. »Du solltest alle Formen von Mitmenschlichkeit vergessen, und du weißt auch genau, warum. Sie werden nämlich die Geheimdienste zuziehen, weil der Fall in deren Zuständigkeitsbereich fällt. Und die Geheimdienste werden ihre Planung so anlegen, daß Cottbus getötet wird.« Er machte eine Pause. »Wir haben gerade in Bonn darüber gesprochen: Cottbus muß getötet werden. Es ist viel zu riskant, ihn am Leben zu lassen. Ob er verrückt ist oder nicht, er würde die Wahrheit sagen, alles über sieben merkwürdige Leichen.«

»Du bist also der Meinung, daß er sich längst mit Bonn in Verbindung gesetzt hat?«

Er nickte. »Natürlich. Er will Geld und ausgeflogen werden.«

»Dann sollen sie ihm das Geld geben und ihn ausfliegen.« Ich glaube nicht, daß ich mich je im Leben schon so hilflos gefühlt hatte.

»Das ist gar nicht so einfach«, murmelte er. »Cottbus wird Dinah erst freigeben, wenn er absolut sicher ist. Und absolut sicher ist er erst, wenn er bei Freunden ankommt, auf die er sich verlassen kann. Und weiß der Henker, wo diese Freunde sitzen.«

»In Warschau, er will nach Warschau.«

291

»Das kann eine Ablenkung sein. Vielleicht hat er Warschau nur als Zwischenlandung vorgesehen. Vielleicht will er von dort nach Nepal oder weiß der Himmel wohin.«

»Ich möchte nach Brück«, sagte ich.

»Wie bitte?« Er starrte mich verständnislos an. »Was hast du gesagt?«

»Ich will nach Brück.«

»Natürlich, natürlich. Laß mich fahren.«

»Ist gut«, sagte ich. »Was wird Emma machen?«

»Ach so, ja. Das habe ich ganz vergessen. Sie kommen alle nach Daun ins *Dorint*. Ein Hausfrauenkränzchen auf Reisen.« Er lachte unterdrückt. Dann stieg er aus und ging um den Wagen herum, ich rutschte auf den Beifahrersitz. »Wir werden es schaffen«, murmelte er. »Irgendwie werden wir es schaffen.«

Er gab mir keine Chance, ins Grübeln zu geraten, weil er unermüdlich plapperte und von irgendwelchen Entführungsfällen aus seinem Leben erzählte, die natürlich allesamt gut ausgegangen waren.

Hoch oben über der Ahr, als er von Adenau aus auf das Plateau hochzog und dann vor der B 258 durch die sonnenüberfluteten Wälder glitt, ließ ich ihn halten und lief in den Wald. Ich hatte Durchfall, explosionsartigen Durchfall, verbunden mit intensiven Schmerzen im Unterbauch. Ich schiß mir vor Aufregung und Angst die Seele aus dem Leib und bibberte dauernd: »Mach keinen Scheiß, mach keinen Scheiß!«

Ich hörte Rodenstocks Stimme hinter einem jungen Buchenbusch. »Hier ist Papier, Junge. Laß dir Zeit.« Er warf mir eine Rolle Küchenpapier zu.

»Du gibst uns nicht viel Chancen, oder?«

»Nicht sehr viel«, sagte er flach. »Der Mann ist einfach zu gefährlich. «

Er ging auf die Straße zurück, Äste knackten, irgendwo keckerte ein Eichelhäher, weit entfernt brummte ein Traktor. Es war sehr friedlich.

Als wir weiterfuhren, fragte ich: »Wie werden sie es arrangieren?«

»Wahrscheinlich steht die gesamte Logistik schon«, gab er Auskunft. »Sie hatten rund eine Stunde mehr Zeit als wir. Dein Haus steht am Hang an der Dorfstraße, die steil abfällt. Es gibt nebenan Häuser, es gibt davor Häuser, es gibt dahinter Häuser, insofern ist das Terrain günstig. Sie werden ihr Hauptquartier unten an der Kirche aufgemacht haben. In der Regel nehmen sie zwei neutral lackierte Busse. Ich vermute, daß sie den gesamten Innenbereich des Dorfes abgesperrt haben, sie müssen ausschließen, daß ihnen irgendwer mit einem Trecker dazwischenrollt. Mit ziemlicher Sicherheit sind alle angrenzenden Häuser geräumt. Gibt es außer dem Hauseingang noch einen Zugang zum Haus?«

»Nein, keine normale Tür jedenfalls. Du kannst nach hinten durch zwei Kellerfenster. Zur Seite, zum Garten hin, gibt es ebenfalls zwei Kellerfenster. Außerdem hat das Badezimmer zwei Fenster. Das weißt du doch alles.«

»Natürlich weiß ich das alles«, sagte er ruhig. »Aber laß mich fragen, weil wir dann nichts übersehen. Wie nahe kommt man mit einem Wagen an die Haustür?«

»So nahe, daß du die Autotür in die Höhlung der Haustür hinein aufmachen kannst. So nahe, daß kein Mensch sich mehr durchquetschen kann.«

»Das ist also günstig für ihn.«

»Sehr günstig. Meinst du, daß sie ihn dort erschießen werden?«

»Ja. Sie werden wahrscheinlich nach dem Crossfeuer-Prinzip arbeiten. Das heißt, sie werden deine Haustür zum Mittelpunkt eines Dreiecks machen.«

»Das verstehe ich nicht, das ist doch viel zu unsicher.«

»Das ist keineswegs unsicher, das ist im Gegenteil die effizienteste Methode. Und die Schützen werden nicht sichtbar sein.«

»Das geht doch gar nicht.«

»Doch, das geht«, widersprach er. »Hör zu! Sie gehen davon aus, daß Cottbus etwa zwei bis drei Schritte hat, bis er sich in das Auto duckt. Ich nehme einmal an, es wird ein Auto sein, denn der Hubschrauber kann ja nicht am Haus landen, oder?«

Ich überlegte verkrampft, ob das möglich sein würde. Es hing von dem Raum ab, der zwischen meinem Haus und der Kirche zur Verfügung stand. Für einen kleinen normalen Hubschrauber reichte der Platz. Aber ich wußte nicht, ob es dort eine Stromleitung oder Masten gab ...

Plötzlich war ich mir sicher, daß dort keine störenden Leitungen verliefen. »Der Hubschrauber kann landen. Unmittelbar neben dem Haus«.

»In welcher Entfernung?«

»Ich schätze etwa zehn Meter.«

»Gut. Nehmen wir diese zehn Meter. Er kommt also aus dem Haus und hat Dinah neben oder vor sich. Der Rotor des Hubschraubers dreht sich nicht. Das wäre zu riskant. Crossfire bedeutet, daß auf den Dachböden ringsherum Scharfschützen sitzen. Sie haben eine oder zwei Dachpfannen leicht schräggestellt, so daß sie zielen können. Soweit ich mich erinnere, beträgt die Entfernung im Durchschnitt dreißig bis vierzig Meter. Der erste schießt. Er schießt auf den Kopf von Cottbus. Der Schuß wird den Kopf in die Richtung werfen, die die Verlängerung der Schußbahn ist. Klar? Der nächste Schütze weiß das natürlich und berechnet diese Bewegung in seinen Schuß ein. Dann kommt der dritte Schütze, der genau weiß, wie der Kopf des Mannes reagiert, wenn der zweite Schütze getroffen hat. Das alles dauert nur Sekunden. Dieser dritte Schuß wird absolut tödlich sein. Das haben die Männer trainiert, hundertmal, tausendmal, das können sie im Schlaf.«

»Und Dinah?«

»Es besteht die Möglichkeit, daß ein vierter Schütze sie so anschießt, daß sie eine ruckartige Bewegung macht, mit der Cottbus nicht rechnet. Sie könnten Dinah einen Streifschuß am Oberarm oder am Oberschenkel verpassen. Das richtet sich danach, wie groß sie ist im Vergleich zu Cottbus, wo sein Kopf ist, wo ihr Kopf ist. Der ideale Standpunkt des vierten Schützen wäre übrigens der kleine Kirchturm. Cottbus wird keine Chance haben. Sobald er einen Schritt aus dem Haus macht, ist er tot.«

»Das glaubst du doch selbst nicht«, sagte ich nach einer Weile. Er fuhr gerade durch Nohn, und ich bugsierte ihn so, daß er die Straße nach Bongard nahm.

»Doch, das glaube ich. Die Jungens sind einfach gut.«

»Das alles weiß Cottbus doch auch, nichts an diesen Planungen ist ihm fremd.«

»Wenn er das Haus verläßt, hat er keine Chance«, sagte er sehr bestimmt.

»Was ist denn, wenn er das Haus erst dann verläßt, wenn man zusagt, alle Scharfschützen abzuziehen? «

Rodenstock antwortete nicht, und es war auch nicht nötig, daß er antwortete.

Er zog in die schmale Senke zwischen Bongard und Brück, nahm dann die Kurven bis zum Eingang des Dorfes, ließ den Wagen rollen und sagte befriedigt: »Da sind sie!«

»Wie kommen diese Busse so schnell hierher?«

»Sie haben Motoren mit fünfhundert PS, und ihre Reisegeschwindigkeit liegt bei 180 Kilometern pro Stunde.«

Die Busse waren dunkelblau lackiert und trugen ein normales ziviles Bonner Kennzeichen. Die Scheiben waren stark eingefärbt, es war unmöglich, in die Busse hineinzusehen. Kein Mensch war zu sehen, das einzige, was darauf hindeutete, daß etwas im Schwange war, war die Tatsache, daß die Busse auffällig viele verschieden geformte Antennen trugen und auf dem Kinderspielplatz gleich nebenan eine ziemlich große Funkschüssel auf einem stählernen Gerüst aufgebaut war.

So merkwürdig es auch erschien, jeder Bus hatte eine Hecktür, neben der ganz ordentlich eine regelrechte Klingel eingelassen war.

Rodenstock schellte am ersten Bus.

Als die Tür sich öffnete, fiel unser Blick auf eine ziemlich feudal wirkende Sitzgruppe aus Leder. Jemand fragte: »Ja, bitte?«

»Wir sind da«, sagte Rodenstock. »Baumeister und Rodenstock. Wahrscheinlich erwarten Sie uns.«

»So ist es«, sagte die Stimme. »Kommen Sie herein, bitte.«

Im Inneren befanden sich drei Männer, um die vierzig Jahre alt, in Jeans und einfachen, dunkelfarbigen Pullis. Sie trugen die Waffen in Schulterhalftern. Der Mann, der in der Mitte saß, lächelte freundlich: »Mein Name ist Trautwein. Ich leite die Sache. Bitte, nehmen Sie Platz. Herr Baumeister. Ich muß ein paar Fragen beantwortet haben. Dann können Sie mit Cottbus telefonieren.«

»Dann kann ich was?«

»Mit Cottbus telefonieren«, wiederholte er einfach. »Der Mann ist ein Profi, er redet ganz normal mit uns und ...«

»Was ist mit Dinah?«

»Ihre Frau befindet sich in Ihrem Schlafzimmer im Erdgeschoß. Sie ist unverletzt, und er ist ihr in keiner Weise zu nahe getreten. Damit ist auch nicht zu rechnen, es sei denn, er wird panisch. Und Panik wollen wir vermeiden, oder? Wissen Sie, was im Haus an Essen und trinkbaren Sachen vorhanden ist?«

»Alles habe ich nicht im Kopf, aber es ist ziemlich viel. Wir haben zwei Kästen Gerolsteiner Heilwasser im Keller und mindestens zwei Kästen Nürburg Sprudelwasser. Dann kommen Cola hinzu und MezzoMix und Bier und Wein und, soweit ich weiß, ein paar Flaschen Schnaps.«

Die drei sahen mich aufmerksam an, aufdringlich und sezierend.

»Also verdursten kann er nicht«, stellte Trautwein fest. »Wie steht es mit Lebensmitteln?«

»Ähnlich«, sagte ich. »Dinah hat immer dafür gesorgt, daß alles im Haus ist. Also mindestens vier eingefrorene Brote, zwei Kilo Butter, zwei große Salamis. Cottbus kann bequem vierzehn Tage von all dem Zeug leben, wahrscheinlich länger. Ja, und natürlich Käse, wir sind eingefleischte Käseesser. Da sind sicher drei, vier Sorten in der Tiefkühltruhe, mehrere Kilo.«

»Was ist mit Medikamenten?« fragte er weiter.

Das irritierte mich. »Rechnen Sie damit, daß jemand verletzt wird?«

»Nein, wir rechnen nicht damit. Aber die Möglichkeit ist nicht auszuschließen, oder? Wir müssen vor allem wissen, ob Schmerzmittel im Haus sind oder Mittel, die betäubend wirken. Was ist in der Hausapotheke, haben Sie eine Hausapotheke?«

»Wir haben eine. Da ist ASS drin, also ein leichtes Schmerzmittel. Dann Pflaster und Hamamelissalbe. Mehrere Sorten Brausetabletten, Vitamin C, Magnesium, Calcium und so etwas. Dann Talcid, das ist was gegen Übersäuerung des Magens. Dinah hat damit zu tun.«

»Mir fällt noch etwas ein«, mischte sich Rodenstock ein. »Mir ist Valium verschrieben worden. Kapseln zu je 20 Milligramm. Ich habe die Dose in die Hausapotheke gestellt.«

»Sonst noch was?« fragte Trautwein.

»Sonst nichts«, sagte ich.

Er gönnte mir keine Sekunde Ruhe. »Dann Ihre Lebensgefährtin. Wie beurteilen Sie ihren nervlichen Zustand?«

»Ziemlich gut, würde ich sagen. Sie kann sich wegen Kleinigkeiten mächtig aufregen. Aber wenn die Situation ernst ist, hat sie Nerven wie Drahtseile.«

»Rodenstock, was glauben Sie? Ist das so?«

»Ja«, nickte Rodenstock.

»Nehmen wir an, wir stürmen. Würde sie das Richtige tun? Würde sie sich einfach auf den Boden werfen und liegenbleiben? Oder würde sie versuchen wegzulaufen?« Er sah mich an.

»Ich weiß es nicht. Sie ist so selten gekidnappt worden.«

Er starrte mich einen Moment lang verblüfft an, wollte zornig werden, mußte jedoch lächeln. »Dämliche Frage, ich weiß. Rodenstock, was sagen Sie?«

»Ich denke, sie würde sich in eine Ecke werfen, den Kopf unten halten und warten. Sie hat ein gutes Instinktverhalten.« Er sagte es so stolz, als habe er es ihr antrainiert.

»Noch etwas, Herr Baumeister, dann sind Sie erlöst. Haben Sie und Ihre Lebensgefährtin so etwas wie eine Zeichensprache? Können Sie sich verständigen, ohne ein Wort miteinander zu wechseln?«

»Nein. Wollen Sie stürmen?«

»Wir wissen es noch nicht. Also, Sie haben keine Zeichensprache?«

»Nein. Wer hat denn schon so was? Das ist doch idiotisch.«

»Nicht immer«, murmelte Rodenstock sanft.

»Tut mir leid«, sagte ich. »Meine Nerven lassen nach.«

»Das ist nicht weiter verwunderlich«, sagte der Mann namens Trautwein. »Neben Ihnen sitzt ein Doktor.«

Ich drehte mich nach links, der Arzt war bestenfalls 28 Jahre alt. »Was soll das? Ich brauche keinen Arzt.«

»Ich wäre da nicht so sicher«, sagte der Arzt. Er betrachtete mich mit dem Interesse eines Wissenschaftlers für eine neue Käfersorte.

»Ich brauche keine Hilfe«, wiederholte ich.

»Ich kann Sie dazu zwingen«, stellte er fest. »In Fällen wie diesen muß das manchmal sein.«

»Er ist okay«, warf Rodenstock schnell ein.

»Er ist durchaus nicht okay«, sagte der Arzt. »Die Belastung ist ungeheuer hoch.«

»Scheiße, Mann«, schrie ich. »Da drin ist meine Frau mit einem ... mit einem Tier. Soll ich vielleicht reingehen und dem Tier Zucker in den Arsch blasen?«

»Nein.« Der Arzt schüttelte ernsthaft den Kopf.

»Na also«, murmelte ich. »Und dreschen Sie keine Allgemeinplätze mehr, das tut meinem Hirn weh.«

»Nicht so hart, Baumeister«, sagte der dritte Mann. »Der Psychologe bin ich. Und ich sage, Sie könnten durchaus etwas nehmen, was Sie zumindest beruhigt. Einverstanden?«

»Und das Zeug läßt mich nicht einschlafen? Macht mich nicht besoffen?«

Er schüttelte den Kopf.

»Wenn Sie mich bescheißen, reiße ich Ihnen die Eier ab«, sagte ich. »Gut, ich nehme das Zeug.«

Der Arzt schob mir zwei Tabletten zu, der Psychologe goß etwas Wasser in ein Glas und reichte es mir.

»Sie können sich denken, daß wir jedes Fenster Ihres Hauses unter Kontrolle haben. Wir haben Spezialoptiken,

298

mit denen wir auch in dunkle Zimmer hineinsehen können. Wieviel Katzen haben Sie?«

»Zwei. Paul und Momo.«

»Das kann nicht sein. Junge Tiere?«

»Ausgewachsen. Jung ja, aber ausgewachsen.«

»Das kann auch nicht sein«, murmelte Trautwein. »In Ihrem Haus sind mindestens vier Katzen. Ich sage mindestens.«

»Völlig unmöglich«, meinte Rodenstock verwirrt.

Ich überlegte: »Sämtliche Kellerfenster sind zu. Es kann sein, daß Momo und Paul Besuch kriegen von den Katzen aus dem Dorf, aber ...«

Trautwein griff in einen Pappkasten und warf mir zwei Schwarzweißfotos auf den Tisch. Sie zeigten Dinah am Fenster ihres Zimmers im ersten Stock. Vor ihr saßen Momo und Paul und neben ihnen zwei kleine Katzenkinder, nicht größer als mein Handteller.

»Sie muß sie mitgebracht haben«, sagte ich hilflos.

»Wo war sie denn?« fragte Trautwein.

»Das wissen wir nicht«, antwortete Rodenstock.

Der Psychologe räusperte sich. »Herr Baumeister, angenommen, Sie wären allein und hätten zu entscheiden. Was würden Sie unternehmen?«

»Ich würde versuchen, in dieses Haus zu kommen, den Mann zu töten, meine Frau zu nehmen und ... und Urlaub zu machen.«

»Wie würden Sie denn in das Haus kommen?«

»Über den Heuboden meines Nachbarn auf meinen Dachboden. Und dann über die Klappleiter ins Treppenhaus. Aber Rodenstock hat schon gesagt, daß das nicht geht. Die Leiter macht Krach, wenn man sie ausklinkt. Was hat er denn verlangt?«

»Er verlangt einen Hubschrauber, Bargeld und eine Maschine in Bonn. Das haben wir ihm zugesagt.«

»Und wo werden Sie tricksen?«

»Nirgendwo«, sagte er. »Wenn wir das versuchen, ist Ihre Frau tot. Das wäre es, Herr Baumeister. Wir brauchen Sie vorerst nicht mehr. Jetzt das Telefon.«

»Gehen Sie lieber ganz woanders hin«, schlug der Psychologe vor. »Den Streß vor Ort hier werden Sie kaum ertragen.«

Ich antwortete nicht, ich hielt ihn für einen Idioten.

»Wann kommt der Hubschrauber?« fragte Rodenstock.

»Nicht vor morgen früh«, sagte Trautwein. »Wir brauchen Zeit, um das Geld zu besorgen. Er verlangt eine halbe Million Dollar, gebraucht in kleinen Scheinen. Die Bundesbank kümmert sich drum.« Er legte einen Hebel auf einem kleinen Schaltbrett um. »Gebt uns den Cottbus hier herein.« Zu mir gewendet setzte er hinzu: »Ich nehme an, Sie haben nichts dagegen, wenn wir das Telefonat mitschneiden?«

Ich schüttelte den Kopf. Sie standen alle auf und gingen hinaus. »Moment mal«, meinte ich verwirrt. »Kriege ich denn keine Anweisungen?«

»Was denn für Anweisungen?« Trautwein stand in der Tür und sah mich fragend an.

»Na ja, was ich sagen darf und was nicht.«

»Sagen Sie, was Sie wollen. Cottbus ist ein Profi. Wenn ihm etwas mißfällt, wird er es zeigen.« Dann schloß er die Tür.

Die Situation war vollkommen unwirklich. Hätte jemand gesagt, alles sei Einbildung, hätte ich es wahrscheinlich nur zu gern geglaubt. Ich starrte den Hang zwischen der Kirche und meinem Nachbarn hinauf. Mein Haus konnte ich aus diesem Winkel nicht sehen, aber Dinah war alles in allem nicht mehr als fünfzig Meter entfernt.

Auf dem Schaltbrett leuchtete eine rote Lampe auf und blinkte. Daneben lag ein Hörer. Ich nahm ihn hoch und jemand sagte: »Sprechen Sie jetzt.«

»Hallo«, sagte ich und hatte den Eindruck, meine eigene Stimme von ganz weit weg zu hören.

»Hallo, Baumeister«, flüsterte Dinah.

»Mein Gott, wo warst du denn?«

»Nicht weit weg«, sagte sie erstaunlich ruhig. »Eigentlich nur ein paar Kilometer. Ich war bei Tom und seiner Frau auf dem Hof und ...«

»Wie bitte?«

Sie lachte leicht. »Na ja, ich hatte doch kein Geld bei mir, ich hätte ja nicht mal tanken können. Ich bin zu Tom und habe ihm gesagt, ich müßte nachdenken. Sie waren sehr nett zu mir, weißt du. Wie geht es dir?«

»Beschissen«, sagte ich. »Und die beiden jungen Katzen?«

»Das sind James und Willi. Tom hat sie uns geschenkt.«

»Aha. James und Willi. Wie fühlst du dich?«

»Nicht gerade rosig, aber immerhin. Ich bin ganz ruhig und zuversichtlich. Der Herr Cottbus steht neben mir. Er behandelt mich gut, normal würde ich sagen. Wenn ihr ihm das Geld und die Flugzeuge gebt, ist alles paletti, Baumeister. Und was machen wir, wenn das alles gelaufen ist, Baumeister?«

Was sollte ich auf diesen Schwachsinn antworten? Glaubte sie wirklich daran, daß alles bald vorbei sein würde?

»Ich würde gern nach Euskirchen fahren«, sagte ich. »Ich würde gern in M. Quadvliegs Tabakladen gehen und mir vom Rolf Zimmermann eine Pfeife von Poul Winslow andrehen lassen, so ein richtig teures Stück. Kommst du mit?«

»Ich komme mit. Und vergiß nicht, daß ich dich liebe.«

»Ich dich auch«, murmelte ich. »Kann ich mal den Cottbus haben?«

»Ja, Cottbus hier. Guten Tag, Herr Baumeister. Tut mir leid, die Aufregung, tut mir leid.«

»Oh, die tut Ihnen sicherlich nicht leid, Sie müssen nicht Konversation machen. Sind Sie damit einverstanden, mich zu nehmen und Dinah gehen zu lassen?«

»Das ist schon erörtert worden.« Er sprach sehr sachlich. »Das ist unannehmbar.«

»Was haben Sie denn so an Waffen im Haus?« Mir fiel nichts ein, mir fiel keine Frage ein, die ich ihm stellen konnte.

Er lachte unterdrückt. »Also, ich habe bei einem ernsthaften Angriff auf dieses Haus die Möglichkeit, das ganze Anwesen in die Luft zu jagen. Das wäre natürlich schrecklich, weil dann auch die Katzen nicht überleben würden. Hat man Ihnen gesagt, wann der Hubschrauber mit dem Geld kommt?«

»Ja. Sie müssen erst die halbe Million Dollar in kleinen Scheinen einsammeln. Morgen früh kommt der Hubschrauber.«

»Das ist gut«, sagte er trocken. »Mir ist es nämlich langweilig hier.«

»Darf ich Dinah noch einmal anrufen?« fragte ich.

»Selbstverständlich. Dagegen ist nichts einzuwenden. Ich hoffe allerdings, daß Sie nicht so dumm sein werden, ihr Mut zu irgendeiner Aktion zu machen.« Er machte eine kurze Pause. »Das hätte den Tod Ihrer Frau zur Folge, mein Freund.«

»Das weiß ich doch, Cottbus.« Ich mühte mich um einen leichten Ton, und ich wußte, daß mir das nicht gelang. »Darf ich noch eine Frage stellen?«

»Nur zu«, gestattete er jovial, und ich konnte buchstäblich sehen, wie er lächelte.

»Ich frage mich die ganze Zeit, warum Sie auch Ihren Chef getötet haben, den BND-Meier?«

Er war verblüfft. »Wieso fragen Sie mich das? Das war nicht meine Idee, das war ein Auftrag. Sie wissen doch, daß Meier ein Mann des Generals war. Oder wußten Sie das etwa nicht?«

»Jetzt weiß ich es. Und wer gab Ihnen den Auftrag?«

»Das werde ich niemals preisgeben«, sagte er flach. »Niemals.«

»Vielen Dank, daß Sie mit mir gesprochen haben, Cottbus. Das war sehr fair.«

»Selbstverständlich«, sagte er höflich. »Und noch etwas, Herr Baumeister. Sie können versichert sein, daß ich Ihrer Frau nichts zuleide tue. So etwas könnte ich gar nicht, so ein Schwein kann ich gar nicht sein. Sie wissen schon, was ich meine.«

»Ich weiß, was Sie meinen. Danke.«

»Hm«, machte er unbestimmt und unterbrach die Verbindung.

Die Tür öffnete sich, und Rodenstock sagte: »Das hast

du verdammt gut gemacht. Sie ist wirklich eine Mords-
frau, oder?«

»Ja, das ist sie. Aber ich glaube, sie schauspielert ganz
schön. Es geht ihr die Muffe, aber sie gibt es nicht zu.«

»Komm, laß uns spazierengehen oder sonst irgend etwas machen. Jetzt findet ohnehin nichts mehr statt bis
morgen früh.«

»Weißt du, ob sie in der Nacht angreifen werden?«

»Nein«, sagte er. »Sie sagen mir nichts. Aber sie werden nicht angreifen, weil Cottbus noch viel zu lebhaft ist.
Er ist noch nicht im geringsten müde, und er beherrscht
den Sekundenschlaf.«

»Was ist das denn?«

»Das hat etwas mit dem autogenen Training zu tun«,
erklärte Rodenstock. »Er beherrscht das so perfekt, daß
er sich zu jeder Zeit in Schlaf versetzen kann. Für Sekunden, wenn es sein muß. Und er wacht dann erfrischt auf.
Es wird sehr schwer sein, den Mann müde zu machen.
Jetzt wissen wir aber wenigstens, warum Meier sterben
mußte. Ich vermute, daß Meier nicht nur sterben mußte,
weil er ein Gefolgsmann des Generals war, sondern auch,
weil er plötzlich entdeckte, was sein liebster Kumpel
Tom Becker für ein Netz aufgebaut hatte, um den General auszuschalten.«

»Laß mich mit dem Scheißfall in Ruhe, Rodenstock. Ich
möchte allein sein, ich will spazierengehen.«

»Selbstverständlich«, haspelte er. »Kein Problem. Du
gehst spazieren, und ich höre mich ein bißchen unter den
Jägern um. Wir schaffen das schon, glaub mir, wir schaffen das schon.«

»Hör auf mit diesem Ohrenschmalz«, sagte ich wütend
und ging los. An meinem eigenen Haus konnte ich nicht
vorbeilaufen, dort standen zwei Zivilisten und wußten
nicht genau, ob sie mich grüßen sollten oder nicht. Sie
waren verlegen, und der Kleinere von ihnen sagte
schließlich: »Keine Angst, Herr Baumeister, das schaffen
wir schon.«

»Das habe ich schon mal gehört«, knurrte ich. Es war
jetzt drei Uhr nachmittags. Wann immer der Hubschrau-

303

ber einfliegen würde, es waren noch tausend Ewigkeiten bis dahin. Ich hatte Angst vor dieser Nacht, panische Angst.

Ich ging an dem kleinen Brunnenplatz vorbei die schmale Dorfstraße Richtung Bongard hoch. Auf der rechten Seite saß ein alter Mann auf den Treppenstufen vor seinem Haus und flocht einen Korb. Er sah mich und murmelte mit einem schiefen Grinsen: »Ist ja ziemlich viel los, was?«

»Es ist ziemlich viel los«, nickte ich.

»Tut ja wohl weh, wenn die Frau da drin ist.«

»Das tut weh«, sagte ich und blieb stehen. »Woher wissen Sie das?«

»Tja«, grinste er wieder. »Man hört ja so manches. Soll ja ein Verrückter sein. Oder ist er nicht verrückt?«

»Das wissen wir nicht genau.«

Er steckte einen Weidenzweig durch das Flechtwerk, er arbeitete unverdrossen weiter, werkelte blind und schnell. »Will er Geld, oder was will er?«

»Er will Geld, das stimmt.«

»Alle wollen Geld«, sagte er verächtlich. »Sie ham nur Geld im Kopp, nichts anderes. Immer nur Geld. Ich kenn dat.«

»Es ist ein Elend«, brummte ich.

»Wir dürfen da ja nicht runter«, er deutete mit einer Kopfbewegung an, daß er die Busse meinte. »Man hat uns gesagt, wir sollen unsere Arbeit machen, aber nicht irgendwie durchs Dorf laufen. Wieviel Geld will er denn?«

»Eine halbe Million Dollar.« Ich nahm die Neuilly von Jeantet aus der Tasche und stopfte sie.

»Das ist viel«, sagte er. »Ich hann ooch ne Piep.« Er hielt eine kurze Shagpfeife hoch, und ich gab ihm den Tabaksbeutel. »Hast du denn so viel Geld?« Er stopfte die Pfeife schnell und gekonnt.

»Ich habe das Geld nicht, aber der Staat schießt es vor.«

»Und was ist das für ein Kerl, ich meine, kennst du den?«

»Nein, ich kenne den nicht.«

Er gab mir den Tabaksbeutel zurück. »Also, wir haben ja die Todesstrafe abgeschafft, aber den Kerl sollte man ... Ist es nicht möglich, den Mann abzuschießen? Ich meine, wenn der so im Fenster steht? Mal muß der sich doch sehen lassen, oder?«

»Das ist zu riskant, das geht nicht.«

Warum ging das eigentlich nicht? Warum sollte so etwas nicht möglich sein? Konnten sie ihn nicht erschießen, wenn er an einem Fenster auftauchte? Einen Augenblick lang war ich in Versuchung, aufgeregt zu Trautwein zu rennen und ihm diese Frage zu stellen. Dann dachte ich: Sie werden längst darüber nachgedacht haben und sind zu dem Schluß gekommen, daß es nicht funktioniert. Aber warum funktionierte es nicht? Ich beschloß, danach zu fragen.

»Und was ist, wenn er deiner Frau untern Rock geht?« Der Alte sah mich nicht an, er sah stur auf sein Flechtwerk.

»So einer ist das nicht «, sagte ich, aber in diesem Moment glaubte ich es selbst nicht mehr.

»Ich würde verrückt, und ich würde ihn totmachen.«

Ich wußte nicht, was ich darauf antworten sollte. Ich ging einfach weiter, und als ich mich umdrehte, saß er da und steckte gerade eine frische Rute in das Geflecht. Es war so, als hätten wir nie ein Wort miteinander gewechselt.

Oben auf dem Hügel lief ich weiter, bis ich den Weg erreichte, der an einem Kiefernwäldchen vorbei einen Bogen um das Dorf schlug. Ich suchte mir einen schattigen Platz mit langem Gras und legte mich hin. Ich starrte in den blauen Himmel und stellte mir vor, was ich mit Cottbus anfangen würde, wenn die Möglichkeit bestand, ihn anzugreifen.

Ein bestimmtes Bild wiederholte sich immer wieder. Er stand vor einer hölzernen Schuppenwand, und ich rannte mit einer Mistforke auf ihn los und versuchte, sein Gesicht zu treffen. Ich traf das Gesicht nicht, aber seinen Hals, und alles war voll Blut. Ich mußte zusehen, wie er starb. Ich konnte mich nicht abwenden. Und er versuchte, sterbend etwas zu sagen, und brachte es nicht mehr zustande.

Ich wachte mit einem Schrei auf. Rodenstock stand neben mir und sagte: »Du hast nur geträumt, Junge, schlecht geträumt.«

»Wieso, um Gottes willen, erschießt ihr den Mann nicht einfach, wenn er an einem Fenster vorbeigeht? Das ist doch so einfach.«

»Das ist es eben nicht«, sagte er. »Komm, wir fahren zu den Frauen ins *Dorint*. Hier ist nichts los. Das einzig Neue ist, daß der Hubschrauber morgen früh um acht Uhr einfliegen wird. Pünktlich auf die Minute mit dem Geld und vollgetankt.«

»Was ist, wenn wir Nebel kriegen?«

»Wir kriegen keinen Nebel«, meinte er. »Sie haben die Meteorologen angerufen. Morgen früh wird es keinen Nebel geben. Komm, laß dich ablenken, tu mir den Gefallen. Wir könnten Eis essen oder so was. Ich muß irgend etwas essen.«

»Ich kann hier doch nicht weg«, sagte ich.

»Sicher kannst du das«, widersprach er unerbittlich.

Ich trottete also neben ihm her in das Dorf hinunter, und wir hockten uns in den Polo und fuhren Richtung Daun.

»Jetzt sag mir endlich, warum sie ihn nicht einfach durch ein Fenster erschießen?«

»Er hat einen Faustkontakt.«

»Einen was?«

»Einen Faustkontakt«, wiederholte er leise. »Er hat zwei Metallplättchen in der rechten Hand. Eines auf dem Muskel, der den Daumen steuert. Maus nennen wir den Muskel. Das andere Plättchen hat er zwischen dem Mittel- und dem Ringfinger. Nehmen wir an, er wird getroffen und er stirbt, dann wird die Hand sich verkrampfen, sie wird sich schließen. Und Dinah wird explodieren.«

»Kannst du das wiederholen?«

»Es hat ja doch keinen Zweck, dir das zu verheimlichen. Sie trägt auf dem Rücken zwei Eierhandgranaten. Die sind mit Cottbus und seiner rechten Hand mit einem

306

Draht verbunden. Wenn Cottbus den Kontakt schließt ...«

»Das ist nicht wahr«, schrie ich.

»Doch«, sagte er. »So ist es.«

Ich hatte das Gefühl vollständiger Ohnmacht, ich dachte, meine Beine würden nachgeben. Ich konnte erst wieder sprechen, als ich spürte, wie Tränen über mein Gesicht liefen. »Aber dann brauchen sie doch eigentlich nicht darauf zu hoffen, daß sie ihn erschießen können, oder?«

»Nach dem augenblicklichen Stand ist das Problem noch nicht gelöst«, nickte er. »Doch sie sind gut und arbeiten dran.«

»Oh Gott!«

»Das ist richtig. Beten ist nicht schlecht.«

»Fahr mich zurück, fahr mich sofort zurück. Ich muß mit ihr reden. Woher wissen sie das denn? Das mit dem Draht und den Granaten im Rücken?«

»Sie haben es fotografiert«, gab er Auskunft.

An die beiden folgenden Stunden habe ich nur unklare Erinnerungen. Ich weiß, daß ich lange Zeit mit Emma allein war und daß sie versuchte, mich zu trösten und mir Mut zu machen. Ich erinnere mich auch, daß ich spürte, wie sie selbst der Mut längst verlassen hatte.

Ich erinnere mich auch daran, daß irgend jemand einen Teller vor mich hinstellte, auf dem Rührei war. Ich aß nichts, ich konnte nichts essen.

Irgendwann sagte Rodenstock: »Ich glaube, wir fahren wieder.« Während dieser Fahrt lichtete sich der Nebel, und ich kam auf die Erde zurück.

»Kann Dinah sich von diesem Draht nicht befreien?«

»Doch«, sagte er. »Das kann sie schon. Aber das nutzt doch nichts. Er spürt es sofort, oder?«

»Diese Hilflosigkeit macht mich verrückt.«

»Mich auch.«

»Kann ich noch einmal mit Trautwein sprechen?«

»Sicher«, sagte er. »Wenn es dir hilft.«

»Ich weiß nicht, ob es hilft«, meinte ich wahrheitsgemäß.

Ich stand vor den Bussen, während Rodenstock mit Trautwein sprach. Dann kam Trautwein zu mir und murmelte: »Lassen Sie uns ein paar Schritte machen, ich kann frische Luft gebrauchen. Wie geht es Ihnen?«

»Nicht besonders«, sagte ich. »Da vorne steht eine Bank.«

Wir setzten uns nebeneinander und sahen uns nicht an.

»Wie lang ist der Draht, der die beiden verbindet?«

»Etwa acht Meter«, sagte er. »Aber machen Sie sich keine Hoffnung, das klappt nicht.«

»Ich mache mir aber Hoffnung«, sagte ich. »Ich hatte vor ungefähr vierzehn Tagen einen Streit mit Dinah. Sie hatte plötzlich die Idee, sie müsse Kriminalgeschichten schreiben. Ich sagte ihr, daß ich absolut nichts davon halte, aber das bremste sie nicht. Sie schrieb eine. In dieser Kurzgeschichte wird ein Mann entführt. Er kann nur heil und unversehrt aus der Geschichte herauskommen, wenn er es riskiert, mit einem Sprung rückwärts durch ein geschlossenes Fenster den Raum zu verlassen. Ich sagte ihr, das ginge nicht, das würde ihr niemand glauben, das sei vollkommen hirnrissig. Sie war wütend auf mich.«

»Moment mal«, sagte er erregt. »Heißt das etwa ...?«

»Das heißt es«, nickte ich. »Das Verrückte an der Sache ist, daß der Sprung rückwärts durch das Fenster in einer lauen Sommernacht stattfindet. Um Punkt drei Uhr zehn.«

»Heiliges Sammelsurium«, sagte er tonlos. »Das wäre eine Möglichkeit. Ist Dinah sportlich?«

»Absolut nicht. Sie ist ein Unglückswurm, der noch nie im Leben eine Kniebeuge zustande gebracht hat.«

»Hm. Wie hoch sind die Fensterbänke im Haus?«

»Keine Ahnung. Ich habe mir überlegt, warum sie eigentlich rückwärts springen muß. Verstehen Sie? Das ist ein generelles Problem bei dieser Idee. Die Planung bei Dinah, ich meine, die Planung der Kurzgeschichte hat einen Denkfehler. Aus irgendeinem Grund wollte sie, daß der Mann rückwärts springen muß. Ich habe gebrüllt, das wäre doch idiotisch, aber sie hat gesagt, daß

308

die Hemmschwelle dann geringer ist, weil er nicht mit dem Kopf zuerst durch die Scheibe muß, sondern mit dem Arsch. Sie hat sich vorgestellt, daß sie selbst springen müßte, und ist zu dem Schluß gekommen, daß sie es rückwärts versuchen würde, vorwärts aber nicht.«

»Das heißt, sie müßte den Draht ...«

»Richtig«, sagte ich. »Sie müßte den Draht abreißen und gleichzeitig Anlauf nehmen. Ob vorwärts oder rückwärts, ist eigentlich wurscht, Hauptsache ist, sie kommt durch die Scheibe geflogen.«

»Um drei Uhr zehn«, murmelte er. »Wird sie sich an die Uhrzeit erinnern?«

»Todsicher«, nickte ich. »Sie war unglücklich und hat geheult, weil ich sie so hart kritisiert habe.«

»Dann rufen Sie sie an und sagen Sie ihr ... ach was, Sie sind klug genug, irgendeinen Schlüssel zu finden. Und vergessen Sie nicht, auch mit Cottbus zu reden.«

»Das hätte ich nicht vergessen«, sagte ich. »Es gibt aber ein Problem. Mein Haus liegt am Hang. Die Fenster sind vorne ziemlich nah über dem Boden, aber das Fenster vom Schlafzimmer dürfte fast zwei Meter fünfzig hoch liegen.«

»Das müssen wir riskieren«, sagte er scharf. »Wir haben überhaupt keine andere Wahl.«

»Eine Wahl haben wir wirklich nicht«, stimmte ich zu.

Er stand auf und ging fort, und es hatte den Anschein, als sei sein Schritt besonders federnd.

Rodenstock gesellte sich zu mir und sagte: »Herzlichen Glückwunsch zu der Idee. Wirklich gut.«

»Du glaubst nicht daran, nicht wahr?«

»Nicht sonderlich«, sagte er. »Cottbus ist ein Tier. Wahrscheinlich wird er riechen, daß irgend etwas auf ihn zukommt. Sie konzentrieren jetzt sechs Schützen auf dieses eine Fenster. Lieber Himmel, der alte Mann sollte uns beistehen!«

Ich rief genau um 21.17 Uhr bei mir im Haus an.

Cottbus meldete sich sofort. »Ja, bitte?«

»Ich bin es noch einmal. Baumeister. Ich komme nicht zur Ruhe, und ich frage mich, warum Sie mir verschwiegen haben, daß meine Frau Eierhandgranaten im Rücken trägt.«

»Ich hatte keine andere Wahl«, sagte er knapp. »Halb Bonn wird erst zufrieden sein, wenn sie mich erschossen haben. Sie haben Angst vor mir, weil ich Dinge aufdekken kann, die vielen gefährlich werden können. Weil das so ist, muß ich mich absichern. Ich zünde die Granaten nicht leichtfertig!«

»Mein Gott, Cottbus, seien Sie vernünftig. Die Frau hat Ihnen doch nichts getan, und es ist meine Frau.«

»Das ist richtig«, sagte er. »Doch es hilft nichts, Ihre Frau ist meine Lebensversicherung. Wieso sind eigentlich noch keine Fernsehteams da?«

»Das weiß ich auch nicht«, erwiderte ich. »Vielleicht kommen die noch. Ich habe übrigens mit Ihrer Ex-Frau gesprochen. Sie ist nicht einmal sauer auf Sie.«

»Das wundert mich aber.« Er lachte. »Die Ehe war die Hölle. Oder nein, das ist falsch ausgedrückt. Nicht die Ehe war die Hölle, sondern diese Frau war die Hölle. Sie sind nicht mit Dinah verheiratet, nicht wahr?«

»Sind wir nicht«, stimmte ich zu. »Aber nach dem Schlamassel jetzt könnten wir das nachholen. Kann ich sie haben?«

»Aber ja, warten Sie.« Es gab eine kurze Pause.

»Ja, Baumeister?« Sie klang erstaunlich forsch. »Hast du etwas geschlafen?«

»Ja, aber nur ein paar Minuten. Und du? Bist du nicht hundemüde?«

»Etwas schon, aber nicht sehr. Wir können schlafen, wenn alles vorbei ist.«

»Ja«, sagte ich. »Ich wollte dir nur sagen, daß ich deinen letzten Text ziemlich gut finde.«

»Wieso denn das? Ich dachte, du magst den nicht.«

»Ich habe nachgedacht. Wahrscheinlich ist das die einzige Möglichkeit, aus so einer Szene heraus zu entkommen. Also, ich finde es klasse. Du mußt später einfach überlegen, ob es notwendig ist, rückwärts zu springen.«

»Na ja, das könnte man ja leicht ändern.« Ihre Stimme war ganz locker. Sie hatte begriffen.

310

»Ich muß Schluß machen«, sagte ich. »Paß auf dich auf.«

»Das ist nicht dein Ernst, Baumeister.«

»Das war sehr gut«, murmelte Trautwein. »Ich wollte, es wäre zehn nach drei.« Er lachte. »Das ist die komischste Planung, die ich je erlebt habe. Ich muß mich darauf verlassen, daß eine total unsportliche Frau um Punkt drei Uhr zehn entweder vorwärts oder rückwärts durch ein Fenster fliegt. Das wird mir kein Mensch glauben.«

»Ich schon«, sagte ich.

Die Zeit kroch mit unendlicher Langsamkeit. Gegen Mitternacht fragte ich den Psychologen, ob ich noch einmal eine Handvoll der Pillen haben könnte. Er seufzte und nickte, er gab mir sechs Stück. Nach etwa einer Viertelstunde konnte ich wenigstens relativ gedankenlos dösen, und als Rodenstock schrill rief: »Es ist soweit!«, schreckte ich hoch.

»Wieviel Uhr?«

»Acht nach drei«, sagte er.

Ich sprang auf: »Laß uns gehen, wir sehen zu.«

»Bist du verrückt?« fragte er mich. »Wenn Cottbus dich sieht, weiß er sofort, daß etwas nicht stimmt. Du rührst dich nicht vom Fleck. Du darfst um drei Uhr zehn und zwanzig Sekunden losrennen. Von mir aus. Nicht eher, keine Sekunde eher.«

»Schon gut, schon gut.«

Er stand vor mir und blickte auf die Uhr. Kein Mensch war zu sehen, es gab nicht das geringste Geräusch.

»Wo sind die Männer?«

»Welche Männer?« fragte Rodenstock zurück. »Ach so, Trautweins Männer. Nun ja, sie werden das Haus stürmen. Fünfzig Leute schätze ich. Und vorher wird ... na ja, vorher wird Cottbus tot sein. Du sollst übrigens Sibelius vom *Spiegel* anrufen. Dringend, sagt er. Er hockt in der Redaktion und betet. Ich habe ihm erzählt, was hier läuft.« Er horchte in die Nacht. »Ich soll dich übrigens von Emma herzlich grüßen. Sie meint, sie könnte dir das Haus auf Teneriffa zur Verfügung stellen, das ihrer Familie gehört. Sie sagt, du und Dinah hättet es verdient.

Sie liebt Dinah übrigens regelrecht. Ich auch, ich liebe Dinah auch.«

»Rodenstock, nun halt doch endlich die Schnauze!« brüllte ich. Ich brüllte so laut, daß ich das Klirren des Fensterglases nur verschwommen hörte. Und eine Sekunde später war das ganze Dorf in grelles Licht getaucht. Es war viel heller als am Tag.

Ich rannte schon, ich rannte und stolperte, fing mich und rannte. Ich sah, wie zwei Männer neben Dinah knieten, wie sie an ihr herumfummelten und die Granaten lösten. Sie zogen die Stifte und warfen die Granaten durch das zerstörte Fenster in das Haus. Die Dinger explodierten, und eine gewaltige Masse Bruchsteine kam wie eine Welle aus dem Haus geschwappt. Überall schrien Männer, es wurde geschossen. Drei oder vier rannten dicht an mir vorbei auf mein Wohnzimmerfenster zu, hoben ab und gingen dann im Hechtsprung durch die Scheibe.

Jemand schrie: »Feuer einstellen!«

Eine andere Stimme kam gedämpft. »Cottbus ist tot, Chef. Er hat keinen Kopf mehr.«

»Das ist verdammt gut so«, sagte Trautwein befriedigt.

Ich registrierte, daß Dinah neben mir lag und mit offenen Augen in den Himmel starrte, mit ernstem Gesicht.

»Du hast dich verletzt, nicht wahr?«

»Ich? Mich verletzt? Nein, wieso? Ach so. Nein, ich habe überlegt, ob die Katzen das alles überlebt haben. Bestimmt haben sie überlebt. Cottbus hat vorgeschlagen, sie im Badezimmer unterzubringen. Er hatte keine Ahnung, wie gut diese Idee war.« Und dann lachte sie und weinte und lachte und weinte und hielt sich an mir fest. Sie stammelte: »Ich bin vorwärts gesprungen, Baumeister. Richtig vorwärts gesprungen.«

Dann setzte sie nach: »Wir sind das einzige Liebespaar, Baumeister, dem der Weg ins Bett freigesprengt worden ist. Von der Bundesregierung. Dreh dich mal um, dreh dich mal um!«

Ich drehte mich um. Es gab kein Fenster mehr, es gab nur ein Loch von ungefähr drei mal drei Metern.

»Die in Bonn müssen zahlen«, murmelte ich. »Ist die Regierung eigentlich haftpflichtversichert?«

Dinah begann zu lachen: »Welche Versicherung, um Gottes willen, würde ein derartiges Risiko eingehen, Baumeister?«

Krimis von Jacques Berndorf

Eifel-Blues
ISBN 3-89425-442-4
Der erste Eifel-Krimi mit Siggi Baumeister
Drei Tote neben einem scharf bewachten Bundeswehrdepot

Eifel-Gold
ISBN 3-89425-035-6
Der zweite Eifel-Krimi mit Siggi Baumeister
Riesengeldraub in der Eifel: 18,6 Millionen sind weg. Wer war's?

Eifel-Filz
ISBN 3-89425-048-8
Der dritte Eifel-Krimi mit Siggi Baumeister
Totes Golferpärchen. Das Mordwerkzeug: Armbrust. Das Motiv?

Eifel-Schnee
ISBN 3-89425-062-3
Der vierte Eifel-Krimi mit Siggi Baumeister
Sehnsüchte, Träume und Betäubungen junger Leute.

Eifel-Feuer
ISBN 3-89425-069-0
Der fünfte Eifel-Krimi mit Siggi Baumeister
Wer hat den General in seinem Landhaus liquidiert?

Eifel-Rallye
ISBN 3-89425-201-4
Der sechste Eifel-Krimi mit Siggi Baumeister
Auf dem Ring und drumherum wird ein großes Rad gedreht.

Eifel-Jagd
ISBN 3-89425-217-0
Der siebte Eifel-Krimi mit Siggi Baumeister
Ein Hirsch aus der Eifel kann teurer sein als ein Menschenleben.

Eifel-Sturm
ISBN 3-89425-227-8
Der achte Eifel-Krimi mit Siggi Baumeister
Tote träumen von der sanften Windenergie.

Eifel-Müll
ISBN 3-89425-245-6
Der neunte Eifel-Krimi mit Siggi Baumeister
Müllprofit und Liebe machen Menschen mörderisch.

Eifel-Wasser
ISBN 3-89425-261-8
Der zehnte Eifel-Krimi mit Siggi Baumeister
Toter Trinkwasserexperte läßt Rodenstock rätseln.

Az10bernd.0801.cdr5

Eifel-Krimis von Andreas Izquierdo

Der Saumord
ISBN 3-89425-054-2

In Dörresheim geschieht Seltsames: Die vielversprechende Zuchtsau Elsa wird aufgeschlitzt, und die preisgekrönte Kuh Belinda begeht Selbstmord. Jupp Schmitz, Reporter des ›Dörresheimer Wochenblattes‹, glaubt nicht an einen Zufall. Bei seinen Recherchen legt er sich nicht nur mit dem mächtigen Fabrikanten Jungbluth an, sondern zieht den Haß aller Dörresheimer auf sich und gerät schließlich selbst unter Mordverdacht. Einzig Jupps Jugendliebe Christine hält zu ihm.

»*Der Saumord ist eine Geschichte mit haarsträubenden Bildern, urkomischen Szenen und seltsamen Typen. Eine Geschichte voll ernster Inhalte, menschlicher Schwächen und echter Freundschaft.*« *(Blickpunkt)*

Das Doppeldings
ISBN 3-89425-060-7

Eine wertvolle Münze aus der Antike wird gestohlen. Dann taucht sie wieder auf, wird wieder gestohlen. Eine Menge Leute scheinen sie besitzen zu wollen. Auch Jupp Schmitz, Redakteur des »Dörresheimer Wochenblattes«, macht sich auf die Suche. Derweil kämpft die »IG Glaube, Sitte, Heimat« für die Schließung des kürzlich eröffneten Bordells.

Jede Menge Seife
ISBN 3-89425-072-0

Der kanadische Seifenopern-Spezialist Herb Buffy soll der schlappen Serie »Unser Heim« quotenmäßig auf die Sprünge helfen. In den Colonia-Studios und beim Außendreh in Dörresheim beginnt eine dramatische Krimi-Oper. Die Serienhelden werden entführt, Reporter Jupp Schmitz in einer Scheune in Dörresheim halbtot geschlagen.

Schlaflos in Dörresheim
ISBN 3-89425-243-X

Hat ein Geilheitsvirus die Ställe der Dörresheimer Bauern befallen? Verfügt ›Föttschesföhler‹ Martin über die Viagra ähnliche magischen Kräfte? Ein düsteres Familiendrama bildet den Hintergrund dieser Ermittlungsburleske voller Komik und Sprachwitz.

Krimis von Hartwig Liedtke

Klinisch tot
ISBN 3-89425-018-6 DM 14,80 4. Auflage

Dr. Thomas Bremer (35), ehrgeiziger Schwiegersohn des Chefarztes Prof. Eichstätt, stirbt bei einem Autounfall. Kommissarin Ulrike Bohlmann und ihre Kollegen Schmalenberg und Söns vom 1. Kommissariat der Kölner Kripo lernen bei ihren Ermittlungen die intrigenreiche Welt der Krankenhausärzte kennen, wo Streß und Konkurrenzkampf herrschen.

»*Starker Tobak von einem, der sich nicht anpassen will*«
(Kölner Stadt-Anzeiger)
»*Ein spannender, gut erzählter Krimi mit witzigen Dialogen, der viele Interna aus dem Ärzte- und Klinikdschungel preisgibt.*«
(Radio Leverkusen)

Tod auf Rezept
ISBN 3-89425-032-1 DM 14,80 2. Auflage

Nominiert zum »Glauser 1993«

Der fußballgroße Tumor, den das Chirurgenteam aus der Bauchhöhle des Patienten schneidet, ist eine zuckende Masse aus Blut und Plasma.

»*Liedtke kennt das Milieu: Was er erzählt, klingt zwar haarsträubend, aber wahr.*« (Sächsische Zeitung)
»*Autor Hartwig Liedtke verschreibt den Tod auf Rezept. Als Arzt kennt er sich bei den ›Göttern in Weiß‹ aus und läßt erst mal einen 3000-Liter Bottich mit stinkender Brühe explodieren.*« (BILD)

Scharfe Schnitte
ISBN 3-89425-077-1 DM 16,80 2. Auflage

Der Klinikarzt Dr. Rudolf Zahnstein wird an seinem Arbeitsplatz ermordet - Tat eines rachsüchtigen Patienten oder eines mißgünstigen Kollegen? In seinem dritten Krimi erzählt der Autor auf packende Art vom Klinik-Alltag in den Zeiten des Rotstifts. Das Buch knüpft an Personen und Handlungen des Krimis *Klinisch tot* an. Keine seicht-sentimentale Klinik-Soap, sondern richtiger Mord und Totschlag im Milieu der »Götter in Weiß«.

Internationale Kriminalromane

Henk Apotheker: Ayse ist weg
Deutsche Erstausgabe ISBN 3-89425-511-0
Arnheim: Im ›Türkenviertel‹ verschwindet ein 4-jähriges Mädchen.

Jean-Baptiste Baronian: Im Sommer kam der Tod
Deutsche Erstausgabe ISBN 3-89425-505-6
Brüssel: Ein dunkles Geheimnis erschüttert die sommerliche Vorstadt-Idylle.

Sandrone Dazieri: Ein Gorilla zu viel
Deutsche Erstausgabe ISBN 3-89425-503-X
Mailand: Ein schizophrener Security-Mann ermittelt in der Punkerszene.

Guillem Frontera: Das Mallorca-Komplott
Deutsche Erstausgabe ISBN 3-89425-507-2
Palma: Der Detektiv aus Barcelona wird zum Spielball eines Mafia-Bosses.

Kirsten Holst: Wege des Todes
Deutsche Erstausgabe ISBN 3-89425-510-2
Jütland: Der Kampf um das Millionenerbe endet tödlich, aber stilvoll.

Kirsten Holst: Du sollst nicht töten!
Deutsche Erstausgabe ISBN 3-89425-501-3
Jütland: Drei Mädchenmorde und ein toter Pastor

Susan Kelly: Und schlachtet das gemästete Kalb
Deutsche Erstausgabe ISBN 3-89425-512-9
Tabubrüche, Altlasten und die tödlichen Geschäfte von Schlepperbanden

Susan Kelly: Tod im Steinkreis
Deutsche Erstausgabe ISBN 3-89425-502-1
Hungerford: Ein grausamer Kindermord passiert beim Mittsommermarkt.

Jaroslav Kutak: Strafe muss sein
Deutsche Erstausgabe ISBN 3-89425-508-0
Tschechien: Wurden die toten Gymnasiasten Opfer einer sexuellen Obsession?
Ausgezeichnet als bester tschechischer Kriminalroman 2000!

Outi Pakkanen: Macbeth ist tot
Deutsche Erstausgabe ISBN 3-89425-509-9
Helsinki: Der Hauptdarsteller wird vor der Premiere erschlagen – wer tut so was?

Felix Thijssen: Cleopatra
Deutsche Erstausgabe ISBN 3-89425-504-8
Amsterdam: Tote Frau unter dem Tennisplatz des niederländischen Exministers
Ausgezeichnet als bester niederländischer Kriminalroman 1999!

Jac. Toes: Auf der Strecke geblieben
Deutsche Erstausgabe ISBN 3-89425-506-4
Arnheim/Zwolle: Eine vertuschte Politaffäre kommt ans Licht.

Jacques Vettier: In eigener Sache
Deutsche Erstausgabe ISBN 3-89425-500-5
Nizza: Warum bedroht der Unbekannte die Untersuchungsrichterin?

grafit